PAVILLON

HEATHER GRAHAM

DIE GELIEBTE DES FREIBEUTERS

Roman

Aus dem Amerikanischen von Eva Malsch

PAVILLON VERLAG
MÜNCHEN

PAVILLON TASCHENBUCH
Nr. 02/309

Titel der Originalausgabe
A PIRATE'S PLEASURE

Umwelthinweis:
Dieses Buch wurde auf
chlor- und säurefreiem Papier gedruckt.

Taschenbuchausgabe 04/2003

Der Pavillon Verlag ist ein Verlag der
Ullstein Heyne List GmbH & Co.KG
Printed in Germany 2003
Umschlagillustration: Pino Daeni/Agentur Schlück
Umschlaggestaltung: Nele Schütz Design, München
Gesamtherstellung: Elsnerdruck, Berlin
http://www.heyne.de

ISBN: 3-453-87094-8

PROLOG

4. April, 1718
Cameron Hall, Tidewater, Virginia

»PIRATEN! GOTTVERDAMMTE PIRATEN!«

Der Ruf verscheuchte die trügerische Heiterkeit des Abends. Über dem James River ging die Sonne unter. Orangerotes und gelbes Licht fiel auf moosbewachsene Eichen und die sanft abfallende Grasböschung am Flußufer. Irgend jemand summte bei der Arbeit vor sich hin, die Vögel sangen melodische Lieder.

»Piraten! Piraten!«

Alexander Spotswood, Gouverneur von Virginia, schlug wütend auf das polierte Tischchen, das auf der Veranda neben seinem Sessel stand. Lässig lehnte Lord Cameron an einem massiven Pfeiler, beobachtete seinen Freund und lächelte schief. Alexander war besessen. Der kluge, attraktive Mann war bei den Koloniebewohnern sehr beliebt, bei Damen und Herren gleichermaßen und nicht zuletzt auch bei den Dienstmädchen. Trotz seines Zorns wirkte er aristokratisch, von der gepflegten weißen Perücke über den pfirsichfarbenen Brokatrock und die senfgelben Kniehosen bis zu den feinen Schuhen mit den Silberschnallen. Allerdings fehlte ihm in diesem Augenblick die übliche Redegewandtheit. War er nur noch auf ein einziges Wort fixiert?

»Piraten! Piraten!« wiederholte Spotswood, schlug aber nicht mehr auf den Tisch und zog es statt dessen vor, sein Sherryglas zu retten, das der kraftvolle Fausthieb gefährlich nahe an den Rand befördert hatte. »Piraten! Piraten! Piraten! Die werden mich noch umbringen.« Mit schmalen Augen starrte er seinen Gastgeber Petroc Cameron an, Lord Cameron von Cameron Hall, den Freunde und Verwandte ›Roc‹ nannten. Der hochgewachsene junge Mann mit den markanten Gesichtszügen besaß eine gebieterische Ausstrahlung und wohin immer er ging, zog er respektvolle Blicke auf sich. Wie so viele Camerons hatte er scharfe graue Augen, die bei einer gewissen Beleuchtung silbrig funkelten. Meistens weigerte er sich, eine Perücke zu tragen. Im Schein der untergehenden Sonne schimmerte sein dunkles Haar schwarz wie Jettperlen.

Obwohl er jetzt träge am Pfeiler lehnte, als er auf den Fluß blickte, war ihm eine energische Vitalität anzumerken, die seine Nonchalance Lügen strafte. Seine Augen spiegelten Humor wider, aber auch wilde Kühnheit. Er pflegte jede Herausforderung anzunehmen. »Du kannst sie nicht allein bekämpfen«, erklärte er seinem Freund. »Aber wir werden unser Bestes tun, um sie an den Galgen zu bringen.«

»Pah!« protestierte Spotswood ungeduldig. »Am liebsten würde ich sie alle im Hafen am Galgen baumeln lassen oder anketten. Ein Pech, daß Galgen und Ketten so viel kosten! Leider kann ich mir ein solches Spektakel nicht leisten.« Er lehnte sich zurück und betrachtete die Flußlandschaft. Cameron Hall war ein schönes Anwesen. Strategisch angelegt, verband es alle Vorzüge eines englischen Landsitzes mit der ursprünglichen Schönheit der Kolonie. Aufgrund des tiefen Gewässers konnten die Schiffe bis zu Camerons Flußhafen fahren. Das Haus wirkte sowohl praktisch als auch elegant. Spotswood war schon mit Rocs Vater befreundet gewesen. Damals hatte er den Bau des Gouverneursgebäudes in Williamsburg geplant und bei seinen Gesprächen mit den Architekten oft an Cameron Hall gedacht. Das Haus war in den späten zwanziger Jahren des siebzehnten Jahrhunderts errichtet worden. Damals hatte es nur aus der Eingangshalle und den Schlafzimmern im Oberstock bestanden. Eine Inschrift auf einem Ziegel im Keller wies auf das Datum hin: »Mit diesen Steinen bauen wir unser Haus im Jahr des Herrn 1627, auf starken Grundfesten. Mit Gottes Hilfe werden unser Haus und unsere Familie der Prüfung der Zeiten standhalten, Jamie und Jassy Cameron.«

Und die Familie hatte tatsächlich gute und schlechte Zeiten überdauert. Alle ältesten Söhne waren Mitglieder des Gouverneursrates gewesen.

»Du kommst sehr gut mit diesen Horden zurecht«, meinte Roc nun.

Verspottete er ihn? Das wußte Spotswood nie. Er zeigte auf die Zeitung, die er vorhin gelesen und dann schwungvoll beiseite geworfen hatte. »Schon wieder ein Artikel von einer sogenannten Ehefrau dieses Edward Thatch, Teach, Tech — wie immer der verdammte Kerl auch heißen mag! Er heiratet eine nach der anderen!«

»Und alle bleiben am Leben und können davon erzählen.«

Der Pirat Teach zog immer größere Aufmerksamkeit auf sich. Wegen der üppigen Behaarung in seinem Gesicht nannte man ihn ›Schwarzbart‹. Angeblich stammte er aus Bristol, war in Königin Annes Krieg gezogen und dann von dem Piraten Hornigold in einem neuen Gewerbe unterrichtet worden, der Räuberei auf hoher See. Doch er zählte keineswegs zu den Schlimmsten seines Kalibers.

»Logan segelt da draußen umher«, fuhr Roc fort. »Und Jack der Einäugige. Die beiden stehlen nicht nur Frachten, sie gehen auch äußerst sorglos mit dem menschlichen Leben um.«

Spotswood nickte langsam, schlang die Finger ineinander und ergänzte: »Und der Silberfalke.«

»Und der Silberfalke«, bestätigte Roc ausdruckslos.

»Wir brauchen neue Kompetenzen«, klagte Spotswood. »Königin Anne ist tot, und dieser Deutsche sitzt auf dem Thron ...« Als er von Rocs Gelächter unterbrochen wurde, färbten sich seine Wangen hochrot. »Nun, der Mann ist tatsächlich ein Deutscher und beherrscht nicht einmal Englisch! Wie weit wird es mit dieser Welt noch kommen? Piraten machen die Meere unsicher, und wir haben einen König, der nicht einmal die Sprache seines Landes spricht!«

»Besser als ein Papist.« Roc betrachtete sich als Virginier. Er liebte seine Heimat und war trotz seines Adelstitels mit Leib und Seele Farmer, außerdem ein tüchtiger Kaufmann. In der Neuen Welt konnte jeder reich werden, unabhängig von seiner Herkunft, aber nur, wenn er harte Arbeit nicht scheute.

Auch Spotswood liebte Virginia. Aber er war Engländer und von der Krone mit seinem Posten betraut worden. Wenn er auch über den deutschen König schimpfte, er befolgte alle Befehle, die ihn aus England erreichten. 1714 war Königin Anne gestorben, die letzte Stewart-Monarchin. Zuvor hatte die arme Frau so viele Kinder verloren. Und ehe die Engländer Annes Halbbruder, einen Papisten, auf dem Thron akzeptierten, ertrugen sie lieber einen deutschen Protestanten. Die Religionsfrage war nach wie vor heikel. In den Kolonien zeigte man sich in dieser Hinsicht toleranter. Aber auch hier gehörten alle Leute von Stand der anglikanischen Kirche an und hielten sich an die Glaubensregeln.

Spotswood seufzte. Immer neue Plagen! Vor einem Jahrhundert hatten die Indianer den Siedlern das Leben zur Hölle gemacht, und jetzt die Piraten. »Roc ...«, begann er, verstummte aber, als Geräusche aus dem Haus drangen. Die Veranda lag vor der zentralen Eingangshalle, dem Fluß zugewandt, so daß bei starker Hitze eine frische Brise vom Wasser herauf und durch die offene Tür in das Gebäude wehen konnte. Nun erklang eine Donnerstimme, begleitet von schweren Schritten.

Der Gouverneur runzelte die Stirn, und Roc zuckte grinsend die Achseln. »Lord Kinsdale.«

Peter Lumley, Lord Camerons Butler und Kammerdiener, erschien auf der Schwelle. Ärgerlich straffte der kleine, etwa vierzigjährige Mann die Schultern. »Sir, ich sagte seiner Lordschaft, Sie hätten etwas mit Mr. Spotswood zu besprechen, aber er ließ sich nicht abweisen ...«

»Schon gut, Peter.« Roc strich seinen braunen Rock glatt und wartete.

Wenig später trat ein untersetzter Mann mit blauen Augen und schütterem grauen Haar auf die Veranda. »Cameron! Hast du's gehört? Schon wieder Überfälle auf hoher See!« Er hielt eine Ausgabe der Zeitung hoch, die der Gouverneur zu Boden geworfen hatte.

»Ja, Theo, ich hab's gehört«, erwiderte Roc.

Lord Theodore Kinsdale nickte dem Gouverneur zu, der den Gruß erwiderte und dann über dem Kopf des kleinen Mannes dem Blick des Hausherrn begegnete. Beide lächelten. Kinsdale war ein wackerer Mann, der Spotswood in allen Dingen unterstützte und viele fröhliche Feste gab. Er besaß große Zuckerplantagen auf den Inseln, zog es aber vor, in Williamsburg zu leben. Die dreistündige Fahrt nach Cameron Hall war ihm ein Greuel, und da er sie auf sich genommen hatte, mußte er tatsächlich sehr aufgeregt sein. »Alexander, was gedenkst du zu unternehmen?«

Spotswood starrte ihn an. »Ich war keineswegs untätig und habe bereits an der ganzen Küste Schiffe verteilt.«

»Darf ich dir was zu trinken anbieten?« schlug Roc vor.

»Einen Scotch könnte ich tatsächlich vertragen.« Kinsdale sank in einen Korbstuhl und fächelte sich mit einem Tuch Kühlung zu, dann stöhnte er: »Meine Tochter ist losgesegelt.«

»Wann?« fragte Roc.

»Heute.«

Spotswood räusperte sich. »Es besteht kein Grund zu der Annahme, daß die Piraten ausgerechnet dein Schiff überfallen werden.«

»Oh, doch! Ich bin ein reicher Mann, die *Silver Messenger* befördert eine kostbare Fracht. Allein die Juwelen sind ein Vermögen wert.« Mit schmalen Augen musterte er Roc, der leicht zusammenzuckte.

Die beiden waren in eine konstante Fehde verstrickt, weil Rocs Vater und Theo ihre Kinder schon bei der Geburt einander versprochen hatten. Roc fand ein solches Arrangement barbarisch. Er wollte sich seine Braut selber aussuchen, zu einem Zeitpunkt, der ihm zusagte. Außerdem hatte ihn ein Gerücht aus England erreicht. Angeblich weigerte sich das Mädchen, ihn zu heiraten. Das ärgerte ihn, wie er sich eingestehen mußte, obwohl er bestimmt nicht sonderlich stolz war, andererseits erleichterte es die Situation erheblich.

»Sicher wird sie wohlbehalten hier ankommen«, versuchte Alexander den besorgten Vater zu beruhigen.

Doch das gelang ihm nicht. Theo sprang auf. »Roc, bitte! Dein Vater war mir so lieb und teuer. Nur du kannst sie schützen. Du hast Freunde unter den Piraten ...«

»Freunde!« rief Roc erbost.

Unglücklich rang Theo die Hände. »Sie ist mein Leben — alles, was mir geblieben ist. Ich habe ihr befohlen, nach Hause zurückzukehren und dich zu heiraten. Also gut, du hast keine Freunde unter den Piraten, aber Verwandte ...«

»Auch keine Verwandten«, widersprach Roc entschieden. Er spürte den aufmerksamen Blick des Gouverneurs und gab seiner Stimme einen warnenden Klang. »Das hört sich beinahe so an, als würde ich mich mit diesen Schurken verbrüdern.«

Belustigt lehnte sich Alexander zurück, und Theo ballte die Hände. »Angeblich ist der Silberfalke ein Cameron.«

»Das ist er nicht!«

»Seine Silberaugen verraten ihn. Und man behauptet auch, er hege einen sonderbaren Respekt vor dem Namen deiner Familie und sei stets bereit, mit dir zu verhandeln. Wenn er deine Schiffe kapert, gibt er sie dir zurück, wenn du ihm eine entsprechende Entschädigung zahlst. Du sollst sogar auf einer Insel gewesen sein, um mit ihm zu reden. Bei Gott, Petroc, du mußt mir helfen!«

Seufzend breitete Roc die Arme aus. »Dieser Pirat stammt vielleicht von einem Cameron-Bastard ab, und deshalb mag er deine Kehle lieber durchschneiden als meine. Was willst du von mir?«

Theo zögerte einige Sekunden lang, dann zog er eine Schriftrolle aus der Tasche. »Heirate sie. Sofort.«

»Was?« stieß Roc ungläubig hervor.

»Heirate meine Tochter und erfülle das Versprechen, das du deinem Vater auf seinem Totenbett gegeben hast.«

»Sie ist ja nicht einmal hier ...«

»Ich habe alle nötigen Papiere für eine Ferntrauung, und sie hat ihre Unterschrift geleistet. Sie weiß zwar nicht, was da unterzeichnet wurde, aber trotzdem hat alles seine Richtigkeit. Du mußt sie auf der Stelle heiraten.«

»Warum?«

»Weil der Silberfalke dein Vetter ist. Und weil er meinem Schiff und meiner Tochter begegnen könnte. Selbst wenn er sie nicht trifft — viele andere Piraten werden seine Verwandtschaft mit dir respektieren und dieses Schiff nicht kapern, aus Angst vor seiner Rache.«

»Das ist doch verrückt.«

»Nein! Cameron, du verstehst das nicht!« Theos Stimme zitterte, er war leichenblaß geworden. »Es ist das Dunkel — sie kann das Dunkel nicht ertragen.«

Verlor der Mann den Verstand? Normalerweise neigte Roc nicht zur Unhöflichkeit, aber nun warf er die Arme hoch, wandte sich ab und ging den Hang zum Fluß hinab. Er starrte auf sein Schiff, die mit Kanonen bestückte Schaluppe *Lady Elena,* nach seiner Mutter genannt. Bald würde es an der Zeit sein, wieder die Segel zu setzen. Sehr bald.

Er holte tief Luft und eilte zur Ostseite des Hauses. Dort standen die Nebengebäude, hübsche Cottages für die Dienstboten, die Räucherkammer, die Küche, die Stallungen, die Schmiede, die Böttcherwerkstatt, die Wäscherei. Dahinter, von Bäumen abgeschirmt, lag der Friedhof, den Roc nun aufsuchte. Nahe dem neuen Zaun waren seine Eltern und ein kleines Kind begraben, etwas weiter entfernt die anderen Camerons der letzten hundert Jahre.

Kurz vor seinem Tod hatte der Vater die Schiefergrabmäler neu abschleifen lassen. Sie erhoben sich über den letzten Ruhestätten der Urgroßeltern, Jassy und Jamie. Er berührte den kühlen Stein und dachte an die beiden. Sie waren hierhergekommen, um eine Dynastie zu gründen, und die Familie hatte Bestand. Im Kampf gegen die Indianer waren sie letztlich Sieger geblieben, und nicht einmal der verheerende Angriff von 1622 hatte sie vertrieben. Ihre Erben bevölkerten einen Großteil Virginias. Und die Carolinas und New York und die Oststaaten, dachte Roc amüsiert.

Dann erstarb sein Lächeln. Er verließ den Friedhof und kehrte zum Haus zurück. Spotswood und Kinsdale saßen nicht mehr auf der Veranda, ihre Stimmen drangen aus dem Speisezimmer. Peter würde für das leibliche Wohl der Gäste sorgen, darauf konnte Roc sich verlassen. In der Halle blieb er zögernd stehen, ehe er die breite, geschwungene Treppe zur Ahnengalerie hinaufstieg.

Alle Camerons hatten sich malen lassen, schon Jamie und Jassy. Vor den Porträts seiner schönen, dunkelhaarigen Mutter mit dem scheuen Lächeln und des stolzen, würdevollen Vaters, dessen merkwürdige Silberaugen der Künstler lebensnah festgehalten hatte, hielt Roc nur kurz inne. Er ging an den Bildern der Großeltern vorbei, und dann erreichte er Jassy.

Man hatte ihm erzählt, sie sei eine Kämpfernatur gewesen. Ihr Blick verriet ein feuriges Temperament, die Lippen lächelten — eine schöne Frau mit feingezeichneten Zügen. Die Augen schienen Roc anzuschauen. Schon als Kind war er von diesem Gemälde fasziniert gewesen und oft hierhergekommen. Dann trat er vor Jamies Porträt — Lord Cameron, stark und jung, voller Selbstbewußtsein. Roc schuldete seinen Großeltern sehr viel. Zahlreiche Camerons lebten in der Neuen und in der Alten Welt, aber er war der Erbe. Jassys Blick schien ihn daran zu erinnern.

»Also gut, Mylady«, sagte er leise, »ich weiß, ich bin längst ein Mann, mit meinen dreißig Jahren. Und vielleicht habe ich bisher mein Schicksal zu leichtsinnig herausgefordert und sollte seßhaft werden. Aber — verstehst du — ich will mir die Mutter meiner Kinder selbst aussuchen. Das Mädchen könnte schielen oder irgendeine gräßliche Krankheit ins Haus schleppen. Oder womöglich ist sie dem Wahnsinn verfallen …«

Er verstummte und blickte die Galerie entlang. Für jeden Cameron, dessen Bild hier hing, war die Ehe heilig gewesen. Seufzend stemmte Roc die Hände in die Hüften und schlenderte wieder zu den Porträts seiner Eltern. »Ich bin dagegen, Sir. Ganz und gar dagegen. Du hast mich gelehrt, stets nach meinem eigenen Gutdünken zu handeln, und mir dann auf dem Totenbett dieses Versprechen abgenommen. Nur damit es keine Mißverständnisse gibt, ich protestierte gegen diese Ehe. Aber ...« Er schluckte. »Aber ich werde deinen Wunsch erfüllen, Vater, und mein Bestes für dieses Mädchen tun.« Bevor er davonging, drohte er dem Gemälde mit dem Finger. »Wehe, wenn sie schielt oder einen Buckel hat, Sir!«

Als er ins Speisezimmer stürmte, sahen Spotswood und Kinsdale verwirrt von ihrem schmackhaften Rehbraten auf. »Also gut, ich bin einverstanden«, verkündete Roc.

»Peter! Peter!« Erregt sprang Kinsdale auf. »Laufen Sie sofort zum Pfarrhaus und holen Sie Reverend Martin! Und seine Tochter Mary! Die soll Skye vertreten.«

Roc nickte. »Tun Sie das, Peter.« Zum Gouverneur gewandt, fuhr er fort: »Würdest du als Trauzeuge fungieren, Alexander?«

»Sicher, wenn Theos Papiere in Ordnung sind und es dein Wunsch ist.«

»Es ist mein Wunsch.«

Betrübt starrte Spotswood auf den Tisch. »Schade um das köstliche Essen ...«

Wenig später eilte ein atemloser Reverend Martin mit seiner errötenden Tochter herein. Die zeremoniellen Worte wurden gesprochen, die Papiere unterzeichnet.

Das Dinner interessierte Kinsdale nicht mehr, der Zweck seines Besuchs war erfüllt. »Alle sollen erfahren, daß du sie geheiratet hast. Der Name Cameron wird sie schützen.«

»Theo ...« Roc versuchte ihn zurückzuhalten, aber sein Schwiegervater hatte es eilig und beauftragte Peter, den Kutscher und den Kammerdiener zu rufen, da er noch vor Einbruch der Dunkelheit nach Hause fahren wollte. »Theo, hör doch! Auf offener See gibt es keine Garantien. Verstehst du denn nicht, Mann ...«

Kinsdale umklammerte seine Hände. »Vielen Dank, und vergiß nicht — sie fürchtet die Finsternis mehr als alles andere. Bewahre sie davor! Ich habe ein Medaillon mit ihrem Bild auf den Tisch gelegt.«

Resignierend begleitete Lord Cameron seinen Gast zur Tür. Der Wagen wartete bereits, Laternen hingen am Baldachin über dem Kutschbock.

»Mein Junge, ich vertraue auf Gott den Allmächtigen, auf deinen Namen und deine Ehre.« Ohne sich noch einmal umzudrehen, stieg Kinsdale ein und fuhr davon.

Roc kehrte ins Speisezimmer zurück, wo man Spotswood eine aufgewärmte Portion Rehbraten serviert hatte. »Komm und iß!« rief der Gouverneur. »Das ist dein Hochzeitsmahl.« Er hielt das Medaillon in der Hand, und sein Freund lachte gequält. »Willst du deine junge Frau nicht sehen?«

»Schielt sie?«

»Nein, sie ist sehr schön.«

»Das kannst du dieser Miniatur entnehmen?«

Spotswood ließ das Medaillon zuschnappen und steckte es ein. »Ich kenne die Lady. Seit dieser Begegnung sind einige Jahre verstrichen, aber das Kind hat vielversprechend ausgesehen.«

»Wie erfreulich«, murmelte Roc düster.

»Sie besitzt einen eisernen Willen, mein Lieber, und ein lebhaftes Temperament, ist mutig und intelligent und ...«

»Sie wird hier ankommen und sich um ihren eigenen

Kram kümmern«, fiel Roc dem Gouverneur tonlos ins Wort. »Und ich befasse mich mit meinen Angelegenheiten.«

Lächelnd schaute Spotswood auf seinen Teller. »Das bezweifle ich.«

»Wie bitte?«

»Es scheint so, als würdest du früher lossegeln als erwartet.«

»So scheint es.« Lord Cameron goß sich einen Whisky ein. »Auf meinen Vetter, Gouverneur! Auf den Silberfalken! Auf daß unsere Verhandlungen zu einem günstigen Ergebnis gelangen.«

»Auf den Silberfalken.« Spotswood prostete ihm zu.

Mit einem Knall stellte Roc sein Glas auf den Tisch und verließ das Zimmer. Nur mühsam hielt er seine Wut in Zaum. Gouverneur Alexander Spotswood senkte seinen Drink etwas langsamer, zog das Medaillon hervor und öffnete es. Bewundernd musterte er das schöne, zarte Gesicht. »Und auf dich, Lady Cameron«, flüsterte er. »Ich freue mich auf deine Heimkehr, Skye, und würde gern die Funken fliegen sehen, wenn du deinen Mann kennenlernst! Wäre ich nicht der Gouverneur, ich würde selber Segel setzen, denn das wird bestimmt ein faszinierendes Abenteuer.«

Er schloß das Medaillon und hätte es beinahe auf dem Tisch zurückgelassen. Kinsdale hatte es immerhin für Roc Cameron hinterlegt. Doch dann grinste Spotswood boshaft und steckte es wieder ein. Sollte er doch glauben, seine Frau würde schielen ...

Langsam erlosch sein Lächeln. Die Piraten würden Lord Kinsdales Schiff verfolgen, wenn sie erfuhren, daß es ausgelaufen war. Nicht nur die Tochter, eine wertvolle Geisel, war an Bord, sondern auch ihr persönliches Eigentum und vermutlich noch einiges mehr. Natürlich, sie könnte den Ozean unbeschadet überqueren — doch das war zweifelhaft. In welch einem beklagenswerten Zustand sich die Welt befand …

»Diese verdammten Piraten!« fluchte er zornig.

In der Tat eine traurige Welt. Piraten machten die Küsten unsicher, ein Deutscher saß auf dem englischen Thron.

Er klopfte auf die Truhe, in der er das Medaillon verwahrte. »Nimm dich in acht, Mylady«, murmelte er. »Ich fürchte, für dich hat der Gewittersturm bereits begonnen.«

I

9. Juli 1718
Auf dem Atlantik

»Die schwarze Piratenflagge! Die Totenkopfflagge kommt auf uns zu!«

Skye Kinsdale erreichte gerade rechtzeitig das Ruder, um den Ruf zu hören, den der Mann im Ausguck voller Angst hervorstieß. Sie taumelte auf den heftig schwankenden Planken, ein Blitz zerriß die dunklen Wolken und beleuchtete das Schiff, das der *Silver Messenger* wie ein gespenstisches Echo durch die Nacht folgte. Mühsam trimmte die Besatzung die Segel, um den Sturm zu bekämpfen, der den Atlantik heimsuchte. Und nun drohte eine weitere Gefahr, als das Geisterschiff seine wahre Flagge offenbarte — ausgebleichte Gebeine vor dem schwarzen Hintergrund ewiger Nacht.

»Kapitän! Die schwarze Piratenflagge!« wiederholte der Beobachtungsposten.

»Der Totenkopf und die gekreuzten Gebeine«, sagte Skye bestürzt. Sie stand nun neben Kapitän Holmby, und der unglückliche Ausluger, der hoch oben im Krähennest saß, starrte auf sie herab — Davy O'Day aus County Cork, erst kürzlich auf dem Schiff ihres Vaters angeheuert. Beim Anblick ihres feurig-goldenen Haares, ihrer feinen, schönen Gesichtszüge und der leuchtenden, aquamarinblauen Augen schwand die Furcht um seine eigene Haut. Der Wind peitschte den weiten Umhang eng an ihre wohlgeformte Gestalt und ließ die Lokken tanzen. Ob sie in Gefahr schwebte oder sich ihre Lebens freute — stets schien sie zu vibrieren vor Vitali tät, als wäre sie ein Teil der Elemente, die nun das Schif umtosten.

Seit Davy zum erstenmal einen Fuß an Bord gesetzt hatte, betete er sie an. Lachend und fröhlich, aber immer damenhaft, interessierte sie sich für alles in ihrer Umgebung. Er liebte sie so heiß, wie ein kleiner, irischer Junge das vermochte, und nun gelobte er, sie unter Einsatz seines Lebens zu retten. Piraten! Heilige Mutter Gottes!

Ungeduldig schaute Holmby zu ihm herauf. Davy fand seine Sprache wieder und fragte sich, ob der Kapitän ihn verstanden hatte. »Die Totenkopfflagge, Sir! Ein Piratenschiff! Wir werden angegriffen!«

»Ja, ich weiß, mein Junge. Mr. Gleason!« rief Holmby seinem Obermaat zu. »Mein Fernglas!«

Ängstlich, aber auch fasziniert, beobachtete Skye, wie der Obermaat vortrat und dem Kapitän das Fernrohr reichte. An diesem Morgen hatte sich das Wetter zusehends verschlechtert, das Schiff stampfte und rollte auf weißen Schaumkronen. Ein starker Unwettergeruch hing in der Luft, ein sonderbares Grau verdunkelte den Himmel, immer kälter und wilder blies der salzhaltige Wind.

An einem solchen Tag mußte man Stürme und den Zorn Gottes fürchten, aber niemand segelte heutzutage über die Meere, ohne auch vor den verdammten Piraten zu bangen, die überall auf dem Atlantik und in der Karibik lauerten. Und Schwarzbart und Anne Bonny, Jack der Einäugige, der Silberfalke und ihresgleichen durften oft genug auf kostbare Beute hoffen.

Doch dies war nicht die richtige Witterung für einen Piratenangriff. Die Schurken, das hatte der Kapitän Skye am Vorabend versichert, attackierten nicht gern, wenn sie nicht nur von Kanonen, sondern auch von König

Neptun bedroht wurden. Nein, meinte Holmby, sie würden ungefährdet weitersegeln, mochte das Gewitter auch noch so wütend toben, und die Reise über den Atlantik bald beenden. Sie würde zu ihrem Vater nach Williamsburg zurückkehren und dann dem glücklichen Bräutigam überantwortet werden. Bei diesen Worten hatte er ihr zugezwinkert und, weil er so ein lieber alter Mann war, ein sanftes Lächeln zum Lohn erhalten.

Aber die Frage, ob sie heiraten würde, stand auf einem anderen Blatt. Ihr Vater hatte einen Mann für sie ausgesucht, den sie gar nicht kannte. Sie wußte zwar, daß ein solches Arrangement üblich und schicklich war, doch sie akzeptierte es nicht. Mochten die Camerons die schönste Plantage in Tidewater, Virginia, ihr eigen nennen und Lord Cameron ein großartiger Gentleman sein — Skye betrachtete sich nicht als Gegenstand, um den man feilschen, den man verkaufen oder in Besitz nehmen konnte. Nein, sie beabsichtigte keineswegs, als Braut in Virginia einzutreffen. Irgendwie würde sie der Hochzeit entrinnen.

Aber nicht auf diese Weise! Nicht, indem sie sich von Piraten rauben ließ! Es mußte einen legitimen Weg geben. Skye und ihr Vater standen sich seit dem frühen Tod der Mutter sehr nahe. Stets hatte sie ihren Willen durchgesetzt — bis vor sechs Monaten, wo er zu ihr in die Londoner Schule gekommen war, um zu erklären, sie müsse nach Hause zurückkehren. Sie war so glücklich gewesen. Und dann hatte er ihr mitgeteilt, sie würde heiraten. Natürlich versuchte sie ihn umzustimmen — erst mit sanften Schmeicheleien, dann mit Wutausbrüchen. Aber er beharrte auf seinem Wunsch. Noch bevor sie Gehen gelernt hatte, war irgendein albernes Abkommen geschlossen worden, dem zufolge sie Lord Petroc Cameron ehelichen mußte, und ihr Vater ließ sich nicht zur Vernunft bringen. Sie redete und schrie und stampfte mit dem Fuß auf — es nützte alles nichts. Lord Theodore Kinsdale umarmte sie liebevoll und sagte, nach dem Ende des Semesters in Mrs. Poindexters Schule für feine Damen würde er sie in Williamsburg erwarten. Die erfreuliche Aussicht, Mrs. Poindexter verlassen zu dürfen, hatte sie bewogen, sich vorerst geschlagen zu geben und den Kampf in der Neuen Welt fortzusetzen. Diese Heirat würde ihr erspart bleiben ...

Ja — weil nun ein Piratenschiff geradewegs auf sie zukam.

Plötzlich erhellten gelbrote Flammen den Himmel, die Seeräuber eröffneten das Feuer.

»Jack der Einäugige!« schrie Holmby und zeigte mit dem Fernrohr auf die Verfolger. »Er will uns rammen und entern! Mr. Gleason! Alle Mann an Deck! Zu den Geschützen!«

Das Geschoß traf die *Silver Messenger* nicht, aber ganz in der Nähe spritzte eine Wasserfontäne hoch, wie von einem riesigen Wal aufgewirbelt.

»Es ist Jack der Einäugige?« Kalte Angst stieg in Skye auf, obwohl sie versuchte, eine tapfere Miene aufzusetzen. Sie hatte Geschichten über diesen Mann gehört. Geiseln nahm er nur, wenn es ihm gerade paßte. Brave Männer streckte er ebenso skrupellos nieder wie er Fliegen erschlug. Und Frauen ... Rasch verdrängte sie diesen Gedanken, sonst würde wilde Panik ihre Vernunft ausschalten, ihre Willenskraft und ihren Kampfgeist lähmen.

»Ja, Jack der Einäugige«, bestätigte Holmby. »Sie sehen die Flagge, Mylady. Sogar seinem Totenschädel fehlt eine Augenhöhle.« Geistesabwesend tätschelte er ihre Hand. »Beidrehen, Mr. Gleason!« Seine blauen Augen richteten sich auf Skye. »Lady Kinsdale, ich lasse Sie jetzt in Ihre Kabine bringen.«

»Aber, Sir ...«

»Nein, besser in meine Kabine. Dort sind Sie in Sicherheit, wenn der Beschuß anhält ...« Er verstummte und schluckte verlegen. »Ich meine nicht ...«

»Sir, ich bin kein Kind mehr.« Auf keinen Fall würde sie tatenlos herumsitzen und sich niedermetzeln lassen, wenn die Heiden an Bord kamen. Sie wußte zu kämpfen, und das würde sie auch tun.

»Komm herunter, Davy!« rief der Kapitän zum Krähennest hinauf. »Bring Lady Kinsdale in meine Kabine!«

»Aye, aye, Sir!« antwortete der Junge und kletterte blitzschnell herab.

»Haben Sie keine Angst, Mylady, wir werden diese Prüfung bestehen.«

»Ich fürchte mich nicht vor der Gefahr, sondern vor der Kabine ...«, begann sie, doch er beachtete sie nicht mehr. Hastig erteilte er dem Obermaat seine Befehle, und dieser gab sie an die Besatzung weiter, überschrie den Lärm des Sturms, der Wellen und der Geschütze, die mit den Donnerschlägen wetteiferten.

»Kommen Sie, Mylady!« Davy ergriff Skyes Hand und rannte mit ihr über das Deck. Sie wichen Seeleuten und verstreuter Takelage aus, dann erreichten sie die Tür zur Kapitänskajüte.

Der Raum war elegant eingerichtet, mit einem großen Schreibtisch aus Eichenholz, Damastvorhängen und einer Koje, von Bücherregalen umgeben. Auf der Tischplatte stand immer noch das hübsche, für den Kapitän reservierte Teeservice. Vermutlich hatte er gerade Tee getrunken, als er wegen des Gewitters und der Annäherung eines unbekannten Schiffs an Deck gerufen worden war.

»Gott mit Ihnen, Mylady!« rief Davy. »Später komme ich noch mal vorbei und ...«

»Nein!« protestierte sie mit scharfer Stimme, dann lächelte sie leicht verlegen. Sie würde sich wohl fühlen, solange Licht brannte, solange die Tür nicht verschlossen wurde. »Bitte, Davy, sperr mich nicht ein.«

»Nein, Mylady, wenn Sie's nicht wünschen ...«

»Danke. Geh jetzt. Gott schütze dich.« Als er die Tür hinter sich zuzog, lehnte sie sich dagegen. Sie hörte, wie seine Schritte verklangen, wie der Obermaat die Befehle des Kapitäns brüllte. Plötzlich schrie sie auf. Ein heftiger Ruck ging durch das Schiff, so daß sie gegen den Schreibtisch geschleudert wurde. Klirrend fiel das Porzellan zu Boden. Eine Kanonenkugel mußte das Schiff getroffen haben.

Skye vernahm einen qualvollen Schmerzensschrei, dann wurde die *Silver Messenger* von neuem erschüttert. Mit dumpfem Krach bohrten sich Enterhaken in das Holz des Rumpfs, wie die gigantischen Fänge eines bösen Ungeheuers.

Sie rieb ihre Schulter an der Stelle, wo sie gegen die Tischkante geprallt war, und richtete sich vorsichtig auf. Der Rock ihres neuen, von Goldfäden durchwirkten Kleids war an einem geschnitzten Tischbein hängengeblieben, und sie riß ihn hastig los. Rauch drang in die Kabine. Rauch vom Kanonenfeuer, das vermutlich mehrere Segel in Brand gesteckt hatte. Schreiende Männer rannten über das Deck, Stahl klirrte, beißender Pulvergestank mischte sich in die grauen Schwaden.

Skye konnte kaum noch atmen. Sie lief zur Tür und öffnete sie einen Spaltbreit. Eisiges Grauen drohte das Blut in ihren Adern zu gefrieren. Direkt vor ihren Füßen lag die Leiche des guten Kapitäns. Seine Besatzung kämpfte immer noch an Deck, aber es war nur zu offensichtlich, daß die Piraten als Sieger aus dieser Schlacht hervorgehen würden. Sie preßte die Hände auf die Ohren, um sie vor dem wilden Lärm zu schützen, und schloß die Lider, in tiefer Trauer um den tapferen Holmby und seine Männer.

Beim Klang weiblicher Stimmen riß sie die Augen wieder auf. Die jungen irischen Dienstmädchen waren in ihrem Quartier entdeckt worden. Bessie kreischte verzweifelt, Tara stieß nur mehr einen halberstickten Laut aus. Und dann sah Skye, wie die beiden Frauen mitschiffs gezerrt wurden, unter das Großsegel. Ringsum ging Holz in Flammen auf, die Scharmützel tobten immer noch. Aber kein galanter Ritter kam den Mädchen zu Hilfe, alle Männer waren in ihre eigenen Kämpfe verstrickt.

»Nein!« flüsterte Skye und biß sich in die Unterlippe.

Aber es gab keine Rettung. Trotz des dunklen Tages und der zuckenden Blitze, trotz des drohenden Regens, des widerwärtigen Gestanks von verkohltem Holz und versengtem Fleisch beschlossen einige Piraten, ihre Lust zu befriedigen. Tara, ein Mädchen mit sanften blauen Augen und schneeweißer Haut, wurde auf die Decksplanken geworfen und gegen einen Wassereimer geschleudert. Keiner der wilden Schurken schien ihren Schmerzensschrei zu hören. Zu viert attackierten sie die beiden Mädchen — ein Junge mit weißblondem Bart, einer mit Zahnlücken, ein Graukopf und ein häßlicher, dunkelhaariger Kerl mit gelbem Gebiß voller Tabakflekken.

Skye schloß die Augen und lehnte sich an den Türrahmen. Sie durfte das nicht zulassen. Aber was konnte sie tun? Gemeine Bestien hatten das Schiff in ihrer Gewalt, das Böse würde über das Gute siegen. Auch sie würde man finden. War es nicht besser, im Kampf zu sterben, als wie eine schwache Füchsin in die Enge getrieben und eingefangen zu werden?

Sie schaute zum Schreibtisch des Kapitäns hinüber. Darüber hingen zwei edle Damaszener Dolche. Gefährlich schlingerte das Schiff, als sollte es vom Meer verschluckt werden.

In einem kurzen Gebet bat sie Gott um Vergebung ihrer vielen Sünden, nicht zuletzt ihres unbezähmbaren Stolzes, dann sprang sie über den Tisch und riß einen Dolch aus der Scheide, die an der Wand befestigt war. Sie fühlte den Stahl in der Hand, schwenkte die Klinge durch die Luft, prüfte das Gewicht. Rasch rannte sie aus der Kabine, ehe der Mut sie verlassen konnte.

In einer Hand hielt sie den Dolch, mit der anderen raffte sie ihre Röcke. Draußen auf dem Deck drang ihr der widerliche Gestank der Schlacht noch stärker in die Nase. So viel verbranntes Fleisch! Zerbrochenes Holz, zerbrochene Glieder, lodernde Segel! Sie schluckte und widerstand der Versuchung, beim Anblick des Kapitäns, dessen Augen leer nach oben starrten, in Ohnmacht zu fallen. Dann straffte sie die Schultern und stieg über den Toten hinweg. Bis jetzt war sie im wilden Getümmel unbemerkt geblieben. Aber sehr bald würde man sie entdecken.

Mutig stürzte sie sich auf die Männer, die Tara und Bessie festhielten. »Laßt sie los!« befahl sie und zückte den Dolch in die Richtung des Graukopfs, der an Taras Rock zerrte.

Er starrte sie an, auch die anderen hielten verblüfft inne. Dann grinste der Graukopf und leckte sich über die Lippen. »Da haben wir ja noch was viel besseres gefunden, Jungs!« Er ließ Taras Rock los und stand auf. »Guten Tag, Mylady. Mein Name ist Samuel, und wir beide werden uns bestimmt ganz ausgezeichnet miteinander amüsieren.«

»Halten Sie den Mund und treten Sie beiseite. Und Sie!« herrschte sie den blonden Jungen an, der die arme Bessie schon beinahe überwältigt hatte. »Stecken Sie Ihre Männlichkeit schleunigst wieder in die Hose, sonst schneide ich sie ab!«

Samuel brach in schallendes Gelächter aus, während

der Junge diese Drohung weniger komisch fand. Hastig sprang er auf und zog die Kordel zu, die seine Hose zusammenhielt.

»Eine couragierte Lady!« meinte Samuel vergnügt. »Gebt mir mal ein Schwert. Dieses Vögelchen will ich unbedingt haben.«

»Du mußt sie aber mit uns teilen«, verlangte der Blondschopf.

»Mal sehen, wie die Lady zu kämpfen versteht! Ich finde, diese Beute sollte zuerst mir gehören!« rief eine neue Stimme, und Skye wirbelte herum.

Jack der Einäugige brauchte sich nicht vorzustellen. Eine schwarze Binde verdeckte die leere Augenhöhle, ein lüsternes Lächeln entblößte faulige Zähne. Er war ein kleiner, sehniger Mann mit Schnurrbart.

»Ich habe den Kapitän dieses Schiffs getötet!« schrie Sam. »Deshalb steht sie mir zu! Gebt mir ein Schwert!«

»Gut, Sam, du kämpfst mit ihr.« Jack warf ihm eine Waffe zu. »Dann werden wir verhandeln.« Er grinste Skye wieder an, und sie gelobte sich, lieber zu sterben, als von diesem Mann vergewaltigt zu werden. Nun verfluchte sie ihre unbedachte Handlungsweise. Statt Samuel zu warnen, hätte sie ihn einfach erstechen sollen, während er mit Tara beschäftigt gewesen war. Nun würde sie für ihr moralisches Vorgehen bitter bezahlen müssen.

»Sir!« rief sie und ging in Stellung. Ehe sie auf Mrs. Poindexters Schule gegangen war, hatte ihr Vater sie nach Frankreich geschickt und ihr von einem berühmten Fechtmeister Unterricht geben lassen. Samuel war zwar stark und kampferprobt, beherrschte aber keine Finessen. Sie wußte, daß sie ihn besiegen konnte. Und danach? Zwanzig oder fünfzig weitere Piraten mußten abgewehrt werden — oder noch mehr.

»Ich glaube, Sie sind gar keine Lady!« rief Sam, und

ein bösartiges Glitzern trat in seine Augen. Jetzt kämpfte er nicht mehr um eine Beute, sondern um sein Leben. Hart prallten die Klingen aufeinander. Er versuchte seine Körperkräfte einzusetzen, aber Skye war zu schnell, parierte und fintierte und entkam seinen zornigen Angriffen. Schließlich sprang sie auf eine umgestürzte verkohlte Segelstange, und als er sein Schwert in ihre Richtung schwang, duckte sie sich blitzschnell, drehte eine Pirouette, und ihr Dolch bohrte sich in den Bauch ihres Gegners. Er stürzte, und nach wenigen Sekunden wurde das wütende Feuer in seinen Augen vom glasigen Eis des Todes verdrängt.

Plötzlich merkte sie, wie still es an Bord geworden war. Nirgends fanden Zweikämpfe statt, die überlebenden Besatzungsmitglieder, von Klingen an den Kehlen in Schach gehalten, starrten Skye ebenso an wie die Piraten. Und dann klatschte Jack der Einäugige in die Hände. Ohne seinen Respekt zu verhehlen, musterte er sie. »Madame, zuletzt werden Sie sich mit mir messen.«

Sie hatte keine Wahl. Den Dolch erhoben, wich sie zum Mast zurück, schaute nach allen Seiten und erwartete den nächsten Gegner. Es war der blonde Junge. Er folgte ihr, spuckte auf die Planken, irgend jemand reichte ihm ein Schwert. »Mylady?« Spöttisch verbeugte er sich. Dann sprang er vor.

Skye hatte leichtes Spiel mit ihm, denn er war bei weitem nicht so kräftig wie sein älterer Kamerad. Bald sah sie Schweißperlen auf seiner Stirn.

»Lady Skye!« Nur für eine Sekunde lenkte Davys Ruf sie vom Kampf ab. Der Junge warnte sie vor einem zweiten Mann, der hinter ihrem Rücken sein Schwert gezogen hatte. Ein Pirat, dessen kahler Schädel von einem roten Tuch umwunden wurde, schlug Davy mit einem Pistolengriff auf den Kopf, und der kleine Ire sank lautlos zu Boden.

Instinktiv näherte sich Skye dem betäubten Jungen. Mit einem weit ausholenden Schwertstreich zerfetzte der Blondschopf ihren Rock. Und sie wich gerade noch rechtzeitig zur Seite, ehe die Stahlspitze ihre Haut treffen konnte.

»Keine Angst, Mylady!« rief der Glatzkopf. »Der Junge ist nicht tot, er schläft nur!«

»Ich wünsche keine Störung mehr!« erklärte Jack der Einäugige. »Falls sie unter der Bettdecke genauso temperamentvoll ist, will ich sie lebend haben.«

Für diese Männer ist dieser Kampf ein Spiel, dachte Skye. Auch Mord und Totschlag werden ein Spiel für sie bleiben, bis sie in ihrem eigenen Blut ertrinken.

»En garde, Monsieur!« forderte sie ihren blonden Gegner auf, und dann stolperte sie vornüber, wie alle anderen. Plötzlich war ein neues Monstrum aus dem Grau des stürmischen Tages aufgetaucht. Das Schiff wurde an der Backbordseite gerammt. Besatzungsmitglieder und Piraten rangen um ihr Gleichgewicht und blickten sich verwirrt um.

Niemand hatte das Schiff herankommen sehen, das scheinbar wie ein Meeresgespenst aus der Tiefe emporgestiegen war.

Wildes Geschrei ertönte, und Skyes Duell war unterbrochen. Ihre Hoffnung, dies könnte die Rettung sein, wurde jedoch rasch enttäuscht. Ein zweites Piratenschiff …

Musketen flammten auf, gellendes Gebrüll erklang, wieder gruben sich Enterhaken ins Holz, und aus der Takelage sprangen die Neuankömmlinge auf die Decksplanken. Die Schlacht begann von neuem.

»Der Silberfalke!« schrie jemand. »Da oben, im Tauwerk! Legt die Waffen weg, dann wird er euch nicht töten!«

»Pah, du Feigling!« rief ein anderer. »Jack der Einäugige ist mein Kapitän, und ich werde nicht vor dem Silberfalken zu Kreuze kriechen!«

»Seht doch, da ist er!«

Skye vergaß ihren Gegner. Die Waffe gesenkt, starrte sie hinauf.

Und da sah sie ihn, schwarz gekleidet vom Scheitel bis zur Sohle. Das Hemd schien aus schwarzer Seide zu sein, der Rock, silbern durchwirkt, aus Brokat. Die enge Kniehose steckte in schenkelhohen Stiefeln, eine silberne Adlerfeder schmückte den schwarzen Hut. Ein sorgsam gestutzter, schwarzsilberner Bart bedeckte das Kinn, über der Oberlippe wellte sich ein stilvoller schwarzer Schnurrbart. Flink und behende kletterte er an der Takelage herab, landete auf dem Deck, und sobald seine Füße die Planken berührten, war er auch schon in einen Zweikampf verwickelt. »Ergeben Sie sich und überlassen Sie mir die Beute, Messieurs, oder Sie werden sterben!« Seine Stimme glich einem Donnerschlag, der den Himmel herausforderte.

Zunächst leisteten stolze, altgediente Piraten Widerstand, doch sie fielen so schnell, daß Skye kaum einen Kampf beobachten konnte. Aber sie sah die Klinge des Silberfalken aufblitzen, seine geschmeidigen Sprünge, das anmutige Tänzeln. Keiner wagte sich allein an ihn heran. Nur gruppenweise griffen sie ihn an, fanden aber unweigerlich den Tod.

Fasziniert schaute Skye zu, ohne an ihre eigene Gefahr zu denken. Immer mehr Anhänger des Silberfalken kamen auf das zerstörte Schiff, neue Scharmützel wurden ausgefochten.

Schließlich befahl der Silberfalke: »Nehmt einige Besatzungsmitglieder als Geiseln!«

»Falke, ich werde Sie töten!« schrie Jack der Einäugige.

»Ein tapferes Wort, Jack! Lassen Sie ihm die Tat folgen!«

Ringsum prallte Stahl auf Stahl, die Hitze des Gefechts steigerte sich.

Plötzlich stürzte sich der Blondschopf mit wutverzerrtem Gesicht auf Skye, und sie parierte in letzter Sekunde seinen Schwerthieb. Der nächsten Attacke wich sie mit einem Seitensprung aus und stach ihrem Gegner die Spitze ihres Dolchs in den Hals. Blutüberströmt brach er zusammen, und sie schwankte keuchend inmitten der klirrenden Klingen.

Und dann herrschte auf einmal Grabesstille, sogar der Sturm war verstummt. Die drohenden grauen Gewitterwolken, von Pulverdampf und Flammenrauch verstärkt, hoben sich hoch wie künstlicher Nebel auf einer Londoner Bühne, und Skye glaubte, ringsum seltsame Schauspieler zu sehen. Die Besatzung war zur Achterkabine gedrängt worden, die Männer des Silberfalken hielten sie mit Waffengewalt unter Kontrolle. Der zweite Maat stützte den kleinen Davy, der seinen Kopf betastete. Jack der Einäugige würde Skye nie mehr lüstern angrinsen. In einer Blutpfütze lag er vor dem Besanmast.

Und auf der Teakholzbalustrade, die sich bis zum Ruder erstreckte, stand der Silberfalke, eine schwarzbehandschuhte Hand am Schwertgriff, und starrte auf Skye und ihren gefallenen Widersacher. »Bravo, Mylady! Und nun seien Sie ein braves Mädchen und werfen Sie Ihre Waffe weg.«

Offensichtlich hatte er das Schiff gekapert. Aber sie hatte sich der ersten Piratenbande nicht unterworfen, und vor der zweiten würde sie ebensowenig kapitulieren. Als sie den Kopf schüttelte, hob der Silberfalke erneut die Brauen, sprang von der Balustrade und kam auf sie zu. »Sie ergeben sich nicht, Mylady?«

»Niemals«, erwiderte sie leise.

Ein hysterischer Schrei erreichte sie. »Werfen Sie den Dolch weg, Mylady, dann läßt er Sie am Leben!« Dieser

Ruf stammte von Bessie, die von einem der Neuankömmlinge festgehalten wurde, einem attraktiven, dunkelhaarigen jungen Piraten. »Heilige Mutter Gottes, Mylady, wenn Sie's tun, wird er uns schonen ...«

»Still, Mädchen!« Der Bursche brachte sie zum Schweigen, indem er sie in die Rippen kniff. »Was sollen wir mit diesen Weibern machen, Kapitän?«

»Was Sie wollen, Robert«, antwortete der Silberfalke, ohne Skye aus den Augen zu lassen.

Lauter Jubel brach aus. Plötzlich befreite sich der kleine Davy vom Griff des zweiten Maats und stürmte zum Silberfalken, der sich so schnell wie ein Tiger bewegte und sein Schwert hob. Der Junge würde sterben, das wußte Skye.

»Nein!« rief sie und warf sich zwischen den Piraten und Davy. Sie prallte mit dem kleinen Iren zusammen, und beide stürzten auf die Planken. In einem Durcheinander aus Röcken und Unterröcken rappelte sie sich auf und ignorierte die hilfreiche Hand, die ihr der Silberfalke entgegenstreckte. Den Dolch hatte sie nicht losgelassen. Nun wich sie zurück, die Schneide gezückt.

Lachend verneigte er sich. »Wie Sie wünschen, Mylady.« Gebieterisch hob er sein Schwert. »Jemand soll den Kleinen wegholen! Er scheint seiner Lady eine geradezu idiotische Loyalität entgegenzubringen, und ich möchte mich nicht gezwungen sehen, ihn zu töten.«

Ein Mann zerrte Davy davon, der sich erbittert wehrte, aber Skye konnte nicht mehr auf ihn achten. Das Schwert des Silberfalken blitzte auf, die Klingen trafen sich. Der stählerne Zusammenprall war grauenvoll, und sie konnte den Griff ihres Dolchs kaum festhalten. Sie hatte den Tod herausgefordert. Gegen diesen Mann vermochte sie sich nicht zu behaupten. Aber wenn sie nicht kämpfte — erwartete sie dann nicht ein noch schlimmeres Schicksal als das Ende ihres Lebens?

»Mylady ...« Er trat ein wenig zurück und erlaubte ihr, den Dolchgriff fester zu umfassen.

»Sir ...« Sie ging wieder in Stellung.

Der dunkelhaarige Mann, der Bessie festhielt, warf sie in die Arme eines anderen und sprang vor. »Kapitän, die Lady ist im Nachteil! Ihre Röcke behindern sie!«

»Schneiden Sie das Zeug runter, Robert«, befahl der Silberfalke.

Beinahe hätte Skye aufgeschrien. Der hübsche junge Pirat schwang sein Schwert hoch, Röcke und Unterröcke wurden ihr vom Körper gerissen, bis sie nur noch in der Unterhose dastand, die von den Resten ihres zerfetzten Kleids kaum verhüllt wurde. Das Blut stieg ihr in die Wangen, aber sie reckte das Kinn hoch, ohne auf ihre demütigende Blöße hinabzublicken. Nun mußte sie sich an ihren Stolz und ihren Mut klammern, denn sie waren alles, was sie noch hatte.

»Mylady?«

»Ich bin bereit, Sir.«

»Ich warte auf Ihren Angriff, Lady ...«

»Kinsdale.«

»Kinsdale!«

Der Name schien ihn zu überraschen, und sie nutzte seine momentane Verwirrung, um zu attackieren. Geschickt parierte er den Hieb, wich zur Balustrade zurück und sprang hinauf. Sie folgte ihm, und dann merkte sie, daß er ihre Angriffe nicht erwiderte, sondern nur abwehrte. Und dabei beobachtete er sie mit silbergrauen Augen, die seiner Schwertklinge und dem stürmischen Meer glichen.

Lachend applaudierten die Piraten, und Skye erkannte, daß es kein Entrinnen gab — nicht einmal im unwahrscheinlichen Fall, daß sie diesen Kampf als Siegerin beenden würde. Doch das alles schien keine Rolle mehr zu spielen. Ihr erschöpfter Arm fühlte sich wie Blei an, das stählerne Klirren vibrierte in ihrem ganzen Körper. Verbissen attackierte sie, immer schneller, suchte nach einer Schwachstelle ihres Gegners. Aber die gab es nicht. Gelassen parierte er jeden Hieb, und dabei lächelte er sogar. Aber je klarer sie erkannte, daß sie das Duell unmöglich gewinnen konnte, desto vehementer kämpfte sie.

»Passen Sie auf, Falke! Angeblich versteht sie es, den kostbarsten Teil eines Mannes zu bedrohen!« scherzte ein Pirat.

»Mit einer Fistelstimme kann ich mir den Kapitän nun wirklich nicht vorstellen«, spottete ein anderer.

»Vorsicht, Falke, sie ist zu allem entschlossen!«

Das war Skye tatsächlich. Und so nahm sie bei einer Verzweiflungstaktik Zuflucht. Sie senkte den Dolch, und als der Silberfalke näher trat, schwenkte sie die Klinge mit aller Kraft nach oben. Nur um Haaresbreite verfehlte sie seinen Schenkel. Er sprang zurück, Gelächter klang auf, eine deutliche Drohung glitzerte in den Silberaugen. »Mam'selle, ich beginne zu glauben, daß Sie keine Lady sind.« Anscheinend hatte er dieselbe Schlußfolgerung gezogen wie jener Zuschauer.

»Und Sie, Sir, sind gewiß kein galanter Ritter.«

»Ich bin Pirat.«

»Und ich Ihr Opfer. Deshalb werde ich mit allen mir zur Verfügung stehenden Mitteln kämpfen.«

»Wirklich?«

»Allerdings.« Wieder zerschnitt ihr Schwert die Luft, und beinahe errang sie einen Erfolg. Jeden anderen Mann hätte der Hieb vom Unterleib bis zur Kehle aufgeschlitzt. Aber der Silberfalke bewegte sich zu schnell. Er hatte die Attacke vorausgeahnt und parierte sie behende und kraftvoll.

»Wir haben Sie gewarnt, Kapitän!« rief jemand.

»Das bestreite ich nicht«, antwortete er, dann senkte

er die Stimme. »Vorsicht, Mam'selle, sonst wende ich ebenso bösartige Fechtregeln an.«

»Kennen Sie überhaupt irgendwelche Regeln, Monsieur? Wissen Sie, was Fairplay ist?«

»Genau das gestehe ich Ihnen zu, Mylady.«

»Sie sind ein Bastard und gestehen mir überhaupt nichts zu. Welcher Mann findet es ehrenhaft, gegen eine Lady zu kämpfen?«

Nun glaubte sie, seinen schwachen Punkt gefunden zu haben, denn er hielt nachdenklich inne. Diesen Augenblick würde sie nutzen, um ihn zu überwältigen, und es mußte ihr gelingen, denn sie fühlte ihre letzten Kräfte schwinden.

Abrupt griff sie an, und er schlug ihren Dolch mit einem gezielten Hieb beiseite, mit einem so gewaltigen Streich, daß sie das Gleichgewicht verlor. Anscheinend hatte er bisher nur mit ihr gespielt, nur ein Zehntel seiner Stärke und seines Geschicks eingesetzt. Schreiend stürzte sie, und ihr Dolch flog hoch in die Luft und verschmolz mit dem silbergrauen Tag. Mühsam rang sie nach Atem, ihr Arm schmerzte, in ihrem Kopf drehte sich alles.

Lächelnd blickte der Falke auf sie herab. »Ein Mann, der von einer Frau herausgefordert wird, muß sie bekämpfen, Mam'selle. Sie läßt ihm keine Wahl. So, Jungs, es ist vorbei! Bringt die Schiffsbesatzung unter Deck, und verfrachtet Jacks Leute in den Laderaum.«

»Und die Frauen?« fragte sein dunkelhaariger Lakai.

»Was mit ihnen geschehen soll, wissen Sie«, erwiderte der Silberfalke sanft.

Robert trat vor. »Ich werde Lady Kinsdale ...«

»O nein«, fiel ihm sein Kapitän ins Wort. Er stellte sich über Skye, so daß seine Stiefel zu beiden Seiten ihres Körpers die Reste der zerfetzten Kleidung und rotblonde Locken festhielten. Empört wollte sie sich befreien, gab ihre Bemühungen aber auf, als ihr Haar schmerzhaft an der Kopfhaut zerrte, und biß die Zähne zusammen. An langen, muskulösen Schenkeln vorbei, blickte sie zu einer breiten Brust und eiskalten Gesichtszügen hinauf.

Langsam sank er hinab und klemmte sie zwischen seine kraftvollen Beine. »Verschwindet, Kameraden! Die Lady gehört mir.« Blitze zuckten in den Wolken, als er nach ihr griff, und die Berührung war so sengend wie das Feuer der Elemente.

2

Ehe sie wusste, wie ihr geschah, stand sie auf ihren Füßen. Der Silberfalke hatte sie hochgezogen und drückte sie nun an sich. Ihr Atem stockte, als sie seinen harten Körper spürte. Dieses Zeichen ihrer Angst entging ihm nicht, und er lächelte satanisch. Wütend versuchte sie sich loszureißen. Sogar das Meer schien seinem Befehl zu folgen, denn eine hohe Woge erschütterte das Schiff, und der Ruck preßte Skye noch enger an seine Brust. Er hielt seine Stellung, bezwang die tobende See genauso wie ein geschickter Reiter ein wildes Pferd.

Lachend beobachtete er, wie Zorn und Furcht in ihren Augen kämpften. »Meinem Stahl sind Sie mit so bewundernswerter Courage gegenübergetreten, Mylady. Wollen Sie vor dem Mann selbst zaudern und zagen?«

»Ich will ihm überhaupt nicht begegnen«, erwiderte sie, was ihn noch mehr belustigte. Ein Blitz schoß herab, als wollte er den Großmast spalten.

»Leider müssen Sie noch ein wenig warten, Mylady. Die Sturm- und Wassergötter wollen uns offenbar trennen.«

»Vielleicht drehen Ihnen diese Götter die Kehle …«, begann Skye, konnte den Satz aber nicht beenden, weil sie plötzlich hochgehoben und über eine harte Schulter geworfen wurde. Mühelos hielt er sie fest, ignorierte ihre Gegenwehr und trug sie über das Deck. »Fenwick, Sie kommandieren unsere Prise!«

»Lassen Sie mich los!« kreischte sie und trommelte wütend mit beiden Fäusten auf seinen Rücken.

»Mylady, halten Sie den Mund«. Ein zorniger Aufschrei blieb in Skyes Kehle stecken, denn seine Hand landete so schmerzhaft auf ihrem Hinterteil, daß ihr Tränen in die Augen schossen. »Ihr müßt gut auf unsere Gefangenen aufpassen, Jungs, denn wir werden Lösegeld verlangen. Falls irgendwelche von Jacks Leuten kapitulieren, schafft sie auf die Brigg. Holt die Geschütze und etwaige Schätze von seinem Schiff, dann versenkt ihr es.«

»Aye, aye, Kapitän«, ertönte ein vielstimmiger Ruf.

Während der Silberfalke Skyes Körper mit dem rechten Arm umschlang, hielt er sich mit der linken Hand an der Takelage des Großmasts fest und kletterte hinauf. Er ist verrückt, dachte sie. Das Meer war ein wilder Strudel, der Sturm warf das Schiff hin und her, aber der Pirat mißachtete beides. Als er immer höher stieg, wehrte sich Skye nicht mehr. Statt dessen klammerte sie sich an ihn. Und dann erriet sie seine Absicht und schrie entsetzt auf.

»Keine Bange, Lady Kinsdale, halten Sie sich fest.«

Eine Sekunde später rasten sie durch die Luft. Skye spürte die Kälte der heftigen Brise und wußte nicht, ob sie in den Tod flog oder in den Himmel. Weder das eine noch das andere geschah, denn der Silberfalke landete federnd auf den Decksplanken seines eigenen Schiffs. Von einem leichten Schwindelgefühl erfaßt, schaute sie sich um und entdeckte weitere Besatzungsmitglieder, großteils barfuß, in Hemden und Kniehosen, die meisten bärtig, junge und auch alte. Fröhlich bejubelten sie die Rückkehr des Kapitäns und winkten Skye lächelnd zu.

Der Silberfalke hob eine Hand, um die Leute zu begrüßen. Bei der Landung war er keine Sekunde lang aus dem Gleichgewicht geraten, und Skye hing immer noch über seiner Schulter. Plötzlich hatte sie eine Idee. »Ich bin ein Vermögen wert!« rief sie den Piraten zu. »Sorgt dafür, daß er mich gehen läßt, dann wird euch mein Vater fürstlich belohnen!«

»So?« fragte ein Graubart grinsend.

»Gute Nacht, Mylady«, sagte ein anderer, und alle verneigten sich tief.

Wütend schrie sie auf und versuchte erneut, sich aus ihrer entwürdigenden Position zu befreien.

»Was ist denn das!« protestierte der Silberfalke spöttisch. »Ich schwöre euch, Jungs, eben hat sie sich noch an mich geklammert wie eine hingebungsvolle Geliebte. Wie wankelmütig die Frauen sind!« Er erwartete keine Antwort und bekam auch keine. In geschäftsmäßigem Ton fuhr er fort: »Ich übernehme das Ruder. Der Sturm heult noch lauter als meine schöne Beute.«

»Und wer ist gefährlicher, Kapitän? Die Göttin des Sturms, die über der See tobt oder Lady Kinsdale, die Ihren Rücken anbrüllt?«

»Die Lady natürlich«, erwiderte er, und alle brachen in lautes Gelächter aus.

Er trug sie am Großmast vorbei, durch eine reichgeschnitzte Doppeltür mit einem Messingknauf, und wenig später fiel Skye auf ein Bett in der Steuerbordecke der Kapitänskajüte. Krampfhaft schluckte sie, als ihr bewußt wurde, daß sie halb nackt vor ihm lag. An seinen Absichten zweifelte sie nicht, aber sie wollte sich so teuer wie möglich verkaufen und bis zum letzten Atemzug kämpfen, auch wenn sie letztlich verlieren würde.

Der Silberfalke stand vor ihr, nur ein Schatten in der halbdunklen Kabine, und sie rückte zur Wand. Dabei zog sie die gestrickte Bettdecke über ihre Beine. Sein Gesicht sah sie nicht, nur die Umrisse seines schlanken, breitschultrigen Körpers. Ganz plötzlich wird er mich anspringen, dachte sie. Er gleicht tatsächlich einem Falken, der seine Beute umkreist und auf den richtigen Moment wartet, um dann blitzschnell zu attackieren ...

Panik erfaßte sie, und ohne zu wissen, wohin sie fliehen sollte, wollte sie von der Koje auf den Boden springen. Statt dessen landete sie in den Armen des Piraten. »Bastard«, zischte sie, den Tränen nahe.

Er drückte sie ganz kurz an sich. »Wie begierig Sie den Beginn unserer Affäre herbeisehnen, Mylady! Aber ich muß mich leider entschuldigen und Sie verlassen.«

»Begierig? Ich verabscheue Sie! Hätte ich doch nur eine Klinge, um Ihre Brust zu durchbohren ...«

Sein Gelächter schnitt ihr das Wort ab. »Vorsicht! Wenn Sie nicht aufpassen, werden Sie bald selber durchbohrt.«

Skye wußte nicht, ob er ihr einen Dolchstoß androhte oder ob seine Worte eine intime Anspielung enthielten. An ihrer Wange spürte sie seinen warmen Atem, fühlte die Kraft seiner Arme, und ein Schauer rann über ihren Rücken. Gegen seine Stärke waren ihre Fäuste machtlos, und ihre erbitterte Gegenwehr amüsierte ihn nur. »Lassen Sie mich los!« kreischte sie und versuchte sein bärtiges Gesicht zu zerkratzen, aber er packte ihr Handgelenk und umklammerte es schmerzhaft, bis ihr Widerstand erlahmte. Ihr ganzer Körper erschlaffte, und da wurde ihr die pulsierende Wärme seiner Brust bewußt, von der sie nur sein dünnes Seidenhemd und die belanglosen Fetzen ihres Kleides trennten. »Bitte — ich will weg von hier ...«, keuchte sie.

»Wohin, Mylady?« Seine Arme umschlossen sie noch fester. »Zur Besatzung? Möchten Sie alle meine Männer beglücken? Oder dachten Sie ans Meer? An ein naßkaltes Grab? Das kann ich mir nicht vorstellen.« Unvermittelt ließ er sie los, und sie sank auf das Bett zurück. Nun hegte sie keine Fluchtgedanken mehr, dachte überhaupt nichts, lag nur da und wagte kaum zu atmen. Sie bewegte sich nicht einmal, als seine Finger über die Kurven ihrer Brüste strichen, die sich aus dem Korsett hoben. Und sie schrie auch nicht, denn die Berührung war nur flüchtig und ganz zart. »Keine Angst, Lady Kinsdale. Ich komme zurück.«

Seine Stimme klang so sanft, daß ein Teil ihres Muts zurückkehrte. Sie stützte sich auf einen Ellbogen und fauchte: »Daß Sie mich so niederträchtig behandeln, werden Sie bitter büßen. Mein Vater wird mich rächen. Und mein Verlobter ...«

»Tatsächlich?« Er stemmte die Hände in die Hüften und legte den Kopf schief.

»Allerdings ...« Sie zögerte nur eine Sekunde lang. »Bald heirate ich Lord Cameron. Und der wird Sie an den Galgen bringen.«

»Wie interessant! Hoffentlich ist er ein Mann von selbstlosem Ehrgefühl, denn wie ganz Williamsburg weiß, haben Sie geschworen, niemals mit ihm vor den Traualtar zu treten.«

Skye blinzelte verblüfft. Wie konnte eine solche Information die Kolonie erreicht haben, ehe sie selbst dort eingetroffen war? »Er — er ist ein Ehrenmann«, versicherte sie hastig.

Der Pirat ignorierte ihre Antwort. »Wie ich höre, ist er auf diese Ehe ebensowenig erpicht wie Sie. Aber aus Hochachtung vor Lord Kinsdale wird er — vorerst — nicht gegen das Versprechen protestieren, das sein Vater gab, als der jetzige Lord Cameron ein zehnjähriger Junge war und Sie noch in den Windeln lagen.«

»Wie können Sie es wagen ...«, begann sie mit bebender Stimme.

»Mam'selle, Sie werden bald herausfinden, daß ich fast alles wage. Doch nun müssen Sie so gütig sein, mich zu entschuldigen ...«

»Es gibt keine Entschuldigung für Ihre hassenswerte Existenz!«

Er lächelte freundlich. »Adieu, Mylady.«

»Warten Sie!«

Erstaunt hob er die Brauen. »Ja, Mam'selle?«

»Sie — Sie können mich nicht hier lassen.«

»Aber das ist die schönste Kabine auf dem ganzen Schiff. Hier sind Sie sicher.«

»Sicher!« kreischte sie.

»Sicher — vor dem Sturm. Bis später.« Höflich verneigte er sich und ging davon. Die Tür fiel hinter ihm ins Schloß, und sie hörte, wie ein Riegel vorgeschoben wurde. Sie war eingesperrt, umgeben von Dunkelheit und Angst.

Das ertrug sie nicht. Die finsteren Wände schienen näher und näher zu rücken. Reglos lag sie da und lauschte dem Wind. Heulend und stöhnend übertönte er das Prasseln des Regens, der inzwischen begonnen hatte, wie eine weinende Frau. Keine Sekunde lang hielt das Schiff still, unentwegt schaukelte es. Angstvoll klammerte sich Skye an die Bettlaken und die gestrickte Dekke.

Hin und wieder flammten Blitze auf und erhellten die Kabine. Ein großer Raum für ein Schiffsdeck dachte sie, groß genug, so daß eine breite Koje, Bücherregale, Tische und Stühle, ein Ofen, Truhen und ein eingebauter Schrank Platz fanden. Der Blitz war zwar erloschen, aber Skye wußte noch, was sie in jenen wenigen Sekunden gesehen hatte. Der Schreibtisch bestand aus poliertem Mahagoni, die Stühle aus massivem Eichenholz mit Brokatbezügen, die dunkelbraunen samtenen Fenstervorhänge waren zugezogen. Eine elegante Kabine, die zu einem respektablen Kapitän von vornehmer Herkunft gepaßt hätte, nicht zu einem wilden Piraten ...

Offenbar hatte er dieses Schiff irgendeinem bedauernswerten Mann geraubt. Er war ein Dieb von der schlimmsten Sorte, ein Mörder, ein Lüstling, die Geißel dieses Ozeans. Und er würde zu ihr zurückkommen.

Oder sie blieb für alle Zeiten in der Finsternis gefangen.

In wachsender Furcht bemühte sie sich, aufzustehen, aber die heftigen Schwankungen es Schiffes warfen sie auf das Bett zurück. Beim nächsten Versuch hielt sie sich am Holzrahmen der Koje fest, stolperte durch den Raum und prallte unsanft gegen die Tür. Doch die war verriegelt. Es gab keinen Fluchtweg.

Wenn das Schiff nun sank, während sie hier eingesperrt war... Sie preßte die Finger an die Schläfen. Panik durchströmte ihren Körper wie eine eisige Welle. Dies war schrecklicher als die Piraten, schlimmer als scharfgeschliffene Schwerter. Sie ertrug das Dunkel nicht. Seit ihrer Kindheit, seit dem Todestag ihrer Mutter, graute ihr davor, in finsteren Räumen eingeschlossen zu werden.

Mit beiden Fäusten hämmerte sie gegen die Tür und schrie, bis sie heiser wurde. Tränen rollten über ihr Gesicht, immer schriller wetteiferte ihre Stimme mit dem heulenden Sturm. Sie schlug auf das Holz, bis ihre wunden Hände schmerzten. Schließlich sank sie halb benommen zu Boden.

Wenig später wurde die Tür aufgestoßen. Ein junger dunkelhaariger Mann, nur mit einer Kniehose bekleidet, stand vor ihr. Regentropfen rannen über seine nackte Brust.

»Lady, was fehlt Ihnen ...«, begann er und verstummte verwirrt, als sie aufsprang und an ihm vorbei in den rauschenden Regen rannte. Sie hörte das Geschrei der Männer, die das Schiff unter Kontrolle zu bringen versuchten, die Wellen, die gegen den Bug klatschten. Die

Gewalt des Windes spürte sie erst, als er sie herumwirbelte und auf die Decksplanken schleuderte.

Direkt über ihrem Kopf erklang ein zorniger Fluch. Sie sah nach oben und legte eine Hand auf die Augen, um sich vor dem Regen zu schützen. Kräftige Hände griffen nach ihr und zogen sie hoch.

»Was macht sie denn hier?« fragte der Silberfalke.

»Sie ist mir davongelaufen, Kapitän.«

»Gehen Sie ans Ruder, ich bringe sie in die Kabine zurück.«

»Nein«, wisperte sie, aber er hatte sie bereits durch die Tür gezerrt und gab ihr einen groben Stoß, so daß sie zu Boden fiel.

»Sie dumme Gans!« herrschte er sie an.

Sie ignorierte ihn und saß reglos da, ein Häufchen Elend in triefnassen Lumpen, mit zerzaustem Haar, frierend und zitternd. Im Widerschein eines Blitzes sah sie die schwarzen Stiefel des Silberfalken direkt vor ihrer Nase, glänzend naß. Langsam hob sie den Kopf. Das Hemd und die Hose klebten hauteng an seinem Körper. Als er sich abwenden wollte, flehte sie atemlos: »Gehen Sie nicht!«

»Sind Sie verletzt?«

»Nein.«

»Was haben Sie denn?«

»Lassen Sie mich hier raus.«

»O nein, Lady. Sie wissen doch, was für ein grauenvolles Unwetter da draußen tobt.«

»Bitte!«

Diese bebende Flüsterstimme stand in krassem Gegensatz zu der Fechterin, die sich so mutig mit ihm duelliert hatte. Nie zuvor hatte er eine Frau so kämpfen sehen. War sie eine ebenso gute Schauspielerin? Ungeduldig erwiderte er: »Nein, Lady Kinsdale, Sie müssen hierbleiben.« Wieder wandte er sich zur Tür.

»Nehmen Sie mich mit! Bitte!«

»Sie sind verrückt.«

»Nein, ich ...«

»Der Sturm hätte Sie beinahe über Bord geworfen. Und Sie sind zu wertvoll, um ein solches Schicksal zu erleiden.«

»Verlassen Sie mich nicht!«

Erstaunt starrte er in ihr blasses Gesicht. Sie schaute ihn nicht an, sondern durch ihn hindurch. »Unmöglich«, entgegnete er.

»Dann bringen Sie mir eine Lampe.«

»Mylady ...«

»Wenn Sie mir diese Bitte erfüllen — dann schwöre ich ...«

Fasziniert beobachtete er dieses merkwürdige Mädchen. »Ja? Was?«

»Ich werde es Ihnen lohnen.«

Spöttisch hob er die Brauen. »Da müssen Sie sich schon etwas genauer ausdrücken. Wir Piraten sind bekannt für unsere geringen Geistesgaben und ziemlich begriffsstutzig, also können wir nichts mit vagen Andeutungen anfangen.«

Am liebsten hätte sie ihm einen Fußtritt versetzt. Das schien er zu ahnen, denn er kniete nieder, umfaßte ihre Schultern und zog sie zu sich heran. Wieder spürte sie seinen Atem auf ihrer Wange, der seltsamerweise angenehm roch, nach Minze. Er hatte ebenmäßige, weiße Zähne, die bei jedem gefährlichen Lächeln aufblitzten. Ein Bart verdeckte einen Großteil seines Gesichts, aber sie ahnte, daß sich darunter gutgeschnittene Züge verbargen ... Was dachte sie denn da? Das war ein niederträchtiger Pirat, der sie vergewaltigen und nur gegen Lösegeld freilassen wollte. Und schlimmer noch, sie war bereit, ihm alles zu versprechen, wenn er sie nur nicht im Dunkel einschloß.

»Nun, Lady Kinsdale?« fragte er leise.

»Ich tue auch alles, was Sie wollen«, stieß sie hervor, »wenn ich nur nicht in dieser finsteren Kabine allein bleiben muß.« Zögernd fügte sie hinzu: »Das verspreche ich.«

Ihr Vorschlag schien ihn eher in Wut zu bringen, als sein Wohlgefallen zu erregen. Er schob sie unsanft von sich, stand auf und ging zum Bücherregal. Dort stand eine Laterne, von Holzleisten festgehalten, so daß sie von den schlingernden Bewegungen des Schiffs nicht zu Boden geschleudert werden konnte. Während er Skye immer wieder wachsame Blicke zuwarf, kramte er einen Feuerstein und ein Zündholz hervor, beugte sich zum Ofen hinab und steckte die Kohlen in Brand. Erst als sich die Wärme der roten Glut ausbreitete, merkte Skye, wie jämmerlich sie gefroren hatte.

Als er auch die Laterne angezündet hatte, stellte er sie an ihren Platz zurück. »Rühren Sie die Lampe nicht an — und den Ofen auch nicht! Ich habe keine Lust, diesen Sturm zu überleben, um dann auf einem brennenden Schiff umzukommen.«

»Ich werde ganz bestimmt aufpassen, das verspreche ich.«

»Sie sind sehr freigebig mit Ihren Versprechungen, Mylady. Und Sie werden jede einzelne auch halten müssen.«

Skye nickte. Nun mußte sie erst einmal Zeit gewinnen. Ihr Mut kehrte zurück, während Licht und Wärme die Kabine erfüllten.

Ganz plötzlich kam der Silberfalke zu ihr, packte ihre Handgelenke und zog sie auf die Beine. Unwillkürlich schrie sie auf, aber das ignorierte er völlig und drückte sie an sich. »Nein!« protestierte sie, als er die Verschnürung ihres zerrissenen Korsetts zu lösen begann. »Nicht!«

»Muß ich Sie an Ihr Wort erinnern, Mylady?«

»Sie müssen doch hinausgehen und sich um das Schiff kümmern ...«

»Zum Teufel mit dem Schiff!«

»Wir werden ertrinken!«

»Welch ein Glück muß es sein, in Ihren Armen zu sterben ...«

Das Korsett rutschte nach unten und entblößte ihre Brüste. Heiß stieg ihr das Blut in die Wangen, aber der Pirat gönnte ihren Rundungen nur einen flüchtigen Blick, dann drehte er sie um und zog ihr die nassen Reste ihres Kleids über den Kopf. Verzweifelt leistete sie Widerstand, verfing sich aber nur in den feuchten Fetzen. Gleich darauf war sie nackt, bis auf ihre Unterhose, die Strumpfbänder und die Strümpfe. Vom Kleiderberg zu ihren Füßen schaute sie in das Gesicht des Silberfalken, der sie prüfend musterte. Seine Augen glitzerten so eisig, daß sie nicht einmal daran dachte, sich zu bedecken oder die Arme vor der Brust zu verschränken. Was er sah, schien ihn nicht im mindesten zu beeindrucken. Fast verächtlich ließ er seinen Blick über ihren Körper wandern. Er haßt mich, dachte sie. Dann machte er wieder einen Schritt auf sie zu, und sie stieß einen Schreckensschrei aus.

Doch er rührte sie nicht an. Statt dessen nahm er die gestrickte Decke vom Bett und gab sie ihr. Die Augen gesenkt, wickelte sie sich hinein.

»Wenn Sie sich nicht abtrocknen, werden Sie an Lungenentzündung sterben, Mylady«, meinte er. »Und dann sind Sie wertlos für mich.« Sie antwortete nicht, weigerte sich, den Kopf zu heben, und sah nur seine nassen Stiefel, die sich nun zur Tür bewegten. Dort blieben sie stehen, und er fügte mit sanfter Stimme hinzu: »Täuschen Sie sich nicht, Lady Kinsdale. Ich werde Ihr Versprechen nicht vergessen und dafür sorgen, daß Sie es halten, auch wenn Sie es etwas zu leichtfertig gegeben haben.«

Sie hörte, wie die Tür ins Schloß fiel, und zog die Dekke noch fester um ihre Schultern. In der Kabine wurde es immer wärmer, die Laterne verbreitete gemütliches Licht. Skyes Zittern ließ nach, und sie begann ihre lächerliche Angst zu verfluchen, die sie bewogen hatte, sich vor einem nichtswürdigen Piraten zu erniedrigen und ihm die Erfüllung aller seiner Wünsche zu versprechen. Plötzlich erschauerte sie wieder, als sie sich erinnerte, wie er sie angesehen hatte — als würde er sie verabscheuen, als wüßte er etwas über sie, das ihm hassenswert erschien.

Bald würde er zurückkommen, und wenn er sie verabscheute, würde es um so schlimmer werden. Wenigstens hatte er keine unappetitlichen Zähne — und er verströmte keinen ekelhaften Körpergeruch, sein Flüstern duftete nach Minze ... Was für Gedanken!

Skye lief zum Schreibtisch und öffnete die Schubladen. Ein Pirat mußte doch irgendwo einen Grog verwahren. Aber sie fand nichts dergleichen. Während sie sich noch darüber wunderte, wurde das Schiff so stark erschüttert, daß sie aus dem Gleichgewicht geriet und auf dem Hinterteil landete. Sie fluchte leise und sehnte sich nach London zurück. Dort gab es so viele Möglichkeiten sich zu vergnügen, ganz im Gegensatz zum mühsamen Gesellschaftsleben in der jungen Stadt Williamsburg. In London konnte man Bälle, das Theater und die Oper besuchen, die Eleganz höfischer Feste genießen ... Schurken traf man dort natürlich auch an, aber eine zivilisiertere Sorte, und eine Dame verlor ihre Tugend nur, wenn es ihr eigener Wunsch war. Nein, in London wurde man nicht von Piraten bedroht.

Früher hatte sie ihre Heimat geliebt, auch die schönen Straßen, die man so sorgfältig angelegt hatte, als beschlossen worden war, den Regierungssitz der Kolonie Virginia von Jamestown nach Middle Plantation, später Williamsburg genannt, zu verlegen. Die Häuser waren hell und sauber, von weißen Palisadenzäunen umgeben. Es hatte Skye Spaß gemacht, die Stadt wachsen und den Gouverneurspalast entstehen zu sehen. Nun zog Mr. Spotswood gerade dort ein, wie ihr der Vater geschrieben hatte. Ja, damals war Williamsburg schön gewesen. Auch jetzt hätte sie London gern mit ihrer Vaterstadt vertauscht, nicht zuletzt, weil ihr ein weiterer Drill in Mrs. Poindexters Schule erspart blieb. Aber sie sollte gezwungen werden, einen Fremden zu heiraten und mit ihm auf einer gottverlassenen Plantage zu leben, und sie würde die Hauptstadt nur noch selten sehen ...

Nein. Hatte sie denn vergessen, in welcher Lage sie sich befand? Sie war die Gefangene eines Piraten, der bezweifelte, daß ihr Verlobter den Verlust ihrer Ehre rächen würde. Vielleicht war Lord Petroc Cameron nicht einmal bereit, Lösegeld zu zahlen.

Auf einem Rosenholztischchen standen eine Brandy-Karaffe und vier langstielige Kelche, in einem Messinggestell festgehalten. Skye schenkte sich ein Glas ein. Der Alkohol brannte in ihrer Kehle, aber sie hatte noch nie etwas Köstlicheres getrunken. Sie hustete, dann goß sie sich noch etwas ein.

Der Brandy stärkte ihren Mut. Sie machte sich bittere Vorwürfe, weil sie so feige gewesen war. Doch das ließ sich jetzt nicht mehr ändern. Sie mußte in die Zukunft blicken. Entschlossen stellte sie das Glas auf den Schreibtisch und begann die Schubfächer zu durchwühlen. Irgendwo mußte eine Waffe sein. Statt dessen fand sie nur Schriftstücke und Seekarten. Frustriert schob sie die Laden zu.

Das Schiff schwankte nicht mehr so heftig, der Sturm war leiser geworden. Jeden Moment konnte der Silberfalke zurückkommen. Doch sie würde sich wappnen. Hastig öffnete sie seine hübschen Reisetruhen. Da lagen Strümpfe, Hosen, Westen, Hemden und Jacketts — aus verschiedenen Stoffen, in diversen Schnitten, aber alles schwarz. »Verdammt!« fluchte sie und wollte ihre Suche schon aufgeben, als sie unter einem Hemdenstapel einen Säbel entdeckte, an beiden Klingenseiten rasiermesserscharf. Skye wog die Waffe in einer Hand und träumte von der Freiheit. Doch dann wich alles Blut aus ihrem Gesicht. Wenn sie den Kapitän getötet hatte — wie sollte sie sich vor seinen Männern retten?

Sie könnte ihn als Geisel nehmen und verlangen, die Besatzung solle das Schiff in die Chesapeake Bay bringen, dann den James River hinab ... Nein, es würde ihr wohl kaum gelingen, so viele Piraten unter Kontrolle zu bringen. Aber eines gelobte sie sich — der Silberfalke würde nicht am Leben bleiben, wenn er sie noch einmal anrührte.

Schritte näherten sich der Tür, und Skye hielt den Atem an, doch sie polterten wieder davon. Gelächter klang auf, Stimmen übertönten das Stöhnen des Windes, der immer schwächer wurde. Sie hatten das Unwetter besiegt.

Skye lief zum Bett, setzte sich darauf und versteckte den Säbel zwischen den Falten der gestrickten Decke, dann drückte sie sich an die Wand, mit dem Rücken zur Tür. Ihr Herz schlug wie rasend. Würde es ihr gelingen, den Silberfalken zu überwältigen? Er mußte müde sein nach dem Kampf gegen die andere Piratenbande und gegen den Sturm — und nicht zuletzt nach dem Duell, das er mit ihr ausgefochten hatte. Nein, trotz seiner Erschöpfung würde er immer noch stärker sein als sie. Am besten stellte sie sich erst einmal schlafend, um Zeit zu gewinnen. Wieder näherten sich Schritte und hielten vor der Tür inne. Sie wollte schon erleichtert aufseufzen, weil sie glaubte, niemand würde eintreten. Doch da kam der Silberfalke in die Kabine.

Sie schloß die Augen, in der Hoffnung, klein und schwach zu wirken — und Mitleid zu erregen. Dann bereute sie ihren Entschluß, sich zur Wand zu drehen. Einem Feind durfte man nie den Rücken kehren. Doch sie wagte sich nicht zu rühren, sonst würde er merken, daß sie wach war.

Nervös lauschte sie, während er die Tür von innen verriegelte. Seine Schritte bewegten sich zum Ofen, wo er stehenblieb — vermutlich, um seine Hände zu wärmen. Sekunden später mußte sie mühsam einen Schrei unterdrücken, denn das Bett schwankte, als er sich daraufsetzte. Die Stiefel fielen hinunter. Danach hörte sie nur wenig, aber ihr wurde erschreckend bewußt, was er tat. Ein nasses Hemd landete am Boden, gefolgt von der Hose. Die leise klatschenden Geräusche waren unverkennbar.

Skye erwartete, er würde sie anfassen oder sich neben ihr ausstrecken. Nichts dergleichen geschah. Er stand auf, durchquerte die Kabine, Glas klirrte, und sie wußte, daß er sich einen Brandy eingoß. Wie sein leises Lachen verriet, merkte er, daß ein gewisses Quantum fehlte. Danach war es beängstigend still.

Und dann spürte sie eine Berührung — sanft und zart, so unvermittelt. Vor Überraschung zuckte sie beinahe zusammen. Seine Finger strichen über ihre Schulter, die von der Decke verhüllt wurde, über den Rücken und die Hüfte. Um nur ja keinen Laut von sich zu geben, biß sie auf ihre Unterlippe, wartete und betete. Dann zog er die Hand zurück, und sie fühlte, wie er sich neben sie legte. Wenn sie sich geduldete, bis er einschlief, würde er ihr rettungslos ausgeliefert sein ...

Doch sie lauschte vergeblich auf gleichmäßige, tiefe Atemzüge. Rastlos wälzte er sich umher, trotz der späten

Stunde — nein, es war früh, die Sonne ging bereits auf. Ihr schwaches Licht schimmerte durch die Samtvorhänge. Und der Silberfalke schlief noch immer nicht.

Skye wartete ...

Und irgendwann hörte sie auf zu warten. Vielleicht lag es an ihrer Erschöpfung oder am Brandy — jedenfalls schlummerte nicht er ein, sondern sie.

Einige Minuten — oder Stunden? — später erwachte sie, blinzelte und erinnerte sich, daß sie im Bett eines Piraten lag, nur mit ihrer Unterhose, den Strümpfen und Strumpfbändern bekleidet, in eine Decke gewickelt, zwischen dessen Falten sie einen Säbel versteckt hatte. Nun mußte sie ihre Strategie planen, sich umdrehen und ihrem Feind ins Gesicht sehen. Doch als sie die Augen noch weiter öffnete, merkte sie, daß sie das bereits tat. Irgendwann mußte sie sich im Schlaf auf die andere Seite gerollt haben.

Er lag auf dem Rücken, die Lider gesenkt, das dunkle Haar über der Stirn zerzaust. Was für eine gerade Nase er hat, dachte sie. Wenn er sich den Bart abrasieren würde, sähe er sicher viel besser aus ... Aber was soll's? Er würde so oder so ein Schurke bleiben.

Doch an diesem Morgen erkannte sie in aller Deutlichkeit, was für ein attraktiver Schurke er war, sogar im Schlaf imposant, breitschultrig, mit muskulösen Armen, von der Sonne gebräunt. Dunkle Härchen kräuselten sich auf der starken Brust, die sich zu einer schmalen Taille und ebenso schlanken Hüften verengte ... Das Blut stieg ihr in die Wangen. Ihr Blick wagte sich nicht weiter hinunter und kehrte zu seinen Augen zurück, die er inzwischen aufgeschlagen hatte. Freundlich lächelte er sie an. »Sind Sie jetzt bereit, Ihr Wort zu halten, Lady Kinsdale?«

Die Röte in ihrem Gesicht vertiefte sich noch, und sie

wünschte, die Meereswellen würden sie verschlingen. Rasch drehte sich der Silberfalke auf die Seite, und streichelte ihre Schläfe, und sie stieß impulsiv seine Hand weg. Starr blickte sie an die Decke der Kabine, um seinen strahlenden Augen nicht begegnen zu müssen.

Er rückte näher zu ihr, umfaßte Ihr Kinn und zwang sie, ihn anzuschauen. »Sie wurden gewarnt, Mam'selle.«

»Ich bin müde.«

»So?«

»Völlig erschöpft. Wie kann ich in einem solchen Zustand mein Versprechen erfüllen?«

»Sie sind eine Lügnerin, Lady Kinsdale, und ich glaube, Sie beabsichtigen gar nicht, sich an unser Abkommen zu halten.«

»Sie sind ein Pirat, Sir!« fauchte Skye. »Der schlimmste Abschaum auf Erden! Kein anständiger Mann würde von einer Lady erwarten, daß sie ein solches Versprechen einlöst.«

»Der schlimmste Abschaum auf Erden? Welch eine Beleidigung, Mylady!«

»Sie beleidigen mich noch viel mehr!«

»O nein, Mylady«, flüsterte er, und seine Finger glitten langsam über ihren Hals. Sie starrte ihn an, unfähig, sich zu rühren oder zu protestieren, gebannt von seinen silbergrauen Augen, die nun bläuliche Funken zu sprühen schienen. »Überlegen Sie doch mal! Ich könnte ja auch Jack der Einäugige sein, mit einem Narbengesicht, fauligen Zähnen und Läusen am ganzen Körper. Eigentlich haben Sie es mit mir recht gut getroffen.«

»Bastard!«

»Mag sein.« Die Finger wanderten tiefer hinab und erreichten den Hügel einer Brust. Erbost biß Skye die Zähne zusammen. Irgendwie mußte sie an den versteckten Säbel herankommen. Nun strich eine Fingerspitze über die Brustwarze, und als sie entrüstet aufschrie, entfernte er die Hand, wandte sich ab und schwang die Beine über den Bettrand.

Splitternackt ging er umher, ohne sich um seinen Zustand zu kümmern. Sie zog die Decke enger um ihren Körper und spürte den kalten Stahl des Säbels am Arm. Ihr Plan, ihn im wehrlosen Schlaf zu überrumpeln, war endgültig gescheitert. Jetzt hatte sie es mit einem hellwachen, ausgeruhten Piraten zu tun.

Es klopfte an der Tür. Mit einem geflüsterten Fluch riß er ein Laken von der Koje und schlang es um die Hüften.

Als Skye merkte, daß er den Riegel zurückschob, zog sie hastig die gestrickte Decke über ihre nackten Brüste.

Der hübsche junge Mann namens Robert trug ein Tablett in die Kabine. »Kaffee, Kapitän. Tut mir leid, daß ich der Lady keine Sahne anbieten kann, aber wir haben schon lange keine Kuh mehr gesehen. Dafür gibt's Zukker, und der Koch schickt Ihnen knusprige Brötchen.«

»Danke. Wie steht's um Lady Kinsdales Schiff?«

»Das segelt direkt hinter uns. Es hat den Sturm ebenso gut überstanden wie unseres.«

»In New Providence werden wir die Schäden reparieren lassen.«

»Was?« rief Skye, und die beiden Männer drehten sich verwirrt zu ihr um. »Fahren wir nicht zum James River?«

»Nein, Mylady«, entgegnete der Silberfalke. »Wollen Sie mich schon so bald hängen sehen? Ich habe nicht die geringste Sehnsucht nach Virginia.«

»Aber ich!«

»Sobald das Lösegeld eingetroffen ist, sollen Sie Ihre Heimat wiedersehen. Aber ehrlich gesagt, mir ist es damit nicht so eilig.« Sein Blick schien sie zu liebkosen, als wäre sie sein Eigentum, dessen Wert er bereits auf intime Weise kannte und zu schätzen wußte.

Skyes Wutschrei veranlaßte ihn, sich zu dem jungen Piraten zu wenden, ihm das Tablett abzunehmen und die Achseln zu zucken. »Frauen ... Man kann es ihnen niemals recht machen, Robert.«

Lachend salutierte der junge Mann, ging hinaus und schloß die Tür hinter sich.

Der Silberfalke stellte das Tablett auf den Schreibtisch, schenkte sich dampfenden Kaffee ein und biß in ein Brötchen. »Was für ein Temperament Sie haben, Lady Kindsdale ...«

»Sie haben angedeutet, wir hätten ...«

»Genau.«

»Oh, Sie sind abscheulich!«

»Finden Sie? Indem ich Sie für mich beanspruche, schütze ich Sie vor den anderen — natürlich nur, wenn Sie Ihr Wort halten.«

»Niemals!«

»Noch ein Versprechen?«

Sie gab keine Antwort und hielt seinem Blick stand, als er sie beobachtete. Was mochte er denken? Steckte vielleicht doch ein Funken Barmherzigkeit in ihm? An diesem Morgen hätte er sie mühelos vergewaltigen können. Aber er hatte es nicht getan. Wie lange würde er sie noch verschonen?

»Wohin segeln wir?« fragte sie und rutschte zur Bettkante, die Decke, in deren Falten noch immer der Säbel steckte, eng um den Körper gewickelt. Langsam stand sie auf und schaute ihn unschuldig an.

»In die Karibik, Lady Kinsdale, nach New Providence und noch weiter.«

»Und ich?« Zögernd ging sie auf ihn zu.

Er bestrich ein Brötchen mit Marmelade, und als er antwortete, kehrte er ihr den Rücken. »Vorerst werden Sie meine Gesellschaft genießen.«

»Das bezweifle ich!« Sie sprang zu ihm, und ehe er

sich umdrehen konnte, schnellte der Säbel über seine Schulter, und sie hielt ihm die Klinge an die Kehle, während sie mit der anderen Hand die Decke an sich drückte. Dann beugte sie sich vor, um in sein Gesicht zu schauen, und zu ihrer Verblüffung sah sie ihn lächeln. »Jetzt bin ich im Vorteil«, erklärte sie. »Ist Ihnen das nicht klar? Oder wollen Sie mit diesem albernen Grinsen auf den Lippen sterben?«

»Warum nicht? Was kann schöner sein als ein fröhlicher Tod?«

»Ich scherze nicht, Sir! Wenn ich eine Drohung ausspreche, dann mache ich sie auch wahr!«

»Das gleiche gilt für mich, Mylady.«

»Oh, verdammt ... Rufen Sie Ihre Leute und befehlen Sie ihnen, den James River anzusteuern.«

»Das möchte ich nicht.«

»Was?«

Er duckte sich und wirbelte so schnell herum, daß ihm ihre prompte Reaktion nur einen winzigen Kratzer am Hals zufügte. Ein Fausthieb traf ihren Arm, und sie ließ den Säbel fallen. Dann packte er sie an der Decke, die ihren Körper umhüllte, und schleuderte sie zu Boden. Langsam ließ er sich neben ihr nieder. Sie wollte nicht in seine Augen sehen, deren Silberschimmer sich in kalter Wut verdunkelt hatte. Aber ihr blieb nichts anderes übrig, denn er umfaßte ihr Kinn und drehte ihr Gesicht zu sich herum. »Das war sehr töricht von Ihnen, meine Liebe. Wenn Sie mich jemals wieder mit einer Waffe angreifen, werden Sie teuer dafür bezahlen. Ist das klar?«

Skye zögerte, dann biß sie die Zähne zusammen und nickte. »Sie werden mir nicht weh tun?«

»Niemals. Doch das heißt keineswegs, daß ich Sie nicht anrühren werde.«

Empört holte sie Luft, um einen Wutschrei auszustoßen, aber sie beherrschte sich. Der Silberfalke beobachtete sie amüsiert, dann stand er auf und setzte sich an den Schreibtisch. »Möchten Sie nicht frühstücken, Mylady? Oder brüllen Sie auch, wenn man Ihnen eine Tasse Kaffee offeriert?«

3

Während Skye am Schreibtisch sass, fest in die Strickdecke gewickelt, und ihren Kaffee trank, zog der Silberfalke sich an. Geflissentlich schaute sie in die andere Richtung. Er knöpfte seine Hose zu, dann setzte er sich, um in die Stiefel zu schlüpfen. »Erzählen Sie mir doch mal, warum Sie sich im Dunkeln fürchten, Mylady.«

»Ich fürchte mich nicht im Dunkeln«, behauptete sie.

»Nein?«

»Nein.«

»Das ist eine Lüge.«

Skye zuckte die Achseln. »Ein Gentleman würde es einer Lady erlauben, ein bißchen zu lügen.«

»Aber wie Sie wissen, bin ich kein Gentleman, sondern ein Pirat.«

»Ach ja — ein widerliches, brutales Monstrum. Ich habe Ihnen nichts zu sagen.«

Er stand auf, und sie sah ihn noch immer nicht an. Als er hinter ihren Stuhl trat, konnte sie ein angstvolles Zittern nicht unterdrücken. Doch er berührte sie nicht, nur die Lehne, und neigte den Kopf so tief herab, daß sie sein Flüstern nicht nur hörte, sondern auch spürte. »Widerlich und brutal, Lady Kinsdale? Ich fürchte, ich würde Sie bitter enttäuschen, wenn ich nie mehr in Ihre Nähe käme. Bis jetzt mußten Sie keine allzu schlimmen Grobheiten erdulden. Die einzige, die aufgrund Ihres Mordversuches erfolgt ist, haben Sie sich selber zuzuschreiben. Vergessen Sie das nicht.«

Skyes Finger krallten sich um die hübsch geschnitzten Armstützen ihres Sessels. Wie sie diesen Mann haßte! Sie verabscheute sein Gelächter, seinen Spott, seine Macht — und seine Flüsterstimme, die in die Tiefe ihrer Seele zu dringen schien, sein Lächeln, die wohlgeformte Muskulatur seines Körpers. Er ist ein Pirat, erinnerte sie sich, eine wilde Bestie! Aber eine faszinierende Bestie. Wäre sie nicht seine Gefangene, könnte sie ihn reizvoll finden ...

Lieber Gott, ich verliere den Verstand, dachte sie verzweifelt ...

Er war noch jung, trotz der Silberfäden in seinem Haar und seinem Bart, und er wußte sich gewählt auszudrücken. Hin und wieder benahm er sich recht zivilisiert. Trotzdem war er ein Schuft, und sie würde sich gegen ihn wehren und ihn hassen bis zu ihrem letzten Atemzug.

»Nun, haben Sie mir nichts zu sagen, meine Liebe?« Der Silberfalke griff nach einer ihrer rotgoldenen Lokken. Seine Fingerspitzen streiften ihren Nacken, und die heiße Welle, die durch ihren Körper jagte, verblüffte sie. Wütend schlug sie seine Hand weg. »Nichts außer einer naheliegenden Feststellung, Sir. Sie mögen zwar schönere Zähne haben als Jack der Einäugige, aber Sie sind um keinen Deut besser als dieses Ungeheuer.«

Lachend richtete er sich auf und holte den Säbel, der am Boden lag. »Ich bitte Sie, das ein bißchen zu differenzieren, Mylady. Würde Jack noch leben — und hätten Sie die Nacht in seiner Kabine verbracht, wären Ihnen gewaltige Unterschiede aufgefallen.«

»Tatsächlich? Nun, wenn ich eine Hafendirne wäre, würde ich vielleicht sagen: ›Welch ein Wunder, der Mann hat noch alle seine Zähne und er stinkt nicht ganz so schlimm wie ein Müllhaufen.‹ Aber ich bin keine Hafendirne, Sir, und Abschaum ist und bleibt Abschaum für mich. So wurde es mir da, wo ich herkomme, beigebracht.«

Der Silberfalke lachte wieder. »Oh, auf welch erhabenen Höhen Sie thronen, Mam'selle! Ich zerstöre nur ungern solch noble Ideale, aber um die Wahrheit zu sagen — eine Frau ist eine Frau, und ein Mann muß nach seinen Fähigkeiten beurteilt werden, nicht nach seiner Position. Die feinste Lady, die vornehmste Herzogin wälzt sich auf der Matratze genauso umher wie eine gewöhnliche Hafendirne. Sie sehnt sich genauso nach Leidenschaft, flüstert den Namen ihres Geliebten, streichelt sein Haar und schmiegt sich an ihn.« Er kehrte an den Tisch zurück und beugte sich zu ihr hinab. »Und das alles lernt sie noch viel schneller, wenn er alle seine Zähne hat.«

»Was für ein erstaunliches Selbstvertrauen Sie besitzen ...«

»Sie mögen das alles bezweifeln, Lady Kinsdale, aber eins dürfen Sie mir glauben — hätten Sie die Nacht mit Jack verbracht, wären Sie jetzt tot und könnten nicht mehr über die Unterschiede zwischen den Männern nachdenken.«

»Ich habe nicht von Männern gesprochen, sondern von Abschaum.«

»Was für harte Worte, Mylady! Obwohl ich in meinem Herzen immer noch Ihr süßes Versprechen trage, alle meine Wünsche zu erfüllen, mich zu beglücken und zu zerstreuen ...«

»Zerstreuen!« Erbost sprang sie auf und hob eine Faust, um ihn zu schlagen, aber er packte ihr Handgelenk, doch nicht, bevor ihre Fingerknöchel sein Kinn getroffen hatten. Daß ihr dies gelungen war, verschaffte ihr eine gewisse Genugtuung, dann sah sie seinen Puls an seinem Hals pochen und bekam es mit der Angst zu tun. Würde er nun über sie herfallen? Offensichtlich hatte sie seinen Zorn herausgefordert.

Sie sank langsam auf den Stuhl zurück, ohne den

Blick von dem Piraten abzuwenden. Wann immer blaue Lichter in seinen Augen glitzerten, so wie jetzt, flammte sein Temperament auf. Das wußte sie bereits. Aber er schlug nicht zurück. Er schluckte, als wollte er seine Wut bezähmen, dann lächelte er wieder. »Wissen Sie eigentlich, daß Sie zauberhafte Brüste haben, Mylady?«

»Was?« Sie starrte auf ihren nackten Oberkörper hinab. Anscheinend fror sie, denn die Brustwarzen hatten sich wie Rosenknospen erhärtet. »Oh ...« Als sie aufgestanden war, um ihn zu schlagen, hatte sie vergessen, mit der anderen Hand die Decke festzuhalten. Vergeblich versuchte sie sich zu verhüllen, während er immer noch ihr Handgelenk umklammerte.

»Mylady, meine Geduld hat gewisse Grenzen. Sie haben bereits versucht, mir die Kehle zu durchschneiden und mein Kinn zu zertrümmern. In Zukunft sollten Sie sich etwas besser beherrschen.«

Sein Lachen irritierte sie, und sie versuchte erfolglos, sich loszureißen. Die Farbe seiner Augen hatte sich wieder verändert, zu einem warmen Rauchgrau, und die Botschaft darin verstand sie nicht. Aber sie spürte, wie ihr der Atem im Hals steckenblieb, wie heiße Ströme durch ihre Glieder rannten. Irgend etwas in ihrem Bauch krampfte sich zusammen, und sie leckte sich verzweifelt über die Lippen. »Bitte!« keuchte sie, ohne zu wissen, worum sie flehte.

Endlich ließ er ihr Handgelenk los, und sie zog hastig die Decke um ihren Körper. Angestrengt überlegte sie, was sie sagen könnte, um ihre Unsicherheit zu überspielen.

»Ich — ich — habe nicht versprochen, Sie zu zerstreuen.«

»Aber Sie erklärten, Sie würden alles tun, was ich will«, erinnerte er sie grinsend, wandte sich ab und stülpte seinen Hut auf den Kopf. »Ich werde warten,

Mam'selle. Dem Himmel sei Dank, daß ich ein so geduldiger Mensch bin!« Er schlang seinen Gürtel mit dem Entermesser um die Taille, schloß die Schnalle und klemmte das Schwert unter den Arm. Danach nahm er noch einen kleinen Dolch aus dem Bücherregal. »Ich weiß nicht, ob ich Ihnen das Tablett hierlassen soll ... Aber der Koch war ja klug genug, einen Löffel und kein Messer neben den Marmeladentiegel zu legen. Passen Sie gut auf sich auf, bis wir uns wiedersehen, meine Liebe.« Schwungvoll lüftete er den Hut und verließ die Kabine.

Skye blieb reglos sitzen. Erst als sie hörte, wie der Riegel vorgeschoben wurde, sprang sie auf, rannte zur Tür und hämmerte instinktiv dagegen. Wieder einmal war sie eingesperrt.

Wütend fluchte sie und fegte das Tablett vom Tisch. Die Porzellantassen zersplitterten, der Tiegel brach entzwei, blutrote Erdbeermarmelade zerfloß am Boden. Verwirrt drehte sich Skye um, als die Tür aufflog und der Silberfalke zurückkehrte. Seine Augen schienen blaue Blitze zu versprühen.

»Sie kleines Biest!« Entschlossen kam er auf sie zu, und sie rannte davon, aber es gab keinen Fluchtweg. Schmerzhaft stieß sie gegen das Bücherregal und fiel bäuchlings auf die Koje. Sie schnappte nach Luft, wollte herumwirbeln, aber da stürzte sich der Silberfalke schon auf sie und packte ihre Hände.

»Lassen Sie mich los!« kreischte sie und wehrte sich mit aller Kraft, versuchte nach ihm zu treten und biß in seinen Arm. Wütend schrie er auf, schwang sich herum, so daß er auf dem Bett saß und sie quer über seinen Schoß ziehen konnte. Nun war sie ihm vollends ausgeliefert. Bei dem heftigen Kampf war die Decke von ihrem Körper geglitten, und sie schluchzte beinahe in hilfloser Verzweiflung.

»Sie greifen mich mit einem Säbel an, Sie schlagen mich, und jetzt beißen Sie mich auch noch! Sie haben mein Geschirr zerbrochen, mein Eigentum zerstört ...«

»Ihr Eigentum zerstört! Solche Worte aus dem Mund eines Piraten!«

Eisern hielt er sie fest, und sie konnte sich nicht einmal umdrehen, um sein Gesicht zu sehen, oder ihr zerzaustes Haar aus den Augen wischen.

»Jetzt habe ich genug, Mylady! Wenn Sie sich wie ein Kind benehmen, werden Sie auch entsprechend behandelt.«

Entrüstet heulte sie auf, als seine flache Hand mit voller Wucht ihre nackte Kehrseite traf. Der brennende Schmerz, die ungeheure Demütigung trieben ihr Tränen in die Augen. Wehrlos lag sie über seinen muskulösen Schenkeln, das Gesicht in einem Deckengewirr vergraben. Schreiend wand sie sich umher. Oh, wie sie ihn haßte! Welch eine würdelose Situation! Sie fühlte, wie er wieder die Hand hob, und flehte: »Hören Sie auf! Bitte!«

Zu ihrer Überraschung ersparte er ihr weitere Hiebe. Er stieß sie von seinem Schoß, sie landete am Boden, auf dem Hinterteil, das von dem kräftigen Schlag wie Feuer brannte. Wahrscheinlich würde es Tage dauern, bis sie wieder einigermaßen komfortabel sitzen konnte.

»Zum Teufel mit Ihnen!« murmelte er, stand auf und stieg über sie hinweg. »Räumen Sie die Scherben fort und machen Sie sauber!« befahl er. Entrüstet richtete sie sich auf und öffnete den Mund, um zu entgegnen, er sei zwar ein Pirat und sie seine Gefangene, trotzdem würde sie ihm niemals gehorchen. Aber er ließ sie nicht zu Wort kommen. »Sie werden es tun, Skye, obwohl ich ein Pirat und ein Bastard bin. Wenn Sie sich weigern, werden Sie es bitter bereuen. Das ist eine Drohung, und ich habe Ihnen bereits gesagt, daß ich keine leeren Drohungen ausspreche. Sollten Sie dumm genug sein, mich wegen ein bißchen verschütteter Marmelade herauszufordern, verdienen Sie das Schicksal, das Sie dann erwarten würde.«

Die Hände in die Hüften gestemmt, stand er vor ihr. Seine Augen glühten in düsterem Silber, und nun wußte sie, wie sein Name entstanden war. Die Lippen unter seinem Schnurrbart preßten sich grimmig zusammen, und beim Anblick seiner unheilvollen Miene schwand ihr Kampfgeist dahin.

»Haben Sie mich verstanden, Mam'selle?«

»Ja.«

Der Ausdruck in seinen Augen wurde etwas weicher, und er bewegte eine Hand, als wollte er sie nach Skye ausstrecken, doch dann wandte er sich fluchend ab. Wenig später fiel die Tür hinter ihm zu, der Riegel knirschte. Schluchzend warf sie sich auf den Boden.

Eine Stunde später, nach reiflicher Überlegung, beschloß sie, das Chaos zu beseitigen, das sie verursacht hatte. Sie mußte dem Piraten recht geben. Es lohnte sich nicht, wegen zertrümmerter Tassen und ein bißchen verschütteter Marmelade seinen Zorn herauszufordern. Und so stellte sie das Tablett auf den Tisch, legte die Scherben darauf und wischte die Marmelade mit einer Serviette weg. Dann zog sie die Fenstervorhänge auseinander. Erstaunt stellte sie fest, daß die Sonne bereits unterging. Sie mußte sehr lange geschlafen haben.

Um den letzten Rest des Tageslichts zu genießen, befestigte sie die Vorhänge mit einer Kordel zu beiden Seiten der Fenster. Die Laterne und die Glut im Ofen waren erloschen. Skye ballte die Hände. Wieder einmal mußte sie im Dunkel allein bleiben, der Silberfalke würde sehen, wie sie sich in ein ängstliches Häufchen Elend verwandelte und sie auslachen. Natürlich würde er denken, das hätte sie verdient.

Es klopfte, und sie wandte sich verwirrt zur Tür. Der

Silberfalke würde sicher nicht anklopfen. Sie zog die Decke fest um ihren Körper und rief: »Ja?«

Der hübsche junge Pirat namens Robert Arrowsmith trat ein, unter der Last einer ihrer Reisetruhen gebeugt. »Diese Kiste gehört doch Ihnen?«

»Ja.«

»Dann darf ich sie wohl abstellen. Sie ist verteufelt schwer! Was die Frauen immer alles mit sich herumschleppen!«

»Sicher haben Sie im Lauf der Zeit genug gestohlen, um das zu wissen.«

Er schnitt eine Grimasse. »Nein, Mylady. Für unsere Beute verlangen wir Lösegeld, genau wie für die Geiseln.«

»So oder so, eines Tages werden Sie dafür am Galgen baumeln.«

»Vielleicht.« Grinsend stellte er die Reisekiste ans Fußende des Bettes, neben die Truhe seines Herrn. »Leider kann ich Ihnen den Rest Ihres Gepäcks erst bringen, wenn wir in der Karibik sind. Der Kapitän hat den Inhalt dieser Kiste inspiziert und festgestellt, daß Sie darin alles finden, was Sie für die nächsten Tage brauchen.«

»Der Kapitän — hat in meinen Sachen herumgewühlt?«

»Ja, Mylady.«

Empört wollte sie aufschreien, hielt sich aber zurück. Ihre Kleider und Juwelen waren sehr wertvoll, und wahrscheinlich mußte sie sich glücklich schätzen, weil ihr der Silberfalke das Diebesgut zur Verfügung stellte.

»Ich bringe das weg.« Ohne eine Miene zu verziehen, griff Arrowsmith nach dem Tablett mit den Scherben.

»Warten Sie bitte!« sagte Skye. Auch er war ein Pirat, machte aber einen netten Eindruck. »Würden Sie eine Lampe für mich anzünden? Allmählich wird es dunkel.«

»Darum kümmere ich mich, Robert.«

Verwirrt schauten sie beide zur Tür. Der Silberfalke war zurückgekehrt.

»Aye, Kapitän, wie Sie wünschen.« Robert Arrowsmith verneigte sich vor Skye und ging hinaus.

Der Silberfalke schloß die Tür hinter sich, schlenderte zum Bücherregal und entzündete den Docht der Laterne. Skye beobachtete ihn verwundert. Sie hatte geglaubt, er würde ihre Furcht vor der Dunkelheit ausnutzen ... Aber es wäre unangebracht, einem bösartigen Piraten für die einzige menschliche Geste zu danken. Immerhin hatte er ihr schon genug angetan.

»Wir segeln mit gutem Wind nach Süden«, erklärte er. »Für ein Feuer ist es sicher zu warm, und ich nehme an, das Lampenlicht genügt.«

Skye nickte wortlos.

»Ich dachte, Sie wären inzwischen angezogen.«

»Die Truhe wurde mir eben erst gebracht.«

»Nun, Sie werden sicher etwas Passendes finden. Ich helfe Ihnen, und dann dürfen Sie für eine Stunde an Deck gehen.«

»Ich kann mich allein ankleiden.«

»Soll ich etwas für Sie aussuchen?« Seine Stimme nahm einen scharfen Klang an. Offenbar wollte er einen neuen Streit vom Zaun brechen. Irgendwann wird er mich damit mürbe machen, dachte sie. Diese ständigen Kämpfe zerrten an ihren Nerven.

»Sie ... ich sage Ihnen ...«

»Also, dann suche ich etwas aus.« Er ging zur Truhe, und sie eilte ihm nach und packte ihn am Arm. Erschrokken starrte sie auf das verkrustete Blut an seinem Hemdärmel. »Sie sind verletzt!«

»Nicht so schlimm, Mylady. Eine Xanthippe mit scharfen Zähnen hat mich erwischt.« Sie schluckte, sagte aber nichts. »Wenn Sie mich jetzt loslassen würden ...«

»Nein, Sie brauchen nicht noch einmal in meinen Sachen herumzustöbern. Auch beim ersten Mal hatten Sie kein Recht dazu ...«

»Das hatten Sie auch nicht, als Sie den Inhalt meiner Truhe durchsuchten und den Säbel fanden. Aber ich habe mir Ihr Gepäck angesehen, um freundlichere Zwecke zu verfolgen — um dafür zu sorgen, daß Sie sich anständig kleiden können.« Er hatte sich bereits losgerissen und war niedergekniet. Nun hob er den Deckel der Reisekiste, nahm ein Korsett, ein schlichtes Hemd und ein Leinenkleid mit kurzen Ärmeln heraus, hellblau, mit weißem Spitzenbesatz. Skye hatte es für den langen, heißen Virginia-Sommer gekauft. »Nein, dieses Folterwerkzeug aus Fischbein werden Sie nicht brauchen«, meinte er. »Strümpfe auch nicht. Es weht zwar eine leichte Brise, aber der Abend ist warm.«

Die Selbstverständlichkeit, mit der er in ihren Sachen kramte, ärgerte Skye, und sie versuchte ihn beiseite zu schieben. »Sir — Mr. Silberfalke — so heißen Sie doch? Oder wie soll ich Sie nennen?«

Grinsend hockte er sich auf die Fersen. »Ich denke, die Anrede ›Mylord‹ würde ich sehr gern aus Ihrem Mund hören, Lady Kinsdale. Oder vielleicht ›mein Gebieter‹?«

»Niemals!«

»Dann sagen Sie ›Falke‹, das genügt. Und nun werde ich Sie in diesen Sommertraum hüllen.«

Skye richtete sich zu ihrer vollen Größe auf. »Das wird Ihnen nur unter Gewaltanwendung gelingen, Sir.«

»Wenn Sie's so haben wollen ...« Er zuckte die Achseln. »Mir ist es egal.«

»Halt!« Sie wich zurück. Für weitere Kämpfe fehlte ihr die Kraft. Die Schmerzen, die seine unsanfte Behandlung hervorgerufen hatte, waren noch nicht ganz verebbt.

Reglos stand er da und beobachtete, wie sie mit einer

betont gequälten Geste die Decke fallen ließ. »Hören S auf, Ophelia zu spielen.« Langsam ging er auf sie zu »Die Seidenstrümpfe sollten Sie ausziehen, Mylady, di wirken zu provokant.«

Wenn sie geglaubt hatte, ihn beschämen zu können war das ein Irrtum gewesen. Er hob sie lässig hoch, war sie auf das Bett und begann ihr die Strümpfe mitsam den Bändern auszuziehen. Wütend wehrte sie sich, abei ihre Fußtritte und Fausthiebe schienen ihn nur zu amüsieren. »Beruhigen Sie sich doch!« rief er, während er versuchte, ihr das Hemd über den Kopf zu ziehen. »Es ist äußerst schwierig, Sie anzukleiden, wenn Sie so herumtoben — viel schwerer, als es mir jemals fiel, eine Jungfrau zu entkleiden.«

Grinsend richtete er sich auf, und sie schob rasch die Arme unter den Seidenträgern hindurch. »Ich glaube, Sie haben nie eine Jungfrau gekannt.« Er stand neben dem Bett und beobachtete sie mit stahlgrauen Augen. Plötzlich merkte sie, daß ihr Hemd mehr verriet als verhüllte. Aufreizend zeichneten sich die Brüste und Hüften unter dem dünnen Stoff ab. »Warum demütigen Sie mich so?« stieß sie hervor. »Warum diese langsame Folter?«

»Glauben Sie mir, Mylady«, erwiderte er trocken, »ich foltere eher mich selbst.«

»Dann ...«

»Ja?«

»Dann hören Sie auf damit«, flüsterte sie.

»Das kann ich nicht.« Der Silberfalke griff nach dem Leinenkleid. »Ziehen Sie das an, Skye, das wird Ihre und auch meine Nerven besänftigen.«

Skye ... Schon zum zweitenmal hatte er sie beim Vornamen genannt, so selbstverständlich wie ein Freund oder Liebhaber. Den Klang ihres Namens auf seinen Lippen hätte sie hassen müssen, aber sie tat es nicht. Und sie hätte seinen Befehl ignorieren müssen, doch sie konnte es nicht. Langsam stand sie vom Bett auf und ließ sich das Kleid überstreifen. Dann drehte er sie herum und schloß die winzigen Perlmuttknöpfe am Rücken. Das tat er sehr geschickt. Anscheinend war er mit weiblicher Garderobe vertraut. Trotzdem klopfte sie ungeduldig mit einem nackten Zeh auf den Boden. »Sind Sie bald fertig?«

»Mhm. Und das wollten Sie allein machen?«

»Solche Kleider sind für Damen bestimmt, die Zofen zur Verfügung haben. Aber da meine armen Mädchen in die Hände Ihrer Leute gefallen sind ...«

»Deshalb sollten Sie für meine Hilfe dankbar sein. So, das wär's.«

»Dankbar!« Sie wirbelte herum. »Können wir jetzt gehen?«

»Wenn Sie es wünschen ...« Doch dann griff er noch einmal in die Truhe und nahm eine Silberbürste mit eingravierten Initialen heraus. »Ihr Haar gleicht einem ungepflegten Vogelnest.«

»Das ist wohl kaum meine Schuld.«

»Wenn es Ihnen gleichgültig ist, Lady — ich lege um so größeren Wert auf Ihr Aussehen. Kommen Sie, ich will die Goldlocken entwirren.«

»Es ist mir nicht egal!« rief sie hastig und riß ihm die Bürste aus der Hand. Sie striegelte die dicken Strähnen, war aber so nervös, daß ihr nichts weiter gelang, als schmerzhaft an ihren Haarwurzeln zu zerren.

Eine Zeitlang schaute der Silberfalke zu, dann nahm er ihr ungeduldig die Bürste weg. »Lassen Sie mich das machen! Drehen Sie sich um!«

Zähneknirschend kehrte sie ihm den Rücken. Wieder einmal bewies er großes Geschick. Wenn er auch wenig Behutsamkeit zeigte, gelang es ihm doch, das zerzauste Haar von allen Knötchen zu befreien. In weichen Wellen fiel es auf Skyes Schultern. »Eine sonderbare Farbe«, bemerkte er. »Weder blond noch rot.«

Sie wandte sich zu ihm und lächelte kühl. »Angeblich die Farbe von Stroh.«

»Ja, genau«, stimmte er breit grinsend zu.

Ihre Augen verengten sich, und sie wartete wortlos, bis er die Tür geöffnet hatte. Den Arm, den er ihr bot, ignorierte sie. Als sie hinausgehen wollte, hielt er sie fest.

»Skye, wenn Sie meinen Arm verschmähen, riskieren Sie es, die restliche Reise in der Kabine verbringen zu müssen.«

Nur zu gut wußte sie, daß er es ernst meinte. Also nahm sie seinen Arm und ließ sich hinausführen.

Die Sonne versank im Atlantik, und die spektakuläre Schönheit des Himmels bewegte Skyes Herz. Sie war Ungeheuern ausgeliefert, die alle Meere unsicher machten, ihr Kapitän hatte den Tod gefunden, lag nun vermutlich in einem kalten Wassergrab. Andere hatten ihr Leben verloren. Sie selbst war gezwungen worden, die Nacht mit einem der vier verrufensten Piraten zu verbringen. Und trotzdem — der Sonnenuntergang weckte neue Hoffnung.

Wie ein Feuerball glitt die Sonne langsam in die kobaltblauen Wellen hinab und erzeugte ein Spektrum, das an die Ewigkeit gemahnte.

»Jetzt weiß ich, welche Farbe es hat«, sagte der Silberfalke leise.

»Was?« Verwundert wandte sie sich zu ihm.

»Ihr Haar. Die Farbe der sinkenden Sonne. Kommen Sie, ich übernehme das Ruder. Sie können für eine Weile bei mir bleiben.«

Skye hatte ohnehin keine andere Wahl, als ihm zu folgen, weil er ihren Arm immer noch umklammerte. Sie gingen an Klampen, Taurollen und Segeltuch vorbei zu der geschnitzten Treppe, die zum Ruder hinaufführte. Die Männer salutierten, lüfteten ihre Mützen und feixten vielsagend. Sie spürte, wie ihr das Blut in die Wangen stieg, aber sie ignorierte die wissenden Blicke und hob das Kinn.

»Guten Abend, Kapitän!« drang ein Ruf vom Krähennest herab.

»Guten Abend, Jacko. Alles klar?«

»So klar wie die süße Stimme meiner Mutter, Sir! Wir haben das Unwetter endgültig hinter uns gebracht.«

»Das freut mich, Jacko.«

»Mylady, Sie sehen sehr hübsch aus«, meinte der Wachtposten.

Sie gab keine Antwort, und der Silberfalke erwiderte an ihrer Stelle: »Die Lady hat letzte Nacht ebenfalls einen Sturm überstanden und sucht heute abend ruhigere Gewässer.«

Der Ausguck lachte, und Skye glaubte auch von anderer Seite ein spöttisches Kichern zu hören. Aber vielleicht bildete sie sich das nur ein. Die Besatzung des Falken wirkte eher fröhlich als unverschämt — und ziemlich diszipliniert, wenn man bedachte, was für gemeine Aasgeier das waren.

Der Silberfalke führte sie zu einer Holzbank, die das Ruder umgab, und der Mann am Steuer salutierte. »Wir nehmen Kurs auf Südsüdost, Sir.«

»Gut, Thompkins. Dabei wollen wir es belassen. Sie haben jetzt frei.«

»Danke, Kapitän.« Thompkins verschwand, und der Silberfalke übernahm das Ruder. Wie weit das Meer und der Himmel sind, dachte Skye. Wir könnten allein auf der Welt sein. An der Backbordseite war immer noch die Sonne zu sehen, ein milder Wind blies.

Sie legte den Kopf in den Nacken und ließ sich die Brise ins Gesicht wehen. Eigentlich müßte sie jetzt einen

Plan schmieden, wie sie den Falken überwältigen könnte. Sie dürfte keine weitere Nacht mit ihm verbringen. Aber wie sollte sie ihre Würde und Ehre retten? Sie war unbewaffnet und in der sanften Abendluft fühlte sie sich seltsam schwach. Sie mußte neue Kraft schöpfen, dann würde sie einen Ausweg finden.

Als sie den Kopf hob, begegnete sie dem Blick des Silberfalken und fragte: »Was ist es, das Sie von mir wollen?«

Er zuckte die Schultern und richtete seine Aufmerksamkeit wieder auf das Meer. »Ich bin nur neugierig, Mylady.«

»Warum?«

»Ich möchte wissen, warum eine Frau, die eine so gute Erziehung genossen hat wie Sie, ein Versprechen auf die leichte Schulter nimmt.«

»Das tue ich nur, wenn ich mein Wort Ratten oder Schlangen gebe.«

»Ein Versprechen ist ein Versprechen — auch wenn Sie es mir gemacht haben.«

»Sie sind ein Schuft, ein Wüstling und ein ...«

»... Pirat. Ein edler Beruf, der von Königin Elizabeth gefördert wurde. Sogar Sir Francis Drake war ein Pirat. Wann immer England Krieg gegen die Spanier und Franzosen führte, galt das Piratentum als höchst ehrenwert.«

»Drake war ein Freibeuter ...«

»Oder ein Dieb«, entgegnete der Silberfalke lachend. »Wie auch immer, solange wir andere Völker bestehlen, ist das völlig in Ordnung.«

»Sie wollen doch Jack den Einäugigen nicht mit Drake vergleichen!«

»Nein, eher mit Attila dem Hunnenkönig. Beide waren kaltblütige Mörder.«

»Es gibt also gute und schlechte Piraten?«

»Natürlich, wie bei allen Menschen.«

»Sie gehören jedenfalls zum Abschaum, Sir.«

»Und Sie haben das Thema gewechselt. Kehren wir zu Ihnen zurück. Zu Ihrem Versprechen.«

»Ich sagte bereits ...«, begann Skye, doch er fiel ihr ins Wort.

»Ich weiß, Sie wollen Ihr Versprechen brechen, weil ich Abschaum bin. Und Ihr Verlobter?«

»Was ist mit ihm?«

»Auch ihm haben Sie etwas versprochen.«

»Das habe ich nie getan!« entgegnete Skye, dann ärgerte sie sich, weil sie ihm geantwortet hatte. »Aber das geht Sie nichts an.«

»Allmählich habe ich Ihre scharfe Zunge satt.«

»Und ich Ihre Gesellschaft.«

»Dem kann abgeholfen werden. Ich werde Sie in Ihr Gefängnis zurückbringen.«

»Kennen Sie wirklich keine Gnade?«

»Sie können nicht erwarten, daß ein Abschaum von meiner Sorte barmherzige Gefühle kennt, Mylady.«

»Oh!« rief sie frustriert. »Warum beharren Sie denn so hartnäckig auf Ihrem Standpunkt?«

»Das sagte ich bereits — ich bin neugierig.«

»Und was wollen Sie wissen?«

»Ganz einfach, ob der liebe Junge das Lösegeld für Sie bezahlen wird.«

Skye zog die Knie an und stützte das Kinn darauf. »Das spielt keine Rolle. Mein Vater wird mich freikaufen.«

»Und wenn die Ernte schlecht ist? Den Großteil seines Vermögens bringen ihm die Zuckerplantagen auf den Inseln ein, und die haben ein schlechtes Jahr hinter sich.«

»Dann wird Lord Cameron bezahlen!« fauchte sie.

»Obwohl Sie nicht mehr unbefleckt sein werden?«

»Ich bin unbefleckt ...« Verlegen senkte sie den Blick, denn sie hatte es nur seiner unerwarteten Rücksichtnahme zu verdanken, daß sie immer noch Jungfrau war. Und dann erinnerte sie sich an gewisse Berührungen, an seine Hand auf intimen Körperteilen. »Meine Ehre ist nur ein klein wenig angekratzt«, verbesserte sie sich, und er lachte.

»Nun, ich glaube, Cameron wird so oder so für Sie zahlen. Er ist ein Mann, der zu seinem Wort steht. Wenn er auch schon als Kind verlobt wurde — er wird Sie aus Hochachtung vor seinem verstorbenen Vater heiraten.«

»Sie kennen ihn?« fragte Skye verblüfft.

Er zögerte kurz, ehe er bestätigte: »Aye, ich kenne ihn.«

»Wie kommt das?«

»Manchmal greift er ein, wenn ich Geiseln nehme. Wir treffen uns auf Bone Cay. Dort besitze ich — Liegenschaften.«

»Ein weiter Weg ... Also muß ich noch sehr lange Ihre Gefangene bleiben.«

»Lange genug, Mylady«, erwiderte er.

»Wie ist er?«

»Petroc Cameron?«

»Ja.«

»Wie ich.«

»Was?« Empört sprang sie auf, und der Silberfalke lachte wieder. Ein faszinierender Silberglanz lag in seinen Augen.

»Immerhin sind Sie so loyal, ihn zu verteidigen.«

»Er ist ein Gentleman, und Sie ...«

»Hüten Sie Ihre Zunge, Lady, allmählich bin ich's leid.«

»... ein — Pirat.« Eigentlich hatte sie ihn als ›Rinnsteinratte‹ bezeichnen wollen, sich aber eines Besseren besonnen.

»Er ist wie ich«, erklärte der Silberfalke, »weil wir Vettern sind.«

Skye schnappte so heftig nach Luft, daß sie husten mußte. Rasch klopfte er auf ihren Rücken. »Bitte, bekommen Sie bloß keinen Schlaganfall! Er ist nur ein Vetter zweiten Grades, und ich Ärmster stamme aus einem Familienzweig, der schon vor mehreren Generationen außerhalb des Ehebetts gezeugt wurde. Natürlich sprechen die Camerons nicht gern darüber und werden auch nichts dergleichen zugeben. Aber wenn Sie Ihren geschätzten Bräutigam treffen, werden Sie feststellen, daß ich nicht lüge, denn er ist mir wie aus dem Gesicht geschnitten.«

Bestürzt sah sie auf die Bank zurück. »Und Sie wollen die Braut Ihres Vetters entehren?«

»Wir mögen uns nicht besonders.«

»Aber ...«

»Und bedenken Sie, Mylady — vorerst sind Sie nur ein ›klein wenig‹ entehrt. Und falls die Gerüchte zutreffen, wollen Sie Lord Cameron ohnehin nicht heiraten.«

»Das sind reine Spekulationen.«

»Ich kenne Sie, vergessen Sie das nicht.«

»Sie kennen mich überhaupt nicht!«

»Und mit jeder Stunde lerne ich Sie besser kennen, Lady Kinsdale.«

»Wie eingebildet Sie sind!« Skye verschränkte die Arme vor der Brust. »Gouverneur Spotswood haßt die Piraten. Eines Tages wird er Sie schnappen und aufhängen. Und nun gebe ich Ihnen ein Versprechen, das ich bestimmt halten werde. Wenn Sie am Galgen baumeln, werde ich zuschauen und mich an Ihrer Todesangst weiden.«

»Was für ein blutrünstiges Mädchen ...«

»Nur, was Sie betrifft, Sie Schurke!«

Lachend wandte er sich zu ihr. Sie wollte ihm ausweichen, aber es war zu spät, denn er hatte bereits ihre Hände ergriffen und neigte sich herab. »Mylady«, flüsterte er so dicht vor Skyes Gesicht, daß sich ihre Lippen fast berührten, »eines Tages — das verspreche ich Ihnen, und es wird eintreffen — werden Sie sich meinen Wünschen beugen.«

»Niemals.« Aber auch ihr Protest war nur ein Wispern, ganz nah an seinem Mund. Irgendwo erklang ein Hämmern — ihr Herzschlag. Und sie hörte das Rauschen des Meeres — das Blut, das ihre Adern durchströmte. Er würde sehen, wie sie zitterte, und meinen ... Was, fragte sie sich verzweifelt.

Sie fand keine Antwort, denn neben ihr ertönte ein Räuspern, und der Falke richtete sich auf. Robert Arrowsmith stand auf den Stufen, die zum Ruder führten. »Ich habe das Abendessen für die Lady in Ihrer Kabine serviert, Kapitän.«

Der Silberfalke hielt Skyes Hände immer noch fest. Nun zog er sie auf die Beine. »Mr. Arrowsmith wird Sie hineinbegleiten.« Mit leiserer Stimme fügte er hinzu: »Keine Bange, da drin ist es hell genug.« Ohne eine Antwort abzuwarten, wandte er sich wieder zum Steuerrad.

Skye betrat die Kabine, und Robert wünschte ihr eine gute Nacht, ehe er die Tür schloß und verriegelte. Der Silberfalke hatte nicht gelogen. Zwei Laternen beleuchteten sauberes Wasser in der Waschschüssel und die Mahlzeit auf dem Schreibtisch. In der frischen Luft war sie müde geworden, und der Eintopf roch köstlich.

Sie setzte sich. Es war ein Fischeintopf mit Kartoffeln und Möhren, dazu gab es knuspriges Brot, ohne eine einzige Made. Wenig damenhaft machte sich Skye über das Essen her und hörte erst auf, als der Teller leer war. Eine Karaffe mit Burgunder stand bereit. Sie goß sich ein Glas ein und dachte an die Nacht, die vor ihr lag. Der Silberfalke würde ihr nicht weh tun, das hatte er versichert. Und sie würde bald frei sein. Falls ihr Vater das nötige Geld besaß — oder falls sich ihr Verlobter bereit erklärte, sie zu retten. Immerhin war sie nur ein bißchen entehrt ...

Rastlos stand sie auf und wanderte umher. Wann würde der Falke zu ihr kommen? Sie klappte den Deckel ihrer Truhe hoch, suchte nervös ein hochgeschlossenes Nachthemd hervor, dann widmete sie sich noch nervöser der mühsamen Aufgabe, die kleinen Knöpfe an ihrem Rücken zu öffnen. Das Kleid glitt mitsamt dem Hemd zu ihrer Taille hinab, und sie wusch ihren Oberkörper.

Niemand kam herein. Das Nachthemd über den Schultern, entkleidete und wusch sie die untere Körperhälfte, und als sie fertig war, atmete sie erleichtert auf. Die Tür blieb geschlossen.

Im Nachthemd setzte sie sich an den Tisch und leerte das Weinglas. Müde lehnte sie sich zurück, die Augen fielen ihr zu.

Später versuchte sie sich zu bewegen und stieß gegen Holz. Panik stieg in ihr auf, Dunkel hüllte sie ein. Sie war in einem winzigen Gemach mit Holzwänden eingesperrt und hörte ihr eigenes Geschrei ... Nein, sie durfte nicht schreien, man hatte sie gewarnt und ihr befohlen, keinen Laut von sich zu geben ... Hände griffen nach ihr. Man hatte sie gefunden, man würde sie töten, skrupellos. Verzweifelt wehrte sie sich, biß und kratzte ...

»Skye!«

Plötzlich war es wieder hell. Blinzelnd sah sie sich um. Sie lag im Bett des Silberfalken, an seiner Seite, und sie hatte gegen die Holzwand neben der Koje geschlagen. »Die Laternen sind ausgegangen!« klagte sie.

»Tut mir leid.« Behutsam nahm er sie in die Arme. Unter der Decke war er nackt, das wußte sie. Trotzdem schmiegte sie sich bebend an ihn. Seine Hände strichen über ihr Haar, ihre Wangen. »Ganz ruhig, Skye ... Ich werde das Licht nie wieder ausgehen lassen, das verspreche ich.«

Allmählich verebbte das Zittern, und sie schlief wieder ein. Jetzt wurde sie nicht mehr von Alpträumen geplagt.

Als er Skyes tiefe, regelmäßige Atemzüge hörte, rückte er ein wenig von ihr weg, um ihr tränennasses Gesicht zu betrachten. Sie war schön, das mußte er zugeben. Und er gestand sich auch ein, daß er das Spiel verlieren würde. Er hatte sie gefangengenommen, aber nun lag er selbst in Ketten. Niemals würde er es über sich bringen, sie einfach freizulassen. Ehe alles zu Ende ging, mußte sie ihm gehören. Und danach würde sie nicht nur ein ›klein wenig‹ entehrt sein.

4

Skye schreckte aus dem Schlaf hoch und stellte fest, daß sie allein im Bett lag. Hastig hob sie den Kopf und sah sich in der Kabine um, doch sie konnte den Silberfalken nirgends entdecken.

Stöhnend sank sie ins Kissen zurück und verfluchte ihre Schwäche, die sie in der vergangenen Nacht bewogen hatte, in seinen Armen einzuschlafen. Dieser Pirat bereitete ihr immer neue Überraschungen. Er konnte so hart und unnachgiebig sein — und dann wieder so sanft und feinfühlig. Wie gut er das Grauen vor der Dunkelheit zu verstehen schien, das ihre Seele peinigte ...

Doch das spielte keine Rolle. Sie hatte nicht nur neben ihm im Bett gelegen, sondern sich auch noch an seinen nackten Körper geklammert.

Eine Laterne brannte, die Vorhänge waren geschlossen. Skye kroch aus dem Bett, lief zu den Steuerbordfenstern und zog die Samtbahnen auseinander. Draußen strahlte die Welt blau und golden. Ruhig erstreckte sich das Meer bis zum dunstigen Horizont.

Es klopfte an der Tür. Skye war zwar nicht schicklich gekleidet, aber das Nachthemd bedeckte sie wenigstens vom Hals bis zu den Zehen. »Herein!« rief sie, und Robert Arrowsmith betrat die Kabine mit einem Frühstückstablett.

»Guten Morgen, Mylady.« Sie nickte ihm zu, während er das Tablett auf den Tisch stellte. Triumphierend entfernte er eine silberne Wärmeglocke. »Frische Milch und Eier und ein Schweinekotelett.«

Sie konnte weder dem köstlichen Duft widerstehen,

der ihr in die Nase drang, noch ihrer Neugier. »Frische Milch?«

»Im Morgengrauen haben wir ein befreundetes Schiff aus Charleston getroffen, Mylady.« Robert zögerte kurz. »Der Kapitän ließ auch eine Sitzbadewanne an Bord bringen und kaufte französische Seife. Ich warnte ihn und erklärte, vielleicht würden Sie sich nicht ins Wasser setzen wollen, aus Angst vor einer Krankheit. Aber er badet selber regelmäßig, und er glaubt, es würde auch Ihnen gefallen.«

»Da hat er recht.« Wo war nur ihr Stolz geblieben? Eigentlich müßte sie jede Vergünstigung, die ihr dieser elende Schurke offerierte, kategorisch zurückweisen. Aber es würde ihren Stolz nicht retten, wenn sie schmutzig bliebe. Und die abergläubische Überzeugung, bei einem Bad könnten böse Geister oder Krankheiten in den Körper eindringen, erschien ihr lächerlich. Sie war in einem heißen Klima aufgewachsen und hatte schon immer gern gebadet.

»Nun, dann werde ich zusammen mit ein paar Kameraden die Wanne und warmes Wasser bringen. Falls Sie noch mehr brauchen, können Sie's selber erhitzen. Ich zünde den Ofen an und lasse einen vollen Kessel da.«

Sie dankte Robert und setzte sich an den Schreibtisch. Während sie das Kotelett verspeiste, beobachtete sie, wie er Feuer machte. Nachdenklich kaute sie und murmelte dann: »Charleston ... Und wir segeln nach New Providence?« Sie kannte die Umgebung der Insel und wußte, daß es dort einen Piratenhafen gab. Die flinken, wendigen kleinen Seeräuberschiffe konnten mühelos zwischen den Klippen und Untiefen manövrieren, während Kriegs- und Handelsschiffe oft an trügerischen Korallenriffen zerschellten. Anscheinend fehlte es den englischen Besitzern dieser Insel an der nötigen Energie, um das Piratenproblem zu meistern. Und wie Skye gehört hatte, herrschte auf New Providence nur jenes Gesetz, das auf der Willenskraft des mächtigsten der zufällig gerade anwesenden Schurken basierte.

Robert steckte Kohlen in den Ofen, und es dauerte eine Weile bis er antwortete. »Aye, wir segeln nach New Providence. Sie kennen die Insel?«

»Nur zu gut.«

»Mylady, Sie haben nichts zu befürchten. Der Falke wird Sie nicht von Bord gehen lassen, und wir bleiben nicht lange. Danach fahren wir nach Bone Cay und dort ist sein Wort Gesetz. Er wird für Ihre Sicherheit sorgen.«

»Sicherheit?« wiederholte sie ironisch.

»Ja, bis irgendwelche Arrangements getroffen werden.«

»Und was soll geschehen, wenn mein Vater das Lösegeld nicht zahlen kann?«

»Gewiß wird Lord Cameron ...«

»Und wenn Lord Cameron nicht zahlen will?«

»Das will er bestimmt.«

»Und wenn nicht, Robert?«

Er richtete sich auf. »Wie beharrlich Sie sind, Mylady ...«

»Ja, das bin ich.«

»Nun ja ...« Er breitete die Arme aus. »Dann wird Ihnen Bone Cay sicher gefallen. Aber ich bezweifle nicht, daß man Sie so schnell wie möglich freikaufen wird.«

»Wann werden wir New Providence erreichen? In zwei oder drei Tagen?«

»Vermutlich. Das hängt vom Wind ab.«

Skye starrte ihn an, und er trat unbehaglich von einem Fuß auf den anderen. Wie sein Herr war er ein attraktiver Mann, verfügte über gute Manieren, und seine Sprechweise wirkte recht kultiviert. Vielleicht war er kein allzuschlimmer Pirat. Immerhin behandelte er sie trotz der würdelosen Situation, in der sie sich befand, wie eine Lady. Er schien sie zu bewundern, und sie beschloß auf ihren Charme zu vertrauen. Vielleicht würde er ihr helfen. Traurig lächelte sie ihn an. »Sie sollten dieses gräßliche Leben aufgeben!« rief sie, sprang von ihrem Stuhl und eilte zu ihm, um seine Hand mit der ihren zu umfassen. Begierig, ihre Zwecke zu verfolgen, merkte sie nicht, wie die Tür aufschwang und der Silberfalke eintrat. »Mr. Arrowsmith, wenn Sie mir zur Flucht verhelfen, werde ich beim Gouverneur ein gutes Wort für Sie einlegen. Sicher, er haßt die Piraten, aber wenn Sie Ihre Taten aufrichtig bereuen, ist er sicher bereit, Ihnen eine Chance zu geben. Robert, sehen Sie es denn nicht ein? Wenn Sie so weitermachen, werden Sie bald am Galgen enden. Und das würde ich sehr bedauern.«

Er wurde rot, denn sie stand ganz nah vor ihm, und ihr Nachthemd war zwar züchtig, bestand aber aus dünnem Baumwollstoff. »Mylady ...«, begann er.

»Ja, Mylady?« kam eine gedehnte Frage von der Tür her. Erschrocken wich Robert vor Skye zurück und starrte den Falken an, der sardonisch lächelte. »Das wäre alles, Mr. Arrowsmith.«

»Aye, aye, Sir.« Robert floh aus der Kabine, und Skye beobachtete schweren Herzens den Puls, der viel zu schnell im Hals des Silberfalken pochte. Sein Hemd war aufgeknöpft und entblößte einen Großteil seiner bronzebraunen Brust. Nervös krampfte sich ihr Magen zusammen. Alles in ihr drängte sie, davonzulaufen, auch vor ihren eigenen Gefühlen. Seine Augen schienen in ihre zu tauchen, und zu ihrer ewigen Schande wurde sie nicht wütend. Statt dessen dachte sie an die vergangene Nacht, an den schrecklichen Alptraum. Wie sicher und geborgen hatte sie sich danach in seinen Armen gefühlt ...

Und jener Morgen, wo sie ihn nackt gesehen hatte ...

Ein Zittern jagte durch ihren Körper, und sie schluckte. Nein, sie wollte sich nicht daran erinnern. Doch sie konnte es ebenso wenig verhindern, wie sie die sinnlichen Empfindungen zu bezähmen vermochte, die in ihr aufstiegen. Sicher war er ein sehr leidenschaftlicher Mann. Trotzdem hatte er sie in Ruhe gelassen.

»Nun, meine Liebe ...« Er durchquerte die Kabine, sank auf den Stuhl, wo sie vorhin gesessen hatte, nippte leicht an ihrer Kaffeetasse und legte mit einem zufriedenen Seufzer die gestiefelten Füße auf die Tischplatte. »Sie wollten den armen Robert zur Meuterei verleiten?«

»Ich habe ihm nur vor Augen geführt, was mit ihm geschehen wird, wenn er seinen Lebenswandel nicht ändert.«

»Sie lügen, Mylady, aber das ist ja nichts Neues.«

»Ich lüge nicht. Es wäre mir tatsächlich ein Greuel, ihn hängen zu sehen.«

»Und ich, meine Liebe?«

»Das wissen Sie bereits. Wenn Ihr Hals in der Schlinge steckt, werde ich am lautesten von allen Zuschauern jubeln.«

Sein Blick war unergründlich. »Das glaube ich. Aber vorher müßte ich erwischt werden.«

»Vielleicht wird Robert Sie verraten.«

»Sie denken, er wäre auf Ihren Charme hereingefallen?«

»Ich hatte nicht die Absicht, ihn zu betören, und es dürfte mir auch kaum gelungen sein.«

»Seien Sie froh darum, Mam'selle, denn sonst wäre ich gezwungen worden, ihn zu töten.«

Skyes Atem stockte. Jetzt lügt er, sagte sie sich. Aber wie konnte sie das wissen? Der Mann war wirklich ein Rätsel.

»Ich warne Sie, Skye«, fuhr er fort. »Nehmen Sie sich

in acht, wenn Sie mit meiner Besatzung Umgang pflegen. Jeder, der Sie anrührt, wird sterben.«

»Ihre Leute interessieren mich nicht! Ich will nur meine Freiheit.«

»Die werden Sie bald zurückgewinnen.«

In diesem Moment klopfte es an der Tür, und Robert kehrte zurück. »Die Sitzbadewanne, Kapitän.«

»Bringen Sie sie herein.«

Zwei Seemänner trugen die Wanne herein, während Skye in eine Ecke flüchtete, andere folgten mit vollen Wassereimern. Und alle sahen sie in ihrem dünnen Nachthemd, starrten sie an, als wäre sie eine Straßendirne. Nachdem sie die Kabine verlassen hatten, erklärte Robert, er habe einen Wasserkessel auf den Ofen gestellt, dann ging auch er, und sie blieb allein mit dem Silberfalken und der dampfenden Wanne zurück.

»Ihr Bad ist fertig«, verkündete er.

»Ich will nicht baden.«

»Obwohl sich die Leute soviel Mühe gegeben haben? Schade um das warme Wasser ...«

»Das finde ich auch. Sie würden nicht in Erwägung ziehen, sich zu entfernen, damit ich ungestört ein Bad nehmen kann?«

»Nein, das würde ich nicht in Erwägung ziehen.«

»Sie Abschaum!« zischte Skye.

»Sie wiederholen sich, Mylady.«

»Ach, hören Sie doch auf!«

»Womit soll ich aufhören? Ich versuche ein manierlicher Abschaum zu sein und nicht mit einer Dame zu streiten.«

»Wie absurd das alles ist ... Jedenfalls weigere ich mich zu baden, solange Sie hier sind.«

Der Silberfalke hob die Brauen, und sie merkte ihm an, daß er sich trotz des albernen Geplänkels keineswegs in heiterer Stimmung befand. »Wie grausam Sie sind,

Lady Kinsdale! Mein Fleisch brennt immer noch nach dieser Nacht, wo Sie in meinen Armen lagen und ich Ihnen nur Trost und sonst nichts spendete. Bei der Rückkehr in meine Kabine mußte ich mit ansehen, wie Sie sich meinem zweiten Maat an den Hals zu werfen versuchten. Und jetzt, wo ich Erholung von der Mühsal meines Kommandos suche, schicken Sie mich weg. Haben Sie doch Erbarmen, Mylady!«

»Sie hätten zum Theater gehen sollen, Sir. Dann würden Sie wenigstens einen ehrbaren Beruf ausüben und ganz sicher großen Erfolg erzielen.«

»Skye, ich werde meine Kabine nicht verlassen.«

»Und ich setze mich nicht in die Wanne.«

»Ich könnte Sie dazu zwingen.«

»Das könnten Sie. Aber es wäre gegen meinen Willen.«

»Dann ist es also Ihr Wunsch, daß wir wieder handgreiflich werden?«

Zwischen zusammengebissenen Zähnen stieß sie hervor: »Wie auch immer — ich bade nicht.« Hatte sie den Verstand verloren? Sie würde sich das Leben viel leichter machen, wenn sie sich geschlagen gab. Doch das brachte sie nicht fertig.

»Bei allen Heiligen.« Der Falke sprang so unvermittelt auf, daß sie sich erschrocken an die Wand preßte. O ja, sie war wirklich eine Närrin gewesen. Nun würde er ihr das Hemd vom Leib reißen und sie ins dampfende Wasser werfen und ... Diesen Gedanken wollte sie nicht weiterverfolgen.

»Warten Sie!« rief sie, wurde aber ignoriert.

Die Hände in die Hüften gestützt, kam er auf sie zu. »Mylady, wenn Sie nicht in diese Wanne steigen ...« Er hielt inne, und sie wappnete sich gegen einen Gewaltakt. Aber er begann nur seine Hose aufzuknöpfen. »Dann werde *ich* baden.«

»Was?« flüsterte sie verblüfft.

Der Falke warf sein Hemd zu Boden und schlüpfte aus einem Stiefel. »Ich habe nicht die Absicht, das warme Wasser zu vergeuden.«

»Aber — Sie können doch nicht ...« Skye verstummte.

Der zweite Stiefel landete neben dem ersten. »Was kann ich nicht?« erkundigte sich der Silberfalke höflich.

»In meiner Gegenwart baden ...«

Lachend legte er den Kopf in den Nacken. »Und ob ich das kann, Mylady!«

Ehe er die Hose nach unten streifte, kehrte sie ihm den Rücken und starrte die Wand an. Sie hörte ein Plätschern, als er in die Wanne stieg, und einen wohligen Seufzer. »Sir, Sie haben die Moral eines — eines ...«

»Abschaums?« schlug er vor.

»Einer Gossenratte!«

»Nicht alle Menschen können heucheln ... Würden Sie so freundlich sein und Robert rufen, Mylady? Ich will eine andere Seife haben.«

»Ich werde Robert *nicht* rufen!«

»Aber dann werde ich wie ein französisches Bordell riechen!« klagte er. »Rufen Sie ihn doch!«

»Nein!«

»Dann tu ich's selber.«

Wieder hörte sie das Wasser plätschern, und sie wandte unwillkürlich den Kopf zur Seite. In das Badetuch gewickelt, das Robert für sie bereitgelegt hatte, ging der Falke zur Tür und öffnete sie. »Mr. Arrowsmith! Ich brauche Sie!«

Robert mußte daran gewöhnt sein, die Befehle seines Herrn augenblicklich auszuführen, denn er erschien schon nach wenigen Sekunden. Nachdem er erfahren hatte, was der Falke wünschte, holte er eine Seife mit maskulinerem Duft.

Der Silberfalke versank wieder in der Wannc und summte vor sich hin. Er hatte die Tür geschlossen, aber nicht verriegelt, wie Skye feststellte.

»Spähen Sie nicht so verstohlen über die Schulter, Lady Kinsdale! Sie können mich ganz offen und nach Herzenslust betrachten. Außerdem warte ich auf die Erfüllung Ihres Versprechens.«

»Bald werden Sie ohne Grabstein in der Erde vermodern«, erwiderte sie sanft.

»Mag sein, aber vorher... Kommen Sie zu mir, waschen Sie mir erst mal den Rücken.«

»Ehe Sie ohne Grabstein unter der Erde vermodern, werden Sie an einer gräßlichen Geisteskrankheit sterben.«

»Das bezweifle ich. Wie dem auch sei — wollen Sie mir nicht helfen?«

»Nicht einmal, wenn Sie am Verdursten wären!«

»Mam'selle, Sie stellen meine Geduld auf eine harte Probe.«

»So?« murmelte sie unbehaglich. Daß sie ihm den Rücken kehrte und ihn nicht im Auge behalten konnte, machte sie nervös. Aber sie würde sich nicht umdrehen.

Und dann dachte sie wieder an die unverriegelte Tür. Vielleicht — wenn sie nur so tat, als würde sie gehorchen ...

»Lady Kinsdale ...«, begann er. Da fuhr sie herum, und er verstummte. Lässig saß er in der Wanne und lächelte sie an, die langen Beine angezogen, die Arme auf den Rändern. »Oh, wie nett von Ihnen, Mam'selle! Würden Sie mir jetzt die Schultern und den Rücken einseifen?«

Freundlich erwiderte sie das Lächeln, ging auf die Wanne zu — und daran vorbei zur Tür. Aber ehe sie aus der Kabine eilen konnte, spürte sie, wie ihr Nachthemd gepackt wurde, hörte ein gräßliches Ratschen, als es am Rücken zerriß. Sie schrie auf und wirbelte herum. Nackt und triefnaß stand er hinter ihr, einen Teil ihres Hemds in der Hand. Ein halberstickter Laut rang sich aus ihrer Kehle, nachdem sie gemerkt hatte, daß die untere Hälfte ihres Körpers entblößt war. »O nein!« wimmerte sie.

Beinahe wäre es ihr gelungen, davonzulaufen — und ins Meer zu springen, wenn es keinen anderen Ausweg gegeben hätte. Aber der Pirat war schneller. Er ließ den Baumwollfetzen fallen, packte Skye am Arm und zerrte sie in die Kabine zurück, dann warf er die Tür ins Schloß. Und diesmal schob er den Riegel vor. Langsam wandte er sich zu ihr und lächelte — wie ein Falke, der eine Feldmaus zwischen den Zähnen festhält. Dann erstarb das Lächeln, und er verkündete mit unheilvoller Stimme: »Das Spiel ist vorbei, Mylady. Offenbar haben Sie nicht begriffen, wie wichtig es ist, daß Sie meine Befehle ausführen. Von jetzt an werden Sie das tun.«

Mühsam versuchte sie mit dem zerfetzten Hemd ihre Blößen zu bedecken. Ihre Lippen bebten, obwohl sie sich vornahm, keine Angst zu zeigen. Doch dieser Entschluß geriet bereits ins Wanken, als er einen Schritt in ihre Richtung machte. Beim nächsten Schritt sprang sie schreiend nach hinten, aber er hielt sie am Handgelenk fest und zog sie zu sich heran, und sie spürte die Hitze, die von seiner nackten Haut ausging. Mit einem Ruck riß er ihr die Reste des Nachthemds vom Leib.

Sie konnte weder schlucken noch atmen. Seine Lippen waren so nahe, die nasse Brust schimmerte im Sonnenlicht, das durch die Fenster hereinfiel. Skye wollte schreien, doch das war unmöglich, weil sie noch immer keine Luft bekam. Die Welt würde versinken. Ohnmächtig würde sie zu Boden stürzen, und der Silberfalke kannte gewiß keine Gnade.

»Ihr Bad wartet, Mylady.« Seine Worte fielen wie Nebelschleier auf ihren Mund, dann hob er sie hoch und setzte sie in die Wanne. Instinktiv zog sie die Knie an, drückte sie möglichst eng an ihre Brüste. Der Silberfalke rettete ihr Haar, indem er es zu einem Knoten schlang. Das Wasser war angenehm warm, trotzdem fröstelte sie und erschauerte unkontrollierbar

»Wenn *Sie* wie ein französisches Bordell riechen, ist das völlig in Ordnung.« Er stand hinter ihr, und ehe sie ihm ausweichen konnte, strich er einen süß duftenden Waschlappen über ihren Nacken, die Schultern und Arme. Protestierend richtete sie sich auf, doch das kam ihr keineswegs zugute, denn nun konnte er auch ihre Brüste einseifen. Wieder blieb ihr der Atem in der Kehle stekken, und als seine Finger die rosigen Spitzen streiften und schwellen ließen, zuckte zu Skyes Entsetzen eine glühende Welle wie ein Blitz durch ihren ganzen Körper. Der Silberfalke neigte sich herab, ihre Blicke trafen sich, und ein seltsamer Magnetismus schien sie zu lähmen. Sie konnte sich nicht mehr rühren, spürte nur noch ihren rasenden Herzschlag. Panik erfaßte sie. Er hatte den Waschlappen ins Wasser geworfen, jetzt lag seine Hand auf ihrer Brust, ebenfalls völlig reglos.

Ihr Mund war staubtrocken, trotz des heißen Dampfs. Sie mußte ihre ganze Willenskraft aufbieten, um diese eigenartige Erstarrung abzuschütteln, ihre Lippen mit der Zunge zu befeuchten und hervorzuwürgen: »Bitte ...«

Mit einem unterdrückten Fluch wandte er sich ab, und Skye rutschte tiefer in die Wanne hinunter. Sie hörte, wie er hastig seine Hose anzog. Barfuß, mit nacktem Oberkörper, rannte er aus der Kabine und schob von außen den Riegel vor. Da sie befürchtete, er könnte bald zurückkommen, stieg sie in aller Eile aus der Wanne und trocknete sich ab. Das Badetuch roch nach der maskulineren Seife, die Robert gebracht hatte — würzig und subtil.

Sie nahm ein sauberes Hemd aus ihrer Truhe und kleidete sich sorgfältig an, mit allem Drum und Dran — wie Korsett und Strümpfen und Strumpfbändern und Unterröcken, die den Rock des hellblauen Leinenkleids bauschten.

An diesem Tag kehrte der Falke nicht mehr in die Kabine zurück, auch nicht am Abend. Robert erschien mit einigen Kameraden, um die Wanne und die Eimer hinauszutragen, und später brachte er ihr das Essen.

Sie schlief am Schreibtisch ein.

Als sie im Bett erwachte, fragte sie sich, wie sie hineingelangt war. Wandelte sie neuerdings im Schlaf? Sie trug immer noch ihr Kleid mitsamt den Unterröcken, nur die weichen Lederschuhe hatte man ihr ausgezogen. War der Silberfalke hier gewesen?

Zwei Laternen brannten, er hatte Wort gehalten und das Licht nicht ausgehen lassen.

Verwirrt sank sie zurück, umarmte ein Kissen und erkannte bestürzt, daß sie den Mann an ihrer Seite vermißte — und die Zärtlichkeit, mit der er sie letzte Nacht getröstet hatte, bis ihre Angst verflogen war.

Auch am nächsten Tag kam er nicht zu ihr. Robert Arrowsmith brachte ihr das Frühstück und versprach, später zurückzukehren und mit ihr an Deck zu gehen. Sie erkundigte sich nicht nach dem Kapitän und versuchte auch nicht mehr, den zweiten Maat auf den rechten Weg zu bringen. Der Silberfalke hatte angekündigt, er würde alle Verräter töten, und sie glaubte ihm.

Zu Mittag führte Robert sie ins Freie. Die Männer begegneten ihr sehr höflich, tippten sich an die Mützen oder neigten unbedeckte Köpfe. Sie segelten vor einer frischen Brise. Nirgends ließ sich der Falke blicken, Sk lehnte sich an die Backbordreling und fühlte, wie d Wind ihr Haar flattern ließ und ihr Gesicht liebkoste. Rc bert zeigte zur fernen Küste von Florida, und sie nickt geistesabwesend. »Was ist eigentlich aus den Mädche geworden, meinen irischen Zofen?« fragte sie. »Sind di beiden noch — am Leben?«

Sie glaubte zu beobachten, wie er ein Lächeln unterdrückte, dann erwiderte er ernsthaft: »Aye, Mylady, sie leben noch. Zweifellos wird man sie Ihnen in Virginia wieder überantworten.«

»Ja, bitte. Sorgen Sie dafür! Mein Vater wird auch für die Mädchen Lösegeld bezahlen.«

»Ich werde den Falken informieren.«

»Wo ist er denn?« entfuhr es ihr, und sie haßte sich selbst für diese Frage. Warum interessierte sie das? Sie war froh über seine Abwesenheit, ganz egal, was dahintersteckte.

»Er — eh — hat zu tun, und er wird beschäftigt sein, bis wir New Providence erreichen.«

»Wie schön«, entgegnete Skye tonlos.

Robert betrachtete den Himmel, dann räusperte er sich. »Leider muß ich Sie jetzt in die Kabine zurückbegleiten. Kann ich noch irgendwas für Sie tun?«

Skye schüttelte den Kopf, dann besann sie sich anders. »Ich würde gern noch mal baden.« Welch großartige Gelegenheit ... Sie konnte sich im warmen Wasser rekeln und ihren Körper in Ruhe mit duftender Seife einreiben, ohne die Ankunft des Silberfalken befürchten zu müssen.

»Schon wieder?« Robert starrte sie ungläubig an. »Wollen Sie Ihre Person tatsächlich allen möglichen schlimmen Krankheiten ausliefern?«

»Bis jetzt war ich immer kerngesund, Mr. Arrowsmith«, entgegnete sie lächelnd, »trotz meiner häufigen Bäder. Oder bereitet es Ihnen irgendwelche Schwierigkeiten, mir die Wanne zu bringen?«

»Keineswegs. Ihr Wunsch ist mir Befehl, Lady Kinsdale.«

Welche eine Ironie, dachte sie bitter und murmelte: »Danke.«

In die Kabine zurückgekehrt, studierte sie die Buchrücken im Regal. Bacon, Shakespeare, Sir Christopher Wren, alte Griechen, Werke über Kriegskunst und nautische Manöver, aber auch über Philosophie, Medizin und Astrologie. Der Silberfalke war ein belesener Mann. Oder er hatte das Schiff eines belesenen Mannes gestohlen. Auch das war eine Möglichkeit.

Robert und zwei andere Männer trugen die Wanne und gefüllte Wassereimer herein. Wieder einmal überlegte Skye, daß sie für Piraten viel zu anständig wirkten. Aber vielleicht hatte sie sich nach vier Tagen an Bord dieses Schiffes an die Niedertracht dieser Leute gewöhnt, so daß sie ihr gar nicht mehr auffiel.

Sobald sie allein war, zog sie sich rasch aus und stieg in die Wanne. Sie erwartete, der Silberfalke würde erscheinen, sobald sie das letzte Kleidungsstück abgelegt hatte. Aber er kam nicht. Entspannt lehnte sie sich zurück.

Allmählich kühlte das Wasser ab. Hatte sie zu lange in der Wanne gesessen? Um auf ihn zu warten? Nein! Oder vielleicht doch? Wollte sie wieder diese sengende Hitze spüren, die ihren Körper durchströmt hatte, als seine Finger über ihre Brüste geglitten waren?

»Nie wieder!« flüsterte sie beschämt, sprang aus der Wanne und wickelte sich in das Badetuch.

In diesem Augenblick öffnete sich die Tür. Vollständig angezogen, in einem eleganten bestickten Rock, hielt er ein Schriftstück in der Hand, das ihn sehr zu beschäftigen schien. Langsam kam er herein, und als er Skye sah, hielt er überrascht inne. Wortlos preßte sie einen Hand-tuchzipfel an die Brust und starrte ihn an. Auch der Silberfalke sagte nichts. Er warf seine Papiere auf den Schreibtisch, musterte sie, und das Blut pulsierte schneller durch ihre Adern. Endlich brach er das Schweigen »Sie baden gern, nicht wahr?«

»Ja«, würgte sie mühsam hervor. Wie ernst er war...

»Haben Sie gut geschlafen, Mam'selle?«

»Ja.«

»Robert hat Sie an Deck geführt?«

Nun fiel ihm offenbar nichts mehr ein, um Konversation zu machen. Mit zwei Schritten war er bei ihr. Sie lief nicht davon, dachte nicht einmal daran. Seine silberblauen Augen nahmen ihr den Atem, und sie gewann den Eindruck, ihre Füße würden am Boden festkleben.

Spielerisch ließ er seine Finger durch ihr Haar gleiten, sein Mund suchte den ihren. Die Berührung entzündete wieder jenen seltsamen Blitz in ihrem Körper, ein süßes Fieber schien durch ihre Adern zu rasen. Seine Zunge liebkoste Skyes Mundwinkel, zwang sie, die Lippen zu öffnen, und der Kuß wurde immer leidenschaftlicher, begann ihre klaren Gedanken zu verscheuchen.

Bald gab er sich nicht mehr mit ihrem Mund zufrieden. Seine Hände streichelten ihre Hüfte, wanderten zu den Brüsten hinauf, und sie wehrte sich noch immer nicht — auch nicht, als er einen nackten Hügel umfaßte. Nur vage wurde ihr bewußt, daß ihr Badetuch zu Boden geglitten war. Nun konnte sie endgültig nicht mehr denken, nur Gefühle beherrschten ihr Herz und ihre Seele — überwältigende Gefühle. Die Hitze seines Kusses erfüllte ihr ganzes Sein, die Liebkosungen seiner rauhen Fingerspitzen entrangen ihr ein seltsames leises Schluchzen.

Dieser Laut, schmachtend und sinnlich, riß Skye aus ihrer Erstarrung. Sie stemmte beide Fäuste gegen die

Brust des Silberfalken, aber er hielt sie fest. Verzweifelt wehrte sie sich, aber er ließ sie nicht los. Ihr Kopf sank in den Nacken, und sie begegnete seinem Blick, sah einen düsteren Sturm in seinen Augen. »Spielen Sie nicht mit mir, Mädchen!« stieß er hervor.

»Ich spiele?«

»Führen Sie mich nicht in Versuchung, Lady, um Himmels willen!«

»Das tue ich nicht. *Sie* sind hier der Puppenspieler und ziehen an den Fäden wie der Allmächtige. Sie haben mich gefangengenommen und erteilen Befehle wie ein tyrannischer König. Und Sie verstehen es meisterlich, mich zu quälen, Sie fordern mich heraus, bis ich den Verstand zu verlieren glaube. Ich fürchte, vergewaltigt zu werden, zu sterben — und Sie spielen Katz und Maus mit mir.«

Er berührte ihre Wange, die Augen immer noch lodernd, das Gesicht angespannt. Sanft strichen seine Finger über ihre Lippen, die noch gerötet waren von seinem Kuß. »War das eine Vergewaltigung, Mylady?«

»Bitte ...«

»Sie haben mir ein Versprechen gegeben. Vielleicht wollen Sie es jetzt einlösen ...« Skye riß sich los, sank auf die Knie und griff nach dem Badetuch. Auch der Silberfalke ließ sich nieder und kauerte auf seinen Fersen. »Es kommt mir eher so vor, als wäre *ich* Ihr Spielball, Mylady. Nachts klammern Sie sich an mich und vertrauen auf meine Güte. Im Dunkel könnte ich mir nehmen, was immer ich begehre, nicht wahr?« Sie senkte den Kopf, aber er hob ihr Kinn hoch.

»Ich wurde entführt ...«

»Beantworten Sie meine Frage ...«

»Also gut!« schrie sie. »Es wäre ein leichtes für Sie, nachts über mich herzufallen. Und ich habe mich schon oft gewundert, warum Sie es nicht tun.«

»Hätte ich Sie vergewaltigen sollen, als Sie sich voller Angst an mich schmiegten? So will ich Sie nicht haben, Mylady. Nicht, wenn Sie sich in der Dunkelheit furchtsam zu mir wenden. Nur wenn Sie von heißer Sehnsucht in meine Arme getrieben werden.«

»Nach einem Piraten werde ich mich niemals sehnen.«

Lächelnd streichelte er eine ihrer nackten Schultern. »Wenn ich es wollte, könnte ich jetzt — sofort — heißes Verlangen in Ihnen entfachen«, sagte er leise. Dann stand er abrupt auf. Sie fühlte sich sehr klein, als er auf sie herunterschaute. »In einem haben Sie recht, Mylady, ich verstehe es nur zu gut, einem Herzen Qualen zu bereiten. Aber ich quäle vor allem mich selbst. Und nun werde ich Sie allein lassen, bis Sie angezogen sind.«

Als die Tür hinter ihm ins Schloß gefallen war, erhob sie sich. Ihr Körper schien zu brennen, ihre Glieder bebten. Eine seltsame Lethargie hatte sie erfaßt, und sie konnte sich nur mühsam bewegen. Ihre Finger berührten die Lippen, ihr Zittern verstärkte sich. Sie glaubte immer noch den Kuß zu spüren, die Hände des Silberfalken auf ihrer Haut ...

Er würde zurückkommen ... Dieser Gedanke weckte ihre Lebensgeister, und sie rannte zur Truhe. Ein frisches Nachthemd war noch übrig, aus hellblauem geblümten Baumwollstoff, mit Seidenbändern an den Puffärmeln und um die Taille. Rasch schlüpfte sie hinein — und keine Sekunde zu früh. Es pochte an der Tür, und der Falke trat wieder ein. Für einen Piraten wirkte er auf absurde Weise majestätisch in seiner schwarzen Kleidung, mit der großen Feder, die auf seinem Hut wippte. Robert folgte ihm, und der Kapitän gab ihm das Papier. »Größte Sorgfalt ist geboten.«

Robert schaute zu Skye hinüber und nickte. Dann lächelte er nervös. »Ich bringe Ihnen bald das Abendessen, Mylady.«

Das interessierte sie nicht. Sie hatte nur noch einen Wunsch — der Gegenwart des Falken zu entrinnen. »Ich bin nicht hungrig.«

Aufmerksam musterte er sie, und seine Augen verengten sich, als er wieder auf seinen Herrn blickte. Der Falke hatte sich an den Schreibtisch gesetzt und studierte Zahlenreihen in einem Buch.

Skye legte sich ins Bett und rückte an die Wand. Die beiden Männer sprachen über eine Fracht, die verkauft oder erbeutet werden sollte. Sie schloß die Augen, die Stimmen sprachen weiter. Allmählich wurde sie davon eingelullt. Der Schlaf war süß und angenehm, bis plötzlich das Dunkel herankroch.

Sie war gefangen, wand sich umher, konnte nicht fliehen. Die Finsternis drohte sie zu ersticken. Sie bekam kaum Luft, nicht genug, um zu schreien ...

»Skye!«

Seine Stimme fiel wie ein sanfter Sonnenstrahl auf sie herab, und sie öffnete die Augen. Sein Gesicht neigte sich zu ihr, Licht erfüllte den Raum. Es hatte kein Dunkel gegeben.

»Oh!« Sie preßte die Hände auf den Mund. Angst hatte sie gepackt, wollte sie nicht loslassen.

Der Falke lag neben ihr, mit nackter Brust. Er nahm sie in die Arme und streichelte ihr Haar. »Was fehlt Ihnen denn?«

Skye schüttelte den Kopf, und er seufzte. Langsam beruhigte sie sich und hob den Kopf, um ihm in die Augen zu schauen. »Sie — Sie müssen mich nicht trösten.«

»Das tue ich gern.«

»Aber Sie sagten — ich würde Sie in Versuchung führen.«

»Schon gut.«

»Das wollte ich nicht.«

»Versuchen Sie wieder zu schlafen, Lady Kinsdale.«

Sie sank ins Kissen zurück, schloß die Augen, und ein Schauer lief durch seinen Körper.

Meine Freude, dachte er, und meine unermeßliche Qual.

5

Der Silberfalke stand auf dem Vorderdeck seine Schiffs, die Hände in die Hüften gestützt. Die Bris rauschte an ihm vorbei, während er den Kanal betrachte te, wo seine Männer vorsichtig navigierten.

Alles war unter Kontrolle. Robert führte das Ruder behende wie Affen kletterten die Leute in der Takelage umher und trimmten die Segel, so daß sie genug Wind einfingen, aber das Tempo und die Wendigkeit des Schiffs nicht hemmten. Sie näherten sich der Insel New Providence, dem geschäftigen Hafen, wo Schurken und Diebe regierten.

Er kannte den Hafen gut, war schon oft hier gewesen. Plötzlich fröstelte er, als wäre er aus einem heißen Bad in die Kälte eines Wintertags getreten. Mit einem Achselzucken schüttelte er dieses Gefühl ab. Die Gefahr bleibt bestehen, dachte er.

Doch er hatte gewußt, wie riskant es war, diesen Teufelspakt zu schließen. Trotzdem — diesmal war es anders, wegen des Mädchens.

Ich hätte zur Bone Cay fahren sollen, überlegte er, selbst wenn die Reise länger gewesen wäre. Von seinem Diebsnest aus hätte er Botschaften entsenden, über die Rückgabe des Schiffs und der Geiseln verhandeln können. Aber er hatte hierherkommen müssen, denn dies war der Ort, wo die Kapitäne ihre Kurse planten, ihre Prisen wählten.

Zum Teufel mit dem Mädchen!

Bald würde sie in Sicherheit sein, eingesperrt in einem Zimmer. Mit einem Boot würde er sie an Land bringen und der Obhut Jacques DuBrays übergeben. Der kräftig gebaute Franzose war ein Meister im Umgang mit dem Rapier. Er würde Skye beschützen.

Der Falke zog ein Fernglas aus der Tasche und studierte die Szenerie, auf die sie zusegelten. Er sah die schäbigen Hütten des farbenfrohen Piratenhafens, die Pulverfässer am Kai, die Fische, die dazwischen ausgebreitet lagen, um zu trocknen. Eine dunkelhaarige Dirne stand im Bug eines kleinen Kutters, die Röcke geschürzt, die Beine sonnenbraun. Lässig schwenkte sie einen Fächer und lauschte dem Gespräch zweier Männer, die in der Nähe Fischernetze flickten. Stadteinwärts gab es Bauten, die Häusern glichen, aber ein Großteil des Hafens bestand aus halbverfallenen Baracken und Lagerhallen.

Kein Ort für eine Lady...

Plötzlich senkte er das Fernrohr und befahl Rutger Gunnar, Arrowsmith am Ruder abzulösen. Bald würden sie den Anker werfen. »Sagen Sie Robert, wir gehen in einer Stunde an Land!«

Rutger nickte. »Aye, aye, Kapitän.«

Der Falke eilte zur Kabinentür. Obwohl er sich darüber ärgerte, hielt er kurz inne, ehe er den Riegel beiseite schob und seine Domäne betrat. Es war verrückt gewesen, Lady Kinsdale hierherzubringen. Aber mit ihrer wagemutigen Fechtkunst hatte sie ihn unwiderstehlich dazu herausgefordert, die Dämonen der Angst in ihre Seele zu jagen. Daß sie bereits dort hausten, hatte er nicht geahnt — ebensowenig, daß er viel schmerzlicher leiden würde als sie.

Skye saß auf der Fensterbank. Die Vorhänge waren geöffnet, Tageslicht strömte herein. Sie trug ein weißes Musselinkleid mit einer Korsage aus Brokat, tief ausgeschnitten, so daß sich der schwellende Busenansatz zeigte. Der Rock bauschte sich über voluminösen Unterrökken, in Weiß und Pastell. Als er sah, daß sie eines seiner

Hemden flickte, runzelte er die Stirn. Offen fiel ihr das Haar auf die Schultern.

Die Farben eines Sonnenuntergangs, goldene, seidige Wellen … Es juckte ihm in den Fingern, darüberzustreichen — und noch viel mehr zu tun. Sie blickte auf, lächelte sanft, und ihre aquamarinblauen Augen leuchteten wie die Karibik. Am liebsten hätte er sie in die Arme gerissen, den Piraten in meisterhafter Vollendung gespielt, das schöne Kleid zerfetzt und keinen Zweifel an seinem heißen Verlangen gelassen.

Wie verdammt selbstsicher sie wirkte — und so häuslich.

Er schluckte, um seine Gefühle zu bezähmen, setzte sich an den Schreibtisch, legte die Füße hoch und verschränkte die Hände hinter dem Kopf. Das Hemd, das sie ausbesserte, hatte er am Abend der ersten Begegnung getragen, und sie flickte einen Riß am Kragen, mit schmalen, eleganten Fingern. So, wie sie nachts an seiner nackten Brust lag, schmal und elegant …

»Sie werden eine wunderbare Ehefrau sein«, fauchte er sie an, mit einer Feindseligkeit, die ihn selbst überraschte.

Belustigt hob sie die Brauen. »Nun versuche ich mich wie eine brave Geisel zu benehmen, und Sie sind noch immer nicht zufrieden, Mr. Silberfalke. Ich werfe weder Marmeladetiegel noch Kaffeetassen umher, sondern vertreibe mir die viel zu lange Zeit, indem ich Ihre Garderobe in Ordnung bringe.«

Er drohte ihr mit dem Finger. »Überspannen Sie den Bogen nicht, Mylady!«

Lächelnd senkte sie den Kopf. Verdammt, sie vertraute ihm! Nach sechs gemeinsamen Tagen und Nächten glaubte sie ihn durchschaut zu haben. Irgend etwas knackte, und er sah, daß er einen Federkiel entzweigebrochen hatte. Seufzend ließ er die beiden Teile fallen, stand auf und ging zu Skye. Sie sah nicht hoch, unbeirrt stichelten ihre Finger weiter.

Er hob ihr Kinn hoch, ihre Blicke trafen sich.

Eine verwirrende Schönheit, dachte er. Kein Maler könnte diese blauen und grünen Nuancen einfangen, die sich in ihren Augen mischten, oder das herrliche Rotgold ihrer Haare. Die größten Bildhauer der Renaissance wären unfähig gewesen, die feinen Gesichtszüge zu meißeln, die wohlgeformten Wangenknochen, die Konturen des Kinns, das so entschlossen und eigensinnig wirkte. Kein Mensch konnte nachbilden, was Gott geschaffen hatte — eine Eva, aus dem sündigen Paradies auf dieses Schiff geraten, mit schlanker Taille, geschmeidigen Gliedern, zarten Fußknöcheln, runden Brüsten, unbeschreiblich aufreizend. Und ihre Haut fühlte sich wie Satin an.

Dazu noch ihr Lächeln ... Seine Gegenwart schien sie nicht im mindesten zu stören. Aber sie mußte ihn fürchten, wenigstens ein bißchen. Das war notwendig.

Er riß ihr das Hemd aus den Händen und warf es beiseite. Erschrocken starrte sie ihn an und wehrte sich vergeblich, als er sie auf die Beine zog. »Da vorn ist die Insel«, sagte sie atemlos.

»Das sehe ich.« Aber im Moment sah er nur ihre Augen.

»Sollten Sie nicht ...«

»Mylady, wissen Sie, daß Sie zu den schönsten Frauen auf Erden zählen? Sicher wissen Sie es, denn es mangelt Ihnen nicht an Selbstbewußtsein.«

Skye fuhr sich mit der Zunge über die Lippen und wollte sich von seinen Händen befreien, die ihre Oberarme umspannten, doch das mißlang ihr. »Was wollen Sie?«

»Da bin ich mir noch nicht ganz sicher«, erwiderte er

lächelnd. »Ich glaube, ich könnte Sie zähmen. Vielleicht werde ich kein Lösegeld für Sie verlangen und Sie für immer bei mir behalten.«

»Scherzen Sie nicht!« flehte sie und versuchte in seinem Blick die Wahrheit zu lesen.

Seine Finger gruben sich noch fester in ihre Arme. »Wieso vermuten Sie, daß ich scherze, Mylady? Wir Piraten schwelgen in wilden Ausschweifungen, und wir lieben es, Frauen zu erobern. Die Schiffe geben wir meist zurück — die Mädchen nicht.« Er hatte den Kopf herabgeneigt, und seine letzten Worte waren ein warmer Hauch auf ihren Lippen. Und dann küßte er sie, preßte sie an sich, von heißer Sehnsucht erfüllt. Ihr Mund schmeckte so süß, und ihr rasender Herzschlag steigerte seine Begierde.

Dumpfe Trommeln schienen in seinem Kopf zu dröhnen, und er wußte, daß er nicht nur die Kontrolle, sondern seine Seele in diesem grausamen Spiel verlieren würde. Nachdem seine Zunge ihren Mund erforscht hatte, zogen seine Lippen eine feuchte Spur über ihren Hals, über den Ansatz der bebenden Brüste.

Bis jetzt hatte sie keinen Widerstand geleistet. Aber nun stieß sie einen Wutschrei aus. Er umklammerte sie nicht mehr so fest, und sie riß sich los, wischte mit dem Handrücken über ihre Lippen, als hätte sie etwas Giftiges gegessen. »Bastard!« kreischte sie und dann stürzte sie sich mit erhobenen Fäusten auf ihn. Ehe sie ihn schlagen konnte, packte er ihre Handgelenke.

Zum Teufel mit ihr, dachte er, zum Teufel mit mir selbst. Denn sein Verlangen war nicht erloschen, im Gegenteil. Atemlos zog er sie wieder an sich. Sie war das pulsierende Leben in seinen Armen, die Kraft der Sonne, das Rauschen des Meeres. Und sie verabscheute ihn ... Doch sie hatte lange gebraucht, um gegen seinen Kuß zu protestieren. Und jetzt starrte sie ihn mit blitzenden Augen an. War das wirklich Haß? Gewiß, aber ein leidenschaftlicher Haß, der ihren Körper brennen und zittern ließ und die Glut seiner Begierde noch anfachte.

Stumm verfluchte er seine Schwäche. Er war der gefürchtete Piratenkapitän Silberfalke, konnte tun, was er wollte, diese Frau auf seine Koje werfen, ihr Kleid zerreißen, mit ihr verschmelzen, in ihr sterben — das würde seinen Ruf sogar noch fördern ...

Allmählich raubte sie ihm den Verstand. Er kämpfte mit seinem Herzen, mit seiner Seele und mit seinem Fleisch, das sein Gehirn zu lähmen drohte — und dann lächelte er schief. »Sie küssen gut, Mylady. Ihr Mund ist süß, Ihr Körper äußerst reizvoll. Sicher würden Sie für eine gewisse Zeit eine brauchbare Gefährtin abgeben, aber Ihr Temperament erscheint mir zu widerborstig. Nun, ganz gewiß wird Ihr Vater ein hohes Lösegeld zahlen — oder Lord Petroc Cameron. Keine Frau ist soviel Gold und Silber wert. Außerdem glaube ich, daß es Ihnen an Erfahrung fehlt.«

»Oh, zur Hölle mit Ihnen!« schrie Skye. Ihre Augen sprühten blaugrüne Funken und führten ihn erneut in Versuchung.

»Mylady, so drücken sich normalerweise nur die Schurken aus, mit denen ich über die Meere segle. Nehmen Sie sich in acht, sonst könnte es mich gelüsten, Sie doch noch zu bändigen.«

Ein zorniger Fluch war die Antwort.

»Vielleicht gehe ich zu sanft und zärtlich mit Ihnen um und sollte Sie daran erinnern, daß ich auch andere Seiten aufziehen kann.«

»Sanft und zärtlich!« rief sie verächtlich, dann wurde sie blaß. Nein, sie hatte seine Grausamkeit nicht vergessen, seine Grobheit an jenem Tag, als sie das Geschirr zerbrochen hatte. Angstvoll beobachtete sie ihn, denn sie spürte, daß seine Worte eine Warnung beinhalteten, die ihre Vorstellungskraft überstieg. Er schien kurz vor einer Explosion zu stehen, und es bedurfte nur mehr einer winzigen Flamme, um die Lunte zu zünden. Aber sie sehnte sich so sehr danach, ihn zu verletzen, zu demütigen ... Und sie verabscheute ihn mit allen Fasern ihres Seins. Sie war so wütend auf ihn — und auf sich selbst.

Seinen Kuß hatte sie nicht gehaßt, sondern geduldet — und genossen. Sicher, sie war überrumpelt worden. Trotzdem gab es keine Entschuldigung. Und der Silberfalke faszinierte sie immer noch. Eine sonderbare Neugier hatte sie in seinen Armen erfaßt, während die Hitze seines Körpers in ihren geströmt war, um ihr den Atem zu nehmen, ihre Gedanken auszuschalten.

Er ist ein Pirat, ein Schuft, dachte sie. Und was bin ich, nachdem ich mich so willig küssen und liebkosen ließ?

Sie straffte die Schultern und hob das Kinn. »Wenn Sie mich vergewaltigen wollen, tun Sie's doch! Machen Sie dieser Qual ein Ende.« Oh, sie würde ihn erniedrigen und beschämen, ihm das Gefühl suggerieren, kein Mann zu sein ...

»Wie, bitte?« fragte er und lächelte höflich.

»Tun Sie's. Dann habe ich es wenigstens hinter mir.«

»Sie fordern mich auf, Sie zu vergewaltigen?«

»Ja — nein«, stammelte sie in plötzlicher Verwirrung. Und dann spielte es keine Rolle mehr, was sie sagte, denn er hob sie hoch und trug sie zum Bett, wo sie so viele gemeinsamen Nächte verbracht hatten.

Skye fiel auf den Rücken, und er lag über ihr. Sie hatte ihn nicht im mindesten beschämt ... »Nein!« kreischte sie in wilder Panik und wehrte sich verzweifelt. Aber er lachte nur und hielt ihre Handgelenke fest, seine Schenkel klemmten ihre Hüften ein, vergeblich wand sie sich hin und her.

»Wie wollen Sie's haben?« flüsterte er. »Nackt oder angezogen? Soll ich Ihnen das Kleid vom Leib reißen?«

»Nein ...«

Nun umschloß er ihre beiden Unterarme mit einer Hand und zog sie über ihren Kopf nach oben, mit der anderen streichelte er ihre Brüste, und die Hitze seiner Finger durchdrang den dünnen Stoff, der sie von der nackten Haut trennte. »Soll ich mir Zeit lassen, meine Liebe?« Ihren wütenden Fluch quittierte er mit einem unverschämten Grinsen. »Soll ich Sie necken und peinigen und jede Sekunde Ihres Widerstand auskosten?« Seine Fingerspitze fand die Knospe einer Brust, und das Blut strömte in ihre Wangen, als sie spürte, wie sich ihr Fleisch unter der Berührung erhärtete.

»Hören Sie auf ...«

»Also, wie soll es geschehen? Schnell und brutal? Ich könnte Sie an die Wand pressen, Ihre schönen Beine um meine Hüften schlingen, und es wäre in wenigen Minuten vorbei.« Seine Hand wanderte von ihrer Brust nach unten und hob die Rocksäume, strich langsam über die Schenkel.

Ihr Atem stockte. »Bitte ...«, würgte sie halberstickt hervor.

»Worum bitten Sie mich? Soll ich fortfahren? Schnell und brutal? Oder sanft und verführerisch?«

Skye schloß die Lider und knirschte mit den Zähnen. »Eines Tages werde ich Sie hängen sehen«, flüsterte sie.

Als sie ihn lachen hörte, öffnete sie entrüstet die Augen.

»Sie sind wirklich eine Herausforderung, Mylady. Aber wie ich bereits betont habe, ich will Sie nicht vergewaltigen — obwohl ich nicht bezweifle, daß wir eines Tages beisammen liegen werden.«

Sein Gesicht war so nahe, seine Augen erforschten die ihren mit einem so verwirrenden Silberglanz, daß ihr Protest in der engen Kehle erstarb. Sie wünschte nur noch, er würde sich entfernen, denn dieser faszinierende

Mann wurde ihrer Unschuld immer gefährlicher, das konnte sie nicht leugnen.

Wenn er auch erklärt hatte, keine Frau sei Gold und Silber wert …

Plötzlich erkannte sie, daß er sie tatsächlich nicht vergewaltigen würde. Das hatte er nie beabsichtigt. Er wollte sie nur quälen und sich amüsieren.

Erbost versuchte sie ihre Arme aus seinem Griff zu befreien. »Niemals werde ich Ihnen freiwillig gehören!« zischte sie.

Er gab keine Antwort, ließ sie los und stand von der Koje auf. Dann ging er zum Schreibtisch und blätterte in einigen Papieren, wobei er Skye den Rücken zuwandte. Eine Zeitlang blieb sie liegen, wagte nicht, sich zu bewegen. Schließlich setzte sie sich auf, schwang die Beine über den Bettrand und strich sich das Haar aus dem Gesicht.

»Ich muß Sie nun für einige Stunden verlassen, Mylady«, verkündete er, »vermutlich bis in die späte Nacht hinein. Aber Sie werden nicht allein bleiben. New Providence ist ein unheilvoller Ort. Ziehen Sie die Vorhänge zu. Leider kann ich Ihnen nicht gestatten, an Deck zu gehen.« Als sie schwieg, fragte er in scharfem Ton: »Haben Sie mich verstanden?«

Ihre Augen funkelten zornig, aber sie entgegnete mit sanfter Stimme. »Was immer Sie befehlen, Kapitän, ich füge mich …«

»Lady, Sie ahnen noch nichts vom Ausmaß meines Temperaments, aber Sie werden es kennenlernen, wenn Sie meine Warnung mißachten.«

Wütend sprang sie auf. »Wovor soll ich schon Angst haben? Sie werden mich hier einsperren, und Ihre Mannschaft wird mich nicht hinauslassen. Warum machen Sie sich überhaupt noch die Mühe, mir zu drohen?«

Mit wenigen Schritten war er bei ihr, packte ihre Schultern und schüttelte sie. »Weil ich nicht weiß, wie ich Ihnen sonst Vernunft beibringen soll.«

Mit aller Kraft trat sie ihm auf den Fuß und genoß die Genugtuung, sein spöttisches Lächeln erlöschen zu sehen. Sein Gesicht wurde blaß vor Schmerz. Und schon in der nächsten Sekunde schrie sie gellend auf, denn er hob sie hoch, trug sie zum Bett, wo er sich setzte und sie übers Knie legte. »Das dachte ich mir von Anfang an. Sie brauchen dringend eine Tracht Prügel.«

»Nein!« kreischte Skye, bäumte sich vergeblich auf und biß ihn in den Schenkel. Seine Hand landete auf ihrem Hinterteil, und diese Demütigung trieb ihr Tränen in die Augen. »Hören Sie auf!«

»Sie sind mir auf den Fuß getreten und haben mich gebissen. Entschuldigen Sie sich!«

»Das kann ich nicht.«

Der Falke zog ihren Rock hoch, um sie noch empfindlicher zu treffen. Sie wehrte sich so heftig, daß sie von seinem Schoß fiel. Wie betäubt schaute sie zu ihm hoch. »Ich flehe Sie an ...«

»Entschuldigen Sie sich.«

»Also gut. Es tut mir leid, daß ich Sie gebissen habe.« Sie senkte den Kopf, tief beschämt, weil sie gezwungen wurde, einen Piraten um Verzeihung zu bitten. Als er aufstand und an ihr vorbeiging, fügte sie leise hinzu: »Aber ich bedaure es, daß ich Sie nicht in Öl sieden kann.«

Sofort kehrte er zurück, umfaßte ihr Kinn und hob ihr Gesicht empor. Das Silber in seinen Augen tanzte, und sein Lächeln wirkte so sinnlich, daß ihr heiß wurde — obwohl sie sich schwor, ihn zu hassen. »Ich freue mich auf unser Wiedersehen, Lady. Dann werden wir all Ihre geheimen Wünsche genauer erforschen.« Dann wandte er sich ab, schloß die Fenstervorhänge und nahm seine

Papiere vom Schreibtisch. Ehe er die Kabine verließ, drehte er sich noch einmal um. »Benehmen Sie sich vernünftig, Skye. Ich warne Sie.«

Nie zuvor hatte sie eine Tür so lautstark ins Schloß fallen hören. Als der Riegel vorgeschoben wurde, sprang sie auf und lief trotz seines Verbots zum Fenster an der Backbordseite, das einen Ausblick auf die Insel bot. Zögernd fragte sie sich, warum er so großen Wert darauf legen mochte, daß die Vorhänge geschlossen blieben. Nun, wenn man sie einen Spaltbreit öffnete, konnte das sicher nicht schaden. Sie zog die beiden Stoffbahnen ein wenig auseinander und schaute zum Kai. Fischer sortierten ihre Fänge, zwei leicht bekleidete Frauen neigten sich von einem Balkon herab und winkten lachend einem großen Burschen zu. Ein betrunkenes Paar taumelte eine Straße hinauf, Dandys in Brokat und Samt stolzierten umher, zwischen halbnackten Seeleuten, die zum Großteil Augenbinden trugen. Die elegante Aufmachung einzelner Männer beruhte vermutlich auf unrechtmäßig erworbenem Eigentum. Das waren keine Gentlemen, sondern Piraten — wie der Silberfalke, der diesen Hafen angesteuert hatte, um seinen Geschäften nachzugehen.

Ein großes Beiboot verließ das Schiff. Der Falke saß mit einem Dutzend Männer darin. Rasch zog Skye die Vorhänge zu, um nicht ertappt zu werden. Er würde zu ihr zurückkommen, und sie wußte nicht, wie lange sie die Gefühle noch unterdrücken konnte, die er in ihr zu wecken wußte.

Sie wartete, bis sie glaubte, daß das Beiboot den Kai erreicht hatte, dann spähte sie wieder zwischen den Vorhängen hindurch. Ein zweites Boot entfernte sich vom Schiff. Etwa vierzig Mann fuhren darin zur Küste. Skye schätzte, daß die Besatzung aus knapp sechzig Leuten bestand. Also waren nur noch wenige an Bord. Offenbar befürchtete der Silberfalke in diesem Piratenhaufen keinen Angriff auf sein Diebesgut.

Inzwischen war er an Land gegangen. Sie beobachtete, wie ihm jemand ein silbernes Trinkhorn reichte, eine jubelnde Menge umringte ihn. Nachdenklich betrachtete sie die Szene. Sollte sie seine Abwesenheit nutzen? Vielleicht war Robert Arrowsmith zurückgeblieben, um sie zu bewachen. Hoffentlich ... Kurz entschlossen lief sie zu der verriegelten Tür und hämmerte gegen das Holz.

Das Gasthaus hieß ›Der goldene Engländer‹, zu Ehren Sir Francis Drakes, des größten Freibeuters aller Zeiten. Es war weit entfernt vom Marktplatz. Zur Linken lag der Sandstrand, zur Rechten der Kai, wo man fast alles kaufen konnte, was ein Herz begehren mochte. Hier wurden Schiffe repariert, Messer geschärft, Waffen erworben. Hin und wieder richtete man an dieser Stelle sogar einen Mörder. Doch zu solchen Zwischenfällen kam es nur selten. Ein strenger Ehrenkodex herrschte in den Kreisen der Diebe. Das Eigentum eines Piraten galt — obwohl es gestohlen war — als unantastbar. Trotzdem entbrannten manche Privatfehden. Und der Silberfalke wußte, daß er sich an diesem Abend — infolge seines Abenteuers mit Jack dem Einäugigen — vermutlich würde verteidigen müssen. Andererseits war er von Jack angegriffen worden, und jeder hatte das Recht, sich seiner Haut zu wehren.

Im ›Goldenen Engländer‹ ging es äußerst lebhaft zu. Musikanten fiedelten auf einem Podest, der Rum floß in Strömen, und die Prominenz der Branche war versammelt. An einem Ecktisch hielt der berüchtigte, angeblich aus Bristol stammende Edward Teach — Schwarzbart genannt — leutselig Hof. Er war bekannt für seine Skrupellosigkeit, aber nicht ganz so grausam wie der verstorbene Kapitän Kidd. Anne Bonny, deren Jugend rasch entschwand, vergnügte sich mit mehreren Verehrern. Huren schlenderten umher und rafften alles an sich, was die betrunkenen Piraten großmütig verteilten.

William Logan, ein Schurke mit geschwärzten Vorderzähnen und einer Stahlklaue statt der rechten Hand, saß inmitten seiner Gefolgsleute. Eine dunkelhaarige Dirne kauerte auf der Armstütze seines Sessels, wurde aber kaum beachtet. Düster starrte Logan auf den Falken.

»Der wird uns Ärger machen«, murmelte Robert Arrowsmith, als er hinter seinem Kapitän die Schankstube betrat.

Der Silberfalke zuckte die Achseln und setzte sich mit seinen Männern an einen mittleren Tisch. Die Stirn gerunzelt, beobachtete er, wie ein Mann zu Logan eilte und mit ihm sprach. Das störte den Falken, wenn er auch nicht wußte, warum. Ein sechster Sinn warnte ihn vor Gefahren. Was ging da vor? Doch diese Frage mußte warten.

Kapitän Stoker, manchmal als ›Gouverneur‹ der Insel bezeichnet, setzte sich zu ihm, ein älterer, graubärtiger Mann, wie ein Sachsenkrieger gebaut. Mit ernster Miene wandte er sich an den Falken. »Einigen Leuten gefällt der Tod von Jack dem Einäugigen ganz und gar nicht. Wir sollten unseresgleichen nicht ermorden.«

Der Silberfalke beugte sich vor und nahm eine gebratene Lammkeule von einer Platte, die in der Tischmitte stand. »Jack wußte sehr gut, daß die *Silver Messenger* mir gehört. Im März habe ich sie hier für mich beansprucht, an dem Tag, wo wir erfuhren, daß sie England verlassen hatte.«

»Jack sprach als erster davon ...«

»Er erwähnte das Schiff, Sir, aber damals begeisterte er sich für die spanische *La Madonna* aus Cartagena.«

»Trotzdem ...«

Der Falke warf sein Messer und die Hammelkeule auf

den Tisch und erhob sich. »Hört mir alle zu!« rief er, und die Musik verstummte. Nach wenigen Sekunden herrschte Grabesstille. Alle schauten ihn an, manche furchtsam, andere — zum Beispiel Logan — interessiert. »Jack der Einäugige ist tot, und ich leugne nicht, daß es mein Schwert war, das ihn durchbohrte. Aber nicht ich suchte den Kampf, sondern er, denn er wollte mir meine Prise streitig machen. Also starb er nach den Regeln, die wir alle kennen. Wenn hier ein Mann — oder eine Frau ...« Er verneigte sich vor Anne Bonny. »... an meinen Worten zweifelt, bin ich zu einer Diskussion bereit. Sprecht offen, denn heimliche Flüsterer werden meinen Zorn kennenlernen.«

Eine Faust traf krachend eine Tischplatte, und William Logan stand auf. Schon einmal hatten sie in diesem Raum einen Kampf mit ihren Säbeln ausgefochten. Ein englisches Schiff, von Logan heiß begehrt, war die Beute des Silberfalken geworden. Bevor Kapitän Stoker eingeschritten war, hatte Logan eine Hand verloren. Und jetzt wollte er Blut sehen. »Soviel ich weiß, war Jack bereits an Bord der *Silver Messenger,* die er erobert hatte.«

Lässig stellte der Falke einen Fuß auf eine Bank und beugte sich vor. »Er wußte, daß es mein Schiff war.«

»Sie haben es ihm weggenommen.«

»Nun, das mag Ihre Ansicht sein, Sir.«

»Und die werden Sie bald zu spüren bekommen.«

Ein junger englischer Pirat namens Richard Crennan sprang auf. Er stammte aus einer guten Familie, und der Falke mochte ihn, weil Crennan — ebenso wie er selbst — sein Geld durch Geiselnahmen erbeutete, nicht durch Mord. »Alles hat seine Richtigkeit, ich war dabei, als der Falke die *Silver Messenger* hier in diese Gaststube für sich beanspruchte. Also verstieß er nicht gegen unsere Gesetze, und Jack starb in einem fairen Kampf.«

»Das ist nicht wahr!« rief Logan.

Der Silberfalke wandte sich zu Anne Bonny. »Madame, ich würde gern Ihre Meinung hören.«

Sie lächelte, und er dachte: Einmal war sie jung, und sie träumte wie alle jungen Mädchen vom Glück … Er wußte nicht, was sie in diesen Hafen gelockt hatte. »Ich finde, das Recht steht auf Ihrer Seite, Kapitän. Die Tatsachen sind bekannt, und somit ist die Angelegenheit erledigt.«

»Ich danke Ihnen, Mistreß Bonny.« Er setzte sich wieder, und der Wirt brachte Wein und noch mehr Lammkeulen. »Sie haben sich wohl verkrochen, während hier drin dicke Luft herrschte, Ferguson?« fragte der Falke belustigt.

»Sir, mein Dach ist aus Stroh, weil Ihr feinen Herrn euch ständig duelliert oder Feuer legt. Diese schäbigen Möbel kann man leicht ersetzen, aber meine Haut nicht, und deshalb verschwinde ich, wann immer sich was zusammenbraut.«

Lachend goß der Falke noch etwas Wein für Kapitän Stoker ein. »Beruhigen Sie sich, Sir, die Sache ist friedfertig geklärt worden.«

»Logan wird es nicht dabei bewenden lassen.«

Der Falke gab den Musikern einen Wink, und sie begannen wieder zu spielen. Eine Dirne kreischte, als ein Seemann Wein zwischen ihre Brüste schüttete. Gelächter klang auf, die fröhliche Stimmung war zurückgekehrt.

»Ich fürchte seine Kampflust«, fuhr Stoker fort. »Sie könnte uns alle vernichten.«

»Wie denn?« fragte der Falke lächelnd. »Wie ich höre, ist der Gouverneur von North Carolina mit einem unserer Brüder im Bunde. Und man sagt, er sei bestechlich. Also wird unser goldenes Zeitalter ewig währen.«

Seufzend schüttelte Stoker den Kopf. »In den Gewässern von Carolina sind wir vielleicht sicher. Aber in Virginia jagt uns dieser verdammte Gouverneur Spotswood wie ein Bluthund.«

»Das habe ich gehört.«

»Und um uns zu erwischen, muß er sich nach Carolina begeben, was?« bemerkte Stoker und grinste.

Der Falke schlug ihm auf die Schulter. »Aye, Kapitän. Und jetzt reden wir über unsere Geschäfte. Ich brauche Segeltuch, Nähnadeln, Kaffee und Frischfleisch. Und Rum. Können Sie mir das alles besorgen?«

Stoker winkte einem seiner Gefolgsmänner und ließ sich ein Tintenfaß, einen Federkiel und Papier bringen, um die Bestellung zu notieren.

Es war nicht Robert Arrowsmith, der Skye bewachte. Als sie gegen die Tür schlug, erschien ein großer, kräftiger Franzose. »Mademoiselle?«

Sein Körperbau wirkte furchterregend — der Blick seiner braunen Augen unter dem dunklen Kraushaar nicht.

»Verzeihen Sie, Monsieur, mir wurde plötzlich übel. Ich brauche dringend frische Luft.«

»*Sacrebleu!* Sie müssen hierbleiben, sonst reißt mir der Kapitän den Kopf ab.«

»Oh«, stöhnte sie und krümmte sich zusammen, »ich fühle mich so elend.«

»*D'accord,* ich führe Sie hinaus. Stützen Sie sich auf mich.«

Skye lächelte schwach und nahm seinen Arm. An Deck holte sie tief Atem. Das war leichter gegangen, als sie gedacht hatte. Er geleitete sie zur Reling, und sie schaute sich verstohlen um. Offenbar war das Schiff fast leer. Ein Mann hockte im Ausguck.

Ein Beiboot schaukelte neben der Rumpfwand im Wasser, eine Strickleiter hing hinab. Die Versuchung war zu groß.

»Geht es Ihnen nun besser, Mademoiselle?«

Seine ehrliche Sorge weckte Gewissensbisse, die sie aber rasch verdrängte. Sie sank auf eines der Fässer, die an der Reling standen. »Viel besser, Monsieur«, erwiderte sie und schenkte ihm ein strahlendes Lächeln. Jetzt oder nie. Blitzschnell zog sie seinen Säbel aus der Scheide, und ehe er sich rühren konnte, hielt sie ihm die Spitze ans Kinn. »Verzeihen Sie mir, Monsieur, aber ich werde noch in dieser Nacht meine Freiheit wiedererlangen.«

»Mademoiselle!« Er streckte eine Hand nach ihr aus, aber als die Säbelspitze seine Haut ein wenig aufritzte, erstarrte er.

»Wir fahren jetzt in diesem Boot zur Küste. Sollten Sie einen Angriff auf mich wagen, werde ich Sie töten — höchst ungern, denn anscheinend sind Sie ein viel zu guter Mensch für dieses Leben, das Sie gewählt haben. Trotzdem werde ich nicht zögern, Ihnen den Bauch aufzuschlitzen.« Er schwieg, und sie bohrte die Stahlspitze etwas fester in sein Fleisch. »Haben Sie mich verstanden?«

»Mais oui, Mademoiselle ...«, begann er und verstummte, als eine Explosion die Nacht erschütterte.

Skye sprang auf und stieß einen Schrei aus, als sie sah, wie der Wachtposten aus dem Krähennest herabstürzte, das Hemd blutrot.

»Mon Dieu!« Der Franzose ignorierte den Säbel und wandte sich ab, um festzustellen, aus welcher Richtung der Tod gekommen war.

Ein Mann kletterte über die Reling, warf eine rauchende Pistole auf die Decksplanken und hob ein Feuersteingewehr. Eine Narbe entstellte seine rechte Wange, sein Hut war tief in die Stirn gezogen, ohne die Augen zu verbergen, die eisig funkelten. Ein Grinsen entblößte verfaulte Zähne. Skyes Atem stockte, als sie die Stahlklaue sah, die aus seinem rechten Ärmel ragte. Er zielte auf den Franzosen und feuerte ohne Vorwarnung.

Entsetzt schrie sie auf, als der Mann in einer Blutlache zusammenbrach. Der Säbel war ihre einzige Hoffnung. Entschlossen zückte sie ihn, während der Fremde auf sie zukam. Sein Grinsen vertiefte sich. »Sie sind ja noch viel süßer als Gold«, meinte er, dann nickte er.

Zu spät wirbelte sie herum. Sie sah den Mann, der an Bord gekommen war, nur verschwommen, ehe ihr ein harter Schlag auf den Kopf die Besinnung raubte.

Irgendwo in ihrer Nähe plätscherten Wellen. Sie merkte, daß sie hin und her geschaukelt wurde, hörte das Geräusch von Rudern, die ins Wasser tauchten. Sie öffnete die Augen. Dichtes Dunkel hüllte sie ein. Anscheinend war sie in eine Decke gewickelt. Sie befreite sich von dem rauhen Wollstoff und starrte wieder in das Gesicht des Piraten mit der Klauenhand. Sein Schwert zielte auf ihren Hals. »Kein Wunder, daß der Silberfalke so erpicht auf die *Silver Messenger* war, wenn Sie zu dieser Prise gehören ... Er hätte besser auf Sie aufpassen sollen. Brice sah Sie durch das Fenster spähen und da kam ich auf die gute Idee, Sie von Bord zu holen. Natürlich wagte ich nicht zu hoffen, daß Sie an Deck kommen und die Sache wesentlich vereinfachen würden. Dafür muß ich Ihnen danken.« Hinter ihr ruderte sein Komplice stetig weiter. Als sie schwieg, hob die Schwertspitze eine ihrer goldenen Locken hoch. »Welch ein Gück, daß ich Sie gefunden habe! Ich werde nicht nur den Falken töten, sondern auch den Genuß erfahren, in Ihren Armen zu liegen, meine Liebe.«

»Nur über meine Leiche!« fauchte sie.

Lächelnd neigte er sich zu ihr. »Ja, auch das ist möglich.«

Hastig änderte sie ihre Taktik. »Ich bin ein Vermögen wert. Wenn Sie mir nichts antun und mich freilassen ...«

»Tut mir leid, schönes Kind. Hier geht es um Rache,

nicht um Geld. Brice! Du mußt schneller rudern. Der Falke soll den ›Goldenen Engländer‹ nicht verlassen, ehe er seine Beute in meinen Händen gesehen hat.«

Sein kalter Blick ließ Skye ebenso erschauern, wie sein übelriechender Atem. Nein, niemals würde sie sich von diesem Monstrum vergewaltigen lassen. Lieber sterben ... Sie stand auf, in der Hoffnung, das Boot würde kentern. Wenn sie auch schwimmen konnte — der Tod auf dem Meeresgrund wäre immer noch besser, als die Gefangene eines solchen Scheusals zu bleiben.

»Pack sie, Brice!« schrie der Pirat und stand ebenfalls auf. Heftig schaukelte das Boot, und Skye stürzte ins warme Wasser. Beinahe hatten sie den Kai erreicht. Bis dahin müßte sie schwimmen können ... Aber ihr Röcke zogen sie in die Tiefe.

Eine Hand packte ihr Haar und riß schmerzhaft daran. Skye wollte schreien, schluckte Wasser, dann wurde sie hochgezerrt und durch die Wellen gezogen. Licht flimmerte vor ihren Augen. Wenig später lag sie auf den Planken einer Landebrücke, umgeben von Stimmen, von der milden Nachtluft geküßt. Sie schloß die Lider, öffnete sie wieder und starrte in das teuflische Gesicht ihres Entführers. Als er sie wieder in die Decke wickelte, wehrte sie sich mit Zähnen und Nägeln, doch es nützte ihr nichts. Wie einen Kartoffelsack warf er sie über seine Schulter. »Keine Bange, meine Liebe — bald werden Sie Blut fließen sehen, auch ohne daß Sie mir die Wangen zerkratzen.«

Sie tranken, lachten und aßen. Die Dirnen flirteten und amüsierten die Männer mit zweideutigen Scherzen. Eine üppige Blondine verhieß dem Falken die schönste Nacht seines Lebens, und er entgegnete, er betrachte ihre Worte als Herausforderung, dachte aber unentwegt an eine andere Frau.

Skyes Unschuld rührte sein Herz, aber ihre Schönheit weckte qualvolle erotische Gedanken. Die Dirne flüsterte ihm etwas zu, und er lachte.

Schlagartig verstummte sein Gelächter, als die Tür der Gaststube aufflog. Er sprang hoch, ohne die Frau zu beachten, die von seinem Schoß fiel, und legte die Hand auf den Schwertgriff.

Logan war zurückgekehrt, und er kam nicht allein. Mit einer Hand hielt er eine Gestalt fest, die über seiner Schulter lag, in eine Decke gehüllt, und heftigen Widerstand leistete — die andere umklammerte eine Pistole. »Falke! Sie sagten doch, es sei rechtens, die Prise eines anderen zu nehmen? Nun, Sir, soeben habe ich mir Ihre geholt, zu Ehren unseres verblichenen Bruders Jack. Und ich verlange von der Brüderschaft, daß sie mir diese Beute anerkennt.« Mit diesen Worten warf er das wildzukkende Bündel zu Boden und zog die Decke weg.

Zum kalten Entsetzen des Falken rappelte sich Lady Skye Kinsdale auf. Das feuchte, zerzauste Haar umgab ihr Gesicht wie eine Sonnenwolke. Das Kleid, ebenfalls naß, war zerrissen und schmutzig. Blanke Angst stand in den großen Augen. Aber trotz ihres beklagenswerten Zustands blieb sie eine Dame, stolz und hoch aufgerichtet.

Wie, zum Teufel, ist sie hierhergekommen, fragte sich der Silberfalke wütend. Er mußte sie retten — damit er sie eigenhändig erwürgen konnte.

Plötzlich wandte sie sich um, wollte zur Tür laufen, aber Logan gab ihr einen Stoß, so daß sie in die Arme eines Seemanns taumelte. Bald war sie von lachenden Betrunkenen umzingelt. Der Falke beschloß einzuschreiten und verließ den Tisch. Skye wurde hin und her geschoben, bis sie schließlich stürzte, direkt vor seine Füße. Sie hob den Kopf, ihre Blicke trafen sich, und er wußte nicht, ob er Furcht in ihren Augen las oder einen verzweifelten

Hilferuf. Sein Herz krampfte sich zusammen. Nun schwebten sie beide in tödlicher Gefahr.

Irgendwie hatte sie ihn verraten — trotz seiner Drohung. Er lächelte eisig. »Behaupten Sie bloß nicht, ich hätte Sie nicht gewarnt, Mylady«, sagte er leise. Mehr konnte er vorerst nicht tun, denn Logan kam mit gezogenem Säbel auf ihn zu.

6

ATEMLOS SAH SKYE, wie der Silberfalke einen Fechthieb parierte, dann sprang sie hastig auf und entfernte sich vom Schauplatz des Duells, um nicht verletzt zu werden.

In angstvoller Faszination beobachtete sie das Geschehen. Es war ein fairer Kampf. Die beiden Gegner schienen einen makabren Tanz zu vollführen, so anmutig und doch so tödlich wirkten ihre Bewegungen. Die linken Arme hinter dem Rücken, griffen sie immer wieder an oder verteidigten sich, die Schwerter zerrissen die Luft, als würde die Nacht flüstern. Einige Männer feuerten Logan an, andere den Falken.

Dicht gefolgt von seinem Widersacher sprang Logan auf einen Tisch, der krachend umfiel. Klirrende Zinngefäße landeten am Boden, verschütteten Wein und Bier.

Plötzlich legte sich eine Hand auf Skyes Schulter, sie zuckte zusammen und drehte sich um. Ein großer, stämmiger Mann stand hinter ihr, mit Pockennarben im Gesicht und einem dichten schwarzen Bart. Goldene Epauletten schmückten seinen scharlachroten Rock, zu dem er senfgelbe Kniehosen trug.

Er zog sie an sich, und sie wandte den Kopf zur Seite, um in seine Hand zu beißen, hielt aber inne, als er beschwichtigend sagte: »Halt, Mädchen! Ich bin nicht Ihr Feind.« Während er sie festhielt, rief er den Kämpfern zu: »Meine Brüder, laßt den Unsinn und hört mich an! Es geht nicht mehr um Jack. Sie, Logan, wollen Ihren Gegner tot sehen, und Sie, Silberfalke, möchten die Frau haben. Also setzen wir einen Preis auf ihren Kopf aus. Was ist sie wert, Gentlemen? In Gold?«

»Also eine Versteigerung?« johlte ein Pirat. »Ich biete hundert spanische Goldstücke!«

»Hundertfünfzig!«

»Zweihundert!«

»Tausend Dublonen!«

»Tausend!« wiederholte der Silberfalke ungläubig. Mit einem kurzen Blick auf Skye fügte er hinzu: »Nichts, was zwischen Mädchenschenkeln zu finden ist, kann soviel wert sein.«

»Kommt drauf an, zwischen welchen Schenkeln!« kreischte eine Dirne, tänzelte an Skye vorbei und kniff sie in die Wange, was ihr einen kräftigen Tritt gegen das Schienbein einbrachte.

Wutschnaubend wollte sich die Frau auf Skye stürzen, aber der Falke packte ihren Arm. »Hört auf!«

Große dunkle Augen funkelten ihn an. Sie war noch jung und ihr Gesicht hübsch, trotz der dicken Schminke. »Sie hat mich getreten, Falke, und dafür kratze ich ihr die Augen aus!«

»Sie ist keine leichte Gegnerin, Mary, glaub mir. Und ich will Lösegeld für sie verlangen, also laß sie in Ruhe.« Sanft schob er die Dirne beiseite.

»Geht die Auktion weiter?« fragte jemand.

»Aye«, erwiderte der Schwarzbart, »und bedenkt, was für ein hübscher Preis auf den Sieger wartet!«

Bestürzt schaute sich Skye um, während lebhaft über ihren Wert diskutiert wurde. Der Schwarzbart, der sie immer noch festhielt, trug einen Säbel, und es juckte sie in den Fingern.

»Bei tausend sind wir stehengeblieben!« fügte er hinzu. »Wer bietet mehr?«

Erbost kam der Falke auf ihn zu. »Sie ist kein öffentliches Eigentum, Teach. Ich habe sie erbeutet, sie gehört mir, und ich werde jeden niederstechen, der was anderes behauptet.«

»Wie schade! Eigentlich wollte ich selber mitbieten. Ist Sie denn so kostbar, Kapitän Silberfalke?«

Der Blick des Falken glitt über Skyes Gestalt und schien sie auszuziehen. »Keine Frau ist so viel wert, und die da brüllt wie ein Dämon und liegt wie ein Holzklotz im Bett. So prächtig ihr Körper auch ausgestattet ist — ihr fehlt das Talent, ihn zu nutzen.«

Empört schnappte sie nach Luft, während ringsum schallendes Gelächter aufklang.

»Aber es kommt darauf an, daß sie mir gehört, Sir, und ich pflege meine Beute stets zu behalten«, fuhr der Falke fort.

»Aber wenn sie so langweilig ist ...«

»Sie wird mir ein gutes Lösegeld eintragen.«

»Dann bezahle ich diese Summe.«

»Nein. Ich habe einen — eh — gewissen Kontakt zu der Dame hergestellt und möchte da weitermachen, wo ich aufgehört habe.«

»Sie sagten doch ...«

»Aye, Schwarzbart, aber ich glaube, ich kann ihr einiges beibringen. Deshalb soll sie bei mir bleiben, bis ich andere Arrangements treffe.«

Schwarzbart ... Skye erschauerte, als sie erkannte, daß sie einem weiteren berühmt-berüchtigten Piraten begegnet war.

»Vielleicht könnte der Zwist mit Kapitän Logan beigelegt werden, wenn Sie ihm eine gewisse Summe zahlen«, schlug Teach vor.

»Ich will kein Geld!« rief Logan.

»Und ich kaufe nicht zurück, was mir gehört«, erklärte der Silberfalke.

Skye, die ihn wütend und verblüfft beobachtete, schrie plötzlich auf. Logan stürzte sich erneut auf ihn, mit erhobenem Schwert. In letzter Sekunde duckte sich der Falke und entging einer Enthauptung. »Sie elender Feigling! Mich von hinten anzugreifen ...«

»Das ist ein Kampf!« konterte Logan. »Kein verdammtes höfisches Spektakel!«

Mit einem gewaltigen Streich schlug ihm der Falke die Waffe aus der Hand. Einer von Logans Männern sprang vor, um seinen Herrn zu rächen, und Sekunden später brach ein wilder Tumult aus. Stahl klirrte auf Stahl, in einem Chaos aus unzähligen Duellen.

»Da sehen Sie, was Sie angerichtet haben!« zischte der Schwarzbart in Skyes Ohr. »Dem Gesetz können wir Männer trotzen, aber die Frauen schicken uns ins Verderben. Vielleicht sollte ich diese Narren ihrer Dummheit überlassen und mit Ihnen davonschleichen, Mam'selle.«

Sie wußte nicht, ob er es ernst meinte. Gellendes Geschrei erfüllte die Schankstube, Verletzte sanken zu Boden oder stießen gegen Tischkanten, Blut mischte sich mit Wein und Bier. Skye ahnte, daß man ihr die Kehle durchschneiden würde, wenn dieser Wahnsinn vorbei war. Aus einem verzweifelten Impuls heraus zog sie den Säbel aus der Scheide des Schwarzbarts und hielt ihm die Klinge unter die Nase. »Lassen Sie mich gehen, Sir, dann kommen Sie ungeschoren davon.«

»Oh, welch ein kampflustiges Mädchen! Geben Sie mir die Waffe zurück.« Als sie den Kopf schüttelte, schrie er: »Mr. Clifford! Mein Schwert!« Der gewünschte Gegenstand flog durch die Luft auf ihn zu, der Pirat fing ihn auf und grinste sie an. »Ich will mein Eigentum wiederhaben, Mam'selle.«

Doch sie weigerte sich und parierte geschickt seinen Fechthieb.

»Verdammt, sie weiß mit einem Säbel umzugehen!« rief er überrascht.

Skye hatte nicht die Absicht, mit ihm zu kämpfe sondern sich einen Weg durch das wilde Durcheinand der Duellanten zu bahnen. Dabei hoffte sie auf ih Wendigkeit. Einige Seemänner versuchten sie aufzufan gen, ließen aber sofort von ihr ab, nachdem sie sic Schnittwunden eingehandelt hatten. Bei der Tür ent deckte sie einen Stapel von Weinfässern, die sie instink tiv umwarf. Krachend polterten die Fässer zu Boden, ei nige zerbarsten, eine Sturzflut schien über den Boden zu fließen.

»O Gott, ich bin ruiniert!« jammerte der Wirt, und eine strohblonde Dirne schüttelte erbost die Faust gegen Skye.

»Das werden Sie schon noch büßen, Mädchen!«

Skye ignorierte sie, weil sie einer schlimmeren Gefahr ins Auge blicken mußte. Sie stand mit dem Rücken zur Wand, immer mehr grimmige Seemänner kamen auf sie zu.

»Hierher, zu mir!« Der Falke bahnte sich einen Weg zu ihr und wehrte verbissen alle ab, die sich ihr zu nähern versuchten. Einen Mann traf er am Knie, einem anderen durchstach er den Arm, ein dritter brach mit aufgeschlitzter Kehle zusammen.

Und dann war der Silberfalke an Skyes Seite. Sie sah, daß seine Klinge zersprungen war, hörte seinen heiseren Befehl: »Geben Sie mir das Schwert!«

Sie zögerte. Wenn sie nicht gehorchte, würden sie womöglich beide den Tod finden ... Der Falke wartete nicht länger, riß ihr die Waffe aus der Hand. Mit einem kurzen Blick versprach er ihr bittere Rache, dann wandte er sich zu den Seemännern, um ihre Attacken abzuwehren. Erneut begann Stahl zu klirren. Geschickt manövrierte er Skye und sich selbst vom ungünstigen Standort an der Wand weg. Seine Männer stürzten sich ebenfalls in den Kampf. Allmählich bahnten sie sich einen Weg zur Tür.

Immer mehr Angreifer blieben zurück, und am Ausgang mußten sich der Silberfalke und seine Leute nur noch gegen wenige wehren. Er nahm ein paar Goldmünzen aus der Tasche. »Mr. Ferguson! Für den Schaden, den wir verursacht haben!« Zu Robert gewandt, fügte er hinzu: »Decken Sie mir den Rücken, Mr. Arrowsmith!«

»Aye, aye, Sir.«

Der Falke packte Skye am Arm und zog sie auf die Straße hinaus. Sie konnten nicht weit vom Meer entfernt sein, denn sie roch Salz und spürte die frische Brise. Die Besatzungsmitglieder eilten ihnen nach, von wütendem Geschrei verfolgt.

Skye stolperte, und der Falke herrschte sie an: »Gehen Sie schneller!«

»Ich kann nicht …«

»Bei Gott, ich hätte Sie diesen Kerlen überlassen sollen!«

»Gleich haben wir die Boote erreicht!« rief jemand. »Alle Mann an die Ruder, rasch!«

Sie stürmten zum Kai, und Skye wurde ins erste Boot gestoßen. Gleich darauf landete der Falke neben ihr, legte das geborgte Schwert beiseite und griff zu den Rudern. Doch dann zog er eine lange Feuersteinpistole aus dem Gürtel.

Skye hatte den Mann nicht bemerkt, der mit nacktem Oberkörper aus dem Wasser aufgetaucht war, ein Messer zwischen den Zähnen, und eine Hand nach ihr ausstreckte. Ein Mündungsblitz flammte auf, der Mann schrie gellend, das Messer fiel ihm aus dem Mund, und er versank in den Wellen.

Ihr Blick streifte das Schwert, als sich das Boot vom Kai entfernte. Sie tastete danach. Doch ehe sie es erreichte, stieg der gestiefelte Fuß des Falken auf ihre Hand, und sie stieß einen Schmerzensschrei aus. Seine Augen erschienen ihr kälter denn je. »Aye, Lady, ich hätte Sie wirklich Ihrem Schicksal überlassen sollen«, fauchte er und sank neben ihr auf die Ruderbank.

Gebrüll klang am Wasserrand auf. Die Meute aus der Taverne war ihnen bis zum Meer gefolgt.

»Fahren sie uns nach, Mr. Arrowsmith?« fragte der Falke.

»Ich weiß es nicht, Kapitän. Sie scheinen zu zögern.«

Skye schaute von der erregten Menge am Kai auf den Silberfalken und dann ins dunkle Wasser, das ihr absurderweise einladend vorkam.

Erschrocken zuckte sie zusammen, als der Falke ihre Hand umfaßte. »Nein, Mylady. Ich habe Sie nicht vor dieser Bande gerettet, um Sie an die Meerestiefe zu verlieren.«

Reglos saß sie da und bemühte sich, nicht zu erschauern.

»Was ist geschehen?« fragte er. »Was wurde aus Jacques DuBray und den anderen Männern an Bord?«

»Jacques — der Franzose ist tot.«

Wütend verfluchte er sie. »Ein guter Mann — und er mußte Ihretwegen sterben, Mylady! Aber Sie haben mir noch immer nicht erzählt, was geschehen ist.«

Immer noch umklammerte er ihre Hand, und auch die Männer, die ihre Ruder ins Wasser tauchten, starrten Skye an. Im nächtlichen Dunkel spürte sie die eisigen, anklagenden Blicke.

»Sprechen Sie endlich!« befahl der Falke.

»Logan kletterte an Bord. Der Mann im Ausguck sah ihn, doch ehe er die anderen warnen konnte, wurde er von Logan erschossen, der dann auch den Franzosen tötete.«

Fluchend ließ der Falke ihre Hand los. Sie stellte fest, daß ihnen kein Boot folgte. Der Wind klebte ihr nasses Kleid an ihre Haut, und sie fror erbärmlich. Durch dieses körperliche Unbehagen fühlte sie sich um so elender, während sie über ihr künftiges Geschick nachdachte.

Die Galionsfigur am Schiffsbug löste sich aus der Finsternis. Skye hatte sie nie zuvor gesehen, eine stolze Frauengestalt, vermutlich eine griechische Göttin, mit nackten Brüsten und einer Krone, unter der dichte Lokken auf die Schultern fielen.

Das Boot legte längsseits an, und der Falke kletterte als erster die Strickleiter hinauf, nachdem er den anderen bedeutet hatte, noch ein wenig zu warten. »Kümmern Sie sich um Lady Kinsdale, Mr. Arrowsmith«, befahl er und zog ein Messer aus dem Stiefelschaft.

»Aye, aye, Sir.«

Wenige Sekunden später verschwand der Falke hinter der Reling. Schweigend saß Skye auf der Ruderbank, hörte die Wellen rings um das Boot plätschern und spürte immer noch die vorwurfsvollen Blicke der Männer, die sie alle in Gefahr gebracht hatte. ›Ich bin eure Gefangene!‹ wollte sie sich verteidigen. ›Hättet ihr mich gehen lassen, wäre das nicht geschehen.‹ Doch sie blieb stumm.

»Alles in Ordnung!« rief der Falke von oben herab. Er hielt eine Laterne hoch, die geisterhafte Schatten auf sein Gesicht warf und seine Augen unergründlich erscheinen ließ.

Robert Arrowsmith zeigte auf die Strickleiter. »Steigen Sie hinauf, Lady Kinsdale.« Sie gehorchte, und als ihr Fuß am oberen Ende von einer Sprosse rutschte, zog der Falke sie an Bord. Die Männer folgten ihr, und der Kapitän schob Skye zu Robert hinüber.

»Sperren Sie sie wieder ein«, sagte er tonlos, und Arrowsmith führte sie zur Kabine. Unsanft stieß er sie hinein, warf die Tür zu und verriegelte sie.

Dunkelheit hüllte Skye ein. Sie schloß die Augen, sank zitternd zu Boden und versuchte ihre Angst zu bekämpfen, von dem Gefühl gepeinigt, die Wände würden sich bewegen und zu ihr rücken. Sie durfte nicht schreien, durfte die Wut des Falken und seiner Leute nicht schüren, die ihr die Schuld an den Ereignissen gaben. Womöglich würden sie ihr etwas antun ... Sie mußte still sein und darum beten, daß man sie vorerst vergaß ...

Doch die Furcht war unkontrollierbar. Die Nacht wirkte so schwarz. Skye konnte nicht atmen, nichts sehen, die Emotionen nicht unterdrücken, die sie erfaßten. Kalter Schweiß brach ihr aus der Stirn, eine Gänsehaut bedeckte ihren ganzen Körper. Eiskalte Wogen schienen auf sie einzustürmen ...

Ohne zu wissen, was sie tat, begann sie gellend zu schreien, als würde sie von allen Dämonen der Hölle angegriffen.

Die Tür flog auf, schwaches Licht drang herein und umgab die Silhouette eines Mannes. Er hob sie hoch, eilte mit ihr zur Lampe, die er hastig anzündete. Dann setzte er sich mit Skye auf die Koje. Beruhigend redete er auf sie ein. Seine Worte verstand sie nicht, aber die Stimme fand irgendwie einen Weg zu ihrem Herzen. Ihr Zittern ließ nach. Leise schluchzend lehnte sie sich an ihn.

Sanft streichelte seine Hand über ihr Haar. »Alles ist gut«, flüsterte er. »Ich bin ja hier.«

Vielleicht war dies der Augenblick, wo sich alles für Skye veränderte. Was immer in der Zukunft geschehen, wieviel Furcht oder Zorn oder Haß in ihrer Seele brennen mochte — diesen Moment würde sie nie vergessen.

»Was ist es, das Sie noch mehr fürchten als den Tod?« fragte der Silberfalke.

»Die Dunkelheit.«

»Warum?«

Sie konnte nicht antworten, und er bedrängte sie nicht. »Jetzt ist alles wieder gut.« Behutsam half er ihr, sich auf dem Bett auszustrecken, dann ging er davon, und sie hörte Glas klirren. Wenig später hob er ihren

Kopf ein wenig an und hielt ihr einen gefüllten Cognacschwenker an die Lippen. Sie trank, und der Alkohol brannte in ihrer Kehle und erwärmte sie. Seufzend sank sie ins Kissen zurück.

Der Falke betrachtete das schöne Gesicht mit den geschlossenen Lidern, die aschfahlen Wangen. Sogar die Lippen wirkten bleich. Er strich mit einer Fingerspitze darüber, und da öffnete sie die Augen. »Es tut mir leid um Ihren Franzosen. Er war so freundlich.«

»Ja, ein guter Mann. Mir tut es auch leid.«

»Er war ein Pirat. Wenigstens wird er nicht hängen.«

»Und ich schon?«

»Ja, Sie schon«, wisperte Skye ohne Feindseligkeit, aber im Brustton der Überzeugung.

Der Falke ließ den restlichen Cognac im Glas kreisen und beobachtete den Wirbel der bernsteinfarbenen Flüssigkeit. Dann lächelte er ironisch. Eigentlich müßte er an Deck sein. Schon so mancher achtlose Kapitän hatte zwischen den Riffen dieser tödlichen Korallenküste sein Schiff und sein Leben verloren.

Waren die Schwierigkeiten überstanden? Er würde bis zum Morgen warten, um festzustellen, ob die geschäftlichen Vereinbarungen mit Stoker immer noch galten, und dann mit der Nachmittagsebbe Kurs auf die Bone Cay nehmen. Doch vorerst wollte er Skye nicht allein lassen. Er berührte wieder ihr Haar, das noch zerzaust und feucht war von ihrem Sturz ins Meer, aber immer noch schön wie ein Sonnenuntergang.

Sie bewegte sich nicht unter der zarten Berührung. Nach einer Weile stand er auf und ging zum Schreibtisch, goß sich Cognac ein und leerte das Glas in einem Zug. Nachdenklich betrachtete er Skye, und schließlich zwang er sich, an Deck zurückzukehren, die Pflichten seines Kommandos wieder zu übernehmen.

Als Skye erwachte, strömte Tageslicht in die Kabine, zwischen weit auseinandergezogenen Vorhängen. Steifbeinig erhob sie sich, spürte verkrustetes Salz am ganzen Körper. Das Schiff glitt über das Meer.

Sie eilte ans Fenster und sah, daß sie sich von New Providence entfernten. In diesem Augenblick öffnete sich die Tür, und sie drehte sich zum Silberfalken um. Beinahe hätte sie ihm ein Lächeln geschenkt, aber seine Miene ließ das nicht zu. Die zärtliche Fürsorge der vergangenen Nacht war geschwunden. An diesem Morgen schien er keine Gnade zu kennen. Wortlos setzte er sich hinter den Schreibtisch, rieb sich das stoppelbärtige Kinn und starrte sie an.

»Wir haben die Insel verlassen«, bemerkte sie.

»Aye, Mylady. Ihretwegen ist meine Position dort unhaltbar geworden.«

Im hellen Sonnenlicht kehrte ihr Kampfgeist zurück, und sie ballte die Hände. Versuchte er ihr Schuldgefühle einzuflößen? »Und Ihretwegen ist *meine* Position unhaltbar, Sir.«

»So unhaltbar, daß Sie es vorziehen würden, sich in Logans Obhut zu befinden?«

»Logan, Jack der Einäugige, der Silberfalke, der Schwarzbart — ein Pirat ist wie der andere.«

Er stand auf und stützte sich auf die Tischkante. »Trotz Ihrer Possen konnte ich heute morgen meine Geschäfte abschließen, Skye. Die Vorräte wurden an Bord geliefert, begleitet von diversen Angeboten. Ein verrückter Kerl ist immer noch bereit, mir tausend spanische Dublonen für Sie zu zahlen. Vielleicht sollte ich auf diesen Handel eingehen.«

»Vielleicht sollten Sie das tun«, stieß sie zwischen zusammengebissenen Zähnen hervor.

»Sind Sie soviel Gold wert?«

»Nach Ihrer Ansicht wohl nicht, Sir.«

»Trotzdem habe ich Ihr Leben gerettet.«

»Und ich Ihres.«

Lachend kam er auf sie zu und nahm sie in die Arme. »Tatsächlich?«

Vergeblich versuchte sie sich zu befreien. »Ich gab Ihnen das Schwert ...«

»O nein, das mußte ich Ihnen mühsam entreißen. O Mylady! Ihretwegen bot ich meine Kehle der Klinge eines gefährlichen Mörders dar, verfeinde mich mit der gesamten Brüderschaft — und Sie besitzen die Kühnheit, zu behaupten, Sie hätten mir das Leben gerettet.« Sein Lächeln erlosch. »Soeben haben wir Jacques und Hornby in ihren kalten Meeresgräbern bestattet.«

Sie schluckte, senkte den Blick, hörte aber nicht auf, sich gegen seine Brust zu stemmen. »Ich bin Ihre Gefangene, Sir, also muß ich jede Gelegenheit zur Flucht nutzen.«

Wütend fluchte er. »Und wohin wären Sie geflohen? In Logans Arme? Schlage ich Sie vielleicht? Lasse ich Sie hungern? Warum wollten Sie sich einem Mann überantworten, der Sie respektlos und grausam behandeln würde?«

»Lassen Sie mich los!« flüsterte Skye atemlos.

Ehe er diesen Wunsch erfüllte, berührten seine Lippen ihren Hals, ihre Schulter. »Vielleicht sind Sie wirklich tausend Dublonen wert, Mylady.«

Sie griff sich an die Kehle, während er seine Augen über ihren Körper wandern ließ und ihr das Gefühl gab, nackt zu sein. Dann hob er die Brauen und kratzte sich am Kinn. »In Ihrem gegenwärtigen Zustand allerdings nicht ... Sie brauchen dringend ein Bad.«

Ziemlich erbost nahm sie ein Kissen von der Fensterbank und schleuderte es nach ihm. Grinsend fing er es auf. »Zu Ihrem Amüsement?« schrie sie. »Gewiß nicht!«

»Heute abend werden wir auf Bone Cay ankommen«, erklärte er. »Zu Hause.«

»Sollte mich das freuen?«

»Mich freut es. Und wer weiß? Vielleicht werde ich dann herausfinden, ob Sie all die Mühe wert waren, die Sie mich gekostet haben. Und tausend Dublonen.«

»Mein Vater wird zahlen ...«

»Ist er so gut bei Kasse?«

»Wenn nicht, wird mich mein Verlobter freikaufen. Er zählt zu den reichsten Männern in der Virginia-Kolonie.«

»Aber ich glaube, er weiß, wie Sie über die geplante Heirat denken. Und kein Mann ist sonderlich darauf versessen, Geld für ein Mädchen auszugeben, das ihn verabscheut.«

»Ich verabscheue Lord Cameron nicht.«

»Nein? Sicher würden diese Worte sein Herz erwärmen. Und nun müssen Sie mich entschuldigen, Lady Kinsdale. Wir nähern uns Bone Cay, aber ich fürchte, Logan ist so entzückt über Ihre feindselige Haltung mir gegenüber, daß er einen Kampf auf offener See suchen könnte. Ich werde an Deck gebraucht.« Er verneigte sich tief, ging zur Tür und wandte sich noch einmal zu Skye. »Ich schicke Ihnen eine Wanne und warmes Wasser.«

»Das ist überflüssig. Ich bleibe lieber so, wie ich bin, da ich Ihnen in diesem Zustand mißfalle.«

»Mylady, das war ein Befehl«, entgegnete er lächelnd. »Und wenn Sie sich weigern, mir zu gehorchen, werde ich Sie eigenhändig eines Besseren belehren.«

»Sie sagten doch, Sie befürchten einen Angriff.«

»Logan soll getrost mit seinen donnernden Kanonen ankommen. Wenn Sie es so haben wollen, werde ich die Schlacht in dieser Kabine zuerst ausfechten. Mr. Arrowsmith!«

Skye sah ihm an, daß er es ernst meinte. Wüten stampfte sie mit dem Fuß auf. »Verschwinden Sie! Vo jetzt an werde ich alle Ihre Befehle widerspruchslos be folgen, Kapitän!«

»Sehr gut«, entgegnete er freundlich. Sie sah die Belu stigung in seinen Augen und erkannte, daß er ihr da Bad nicht zu seinem eigenen Vergnügen aufzwang, sondern nur um ihrer Bequemlichkeit willen. Er war ih Feind, aber sein Mut und seine Entschlossenheit ließen sich nicht leugnen ... Ebensowenig seine sonderbare Toleranz und die noch seltsamere Zärtlichkeit, mit der er sie in den Stunden ihrer Not tröstete.

»Warten Sie!« rief sie, als er die Tür öffnete.

»Ja, Mam'selle?«

»Danke.«

»Danke?« wiederholte er verwundert.

»Für die Lampe«, flüsterte Skye.

»Keine Ursache«, erwiderte er nach einer sehr langen Pause, dann ging er hinaus und verriegelte die Tür hinter sich.

Robert brachte ihr das Frühstück, einige Seemänner trugen die Wanne und volle Wassereimer in die Kabine. Wieder spürte Skye die Blicke der Leute. Sicher verachten sie mich, dachte sie. Doch als sie aufsah, las sie keinen Haß in den Augenpaaren. Der letzte Mann, der den Raum verließ, lächelte sogar. »Gestern abend haben Sie tapfer gekämpft, Lady Kinsdale. Eine Frau, die es gewagt hat, den Schwarzbart mit seiner eigenen Waffe zu bedrohen ...«

»Raus mit Ihnen, Rodgers!« befahl Arrowsmith grimmig.

»Aye, aye, Sir. Guten Tag, Lady Kinsdale.«

Die Tür wurde erneut verriegelt, und als Skye allein war, seufzte sie unbehaglich. Sie trat ans Fenster und starrte auf das Meer. Würde Logan das Schiff tatsächlich angreifen? Sie erschauerte. Nur zu gut wußte sie, daß sie den Falken belogen hatte. Er war besser als die anderen — ein Mann, der Respekt verdiente. Wäre er kein Pirat gewesen, hätte sie ihn sogar bewundert.

Während sich der lange Nachmittag dahinschleppte, döste Skye auf der Fensterbank, bis sie vom Krach einer Bordkanone aufgeschreckt wurde.

Bestürzt sprang sie auf und schaute nach draußen. Das Schiff hatte seine Fahrt verlangsamt, und sie erblickte die Küste. Zu ihrer Linken erstreckten sich weiße Sandstrände. Rechts sah sie Ziegeltürme zu beiden Seiten eines schmalen Kanals aufragen, auf den das Piratenschiff zusteuerte.

Sie setzte sich wieder, mit heftig klopfendem Herzen. Das Zuhause des Falken ...

In einem der Türme feuerte man eine Kanone ab, um den Schuß zu beantworten. Das Schiff fuhr durch den Kanal. Gelächter und Grußworte erklangen. Bald erreichten sie einen langen Holzkai, die Laufplanke wurde hinabgelassen. Die Männer rannten an Land, von ihren Kameraden freudig willkommen geheißen. Und von einem weiblichen Empfangskomitee.

Durch das Fenster beobachtete sie, wie die Seeleute von alten und jungen Frauen umarmt wurden. Offenbar lebte auf Bone Cay eine kleine Gemeinde, vom Falken regiert. Und da war er selbst, groß und schlank, erstaunlich elegant in einem schwarzen Gehrock mit Kniehosen. Eine kleine blonde Frau rief ihm etwas zu. Lächelnd hob er sie hoch und schwang sie im Kreis herum. Ein eigenartiger Schmerz durchbohrte Skyes Brust, und sie schluckte krampfhaft, um ihn zu verscheuchen. Sie haßte ihn, sie wollte nichts mit ihm zu tun haben, und es konnte ihr nur recht sein, daß er in die Arme seiner Geliebten zurückgekehrt war.

Robert Arrowsmith betrat die Kabine und verneigte sich. »Würden Sie mich bitte begleiten, Mylady?«

»Wohin bringen Sie mich?«

»In Ihr Zimmer im Schloß. Dort werden Sie in Sicherheit sein.«

»Und gefangen.«

Er zögerte kurz. »Mit allem Komfort, Mylady.«

Sie nahm seinen Arm, und er führte sie an Deck, vorbei an eingerollten Segeln, die Laufplanke hinab. Stille senkte sich über den Kai. Männer und Frauen starrten Skye und Arrowsmith an, traten beiseite, um ihnen Platz zu machen. Der Falke erwartete sie auf einem großen Schimmel, den Federhut tief in die Stirn gezogen. »Willkommen im Falkennest, Lady Kinsdale!« rief er, neigte sich herab, umschlang ihre Taille und hob sie zu sich in den Sattel. Laut lachte er auf, während er zum Schloß galoppierte.

7

Der Ritt dauerte nicht lange. Skye hatte eben erst in die Mähne des Hengstes gegriffen, um sich festzuklammern, als auch schon hohe Mauern vor ihr emporragten. Ein schmiedeeisernes Tor schwang auf. In einem großen Hof zügelte der Falke das Pferd, stieg ab und hob Skye aus dem Sattel, dann tippte er sich an den Hut. »Mein Haus steht zu Ihrer Verfügung, Mylady.«

Sie starrte ihm nach, als er den Schimmel um eine Hausecke führte, dann sah sie sich verwundert um. Niemand kam auf sie zu, sie war weder gefesselt noch angekettet, aber eindeutig gefangen, denn es gab keinen Fluchtweg. Der Silberfalke hatte seinen Stützpunkt gut gewählt, Korallenatolle und Untiefen — für unerfahrene Segler tödlich — kreisten die Insel ein. Der Hafen wurde durch eine natürliche U-Form geschützt, der Kanal von kanonenbewehrten Türmen. Man hätte eine ganze Armee hierherschicken müssen, um dieses Schurkennest zu vernichten. Und die Gefangenen des Falken konnten sich nirgendwohin wenden, denn Bone Cay gehörte ihm, und die Menschen, die hier lebten, waren sicher seine treuen Anhänger.

Und nun sitze ich hier fest, dachte Skye. Seine Beute, für die er gekämpft, die er — mochte sie nun tausend Dublonen oder viel weniger wert sein — behalten und hierhergebracht hatte ... Plötzlich erschauerte sie, nicht weil sie fror oder den Falken fürchtete, sondern weil es sie erschreckte, hier auf dieser Insel zu sein — mit ihm. Warum, wußte sie nicht.

Sie folgte einem Ziegelweg zum Eingang des imposanten Gebäudes und sagte sich, daß es keinen Grund zur Besorgnis gab. Hier würde sie warten, bis ihr Vater oder ihr Verlobter sie abholten. Und das Schloß war groß genug. Sicher würde ihr der Falke eine gewisse Privatsphäre gönnen.

Sie hob eine Hand, doch ehe sie anklopfen konnte, öffnete sich die Tür, und der Falke stand vor ihr. »Ich habe Samuel in den Stall gebracht. Es hat lange gedauert, bis Sie sich entschließen konnten, meine Festung zu betreten, Mylady.«

»Samuel? Nicht Silberwind oder Falkenbote?«

»Am liebsten läßt er sich Sam nennen.« Er nahm ihre Hand, zog sie in die Halle und sah sie mit rauchgrauen Augen an. »Tut mir leid, daß ich Sie enttäusche. Ich war ein kleiner Junge, als Sam geboren wurde, und ich gab ihm den erstbesten Namen, der mir einfiel. Jetzt ist er dreiundzwanzig, und ich möchte ihn nicht beunruhigen und nur aus einer Laune heraus umtaufen.«

»Dreiundzwanzig?« Der große, schlanke Hengst wirkte viel jünger. »Er hat sich gut gehalten.«

Der Falke lächelte, und zu ihrer Bestürzung verspürte sie ein seltsames Herzflimmern, als er sie an sich zog. »Ich sorge sehr gut für alle Geschöpfe, die in meiner Domäne leben, Mylady. Und ich habe versucht, auch Ihnen Wohltaten zu erweisen. Aber Sie widersetzen sich hartnäckig allen meinen Bemühungen.«

»Vielleicht, weil ich nicht Ihr Eigentum bin, Sir, auch keins Ihrer Haustiere, und ich zähle ebensowenig zu Ihrer Gefolgschaft.«

»Gerade das erhöht Ihren Reiz.«

»Sie sagten doch, ich sei nicht viel wert ...« Seine Nähe verwirrte sie, und sie riß sich rasch los und musterte die prächtige Halle. Stichwaffen, Jagdgewehre und Musketen hingen an den holzgetäfelten Wänden. »Eindrucksvoll«, murmelte sie.

»Jeder auf dieser Insel weiß, wohin er im Falle eines Angriffs kommen muß.«

»Und jeder ist bereit, für Sie zu sterben?«

Er zuckte die Achseln. »Die Leute sind auf eigenen Wunsch hier. Ich zwinge niemanden, auf Bone Cay zu leben.«

»Mich zwingen Sie schon dazu.«

»Sie sind nur eine Besucherin. Kommen Sie, ich zeige Ihnen den Rest des Schlosses.«

Er griff wieder nach Skyes Hand. Rechts lag eine Bibliothek mit einem Gästebett, links die Butler-Pantry — komplett mit Butler. Schweigend stand der Mann da — groß und stark, weißhaarig und sehr würdevoll. »Mr. Soames«, stellte der Falke ihn vor, und der Mann verneigte sich feierlich vor ihr. »Wenn Sie etwas brauchen, Mylady, wenden Sie sich bitte an ihn.«

»Es wird mir ein Vergnügen sein, Ihnen zu dienen, Mylady«, beteuerte Soames mit einer weiteren Verbeugung.

Er wäre eine Zierde für das vornehmste englische Herrschaftshaus, dachte Skye und fragte sich, wie um alles in der Welt ein solcher Mann in dieses Piratennest geraten war.

»Ein bemerkenswertes Haus, nicht wahr?« sagte der Falke, als sie die Pantry verließen. »Und es war gar nicht so schwierig zu bauen. Ziegel bilden einen großartigen Schiffsballast. Im Laufe einiger Jahre brachte ich das gesamte Baumaterial hierher.« Er führte sie durch die Halle und öffnete eine Tür, hinter der ein langer Mahagonitisch mit Klauenfüßen stand. »Der offizielle Speisesaal.«

»Für Haupt- und Staatsaktionen?« spottete sie.

»Für Verhandlungen. Vielleicht wird hier auch Ihr Wert ausgehandelt, Mylady.«

»Mit was für Leuten pflegen Sie zu verhandeln?«

»Kein geladener Gast scheut sich, in dieses Haus zu kommen. Das weiß auch Ihr Verlobter. Es gibt keinen sichereren Hafen an den Küsten der Weltmeere.« Der Falke schloß die Tür und zeigte zum Hintergrund der Halle. »Dort liegt der Ballsaal. Hin und wieder veranstalten wir ein Fest.« Er gestattete ihr nur einen kurzen Blick in den riesigen Raum, dann zog er sie zur Treppe, deren Stufen roter Samt bedeckte.

Ein Diener polierte das Geländer. Er verbeugte sich vor Skye, salutierte vor dem Falken und meinte: »Schön, daß Sie wieder daheim sind, Sir.«

»Mr. Tallingsworth — Lady Kinsdale. Auch er wird entzückt sein, für Ihren Komfort sorgen zu dürfen, Mam'selle.«

»O ja, Mylady«, bekräftigte Tallingsworth.

Sie nickte skeptisch und folgte dem Falken nach oben. Im ersten Stock stieß er eine Tür zur Rechten auf. Sofort wußte sie, daß dies sein Zimmer war. Es wurde von einem massiven Vier-Pfosten-Bett aus dunklem Nußbaum beherrscht. Die hohen Fenster standen offen, um die frische Meeresbrise einzulassen. Trotz der Hitze des Tages herrschte angenehme Kühle im Raum. Vor einer zweiten Fensterreihe stand ein Schreibtisch, vor einem Marmorkamin ein Sofa zwischen mehreren Sesseln. Der schöne Kirschholztisch in der Mitte wirkte viel intimer als die lange Tafel im offiziellen Speisesaal.

»Ihr persönliches Reich?« fragte sie und spürte, daß er sie beobachtete, während sie sich umsah.

»Hm ...« Er nahm wieder ihre Hand, führte sie zu einer Tür im Hintergrund des Zimmers, und sie betraten einen fast ebenso großen Raum, eingerichtet wie ein Boudoir in Versailles. Die eleganten weißen Möbel schienen aus Frankreich zu stammen, Goldfäden durchwirkten die weißen Vorhänge, über dem Kamin hing ein Spiegel mit vergoldetem Rahmen. Vor den Fenstern stand ein Ohrensessel mit Spieltischchen. Auf dem Toilettentisch lagen Silberkämme und -bürsten.

»Ich soll in dem Zimmer neben Ihrem schlafen?« Die Situation beunruhigte sie nicht. Immerhin hatte sie an Bord des Schiffes fast eine Woche lang jede Nacht in den Armen dieses Mannes verbracht, ohne Schaden zu nehmen. Vielleicht würde sie seine Nähe sogar vermissen ... Nein, niemals, redete sie sich hastig ein.

»Man kann die Tür verschließen«, erklärte er lächelnd.

Zynisch erwiderte sie seinen Blick. »Werde ich Sie aussperren können, Kapitän Falke?«

Er zog ihre Hand an die Lippen. »Nicht nur in Schlössern stecken Schlüssel, Mylady, sie liegen auch in den Herzen der Menschen. Wenn Sie mich jetzt entschuldigen würden... Ich muß mich um einige Dinge kümmern. Abends essen wir zusammen. Inzwischen wird man Ihr Gepäck bringen.« Als er sie lächeln sah, hob er die Brauen. »Was finden Sie so amüsant, Lady Kinsdale?«

»Sie, Sir.«

»Oh ...« Der Falke versteifte sich ein wenig. »Inwiefern?«

»Ich meine Ihr Verhalten, Sir. Oft genug haben Sie mich wie einen Gegenstand herumgestoßen, und nun sind Sie so überaus höflich.«

»Nun, vor Überraschungen ist man niemals sicher«, erwiderte er leichthin, und sie mußte ihm recht geben. Immer wieder versetzte er sie in Erstaunen. Er machte sie wütend, er jagte ihr Angst ein, oder er tröstete sie mit sanfter Stimme und streichelte sie zärtlich ... In dieser letzten Woche war er ihr Leben geworden, und alle Erinnerungen an frühere Zeiten verblaßten. Nein, sie war niemals vor Überraschungen sicher. Was würde der Abend bringen? Gelächter oder Zorn? Würde der Falke sie wie Porzellan behandeln oder gnadenlos in seine Arme reißen?

Als sich die Tür hinter ihm geschlossen hatte, sank sie

zitternd auf das Bett. Wie lange würde er sie hier gefangenhalten? Sie saß in keinem Verlies, mußte keine Not leiden — es war viel schlimmer ...

Aus einem Impuls heraus sprang sie auf und rannte zur Verbindungstür. Offenbar konnte man sie von beiden Seiten verschließen, denn sie war aus dem Zimmer des Hausherrn ausgesperrt. Vorsichtig drückte Skye auf die Klinke der Flurtür, die sich zu ihrer Verblüffung öffnen ließ.

Was wollte er in seinem Zimmer vor ihr verstecken?

Zum Abendessen erschien er nicht. Skyes Truhen wurden heraufgebracht, nichts von ihren Sachen war beschädigt. Von den Juwelen fehlte nichts, und sie vermißte kein einziges ihrer kostbaren Samt-, Brokat- und Seiden- und golddurchwirkten Leinenkleider. Unter der Aufsicht von Mr. Soames trugen Tallingsworth und ein anderer Mann das Gepäck ins Zimmer.

Später kam Robert Arrowsmith zu ihr und berichtete, der Falke könne ihr an diesem Abend zu seinem tiefsten Bedauern nicht Gesellschaft leisten. Mr. Soames würde ihr das Essen in ihrem Zimmer servieren.

Sie dankte Robert, den Blick gesenkt, und merkte bestürzt, daß auch sie die Abwesenheit des Falken bedauerte.

Offenbar hatte Arrowsmith genaue Anweisungen erhalten. Ehe er ging, zündete er alle Lampen an. In dieser Nacht schlief sie sehr gut.

Gelächter weckte sie am nächsten Morgen. Vorsichtig öffnete sie die Augen und schnappte verblüfft nach Luft. Tara und Bessie, die hübschen Irinnen, standen vor ihr, offensichtlich in bester Verfassung.

»Bessie! Tara!« rief Skye erfreut und setzte sich im Bett auf.

Tara stellte ihr ein Tablett auf die Knie, Tränen schimmerten in ihren Augen. »O Lady Kinsdale, wir sind Ihnen ja so dankbar! Sie haben uns gerettet.«

Skye blinzelte verwirrt. »Ich?«

»Die Piraten brachten uns in die Kabine des zweiten Maats und behandelten uns sehr freundlich.«

»So?« Skyes Augen verengten sich. »Ihr wurdet nicht belästigt?«

Tara schüttelte den Kopf. »Kein bißchen. Natürlich hatten wir schreckliche Angst, als im Hafen dieser anderen Insel der Wirbel losging. Ich fürchtete, jemand würde unsere Tür aufbrechen. Aber nichts dergleichen geschah, und dann wurden wir hierhergebracht.«

»In ein Paradies!« schwärmte Bessie.

Skye biß in ein Brötchen und starrte sie mißtrauisch an. »Wieso weißt du, daß das ein Paradies ist?«

»Wir haben schon viel davon gesehen, Mylady«, erzählte Tara. »Am Kai stehen schöne Häuser und Geschäfte, jeder Seemann, der Lust dazu hat, darf sich ein eigenes Haus bauen. Im Landesinneren gibt es eine Frischwasserlagune, und an schönen Stränden, von Felsen und Sandbänken geschützt, ist das Wasser so herrlich blau, wie Sie's noch nie gesehen haben, Mylady.«

»Tatsächlich?« murmelte Skye.

Das Blut stieg in Taras Wangen. »Kurz nach unserer Ankunft fuhr ein Gentleman namens Mr. Roundtree in einem kleinen Ponywagen mit uns herum und zeigte uns alles.«

»Ein Gentleman, Tara? Ein Pirat!«

Tara zuckte die Schultern, dann senkte sie beschämt den Kopf. Als sie wieder aufsah, lächelte sie verlegen. »Es gibt sogar eine Kapelle und einen anglikanischen Priester.«

»Ein Piratenpriester! Was werden wir hier sonst noch alles erleben?«

Nach dem Frühstück stand Skye auf, trat an den Waschtisch und machte ihre Morgentoilette. Während sie sich abtrocknete, beschloß sie das Ausmaß ihrer Freiheit zu erproben. »Bessie, würdest du mein Reitkostüm hervorsuchen? Ich möchte mir dieses — Paradies anschauen.«

Eifrig gingen Bessie und Tara an die Arbeit. Für Skye war es eine reine Freude, wieder mit den Mädchen beisammen zu sein. Sie schnatterten unaufhörlich, und obwohl sich das Geschwätz hauptsächlich um Mr. Roundtree und seinen Freund Simon Greene drehte, gelang es ihnen, ihre Herrin aufzuheitern. Daß sie noch lebten, überraschte Skye nicht, denn wie sie bereits wußte, war der Silberfalke kein blutrünstiger Pirat. Doch die Fröhlichkeit der jungen Irinnen verblüffte sie, denn sie erinnerte sich noch gut an jene Szene, wo er die beiden seiner Besatzung überantwortet hatte. Waren sie wirklich unbeschadet davongekommen?

In einem hübschen Reitkostüm aus braunem Samt, mit weitem Rock und einem engen Jackett im Herrenstil, verließ sie ihr Zimmer. Als sie die Treppe zur Halle hinabstieg, hörte sie Stimmen. Offenbar saßen mehrere Männer im Speisesaal. Sie eilte hinüber, um durch den Türspalt zu spähen.

Doch da trat Mr. Soames heraus und schloß die Tür hinter sich. »Guten Morgen, Lady Kinsdale.«

»Guten Morgen, Mr. Soames.«

»Waren Sie mit Ihrem Frühstück zufrieden, Mylady?«

»O ja, danke«, erwiderte sie lächelnd. Die Art und Weise, wie er die Tür bewachte, wies deutlich darauf hin, daß dies kein englisches Herrschaftshaus war. »Ich möchte ausreiten. Wäre das möglich?«

»Selbstverständlich, Mylady. Würden Sie mir bitte folgen? Ich bringe Sie zu Señor Rivas, dem Stallmeister, und es wird ihm ein Vergnügen sein, Ihnen zu dienen.«

Sie gingen durch die Hintertür hinaus und erreichten wenig später die Stallungen. Skye sah etwa zwanzig blitzsaubere Boxen. Ein großer, schlanker, dunkelhaariger Mann kam ihr entgegen. Der Butler erklärte ihm ihr Anliegen und entfernte sich. Jeden Augenblick erwartete sie, ein Pirat würde erscheinen und ihr mitteilen, sie dürfe nicht ausreiten. Aber nichts dergleichen geschah. Señor Rivas sattelte eine graugefleckte Stute und führte sie in den Hof, wo er Skye beim Aufsteigen half und ihr mit seinem spanischen Akzent einen angenehmen Vormittag wünschte.

Sie ritt zum Kai hinunter. In den Sandstraßen wurde sie von bloßfüßigen Kindern mit Verbeugungen und Knicksen begrüßt. Kleine Schiffe lagen im Hafen, Fischer schleppten ihre prall gefüllten Netze an Land. An Bord des Piratenschiffs besserten einige Besatzungsmitglieder Segel aus und schrubbten die Decksplanken. Skye schaute ihnen eine Zeitlang zu, dann galoppierte sie an den Häusern vorbei, auf flaches Land. Bald führte der Weg, dem sie folgte, bergauf — von immer dichteren Pinien gesäumt. Sie hörte Wasser rauschen, und dann bot sich ihr eine wundervolle Aussicht. Ein tiefblauer Teich lag vor ihr, von einer hohen Klippe stürzte ein silbrig glänzender Wasserfall hinein.

Skye schwang sich aus dem Sattel und ging zum Ufer, wo bunte Blumen wuchsen. Am anderen Ende des Teichs floß das Wasser in einen schmalen Bach, der zwischen Bäumen verschwand. Diese Insel war tatsächlich ein Paradies.

Plötzlich entdeckte sie den Falken am gegenüberliegenden Ufer. Verwirrt hielt sie den Atem an. Er saß so reglos auf seinem schneeweißen Hengst, daß sie ihn inmitten der Farbenpracht nicht gesehen hatte. Er hob eine Hand zum Gruß, dann lenkte er sein Pferd ins Wasser. Furchtlos durchwatete es den Teich.

Der Falke trug ein weitgeschnittenes weißes Hemd, eine schwarze Hose und seine Stiefel. Der Federhut überschattete seine Augen und die Geheimnisse, die seine Brust bewahren mochte. Er sah sehr verwegen aus — ein abenteuerlustiger Schurke.

Wenige Schritte vor Skye entfernt, stieg er ab und beobachtete sie schweigend. Sie hörte die leise Musik des Wassers, das von den Klippen herunterfiel und im Sonnenlicht tanzte. Eine sanfte Brise wisperte in Blumen und Laub.

Für eine halbe Ewigkeit schien der Blick des Falken Skyes Augen festzuhalten, und sie hatte das Gefühl, er würde ihre Seele für sich beanspruchen. Schlüssel steckten nicht nur in Schlössern, hatte er gesagt, sie lägen auch in menschlichen Herzen. Vielleicht stimmte das. Und vielleicht gab es keine Möglichkeit, sich diesem Mann zu verschließen.

Endlich brach seine Stimme den seltsamen Bann. »Guten Morgen, Mylady. Wie gefällt Ihnen die Insel?«

»Sie ist ein Gefängnis, trotz all ihrer Schönheit.«

»Ich verstehe. Leider hatte ich noch keine Zeit, um Ihnen Bone Cay zu zeigen. Ein einzigartiger Ort.«

»Warum?«

»Weil er mir gehört.« Er kam zu ihr, ergriff ihre Hand und führte sie näher an den Rand des Teichs. »Das Wasser ist frisch und rein. Sehen Sie die herrlichen Blumen? Sie gedeihen prächtig im milden Wind, obwohl nur eine knappe Meile entfernt die wildesten Meeresstürme toben. Die Felsenriffe schützen uns, denn nur ein geübter Segler darf es wagen, meine Küste anzusteuern.«

Sein Arm berührte ihren, und ihr wurde bewußt, daß sie ganz allein waren. Nur das plätschernde Wasser, die flüsternde Brise und die Pferde leisteten ihnen Gesellschaft. Er roch nach Seife und Leder, und sie spürte einen drängenden Puls in seinem Innern, der etwas in ih rem eigenen Herzen zu berühren schien, etwas, da nichts mit ihrem gewohnten Leben zu tun hatte. An ei nem solchen Ort war es leicht, die Grenzen zu verges sen, nach denen sie sich normalerweise richtete. Ihre Unschuld zu vergessen ...

Abrupt entzog sie ihm ihre Hand. »Warum sind Sie immer in meiner Nähe? Ich wollte allein ausreiten, aber Sie sind hier. Lassen Sie mich doch in Ruhe. Seien Sie nicht ständig so nett und höflich zu mir! Sie sind ein Pirat, Sir, und ich verabscheue Sie!«

Sie drehte sich heftig um, daß sie die Stute erschreckte. Als Skye in den Sattel steigen wollte, bäumte sich das Tier auf. Fasziniert starrte sie die Hufe an, die dicht vor ihr in der Luft tanzten.

»Skye! Verdammt noch mal ...« Der Falke stürzte zu ihr, zerrte sie beiseite, und die Schwungkraft der Bewegung warf beide in den weichen Sand am Ufer. Nur wenige Zentimeter entfernt landeten die Pferdehufe am Boden. Skye wollte sich aufrichten, doch der Falke lag über ihr und hielt sie fest. Ein Muskel zuckte in seinem Kinn. »Welch eine Närrin Sie sind, Mylady! Immer wieder bringen Sie sich in Gefahr, nur um mir zu entfliehen. Ich soll also nicht höflich sein, weil ich ein Pirat bin. Nun, dann will ich den Piraten spielen, mit allem, was dazugehört.«

»Bastard! Lassen Sie mich los! Sie hätten ...«

»Aye, ich hätte Sie Jack dem Einäugigen oder Logan oder dem Schwarzbart schenken sollen. Und ich hätte diesem Pferd erlauben sollen, Ihre Schönheit für immer zu zerstören, damit Sie nie wieder einen Mann in den Wahnsinn treiben können.«

Erschrocken hielt sie den Atem an. Noch nie hatte sie ihn so wütend gesehen. Sie konnte nichts erwidern, denn ein leidenschaftlicher Kuß verschloß ihr den Mund.

Seine Zunge zwang sie, die Lippen zu öffnen, eine verwirrende Wärme erfüllte ihren Körper.

Sie wollte sich wehren, doch sie vermochte es nicht. Die Finger des Falken hatten sich in ihre geschlungen, sein Gewicht fesselte sie an den Boden, der unter ihr zu beben schien. Das Wasserplätschern war keine sanfte Melodie mehr, sondern ein wildes Rauschen, das sich mit dem feurigen Strom ihres Blutes mischte. Sie kämpfte nicht — fühlte nur die Lippen des Falken, seine harten Muskeln, die Sonne, den Geschmack seines Mundes, den Sturm, der in ihm toste.

Und dieser Sturm drängte sich in ihre eigene Seele.

Seine Hand schob sich unter ihren Rock, streichelte ihre nackten Schenkel, sein Mund zog eine heiße Spur über ihren Hals, zum Busenansatz. Sie schaute zum blauen Himmel auf, zu winzigen schwebenden Wolken, zur Sonne, die ihre Hitze verloren hatte. Denn in der Tiefe von Skyes Seele loderten noch viel heißere Flammen.

Er öffnete ihre Jacke, zerrte an den Bändern ihres Mieders, bis er ihre Brüste entblößt hatte. Seine Lippen fanden das weiche Fleisch, seine Hand umfaßte einen runden Hügel, um ihn seiner hungrigen Zunge zu nähern. Als er an der Knospe zu saugen begann, durchfuhr eine sengende Welle ihren ganzen Leib, wie ein Kanonenschuß.

»Nein!« schrie sie, und ein glutvoller Kuß ließ sie sofort verstummen. Verbissen bekämpfte sie den Falken, doch ihre Glieder erschlafften bald, von süßer Schwäche überwältigt. Die Erde zitterte immer noch. Aber vielleicht war es nicht die Erde, vielleicht vibrierte sie selbst, erfaßt von einem treibenden Puls, der unwiderstehlichen Sehnsucht, noch mehr zu wissen …

Sie war keine Gefangene mehr, frei konnten sich ihre Hände bewegen, und sie wanderten über die Schultern des Falken. Jetzt sah sie keinen Piraten in ihm, nur den Mann, der sie vor allen Feinden beschützt hatte. Seine Muskeln spannten sich unter ihren Fingern an, und in diesem fremdartigen Paradies, wo das Wasser murmelte und eine tropische Brise wehte, verkörperte er alles, was sie jemals in den geheimsten Schatten ihres Herzens erträumt hatte. Die Kraft seiner Leidenschaft entführte sie in eine andere Welt, wo nichts mehr wichtig war außer seiner Nähe, seiner mitreißenden Glut.

Plötzlich riß er sich von ihr los und sprang auf. »Zum Teufel mit Ihnen!« fauchte er, packte ihre Hände und zog sie hoch. »Was haben Sie nur aus mir gemacht?«

Rasch befreite sie sich von seinem Griff, voller Entsetzen, weil er und nicht sie selbst dieser beschämenden Szene ein Ende bereitet hatte. »Oh, ich wünschte, ich wäre weit weg von hier!« Sie wischte mit dem Handrükken über ihren Mund, doch sie konnte den Geschmack seiner Küsse nicht auslöschen. Mit bebenden Händen verschnürte sie ihr Mieder und knöpfte die Jacke zu.

»Bald werden Sie verschwunden sein, das schwöre ich Ihnen!« herrschte er sie an.

Sie wandte sich ab und rannte zu der Stute, die nervös zu tänzeln begann.

»Laufen Sie doch nicht ständig davon. Sie kleine Närrin!« rief der Falke und folgte ihr. »Ohne mich kommen Sie nicht zurecht, und wann immer Sie es versuchen, geraten Sie nur in Schwierigkeiten.« Er umfaßte die Zügel, beruhigte das Tier und hob Skye in den Sattel.

Wütend starrte sie auf ihn herab. »Ich habe eher das Gefühl, daß Sie mir davonlaufen, Kapitän Silberfalke.«

Seine Augen verengten sich. »Das werde ich niemals tun, Lady Kinsdale. Und ich bin nur ein einziges Mal vor dem Feuer zurückgewichen, das Sie entfacht haben. Führen Sie mich nie wieder in Versuchung, denn das nächste Mal würde nicht der Gentleman in mir, sondern der Pirat die Oberhand gewinnen.«

Ein heißer Schauer rann über ihren Rücken. Sie riß dem Falken die Zügel aus der Hand und ritt davon, floh vor dem bitteren Gelächter, das hinter ihr her wehte.

Immer noch erbost, kehrte Skye in den Stall zurück, übergab die Stute Señor Rivas und eilte in die Halle, wo sie Mr. Soames' Gruß ignorierte. Sie rannte nach oben in ihr Zimmer, warf krachend die Tür zu und schob den Riegel vor. Dann versperrte sie auch die Verbindungstür zum Schlafgemach des Silberfalken. Erregt ging sie auf und ab.

Ihr Blick streifte die Verbindungstür. Was konnte ihr der Schlüssel schon nützen im Kampf gegen einen Mann, der so viele Schlachten auf dem Meer überstanden und ihr Schiff gekapert hatte? Doch den Schlüssel in ihrem Herzen konnte keiner besitzen, wenn sie ihn nicht freiwillig hergab, und das schien der Falke zu wissen.

Sie zuckte zusammen, als sie die Haustür ins Schloß fallen hörte. Auch der Falke war heimgekommen, offensichtlich genau so mißgelaunt wie Skye. Sein Geschrei hallte durch das ganze Gebäude. Die Worte verstand sie nicht, nahm nur wahr, wie gebieterisch seine tiefe Stimme klang. Dann polterten seine Schritte die Treppe herauf. Während er sein Zimmer betrat, stand sie reglos da, eine Hand an der Kehle. Gleich würde er zu ihr kommen, den umgedrehten Schlüssel mißachten, die Tür aufbrechen, wütend nach ihr greifen ...

Die Sekunden tickten dahin. Die Tür des Falken krachte, er war wieder gegangen. Erleichtert seufzte Skye auf, sank auf das Bett und starrte zum Baldachin empor. Vermutlich mußte er sich um irgendwelche Geschäfte kümmern.

Er hatte die leidenschaftliche Umarmung beendet,

nicht sie. Heiße Scham trieb ihr das Blut ins Gesicht. Nun wollte er sie möglichst schnell loswerden. Natürlich, so konnte es nicht weitergehen. Vielleicht besaß er ein gewisses Ehrgefühl. Immerhin war sie die Verlobte seines Vetters.

Die Verlobte ... Wenn sie diesem Mann doch nie begegnen müßte — nicht, solange ihre Lippen von den Küssen eines anderen brannten ... Verzweifelt setzte sie sich auf und preßte die Hände an die Schläfen. Sie kannte sich selbst nicht mehr.

Ungeduldig sprang sie auf, schob den Riegel der Flurtür zurück und öffnete sie. Der Butler hatte erklärt, er würde ihr mit Vergnügen dienen. Und jetzt wollte sie bedient werden. »Mr. Soames!« rief sie.

»Mylady?« Wenige Sekunden später stand er vor ihr.

»Würden Sie mir eine Karaffe Cognac bringen?«

Dieser Wunsch überraschte ihn sichtlich, aber er senkte die erhobenen Brauen sofort wieder. »Ja, Mylady.« Während sie auf seine Rückkehr wartete, ging sie wieder auf und ab. Er servierte ihr den Cognac auf einem Silbertablett und erklärte: »Der Falke wird heute abend mit Ihnen speisen, Lady Kinsdale. Um acht wird er an Ihre Tür klopfen.«

»So? Dann teilen Sie ihm bitte mit, daß ich keinen Wert darauf lege, mit ihm zu essen.«

»Aber Mylady ...«

»Sie haben gehört, was ich möchte.«

»Ja, Mylady.« Ohne ein weiteres Wort ließ er sie allein. Der Cognac schmeckte ihr und besänftigte ihre aufgewühlten Gefühle.

Im Lauf des Nachmittags besserte sich ihre Stimmung allmählich. Als sich die Sonne nach einem heißen Tag dem Horizont näherte, rief Skye wieder nach dem Butler und ersuchte ihn, ein Bad für sie zu arrangieren. Natürlich wußte sie, wie ungelegen ihm diese Bitte zu einem Zeitpunkt kam, wo ein Großteil des Personals in der Küche mit dem Abendessen beschäftigt war. Doch das bedauerte sie kein bißchen. Sie wollte nicht auf dieser Insel bleiben, und wenn sie den Dienstboten zur Last fiel, würde der Falke um so eher für ihre baldige Abreise sorgen.

»Ich möchte so bald wie möglich baden, Mr. Soames«, fügte sie mit unschuldiger Miene hinzu.

»Sehr wohl, Mylady, ich werde mein Bestes tun.«

»Vielleicht könnten Sie mir meine eigenen Mädchen schicken und Ihren Leuten die Arbeit ersparen.«

»Das wird nicht möglich sein.«

»Warum nicht?«

»Die beiden sind auf dem Fischmarkt, Mylady.«

»Auf dem Fischmarkt?«

»Nun, sie wollten sich irgendwie beschäftigen, und da Sie nicht erwähnten, daß Sie ihre Dienste brauchen würden ...«

»Nun, dann muß ich eben auf Tara und Bessie verzichten.«

Wenig später trugen Señor Rivas und einer seiner jungen Reitknechte eine Messingwanne ins Zimmer, gefolgt von Hausangestellten mit Wassereimern. Der Butler brachte ihr Handtücher, Rosenseife und einen Badeschwamm. »Wenn Sie noch etwas brauchen, Mylady ...«

»Nein, danke. Ich möchte in der nächsten Zeit nicht gestört werden.«

»Sehr wohl, Mylady.« Mit einer Verbeugung entfernte er sich.

Sie starrte auf die geschlossene Tür, und plötzlich tat er ihr leid. Sein Herr hatte ihn an diesem Tag schon zornig genug angeschrien, und nun machte sie dem armen Soames auch noch das Leben schwer, — nicht zuletzt, mit dem Auftrag, dem Falken mitzuteilen, seine

Gefangene habe nicht die Absicht, mit ihm zu speisen.

Doch ihre Schuldgefühle verflogen, während sie ihre Kleider zu Boden warf. Sie wußte, daß sie etwas zuviel Cognac getrunken hatte, aber das störte sie nicht. Der Alkohol hatte ihr Leid gelindert und sie beinahe fröhlich gestimmt. Entspannt und zufrieden stieg sie in die Wanne, steckte ihr Haar hoch und rieb sich mit der duftenden Rosenseife ein. Immerhin konnte man als Gefangene eines wohlhabenden Piraten einen gewissen Luxus genießen.

Durch das Fenster beobachtete sie den farbenprächtigen Sonnenuntergang, dann fielen ihr die Augen zu. Irgendwann glaubte sie zu träumen, daß jemand gegen die Tür klopfte und aus weiter Ferne ihren Namen rief. Plötzlich krachten Donnerschläge, gefolgt vom Geräusch berstenden Holzes. Skye fuhr aus dem Schlaf hoch und sah die Verbindungstür zu Boden fallen. Der Falke stürmte herein und starrte sie an, die Hände in die Hüften gestemmt. »Mein Gott! Ich dachte, Sie wären tot.«

»Sie sagten doch, ich könnte die Tür versperren ...«

»Haben Sie mir nicht zugehört? Ich dachte, Sie wären tot! Minutenlang klopfte ich und schrie.«

»Ich ...« Sie rutschte tiefer in die Wanne hinab, doch er packte sie, zog sie aus dem Wasser und riß sie in die Arme. Entrüstet wehrte sie sich. »Ich hatte keine Lust, mit Ihnen zu essen.«

»Aber ich habe es befohlen.«

»Mit Dieben und Schurken pflege ich nicht zu dinieren. Ihre guten Manieren schützen Sie nicht vor der Wahrheit, Sir. Mit einem Mann von Ihrer Sorte setze ich mich nicht an einen Tisch, mit einem solchen ...«

»Abschaum? Sie wollten doch, daß ich mich wie ein Pirat benehme, und genau das habe ich heute abend vor.«

»Lassen Sie mich los!« Ihre Angst wuchs, die beruhigende Wirkung des Alkohols begann nachzulassen. Sie war nackt und das Gefühl der starken Männerhände auf ihrer Haut viel zu verwirrend. Der Falke kochte vor Zorn und glich einer Flamme, die alles zu verzehren schien — Skyes Willen und ihr Herz. Sie mußte ihm entrinnen. »Lassen Sie mich los!« wiederholte sie. »Sofort!«

Langsam schüttelte er den Kopf. »An diesem Abend sollen Sie Ihren unhöflichen Piraten haben, Lady. Und der Pirat wird Sie *haben.* Sollten Sie beabsichtigen, um Gnade zu flehen — jetzt wäre der richtige Zeitpunkt dafür.«

8

»VIELLEICHT SOLLTEN WIR ZUERST ESSEN«, schlug Skye mit sanfter Stimme vor.

»Was?« schrie er sie verdutzt an.

»Sie wollten doch mit mir essen, Sir. Nun, ich bin einverstanden.«

»Sie sind betrunken!«

»Keineswegs! Damen von Stand betrinken sich nicht.«

»Natürlich hege ich keine Zweifel an Ihrer vornehmen Herkunft. Trotzdem sind Sie betrunken.«

»Vielleicht ein bißchen beschwipst. Das ist Ihre Schuld. Nur Sie haben mich dazu getrieben, Trost beim Alkohol zu suchen.«

»*Ich* habe Sie dazu getrieben! Bei Gott, jeder vernünftige Mann hätte Sie an meiner Stelle ins Meer geworfen.« Er trug sie zum Bett und ließ sie auf die weiche Matratze fallen. Wie Silberdolche bohrten sich seine Augen in ihre. »Ich treibe Sie also zum Alkoholgenuß? Nun, Mylady, Sie besitzen dafür die Fähigkeit, einen Heiligen in den Wahnsinn zu treiben.«

Der Falke kehrte ihr den Rücken, und sie hüllte sich nervös in die Decke. Er wirkte so explosiv wie ein Pulverfaß, und während er ihr eine Atempause gönnte, fragte sie sich, was er nun plante.

Mit einer heftigen Geste riß er eine ihrer Truhen auf. Seide, Satin und Samt flogen umher, dann warf er ein hellgrünes Satinkleid in Skyes Richtung, und seine Schritte donnerten auf dem Boden, auf der umgestürzten Tür. »Das Dinner ist bereits serviert, Mylady.«

Skye preßte eine Hand auf ihr Herz, das wie rasend

schlug. Er hatte sie allein gelassen, war aber nicht weit entfernt, hinter einer Tür, die nicht mehr geschlossen, geschweige denn versperrt werden konnte. Doch dieser Schlüssel war ohnehin von Anfang an belanglos gewesen. Nur die Schlüssel in seinem und in ihrem Innern zählten.

Sie stand auf und blickte unsicher zu der offenen Tür. Der Falke ließ sich nicht blicken. Rasch schlüpfte sie in das hellgrüne Dinnerkleid mit dem spitzenbesetzten Oberteil, dem hohen Kragen und der üppigen Schleppe. Vor dem Toilettentisch betrachtete sie ihr Spiegelbild, griff nach einer Silberbürste und strich mechanisch über ihr Haar. Wie Wellen aus Sonne und Feuer umgaben die goldenen Locken ihre Schultern. Ernste Augen starrten ihr entgegen. Die Wirkung des Cognacs war endgültig verflogen, und ihr wurde bewußt, was an diesem Abend auf dem Spiel stand.

Der hohe Kragen lenkte den Blick auf den spitzen Ausschnitt, der die Vertiefung zwischen ihren Brüsten zeigte. Impulsiv eilte sie zu einer Truhe und wühlte darin, bis sie ihre Schmuckschatulle fand. Sie nahm eine goldene Halskette mit einem Smaragdanhänger heraus, der von glitzernden Diamanten umkränzt wurde, und legte sie an. Der Smaragd verdeckte zumindest einen Teil des Dekolletés.

Dann holte sie tief Atem und trat in die offene Tür. Der Falke stand am Fenster, anscheinend in Gedanken versunken, einen Silberkelch in der Hand. Eine laue Brise wehte ins Zimmer. Der kleine Eßtisch war mit einem weißen Tuch, Silber und kostbarem Porzellan gedeckt. Kerzen verbreiteten sanftes Licht.

»Lord Cameron wird Sie bald abholen«, sagte er, ohne sich zu ihr umzudrehen.

»Wie kann er wissen, daß ich hier bin?«

»Ich habe Ihr Schiff, die *Silver Messenger,* zum Cape

Hateras geschickt. Sie gab einem Handelsschiff Signale. Heute nachmittag kam sie hierher, und der Kapitän berichtete mir, seine Nachricht sei empfangen worden, und er habe eine Antwort erhalten.«

»Das — freut mich«, erwiderte Skye leise.

Unvermittelt wandte er sich zu ihr und musterte sie von Kopf bis Fuß. Sein Blick blieb an dem Smaragdanhänger zwischen ihren Brüsten hängen, aber er gab keinen Kommentar dazu ab. Er verneigte sich und wies auf den Tisch. »Wünschen Sie jetzt zu speisen, Mylady?«

Sie ging hinüber, gefolgt vom Falken, der ihr einen Stuhl zurechtrückte. Ehe er selbst Platz nahm, schenkte er ihr Wein ein. Sanft flackerten die Kerzenflammen zwischen ihnen, bewegt vom Luftzug, der durch das offene Fenster hereinströmte, begleitet von den Farben des Sonnenuntergangs und abendlicher Kühle.

»Darf ich Ihnen vorlegen, Mylady?«

Sie nickte, die Finger um die Armstützen ihres Stuhls geschlungen, und beobachtete, wie er ihren Teller füllte. »Was für ein Pirat sind Sie eigentlich?« fragte sie nachdenklich. »Da sitze ich — weder geschändet noch meiner Juwelen beraubt. Allein dieser Smaragd ist ein kleines Vermögen wert, Sir Silberfalke. Sicher wissen Sie das.«

»Vielleicht werde ich für Ihre Freilassung ein kleines Vermögen erhalten, Lady Kinsdale.«

»Vielleicht«, stimmte sie lächelnd zu.

Fluchend warf er das Vorlegebesteck auf eine der Servierplatten. »Lady, ich bin am Ende meiner Kräfte, und mein Hunger gilt keineswegs dieser Mahlzeit.«

Skye griff nach ihrem Besteck, kostete den schmackhaften Fisch, eine Kartoffel und die gedämpften Möhren. Doch sie brachte nur wenige Bissen hinunter. Auch der Falke schenkte seinem Essen kaum Beachtung. Unentwegt schaute er sie an, die Stirn gerunzelt, die Lippen unter dem dunklen Schnurrbart verkniffen.

»Lord Cameron wird also hierherkommen?« fragte sie.

»Aye.«

»Wird er sich sicher fühlen?«

»Er weiß, daß ihm auf der Insel keine Gefahr droht.« Während sie mit ihrer Gabel ein Stück Fisch auf dem Teller umherschob, beugte er sich vor. »Was ist eigentlich los mit Ihnen, Mylady? Was bilden Sie sich ein, wer Sie sind? Gut und schön, Sie verachten mich, einen Piraten, aber auch Ihren Verlobten, ein Mitglied Ihrer eigenen Gesellschaftsschicht – einen Mann, der bereit ist, seiner widerstrebenden Braut zuliebe über ein stürmisches Meer zu segeln.«

Mühsam unterdrückte sie ihren Zorn. »Ich bin meine eigene Herrin, das ist alles.«

Seine Augen verengten sich. »Und was heißt das?«

»Nun, ich pflege meine Entscheidungen selbst zu treffen. Meine Mutter...« Sie zögerte kurz und holte tief Atem. »Sie starb, als ich noch sehr jung war, und ich lernte sehr rasch, den Haushalt meines Vaters zu führen. Später schickte er mich auf eine Schule in London. Leider unterließ er es, mich über das Versprechen zu informieren, das er kurz nach meiner Geburt gegeben hatte.«

»Und dieses Versprechen betrachten Sie nicht als Ihre Angelegenheit.«

»Allerdings nicht.«

»Sie wollen die Wünsche Ihres Vaters nicht erfüllen?«

»In diesem Fall nicht.« Sie trank einen Schluck Wein, dann fügte sie hinzu: »Man könnte glauben, Töchter würden als Sklavinnen zur Welt kommen, um an den Meistbietenden verschachert zu werden.«

Die rauchgrauen Augen des Falken verbargen seine Gedanken. »Vielleicht sorgt sich Lord Kinsdale um Ihre Zukunft.«

Skye senkte den Blick. »Er weiß so wenig über mich.«
»Über Ihre Furcht vor der Dunkelheit?«
Ruckartig hob sie den Kopf. »Darüber möchte ich nicht mit Ihnen sprechen.«
»Warum nicht? Vielleicht kann ich Ihnen helfen.«
»Helfen! Sie?«
Der Falke zuckte die Achseln und nippte an seinem Kelch. »Vor Ihrem Verlobten brauchen Sie jedenfalls keine Angst zu haben. Er ist ein korrekter Gentleman, soviel ich weiß, und gewiß kein Unmensch.«
Lächelnd berührte sie ihren Smaragd. »Aber Sie sind einer, nicht wahr?«
»Reizen Sie mich nicht!« warnte er.
»Das tat ich schon oft, und Sie konnten sich stets beherrschen.«
»Allmählich verliere ich meine Selbstkontrolle, und ich versichere Ihnen, Mylady — wenn ich Sie das nächste Mal in den Armen halte, werde ich Sie nicht mehr im Zweifel über mein wahres Wesen lassen.« Statt einer Antwort lächelte sie nur, und er griff nach ihrem Kelch, um ihn aus ihrer Reichweite zu rücken. Als sie die Brauen hob, erklärte er: »Ich glaube, Sie haben genug getrunken. Wie fühlen Sie sich?«
»Sehr gut. Obwohl ich so reichlich Ihrem wunderbaren Cognac zusprach.«
»Sind Sie jetzt wieder nüchtern?«
»O ja, Sir.«
Der Falke stand auf, ergriff ihre Hände, zog sie langsam vom Stuhl hoch und an seine Brust. Sie wußte, daß sie sich wehren müßte. Aber der milde Wind, der die Vorhänge bewegte, schien ihr wohlige Trägheit einzuflößen. Nachdem sich die feurigen Farben des Sonnenuntergangs in nächtliche Schatten verwandelt hatten, war ein silbriger Mond aufgegangen.
»Laufen Sie weg«, sagte der Falke heiser. »Laufen Sie

weg und umarmen Sie die Dunkelheit, denn hier bei mir schweben Sie in viel größerer Gefahr.« Er preßte Skyes Hand an sein Herz. »Spüren Sie diese Schläge, Mylady, den wilden Sturm in meinem Innern, und vertrauen Sie um Himmels willen nicht mehr auf mein Ehrgefühl. Fliehen Sie!«

Es war eine faire Warnung, das erkannte sie an. Ihre Finger lagen über seinem heftig pochenden Herzen, und die Hitze seines Körpers ging in ihren über, wie ein unbezwingbares Fieber. Sie begehrte ihn. So verwerflich es auch sein mochte — sie begehrte ihn. Eine echte Dame durfte nicht von solchen Emotionen erfaßt werden, doch in der lauen Abendbrise war ihr das egal. Die Regeln der guten Gesellschaft spielten keine Rolle mehr — nur noch die Erde, der Himmel, der Wind und die unwiderstehliche Anziehungskraft dieses Mannes.

Sie öffnete die Lippen, um etwas zu flüstern, wußte aber nicht, was sie sagen sollte. Bald würde ihr vornehmer Verlobter sie retten und in Sicherheit bringen, ihr eine angesehene gesellschaftliche Position bieten, ein schönes Heim, Reichtum, Dienstboten, alles, was sie sich nur wünschen konnte. Aber der einzige Reichtum, der ihr etwas bedeutete, lag in den Armen eines Piraten.

»Gehen Sie — sofort!« stöhnte er. »Ich warne Sie.«

Skye löste sich von ihm und starrte ihn an. Es gab so vieles zu sagen, aber nichts, was sich in Worte fassen ließ. Und wenn sie noch länger blieb, würde ihr das zum Verhängnis werden. Und so wandte sie sich ab, flüchtete durch die Tür und blieb atemlos stehen, das Herz von süßer Qual erfüllt.

Ohne zu überlegen, kehrte sie in das Zimmer des Falken zurück. Er war wieder ans Fenster getreten, groß und reglos, ein kraftvoller Schatten in einem schwarzen Seidenhemd, schwarzen Hosen und Stiefeln. Offenbar spürte er ihre Anwesenheit, denn er drehte sich um. Mit einem leisen Aufschrei lief sie zu ihm, warf sich an seine Brust, und ihre Lippen fanden sich.

Im bleichen Mondlicht von den Armen des Falken umfangen, wagte sie es, seinen Kuß zu erwidern. Glutvoll erforschte seine Zunge ihren Mund und spielte mit ihrer. Betörende heiße Wellen durchströmten ihren Körper, und sie berührte sein Haar, strich über seinen Nakken, schmiegte sich noch fester an ihn.

Als er den Kopf hob, schaute er ihr lange wortlos in die Augen, und dann brach er sein Schweigen. »Jetzt kannst du nicht mehr davonlaufen.«

»Nein«, wisperte sie, ohne seinem Blick auszuweichen. Seine Hände lagen auf ihren Schultern, und ihr Atem stockte, als er ihr das Satinkleid vom Leib riß und zu Boden warf. Im Mondschein betrachtete er ihren Körper, die vollen Brüste mit den dunklen Knospen, die schmale Taille, den Schwung der Hüften.

Der Falke stieß einen halberstickten Laut aus, zog sie wieder an sich, und sie spürte erneut seine heißen Lippen auf ihren, während seine Hände immer kühner über ihren Körper glitten, über ihre Schultern und Brüste, den Bauch und dann in verwirrender Zielstrebigkeit zu dem goldenen Haar, das sich darunter kräuselte.

Angstvoll wich sie zurück, aber er hielt sie fest, flüsterte Koseworte an ihren Lippen, und als die intime Berührung eine süße Schwäche in ihr erzeugte, lehnte sie sich hilflos an ihn.

»Ich kann und will dich nicht mehr gehen lassen«, murmelte er.

Und Skye wollte nicht mehr losgelassen werden. Sie drückte den Kopf an seine Brust, als er sie hochhob und zum Bett trug. Dort lag sie ein paar Sekunden lang allein und begann zu frösteln, doch dann spürte sie seinen warmen, nackten Körper, seine hungrigen Lippen. Seine Zunge weckte ein Feuer in ihren Brüsten, in ihrem

Bauch. Offenbar war er ein erfahrener Liebhaber, und sie ahnte, daß die Sinne einer Frau nur selten so leidenschaftlich und doch so zärtlich erregt wurden.

Er richtete sich auf, und sie wußte, daß er sie anschaute. Seine Finger glitten über ihren Körper und erneut zwischen ihre Beine. Abwehrend wollte sie die Schenkel zusammenpressen, aber ihr Körper reagierte aus eigenem Antrieb und öffnete sich für die Hand des Falken, der leise und triumphierend lachte. »Ich bin dem Mondlicht dankbar, denn ich sehne mich nach deinem Anblick, und für diese Berührung könnte ich sterben.« Seine Lippen wanderten von ihrem Mund zu ihren Brüsten und noch tiefer hinab, um sie intim zu liebkosen.

In überraschtem Protest schrie sie auf, umfaßte seine Arme und zog ihn nach oben. Nun spielte er nicht mehr mit ihr. Entschlossen zog er ihre Schenkel auseinander, um sein Verlangen zu stillen, und drückte sie fest an seine Brust.

Der Schmerz verblüffte Skye und riß sie aus dem Schleier der süßen Begierde, die er entfacht hatte. Laut stöhnte sie auf, biß in die Schulter des Falken und stemmte die Fäuste gegen seine Brust, Tränen brannten in ihren Augen. Er ignorierte ihre Gegenwehr und bewegte sich rhythmisch, drang immer tiefer in sie ein.

»Pirat! Bastard, Schurke ...«, würgte sie hervor.

»Abschaum«, ergänzte er, und beinahe mußte sie lachen. Dann wurde der Schmerz von unglaublich süßen Gefühlen verdrängt, und sie staunte erneut über sich selbst. Nie zuvor hatte sie eine so wilde Sehnsucht gekannt. Sie hob sich ihm entgegen, streichelte seinen Rükken, spürte die wachsende Spannung in seinen Muskeln, das gesteigerte Tempo des Liebesakts. Gemeinsam mit dem Falken schwebte sie in ferne Höhen empor, und plötzlich schien die ganze Welt in ihr zu explodieren. Noch nie hatte sie ein solches Entzücken empfunden, eingehüllt in Wolken, Mond und Sterne und trotzdem von der Sonne versengt. Beinahe wurde sie von Finsternis übermannt, der Atem verließ ihre Brust, und sie glaubte zu sterben.

Aber sie starb nicht. Sie erschauerte, und eine neue ekstatische Welle durchströmte ihren Körper. Als sie die Augen öffnete, sah sie, daß sie sich immer noch auf der Erde befand, im Bett des Falken, in seinen Armen. Er hatte ihr nicht Gewalt angetan, sie war freiwillig zu ihm gekommen.

Nun glitt er von ihr hinab, lag neben ihr, auf einen Ellbogen gestützt, und strich ihr das zerzauste Haar aus der Stirn. Plötzlich wünschte sie, das Dunkel würde ihr nicht so große Angst einjagen, denn sie hätte ihr Gesicht gern in nächtlichen Schatten versteckt.

»Bereust du es?« fragte er.

»Nein.« Nun ja, vielleicht ein bißchen — jetzt, wo der Sinnesrausch wieder dem Schmerz gewichen war, wo sie über ihren Mangel an Tugend, über ihre ungeahnte Hemmungslosigkeit staunte.

»Ich habe dich gewarnt«, erinnerte er Skye.

Unbehaglich nickte sie und preßte den Kopf an seine Brust. »Bitte, sprich nicht davon.«

Zärtlich drückte er sie an sich, und sie dachte, die Liebe müßte etwas Wunderbares, Magisches sein, denn es erschien ihr fast noch schöner als die körperliche Vereinigung, sich an ihn zu schmiegen, seine intime Nähe zu spüren.

»Was wirst du tun, meine Liebste? Was willst du deinem Verlobten sagen?«

»Die Wahrheit«, erwiderte sie.

»Die Wahrheit?«

»Daß ich mich weigern werde, ihn zu heiraten, weiß ich nicht erst seit heute abend. Ich bin nicht bereit, diesen albernen Pakt einzuhalten, den er mit meinem Vater geschlossen hat. Außerdem ist auch er gegen diese Ehe.«

»Aber er kommt hierher, um dich zu holen.«

»Was soll das?« Ärgerlich rückte sie von ihm weg. »Ist dein Vetter auch dein bester Freund, daß du dich so sehr um ihn sorgst?«

»Wir sind keine Freunde, sondern Feinde. Aber wir respektieren einander und führen Verhandlungen, wann immer es nötig ist, und wir würden uns niemals hinterrücks angreifen.«

»Dann erspar mir deine Fragen. Irgendwie werde ich schon mit meinem Leben zurechtkommen.« Als er sich lächelnd auf sie warf, fauchte sie: »Laß mich los!«

»Nein, Lady, das kann ich nicht. Ich habe dich gewarnt. Nun ist es zu spät. Vergiß die Zukunft und antworte dem süßen Lockruf dieser Nacht.«

»Nein ...«

Aber ihr Protest war sinnlos. Sein Mund versengte ihren, sein Körper brannte an ihrer Haut. Sie fühlte sein wachsendes Verlangen, und er wurde wieder eins mit ihr. Wie schnell der Sturm von neuem losbrechen kann, dachte sie verwundert, ehe sie den Gipfel der Ekstase erreichte. Langsam sank sie auf den Boden der Erde zurück.

Während der Falke dann neben ihr lag und sie sanft in den Armen hielt, schlug er vor: »Wenn du es willst, werde ich dich von der Fessel deiner Verlobung befreien. Ich könnte sagen, meine Geisel sei unverkäuflich, ich würde sie für immer behalten.«

»Unmöglich!« Trotz des wilden Entzückens, das sie in seinem Bett kennengelernt hatte, durfte sie nicht bei ihm bleiben und als seine Geliebte auf der Insel leben. Das wußte sie, obwohl ihr Verstand noch ein wenig benebelt war.

»Du wirst also Lord Cameron heiraten?«

»Nein ... Ja ... Ich meine — ich bleibe nicht hier.« Das durfte sie nicht, solange ihr Vater noch lebte. Obwohl sie ihm wegen der Verlobung grollte, die er über ihren Kopf hinweg beschlossen hatte, liebte sie ihn so innig wie er sie.

Ein ungestümes silbernes Glitzern strahlte aus den Augen des Falken, die auf den Grund ihrer Seele zu blikken schienen. »Du kleine Heuchlerin! Den Mann lehnst du ab, doch du wärst bereit, die Position anzunehmen, die er dir bietet. Als seine Frau wirst du im Haus des Gouverneurs dinieren, in prächtigen Kleidern durch die Straßen wandern. Auf Samt und Seide und Juwelen wirst du niemals verzichten.«

»Wie kannst du es wagen, über mich zu urteilen? Ich habe doch gesagt, daß ich Lord Cameron nicht heiraten werde.«

»Nein?« fragte der Falke herausfordernd.

»Ich bin dir keine Erklärung schuldig.« Erbost richtete sich Skye auf und griff nach einem Bettlaken, um ihre Blößen zu bedecken. Der verächtliche Blick des Falken machte ihr klar, wie töricht es war, sich jemals wieder vor seinen Augen zu verhüllen. Trotzdem wickelte sie sich in das Leintuch, als sie würdevoll zur Tür schritt.

Auch er erhob sich, aber nicht, um ihr zu folgen. Er stand nur da, die Arme vor der Brust verschränkt. »Wohin willst du? Ich habe dir doch gesagt, daß du nicht mehr davonlaufen kannst.«

»Ich gehe in mein eigenes Bett.«

»Das gehört mir ebenso wie dieses hier.«

»Aber du liegst nicht drin.« Den Kopf hoch erhoben, eilte sie in ihr Zimmer hinüber, wo sie von nächtlichen Schatten begrüßt wurde. Niemand hatte die Lampen angezündet.

O Gott, wie sie diese Schwäche haßte ... Sie behauptete, einen eigenen Willen zu besitzen, aber diese erstikkende Angst vor der Finsternis befiel sie immer wieder mit scharfen Krallen.

Schaudernd schlug sie die Hände vors Gesicht. Und dann spürte sie, wie der Falke sie auf seine Arme hob und in den Nebenraum zurücktrug, in den sanften Kerzenschein. »Wenn ich bei dir bin, wird es immer hell sein, das schwöre ich.«

Ehe sie in seinen Armen einschlief, galt ihr letzter Gedanke dem Licht, das dieser Mann in ihr Leben gebracht hatte — ein Sonnenstrahl, der die Dunkelheit besiegte.

Als Skye am nächsten Morgen erwachte, war sie allein. Sie stand auf, um in ihr eigenes Zimmer zurückzukehren, und stieg über die zerbrochene Tür. Das Tageslicht weckte Erinnerungen an die Stürme dieser Nacht. Aber sie bereute nichts, trotz aller Schwierigkeiten, die ihr drohten.

Wenn sie der geplanten Heirat auch zu entrinnen hoffte — viele Leute würden ihr den Bruch des Verlöbnisses übelnehmen, der sogar die Position ihres Vaters gefährden könnte. Durfte sie ihm so schweren Schaden zufügen?

Und wenn sie ein Baby von dem Mann empfing, der ihr Liebhaber geworden war?

Nein, das wird nicht geschehen, sagte sie sich hastig. Für diese Überzeugung gab es keinen stichhaltigen Grund, nur den festen Glauben, daß der Allmächtige ihr nicht das Kind eines Piraten aufbürden würde.

Als ihr dieser Gedanke durch den Kopf ging, hatte sie sich bereits gewaschen und angezogen. Nun warf sie sich auf das Bett und überlegte, wie es wohl wäre, das Kind des Falken im Arm zu halten und zuzusehen, wie sein Vater am Galgen baumelte. Unkontrollierbar begann sie zu zittern. Wenn er darauf bestand, seinen gefährlichen Lebenswandel fortzusetzen, könnte er eines Tages tatsächlich auf so schreckliche Weise sterben.

Es klopfte an der Tür. »Herein!« rief sie unbehaglich, und Mr. Soames erschien mit einem Frühstückstablett.

Er war sehr diskret und warf nicht einmal einen kurzen Blick auf die zerbrochene Tür. »Der Kapitän läßt Sie bitten, ihn heute nachmittag bei der Lagune zu treffen, Mylady. Es wäre seine allergrößte Freude.«

»Seine allergrößte Freude? Oder ist es ein Befehl?« fragte sie leichthin.

»Mylady, ich bin nur ein Bote ...«

»Natürlich. Danke, Mr. Soames.«

Er nickte und stellte das Tablett auf den Spieltisch. Skye erkundigte sich nicht nach Tara und Bessie. Die beiden schienen auf der Insel ihre eigenen Wege zu gehen und sich mühelos einzuleben. Außerdem hatte sie die Absicht, am Nachmittag auszureiten. Dieser Gedanke ließ ihr Herz schneller schlagen.

Kurz nach Mittag ging sie zu Señor Rivas, der die graue Stute für sie sattelte. Langsam ritt sie zum Teich. Der Falke war nirgends zu sehen, aber der weiße Hengst graste am anderen Ufer. Sie stieg ab, setzte sich auf die sandige Böschung und hielt eine Hand ins Wasser. Es war kühl und frisch.

Und dann entdeckte sie den Falken. Er tauchte aus dem Teich empor, die Tropfen auf seinem bronzebraunen, nackten Körper glitzerten im Sonnenlicht wie Diamanten.

Sie wollte etwas sagen, als er zu ihr watete, doch ihr fehlten die Worte. Auch er schwieg, während er ihr aus dem Reitjackett half und es ins Gras fallen ließ. Seine feuchten Lippen glitten über ihre Schulter, und sie erschauerte. »Ich — ich kann nicht ...«

»Doch, du kannst.« Mit einem heißen Kuß verschloß er

ihr den Mund, seine Finger zerrten an den Bändern ihres Korsetts. Plötzlich spürte sie warmen Sonnenschein auf ihren nackten Brüsten. Sie versank im weichen Berg ihrer Kleider.

Der Falke nahm sie noch nicht. Sanft liebkoste er sie und beobachtete ihr Gesicht, während er sie von ihren Reitstiefeln, dem Rock und der restlichen Unterwäsche befreite.

Die paradiesische Atmosphäre der Lagune verfehlte ihre Wirkung nicht. Lächelnd blickte Skye sich um und genoß die Szenerie, obwohl der Verstand ihr sagte, daß sie nicht mit dem Falken hier sein durfte, nackt im Freien, nicht im musikalischen Rhythmus des plätschernden Wassers lachen und den Wind auf der erhitzten Haut spüren durfte.

Er schien ihre Gedanken zu erraten. »Dies ist meine Domäne, Skye. Niemand wird es wagen, uns hier zu stören.«

Ein neuer Kuß schürte die Flamme der Leidenschaft, die er in ihr entzündet hatte. Er legte sich auf den Rükken, hob sie hoch, so daß sie über ihm lag, und sie schrie erstaunt auf, als er sich sofort mit ihr vereinte.

Die Sonne berührte sie, das Flüstern der Blätter in der milden Brise, und sie hörte das Stöhnen ihres Liebhabers und ihr eigenes, als die süße Erfüllung kam.

»Vielleicht lasse ich dich nie mehr gehen«, warnte er sie. »Vielleicht werde ich immer mit dir tun, was ich will.«

»Das kannst du nicht.«

»Dies ist meine Domäne«, erinnerte er sie, sprang hoch und nahm sie auf die Arme.

»Moment mal!« protestierte sie. »Wohin willst du? In diesem Zustand kannst du doch nicht herumlaufen.«

»Ich gehe nicht weit«, erwiderte er und trug sie ins Wasser.

»Laß mich runter!«

»Ich tue mit dir, was ich will. Oder hast du das vergessen?«

»Das wirst du keineswegs tun! Ich erlaube es nicht!«

»Nein?« Ein sinnliches Lächeln umspielte seine Lippen, ehe er sie ins kühle Wasser fallen ließ.

Prustend und lachend tauchte sie auf und versuchte den Falken hinabzuzerren, doch dafür fehlte ihr die Kraft. Er zog sie hoch und watete mit ihr unter die funkelnde Kaskade, die von der Klippe herabstürzte. Von rauschendem Wasser übergossen, küßte er Skye, und die Kälte des frischen Quells kämpfte mit glutvoller Leidenschaft. Sie spürte seine Hände auf ihren Brüsten, zwischen den Beinen, spreizte fasziniert die Finger, um seine muskulösen Schultern zu umspannen, strich zögernd über seine Hüften.

Es war Wahnsinn ...

Als sie den Kopf in den Nacken warf, wanderten seine Lippen über ihren Hals und die Brustwarzen. Nahe dem Ufer sanken sie ins seichte Wasser und liebten sich wieder. Nie zuvor hatte sie die Erde und den Himmel so intensiv gespürt, sich niemals träumen lassen, eine Frau könnte einen Mann so intim kennenlernen. Und während sie sich nebeneinander ausruhten, wurde ihr bewußt, daß sie nie zuvor einen so tiefen inneren Frieden empfunden hatte. Der Falke hielt sie immer noch in den Armen, die Sonne schien auf sie herab, kühle Wellen umspülten ihre Glieder.

Skyes Augen verengten sich, geblendet vom Tanz der grellen Strahlen auf dem Teich. An die Brust ihres Liebhabers geschmiegt, spann sie einen Tagtraum. Ihr Vater würde auf die Insel kommen, der Falke seinem unlauteren Lebenswandel entsagen und Gnade finden. Dann könnte dieser Wahnsinn, dieses wilde Glück ewig währen ...

»Was denkst du?« fragte er.

»Daß du ein Pirat bist«, entgegnete sie leise.

Sein Körper versteifte sich ein wenig. »Ein Schurke — in der Domäne eines Schurken.«

»Eines Tages wird man die Meere von diesem Gesindel säubern!« stieß sie hervor.

Er richtete sich ein wenig auf. »Das kann noch lange dauern. Wenn dich dein ehrenwerter Verlobter geholt hat, darfst du keine Schiffsreise mehr unternehmen, verstehst du?«

»Aber wenn es sein muß ...«

»Dafür gibt es keinen Grund.«

»Ich bin meine eigene Herrin«, erwiderte Skye erbost.

»Tatsächlich? Wenn ich will, werde ich dich hierbehalten. Niemand vermag diese Festung zu stürmen. Kein Pirat würde es wagen, mich anzugreifen, und es bedürfte der vereinigten Streitmacht mehrerer königlicher Kriegsflotten, um die Insel einzunehmen. Wenn ich es wünsche, wirst du bei mir bleiben.«

Nur zu gut wußte sie, daß er die Wahrheit sagte. Sie strich über seine Wange. »Ich liege bei dir, weil du mir nicht Gewalt angetan hast. Kein Mann kann das Verlangen einer Frau erzwingen. Du hast mir erklärt, der Schlüssel einer Tür spiele keine Rolle, nur auf die Schlüssel in den menschlichen Herzen komme es an. Statt die Tür aufzubrechen, hast du ganz sanft an mein Herz angeklopft — und Einlaß gefunden.«

»Und wenn du mit deinem Ehemann zusammenlebst — werde ich meinen Platz in deinem Herzen auch dann behalten?«

Sie hatte ihm ihre Seele offenbart — und er verspottete sie. Stolz reckte sie das Kinn hoch. »Wie ich bereits sagte — ich bin meine eigene Herrin.«

»Ich werde dich vermissen, wenn du gegangen bist, Skye. Du mich auch?«

»Ich halte sehr viel von dir …«

Lachend küßte er ihr Ohrläppchen. »Obwohl ich zum Abschaum gehöre?«

Sie glaubte in seinen Silberaugen zu ertrinken, fühlte sich so geborgen in seinen starken Armen. Ich habe mich in dich verliebt, dachte sie bestürzt und verzweifelt. »Du müßtest nicht für alle Zeiten Abschaum bleiben.«

»Da irrst du dich, meine liebe Lady. Die Würfel sind gefallen.«

Plötzlich zerriß ein Kanonenschuß die Stille über der Lagune. Der Falke hob den Kopf, ein feuriges Licht berührte seinen Blick, und als er Skye wieder anschaute, schien er sie nicht mehr zu kennen. Sie runzelte die Stirn. »Was war das?«

Statt einer Antwort küßte er sie und preßte sie an sich. In wilder Entschlossenheit verschmolz er seinen Körper mit ihrem, und sie konnte sich nicht wehren gegen die treibende Kraft seiner Begierde. Zu überwältigend wirkte sein Hunger, zu gebieterisch zehrte er von der Leidenschaft, die er in ihr geweckt hatte. Himmel und Erde existierten nicht mehr, nur noch dieses betörende Feuer.

Dies war die Welt des Falken, seine Domäne. Und er beherrschte Skye.

Von Anfang an hat er mich beherrscht, erkannte sie nun. Er hatte sie begehrt, und sie war zu ihm gekommen. Doch in diesen entrückten Augenblicken spielte das alles keine Rolle. Er liebte sie mit der Macht eines entfesselten Sturms und berührte sie, als könnten sich seine Hände die Erinnerung an ihren Körper für immer einprägen. Seine Finger liebkosten ihre Brüste, wurden von seinem Mund verdrängt, fordernd bewegte er die Hüften, in der arroganten Gewißheit, welch sengende Flamme er anfachte. Bis in ihr Innerstes schien er vorzudringen, bis in ihre Seele. Es kam ihr so vor, als ginge die Kraft seines ganzen Seins in sie über, als vereinten sie sich mit der Ewigkeit, mit den Elementen des Meeres und des Feuers. Voller Hingabe klammerte sie sich an ihn, konnte die Sonnenhitze nicht mehr von der Glut in ihren Adern unterscheiden. Und der Grund des Teichs, den sie unter sich spürte, erinnerte sie daran, daß dieses süße Band zwischen Mann und Frau so alt war wie die Erde — und genauso notwendig ...

Der Höhepunkt ihrer Lust erschütterte sie wie eine Sturzflut und entlockte ihr einen atemlosen Schrei, in den der Falke einstimmte, ebenfalls an der Schwelle seiner Erfüllung. Er bäumte sich auf, dann fiel er auf Skye hinab, tief in ihr versenkt, wie ein flüssiger Teil der Sonne.

Als er von ihr herabglitt, glaubte sie, er würde sie wieder in die Arme nehmen. Doch das tat er nicht. Er starrte in den hellblauen Himmel, sprang mit einem wütenden Fluch auf und reichte ihr die Hand. »Komm!«

Wütend und gekränkt erwiderte sie seinen Blick. »Ich lasse mich nicht von dir herumkommandieren.«

»Nein? Das werden wir ja sehen.«

»So?«

Lächelnd zog er sie auf die Beine. »Dieser Kanonenschuß war ein Signal, Lady. Das Schiff ist gekommen, dein Verlobter wird dich abholen — mag die Tugend der Braut auch leicht befleckt sein. Übrigens werde ich ein lebhaftes Interesse an den Einzelheiten des Hochzeitsfestes nehmen.«

Sie schlug ihn mitten ins Gesicht, so blitzschnell, daß er es nicht verhindern konnte. Und dann riß er sie an sich, seine Lippen preßten sich auf ihren Mund mit der heißen Forderung eines letzten Kusses. Niemals würde sie das silberne Feuer vergessen, das in seinen Augen loderte.

Als er sich abwandte und davonging, starrte sie ihm nach, von einem Tränenschleier geblendet. »Warte!« rief sie, und er drehte sich zu ihr um. Ohne zu wissen, was sie tat, warf sie sich an seine Brust.

Er schlang die Finger in ihr Haar, hauchte einen Kuß auf ihre Stirn, ehe er sie sanft von sich schob und zu ihren Kleidern führte. »Wir müssen zurückreiten, sonst wird man nach uns suchen. Zweifellos kann es dein Bräutigam kaum erwarten, dich zu begrüßen.«

9

»Es ist an der Zeit, Mylady.«

Rasch stand sie auf, als sie Robert Arrowsmiths Stimme hörte. Sie hatte rastlos in ihrem Zimmer gewartet — endlose Stunden, wie es ihr erschien. Doch soviel Zeit war natürlich nicht verstrichen. Am Ufer des Teichs hatte der Falke ihr ins Reitkostüm geholfen, sich selbst angezogen und seine Lippen mit ihren vereint, zu einem allerletzten Kuß, an den sie sich bis zu ihrem Lebensende erinnern würde. Wenn sie ihren Mund berührte, glaubte sie immer noch die brennende Leidenschaft jenes Augenblicks zu spüren.

»Du kannst hierbleiben«, hatte er gesagt.

Verzweifelt hatte sie den Kopf geschüttelt. Sie sehnte sich danach, ihm alles zu erklären, was ihren Vater betraf, und noch mehr. Daß sie es nicht ertragen konnte, auf den Tag zu warten, wo man ihr mitteilen würde, der Falke sei tot. Oder zu erfahren, wie viele andere Frauen es in seinem Leben gab, die er sich nach Belieben nahm, die ebenso schnell auf sein Schurkenlächeln und seine Silberaugen hereinfielen wie sie selbst ...

»Du mußt mich nicht gehen lassen«, flüsterte sie.

Sein Lachen war kurz und bitter. »Sicher — ich könnte eine Summe von Lord Cameron verlangen, die zu hoch für ihn wäre, trotz seines Reichtums und der Ehre seines Hauses. Willst du das? Einmal hast du mir alles versprochen. Ich holte dich aus dem Dunkel deiner Alpträume, und du versprachst mir alles! Und genau das würde ich von dir fordern.« Sie schauten sich in die Augen, und er strich mit einem wehmütigen Lächeln über Skyes Wange. »Vielleicht werden wir uns wiedersehen. Noch weiß ich nicht, welchen Dämon du in der Finsternis bekämpfst. Ich habe es genossen, die Drachen deiner Träume niederzuschlagen, und ich würde sie gern für immer vernichten, hätte ich die Macht dazu.«

Flüchtig hatte er mit seinen Lippen ihre Schläfe gestreift, das Wasser der Lagune durchwatet, um auf seinen Hengst zu steigen, und sie war allein zum Schloß geritten.

»Es eilt nicht, Mylady«, hatte Soames ihr mitgeteilt. Die Verhandlungen würden eine Weile dauern. Gut so, dachte sie, denn ihr Haar war noch naß und voller Sand, ebenso wie ihr Reitkostüm. Sie nahm ein Bad, wusch sich das Haar und zog ein elegantes Kleid aus grünem Musselin und Brokat an. Sauber und adrett würde sie ihrem Verlobten begegnen — wenn auch nicht mehr unschuldig.

Ich will ihn nicht sehen, dachte sie. Leichtsinnige Fluchtgedanken gingen ihr durch den Kopf, und dann malte sie sich aus, der Falke würde sich weigern, ein Lösegeld anzunehmen, und sie für immer bei sich behalten, in seinem Paradies ...

Ein närrischer Traum. Die Trennung von ihrem Vater könnte sie nicht ertragen. Mit jedem Jahr wurde er älter, und er bedeutete ihr so viel. Sicher war er schon völlig verzweifelt vor lauter Sorge um sie.

Skye starrte auf ihre zitternden, von Spitzenhandschuhen umhüllten Finger hinab. Ja, sie mußte weg von hier, und sie würde vergessen, was auf dieser Insel geschehen war. Sie war Lady Kinsdale, Lord Kinsdales stolze Tochter, die sich nicht freiwillig an einen Piraten binden durfte.

Aber als Robert Arrowsmith erschien, um sie abzuholen, hatte sie das Gefühl, er würde sie zu ihrem Henker bringen. »Lord Cameron erwartet Sie an Bord seines

Schiffs, der *Lady Elena.* Er möchte mit der Ebbe auslaufen.«

Krampfhaft schluckte sie und bemühte sich, keine Emotionen zu zeigen. »Werde ich Ihren Herrn noch einmal sehen?«

»Das weiß ich nicht, Mylady. Kommen Sie jetzt bitte mit mir. Das Personal wird sich um Ihr Gepäck kümmern.«

Sie folgte ihm aus dem Zimmer. Mr. Soames wartete am Fuß der Treppe. Sie dankte ihm für seine Dienste und fühlte sich erneut wie eine zum Tode Verurteilte. Unsinn, ich werde doch gerettet, sagte sie sich. Lord Cameron wird mit meiner überschwenglichen Dankbarkeit rechnen ...

Robert führte sie aus dem Haus. Im Hof stand Señor Rivas neben einem kleinen Ponywagen, der sie zum Kai bringen sollte. Arrowsmith half ihr hinein und nahm neben ihr Platz. »Ich werde Sie an Bord begleiten, Mylady.«

Sie schaute zum Schloß zurück, zum Fenster des Herrschaftszimmers und glaubte zu sehen, wie sich die Vorhänge bewegten. Beobachtete der Falke ihre Abreise? Oh, wie dumm sie sich vorkam ... Er hatte sich mit ihr amüsiert und dann Geld genommen, um sie loszuwerden. Eigentlich müßte sie ihn hassen. In ihrer Kehle brannten Tränen, die sie nicht vergießen durfte. Entschlossen straffte sie die Schultern. Sie war die Tochter ihres Vaters und mußte Haltung bewahren.

Als sich der Wagen dem Kai näherte, sah sie zwei große, majestätische Schiffe — die *Lady Elena* und die *Silberfalke,* das Piratenschiff. Erst jetzt wurde ihr bewußt, daß dieses Schiff denselben Namen trug wie sein Kapitän.

Die Galionsfigur der *Lady Elena* stellte eine Indianerin mit langem, fließendem Haar dar. Welch eine seltsame Wahl, dachte Skye.

Auf dem Kai herrschte ein reges Leben und Treiben. Einige Männer schleppten Vorräte auf die *Lady Elena,* Seeleute scheuerten die Deckspane und verknoteten Tauwerk. Der Ponywagen hielt, Robert half Skye, auszusteigen, und Señor Rivas, der auf dem Kutschbock saß, tippte an seinen Hut. Lächelnd verabschiedete sie sich von ihm, dann ließ sie sich von Arrowsmith zu der breiten Laufplanke führen.

Die *Lady Elena* war größer als das Piratenschiff, mit vierzehn Kanonen bestückt, mit einem schmalen, hoch aufragenden Rumpf. Sicher konnte sie nicht so schnell segeln wie die *Silberfalke,* aber bei einem Angriff auf offener See würde sie sich gut behaupten. Wie Skye wußte, war Lord Cameron ein Kaufmann, auf dessen Feldern Tabak, Baumwolle und Mais wuchsen. Unentwegt verkehrten seine Schiffe zwischen dem englischen Mutterland und der Neuen Welt. Er war gut gewappnet gegen die Piraten — so wie ihr Vater, dem man die *Silver Messenger* trotzdem geraubt hatte.

Robert unterbrach ihre Gedanken. »Da ist er!«

Ihr Atem stockte, schmerzhaft hämmerte ihr Herz gegen die Rippen. Nein, ich fürchte mich nicht vor Lord Cameron, redete sie sich ein. Doch angesichts dieser ersten Begegnung konnte sie ihre Nervosität nicht unterdrücken. Noch wußte sie nicht, was sie sagen sollte oder wie ihr weiteres Leben verlaufen würde. Diese Konfrontation war ihr schon schwierig genug erschienen, bevor sie den Silberfalken gekannt hatte. Jetzt erschien sie ihr wie eine Travestie. »Wo?« murmelte sie unbehaglich.

»Am Ruder«, antwortete Robert. »Er spricht mit Mr. Morley, seinem Steuermann, und Mr. Niven, dem ersten Maat.«

»Er kommandiert sein Schiff selbst?«

»Wann immer er an Bord ist.«

Lord Cameron wandte ihr den Rücken zu, in einem

kostbaren braunen Brokatrock und hellbraunen Kniehosen. Adlerfedern schmückten den Hut, der auf einer gepuderten Perücke saß.

»Mylady?« Skye merkte, daß sie auf der Laufplanke stehengeblieben war. Sie nahm Roberts Hand, und er führte sie an Deck. »Mylord!« rief er. »Mylord Cameron!«

Der hochgewachsene Mann drehte sich um, aber um nicht zu stolpern, blickte Syke zu Boden, als sie mit Robert Arrowsmith die vier Stufen zum Ruder hinaufstieg.

»Darf ich Ihnen helfen, Mylady?« fragte eine tiefe, wohlklingende Stimme, eine Hand, mit weichem Leder behandschuht, streckte sich Skye entgegen.

Sie nahm die Hilfe an, hob langsam den Kopf und hielt verwirrt den Atem an. Natürlich sah er ganz anders aus als der Silberfalke — glatt rasiert, exquisit gekleidet, mit klar geschnittenen Gesichtszügen. Aber diese Silberaugen ...

Als er ihre Bestürzung bemerkte, hob er die dunklen Brauen, die einen lebhaften Kontrast zur schneeweißen Perücke bildeten. »Keine Angst, Mylady, ich bin Petroc Cameron — und Ihnen verpflichtet, nicht meinem heidnischen Vetter. Leider sehe ich ihm sehr ähnlich, was mich schon oft in Verlegenheit brachte. Aber noch nie so sehr wie jetzt, wo Ihnen dieser Umstand so offensichtlich mißfällt.«

»Sir ...«, würgte sie hervor.

»Mylady ...« Sie glaubte einen warmherzigen Unterton aus seiner Stimme herauszuhören. Während er ihre beiden Hände umfaßte, musterte er sie prüfend. »Geht es Ihnen gut?«

»O ja.«

»Dem Himmel sei Dank!« Zu seinen Männern gewandt, fuhr er fort: »Mr. Morley, Mr. Niven, ich überantworte Ihnen meine Lady Skye. Meine Liebe, wir alle stehen Ihnen zu Diensten und werden unser Bestes tun, um Sie das Grauen dieser letzten Tage vergessen zu lassen.«

Sie brachte kein Wort mehr hervor, konnte dem Maat und dem Steuermann nur zunicken. Mr. Niven war jung, blond und blauäugig, seine Miene ernst, wie es den gegenwärtigen Umständen entsprach, aber sein Blick funkelte fröhlich. Skye nahm an, daß sie sich gut mit ihm verstehen würde. Mr. Morley wirkte strenger und gesetzter. Wie sein Kapitän trug er eine Perücke.

»Mr. Morley wird Sie in Ihre Kabine geleiten, Mylady«, erklärte Lord Cameron. »Ich komme so bald wie möglich zu Ihnen. Jetzt muß ich mich um das Schiff kümmern.«

Sie nickte, drehte sich um und wollte Robert Arrowsmith Lebewohl sagen. Doch er hatte die *Lady Elena* wortlos verlassen. Sicher würde sie ihn sehr vermissen.

Mr. Morley berührte Ihren Ellbogen. »Würden Sie mir bitte folgen, Mylady?«

Dazu verspürte sie wenig Lust. Die Laufplanke wurde eingeholt, Seemänner kletterten in die Takelage, um die Segel zu trimmen. Vor dem Bug versammelten sich die Beiboote der *Silberfalke,* um Lord Camerons Schiff an gefährlichen Riffen und Sandbänken vorbeizulotsen.

»Mylady?«

»Ich würde lieber an Deck bleiben, Mr. Morley.«

Unbehaglich trat er von einem Fuß auf den andern. »Seine Lordschaft hat angeordnet, daß ich Sie in die Kabine bringen soll«.

»Ich lasse mir nichts von Lord Cameron befehlen.«

»Sicher dachte er, Sie würden diese Insel, den Ort Ihrer Gefangenschaft, verabscheuen und nichts mehr davon sehen wollen.«

Skye lächelte freundlich und verbarg ihre Schuldgefühle. »Jetzt fahre ich ja bald weg von hier, und die Brise ist so angenehm frisch.«

Die *Lady Elena* entfernte sich vom Kai. Kommandos wurden erteilt, die Männer eilten umher. Einer blieb vor ihr stehen und verneigte sich. »Verzeihen Sie, Mylady...«

»Oh, natürlich.« Sie trat beiseite, und er warf sich mit seinem ganzen Gewicht gegen die Takelung des Großsegels. Er rief nach Hilfe, und ein Kamerad eilte herbei. Mit vereinten Kräften zogen sie das Segeltuch hoch.

»Bitte, kommen Sie, Mylady!« drängte Mr. Morley.

Aber sie konnte sich noch immer nicht vom Deck trennen. Sie lief an ihm vorbei zum Heck, schaute nach Bone Cay zurück. Auf dem Piratenschiff, das nahe der Küste vor Anker lag, sah sie eine reglose Gestalt.

Die untergehende Sonne tauchte die Insel, die *Silberfalke* und den Kanal in glühende Farben. Skye blickte zu den Umrissen der Festung, und plötzlich kämpfte sie mit den Tränen.

Er steht an Bord seines Schiffes, dachte sie. Obwohl die *Lady Elena* rasch davonsegelte und die Silhouette des Mannes immer kleiner wurde, bezweifelte Skye nicht, daß er es war — schwarzgekleidet, vom Federhut bis zu den Stiefeln. Und dann beobachtete sie, wie er eine Hand zum Gruß hob.

Zu ihrem eigenen Entsetzen stieß sie einen Schrei aus und drehte sich zu einem sichtlich verwirrten Mr. Morley um. »Bitte, führen Sie mich jetzt in meine Kabine.«

Er nahm ihren Arm. Blind vor Tränen, wäre sie ohne seine Hilfe vermutlich über Klampen und Taurollen gestolpert. Als sie eine schmale, steile Treppenflucht erreichten, ermahnte er sie zur Vorsicht, doch sie hörte ihm kaum zu. Unter Deck geleitete er sie nach achtern und öffnete eine Tür. Die Kabine war geräumig und elegant eingerichtet, mit einem breiten Bett, Bücherregalen, einem Waschstand, einer runden Fensterbank und einem Toilettentisch.

»Bald kommt Lord Cameron zu Ihnen«, versprach Mr. Morley. »Wenn wir die Riffe und Sandbänke hinter uns haben, wird das Dinner in seiner Kabine serviert.«

»Danke, ich freue mich schon darauf, ihn näher kennenzulernen«, log sie und wünschte inständig, der Steuermann würde sie allein lassen. Endlich verneigte er sich und ging. Rasch schloß sie die Tür hinter ihm und warf sich auf das Bett. Jetzt ließ sie ihren Tränen freien Lauf. »Zum Teufel mit ihm!« fluchte sie. Oh, wie dumm war sie gewesen — sich mit einem Piraten einzulassen und feststellen zu müssen, daß ihr Herz in seinen rauhen, schwieligen Händen zurückblieb ...

Aber wollte sie mit ihm leben, den Vater für immer verlieren, sich Tag für Tag fragen, ob der Schurke, für den sie ihre Ehre und ihren Stolz geopfert hatte, von seinem neuesten Abenteuer zu ihr zurückkehren würde? Nein! Eines Tages würde er hängen oder am Schwertstreich eines Feindes sterben. Nein ...

Doch an Bord dieses Schiffes wollte sie auch nicht sein, nicht bei dem Lord, der sie gerettet hatte.

Allmählich versiegten ihre Tränen. Ich brauche Zeit und Abstand, um alles zu verstehen, was geschehen ist, sagte sie sich, und mich selbst ... Bald würde sie in den Armen ihres Vaters liegen, ihm ihr Herz ausschütten.

Unbehaglich beobachtete sie, wie es in der Kabine immer dunkler wurde. Und der Silberfalke, ein Lichtstrahl in so vielen Nächten, war nicht hier.

Sie stand auf und wischte sich die Augen ab. Nirgends gab es Lampen oder Kerzen. Aber unter dem Waschtisch fand sie eine Karaffe mit Cognac, neben Zinnbechern. Skye machte sich nicht die Mühe, einen davon zu füllen, zog den Stöpsel aus der Karaffe und nahm einen großen Schluck. Wie Feuer brannte der Alkohol in ihrem ganzen Körper. Nun fühlte sie sich etwas besser, ein wenig stärker.

Als es klopfte, öffnete sie die Tür und starrte verblüfft den Jungen an, der vor ihr stand. »Davy!« Der Schiffsjunge von der *Silver Messenger,* der sie so verehrt hatte … Erfreut legte sie die Hände auf seine Schultern. »Du lebst und bist unverletzt!«

»O ja, Mylady. Kapitän Silberfalke war keineswegs grausam.«

Sie zog ihn in die Kabine. »Wo warst du die ganze Zeit? Was ist geschehen?«

»Wir waren auf dem Schiff Ihres Vaters, meisterten den Sturm, und dann ankerten wir vor Hatteras. Ich glaube, dort wurden Botschaften ausgetauscht. Schließlich kam die *Lady Elena* zu uns, und die Piraten übergaben uns Lord Camerons Besatzung.«

»Wurdet ihr gut versorgt?«

»Aye, Mylady. Ein Arzt kümmerte sich um die Verwundeten. Und weil der Falke keine Gefangenen in Ketten sehen will, durften wir uns einigermaßen frei bewegen und sogar regelmäßig an Deck frische Luft schnappen. Es war wirklich nicht schlimm.« Nach einer kurzen Pause fragte er: »Und Sie, Lady Kinsdale? Täglich habe ich für Sie gebetet. Geht es Ihnen gut?«

Skye schluckte. »Ja, Davy, danke.«

Verlegen trat er zurück. »Eigentlich wollte ich nur fragen, ob Sie was brauchen. Seiner Lordschaft wird es wahrscheinlich mißfallen, daß ich mit Ihnen rede.«

»Lord Cameron hat nicht das Recht, mir vorzuschreiben, mit wem ich mich unterhalten soll und mit wem nicht …« Abrupt verstummte sie, denn ihr Blick fiel auf den Mann, der hinter Davy in der offenen Tür erschienen war. Der Bursche fuhr herum und wurde blaß.

»Nun, hast du deine Pflichten hier erledigt, mein Junge?« fragte Petroc Cameron.

»Aye, Sir.«

»Dann geh jetzt.« Lord Cameron schaute Davy nicht

an, sondern über dessen blonden Kopf hinweg auf Skye. Sie haßte diese Silberaugen, die Ähnlichkeit mit denen Falken ... »Wir haben die Riffe und Untiefen hinter uns gelassen, Mylady«, fuhr er fort, während Davy die Flucht ergriff, »und ich bin gekommen, um Sie zum Dinner abzuholen.«

Sie schlang die Finger ineinander. »Das ist sehr freundlich von Ihnen, aber ich fühle mich erschöpft und ...«

»Ich werde Ihre Zeit nicht lange beanspruchen, Lady Skye, das versichere ich Ihnen. Und Sie dürfen sich keinesfalls ohne Mahlzeit zur Ruhe begeben. Natürlich bringe ich Verständnis für Ihre Müdigkeit auf, aber ich bitte Sie, mit mir zu speisen. Ich muß sogar darauf bestehen.«

Seine Stimme hatte einen stählernen Klang angenommen. Wie sein Vetter ist er es offenbar gewohnt, Befehle zu erteilen und seinen Willen stets durchzusetzen, dachte sie irritiert.

»Mylady?« Er bot ihr seinen Arm, den sie zögernd ergriff. Da sie nicht unhöflich erscheinen wollte, hatte sie keine Wahl, als ihm in die nebenan liegende Kabine zu folgen. »Falls Sie Mr. Niven oder Mr. Morley brauchen, die beiden wohnen auf der anderen Seite des Korridors, die Quartiere der Besatzung liegen ein Deck tiefer.«

Skye nickte und versuchte zu lächeln. Seine Kabine war eher praktisch als luxuriös, aber sehr geschmackvoll eingerichtet. Verschiedene Papiere und Seekarten häuften sich auf der polierten Schreibtischplatte. Die dunkelblauen Samtvorhänge am Fenster paßten zur schlichten Decke auf der Koje. Der Eßtisch war mit einem weißen Tuch, Silber und hübschem, geblümtem Porzellan gedeckt.

»Mylady?« Lord Cameron hatte die Tür geschlossen und rückte einen Stuhl für Skye zurecht.

»Danke«, erwiderte sie leise und nahm Platz.

Er ging zum Schreibtisch und holte eine Karaffe. »Wein?« Mit einem sonderbaren Lächeln wandte er sich zu ihr. »Oder haben Sie sich schon einen Schluck genehmigt?«

Empört schnappte sie nach Luft. »Was?«

»Verzeihen Sie meine schlechten Manieren«, bat er, und sie wich seinem Blick aus, weil sie den Glanz seiner Silberaugen nicht ertrug.

»Schon gut.«

»Sie haben eine Menge durchgemacht und ganz gewiß ein Recht auf eine kleine — Stärkung.« Wie schaffte er es nur, diesem harmlosen Wort einen so schrecklich dekadenten Klang zu verleihen? Er stellte ihr ein Glas Rotwein hin, und sie war versucht, es in einem Zug zu leeren. Nein, sie durfte sich nicht von diesem Mann entnerven lassen. Er war kein Pirat, sondern ein Ehrenmann von edler Herkunft, und sie hatte gewiß nichts von ihm zu befürchten.

Maßvoll nippte sie an ihrem Wein und zwang sich, ihm ins Gesicht zu schauen. »Ja, ich habe einiges hinter mir.«

Er setzte sich ihr gegenüber an den Tisch. »Ich habe gehört, wie tapfer Sie waren, Skye.«

»Tatsächlich?«

Ernsthaft nickte er. »Die Besatzung der *Silver Messenger* erzählte uns, wie entschlossen Sie gegen die Piraten gekämpft haben, um Ihre irischen Dienstmädchen zu verteidigen. Offenbar mit Erfolg.«

»Ich habe fechten gelernt.«

»Das weiß ich. Ihr Vater hat es erwähnt. Sie konnten einige Piraten besiegen.«

»Ja.«

»Aber nicht den Falken.«

Unwillkürlich senkte sie den Kopf. »Nein.«

Er schwieg so lange, daß sie den unvernünftigen

Wunsch verspürte, laut aufzuschreien, nur um die drükkende Stille zu beenden, und mit der ganzen Wahrheit herauszuplatzen. Schließlich fragte er: »Aber er hat Ihnen nichts zuleide getan?«

»Nein, Lord Cameron.«

»Skye, wir werden bald verheiratet sein, also könnten Sie mich schon jetzt mit dem Vornamen ansprechen. Ich heiße Petroc, und alle, die mir nahestehen, nennen mich Roc.«

Sie lächelte kühl. »Also gut — Roc«, murmelte sie gehorsam.

»Wie angenehm der Name aus Ihrem schönen Mund klingt ...«

»Würden Sie mir sagen, wie es meinem Vater geht, Sir?«

»Sehr gut. Er erwartet uns in Cameron Hall.«

»In Cameron Hall«, wiederholte sie verstört.

»Was mißfällt Ihnen daran?«

»Nichts. Ich dachte nur, wir würden nach Williamsburg segeln.«

Lord Cameron stand auf, ging ans Fenster, lüftete sekundenlang einen Vorhang, und sie sah, daß die Nacht hereingebrochen war. »Williamsburg hat sich sehr verändert«, bemerkte er. »Gouverneur Spotswood ist in sein neues Haus gezogen und gibt viele elegante Bälle. Unzählige Schwerter und Musketen für die Miliz füllen das Magazin. Die Pfarrkirche wurde neu erbaut, immer mehr Kaufleute strömen in die Stadt, sogar aus London. Das Wachstum unserer Metropole wird Sie gewiß beeindrucken, Skye.«

»Das bezweifle ich nicht.«

»Cameron Hall liegt allerdings ziemlich weit von Williamsburg entfernt. Die Fahrt dauert über drei Stunden. Natürlich besuchen wir die Stadt hin und wieder, also werden Sie sich nicht allzu isoliert fühlen.«

Es kam ihr so vor, als würden die Gitterstäbe eines

neuen Gefängnisses vor ihr aufragen. »Mylord, ich ...« Unsicher verstummte sie.

»Skye, Sie brauchen nicht so herumzudrucksen. Ich weiß bereits, daß Sie gegen diese Heirat sind.«

Mit blitzenden Augen starrte sie ihn an. »Sie auch, soviel ich gehört habe, Mylord.«

Lächelnd neigte er den Kopf. »So dachte ich, bevor ich Ihretwegen über das Meer fuhr.«

Das Blut stieg ihr in die Wangen, und sie konnte nicht mehr anders — sie trank ihr Glas leer. Sofort stand er auf und füllte es nach.

»Sir ...«

»Roc, bitte, Skye. Sie müssen sich an meinen Vornamen gewöhnen.«

»Also gut, Roc ...« Sie knirschte mit den Zähnen, während er zum Schreibtisch schlenderte und sich auf die Kante setzte. Höflich wartete er, bis sie weitersprach. »Ich weiß Ihre Mühe zu schätzen, Roc, und bin Ihnen sehr dankbar für meine Rettung. Natürlich auch für die Kosten, die Sie bestritten haben ...«

»Die Kosten?« fragte er und hob die Brauen.

»Nun ja, das Lösegeld. Sicher war es sehr hoch.«

»Keineswegs.«

»Sir, Sie sind viel zu diskret und großzügig.«

»Aber nein, der Pirat hat keinen Pfennig verlangt.«

Verwirrt sprang sie auf. »Was?«

»Wir mußten für das Schiff, die Besatzung und die beiden Irinnen zahlen. Aber Sie, meine Liebe, wurden uns kostenlos überantwortet.«

»Aber ...«

Es klopfte an der Tür, und Petroc Cameron ließ einen Seemann herein, der ein großes Tablett auf den Tisch stellte. »Danke, Mr. Monahan. Meine Liebe, das ist Mr. Monahan, der Gehilfe des Schiffskochs. Mr. Monahan — meine Lady Skye.«

»Mylady ...« Ehrerbietig verbeugte sich Mr. Monahan dann nahm er den Silberdeckel von der Servierplatte »Fasan, mit Nüssen, Rosinen und Mais gefüllt. Ich hoffe es wird Ihnen schmecken, Mylady.«

»Gewiß, Mr. Monahan«, erwiderte sie mit einem gezwungenen Lächeln, während der Kombüsengehilfe die Teller füllte. Skye wartete unbehaglich. Als sie zu Lord Cameron hinüberschaute und dem eindringlichen Blick seiner Silberaugen begegnete, wünschte sie sich verzweifelt, ihm entfliehen zu können, endlich allein zu sein.

»Fühlen Sie sich nicht wohl?« fragte er, nachdem Mr. Monahan die Kabine verlassen hatte, und setzte sich wieder an den Tisch.

»Doch, es geht mir ausgezeichnet«, log sie, ergriff ihr Besteck und begann auf ihrem Teller herumzustochern.

Ohne sein Essen zu beachten, musterte er sie. »Der Gouverneur möchte die Piraten unschädlich machen — ein kühner Mann, abenteuerlustig und entschlossen. Sicher wird es ihm gelingen, die Piraten auszurotten, indem er sie töten läßt oder vor Gericht stellt und an den Galgen bringt.«

Mühsam schluckte sie und legte ihre Gabel beiseite. »Wie können Sie so kaltherzig sein? Immerhin ist der Falke Ihr Vetter.«

»Vetter!« Bei diesem Wort erschauerte er. »Glücklicherweise bin ich nur um zahlreiche Ecken herum mit ihm verwandt. Und nach allem, was Sie durch seine Schuld erdulden mußten, sollten Sie sich freuen, wenn er seine gerechte Strafe erhält. Oder sympathisieren Sie vielleicht mit den Piraten — mit Logan und seiner Meute, mit Mr. Teach? Fanden Sie Gefallen am mittlerweile dahingeschiedenen Jack dem Einäugigen?«

»Natürlich nicht! Ich verachte all diese Männer. Es ist nur ...«

»Ja?«

»Sie haben von einem Blutsverwandten gesprochen, Sir.«

»An diese Verwandtschaft werde ich nicht gern erinnert.«

»Aber Sie kennen den Falken, Sie verhandeln mit ihm. Wir wäre ich sonst so schnell an Bord Ihres Schiffes gelangt?«

»Der Falke ist vielleicht der verläßlichste unter diesen Schurken, und deshalb sprechen wir hin und wieder miteinander. Das ist alles.«

»Da gibt es einen Präzedenzfall. Sir Francis Drake war ein Freibeuter. Er griff die Spanier an, und selbst als wir keinen Krieg gegen sie führten, drückte Königin Elizabeth beide Augen zu, wann immer ihre Engländer spanische Schiffe kaperten. Diese Tradition wurde auch fortgesetzt, nachdem die Stuarts den Thron bestiegen hatten. Wir haben die Piraterie gefördert, nun blüht und gedeiht sie. Wo soll man die Grenze ziehen, Sir? Einige waren ehrenwerte Freibeuter, von ihren Regierungen sanktioniert, andere sind Diebe und Mörder.«

»Wie auch immer, die Piraten, die uns heutzutage das Leben schwermachen, werden hängen, glauben Sie mir.«

»Auch der Silberfalke?«

»Ich werde Sie mit Vergnügen zu seiner Hinrichtung begleiten, Skye.«

Sie schwieg beklommen. Der Fasan schmeckte köstlich, aber sie hatte keinen Appetit.

»Sie haben mir noch nicht erzählt, was Ihnen in diesen letzten Tagen alles widerfahren ist«, fügte Roc Cameron hinzu. »Wurden Sie gut behandelt?«

»Ja.«

»Wirklich? Drücken Sie sich bitte etwas genauer aus. Ich möchte alles wissen, und der Gouverneur legt sicher ebenso großen Wert auf lückenlose Informationen.«

»Ich ...«

»Das Schiff wurde zunächst von Jack dem Einäugigen und seiner Bande überfallen, nicht wahr?«

»Ja.«

»Und dann stahl ein Pirat dem anderen diese kostbare Prise.«

»So war es.«

»Natürlich erkannte der Falke sofort Ihren Wert.«

»Ja, sicher.«

Lord Cameron strich sich über das Kinn. »Seltsam — und dann beschloß er, Sie freizulassen, ohne Lösegeld zu fordern.« Er beugte sich vor. »Haben Sie ihn näher kennengelernt?«

»Gut genug.«

»Und Sie wurden getrennt von den anderen gefangengehalten?«

»Ja.«

»Wo?«

Ein Schwindelgefühl drohte Skye zu erfassen, während er eine Frage nach der anderen abfeuerte. Schließlich sprang sie so heftig empor, daß ihr Stuhl umkippte. »Hören Sie auf! Ich will nicht mehr darüber reden.«

»Aber Sie wurden doch gut behandelt!« erinnerte er sie.

Eisig starrte sie ihn an. »Lord Cameron, ich wünsche nicht mehr darüber zu sprechen. Weder jetzt noch später. Zweifellos wird Gouverneur Spotswood irgendwann alle Piraten aufspüren und niedermetzeln oder hinrichten lassen. Aber ich werde ihm keinerlei Hinweise geben. Haben Sie mich verstanden, Sir?«

Er erhob sich, kam um den Tisch herum und stellte den Stuhl auf. »Bitte, setzen Sie sich wieder, Skye. Ich wollte Ihnen keinen Kummer bereiten.«

»Das haben Sie nicht getan.«

»Wie erfreulich. Und nun werden wir nicht mehr von all dem sprechen. Vor uns liegt die Zukunft, vergessen wir die Vergangenheit.«

Sie sank auf den Stuhl und hielt seinem Blick stand. »Lord Cameron, ich bin Ihnen überaus dankbar, weil sie mich so schnell gerettet haben. Aber ich werde Sie nicht heiraten.«

Petroc Cameron runzelte die Stirn. »Sie werden mich nicht heiraten?«

»Nein.«

»Ihr Vater hat sein Wort gegeben.«

Ungeduldig schüttelte sie den Kopf. »Ich weiß, daß Ihnen diese Heiratspläne ebenso mißfallen wie mir ...«

»Vielleicht habe ich mich anders besonnen«, unterbrach er sie.

»Aber ich nicht!« stieß sie zwischen zusammengebissenen Zähnen hervor.

»Ich fürchte, Sie verstehen mich nicht richtig. Ich besitze einen äußerst starken Willen.«

»Und mein Wille ist aus Eisen.«

»Was beschlossen ist, läßt sich nicht mehr ändern.«

»Aber ich weigere mich ...«

»Sie beleidigen den Namen meiner Familie, Mylady«, erwiderte er lächelnd, aber in seinen Silberaugen blitzte eine deutliche Warnung auf.

»Dieses verrückte Abkommen wurden von unseren Vätern getroffen, als wir noch Kinder waren — als ich in der Wiege lag, und deshalb bin ich wohl kaum verpflichtet, mich daran zu halten.« Skye stand auf. »Wenn Sie mich nun entschuldigen würden, Sir ... Ich bin sehr müde.«

Mit wenigen Schritten war er bei ihr und vertrat ihr den Weg zur Tür. »Leider kann ich Sie noch nicht entschuldigen, Mylady.«

»Warum nicht? Ich finde, Ihre Manieren lassen ziemlich zu wünschen übrig, Mylord.»

»Verzeihen Sie, aber ehe Sie meine Kabine verlassen, sollten Sie noch etwas erfahren.«

»Und das wäre?«

»Sie protestieren zu spät, Mylady.«

»Wovon reden Sie?« Eine vage böse Ahnung stieg in ihr auf, und sie wollte fliehen, um diese Silberaugen nicht mehr sehen zu müssen, aber es gab kein Entrinnen. Seine Schultern in dem eleganten Jackett waren viel zu breit.

»Wir sind bereits rechtmäßig verheiratet.«

»Was?«

»Ihr Vater war sehr besorgt, als Sie die englische Küste verlassen hatten. Einen Tag nach Ihrer Abreise wurden wir ferngetraut. Lord Kinsdale glaubte Sie dadurch zu schützen, was sich bedauerlicherweise als Irrtum erwies.«

Er wartete auf eine Reaktion, aber sie schwieg fassungslos. Wie hatte der geliebte Vater ihr so etwas antun können ...

Roc Cameron seufzte tief auf. »Ob es Ihnen nun paßt oder nicht, Madame, Sie sind meine Frau.«

»Nein!«

»Doch.«

»Ich werde Einspruch erheben!«

»Das erlaube ich Ihnen nicht.«

»Aber Sie lieben mich nicht, Sir! Sie müssen mich freigeben!«

»Nein.« Dieses Wort klang so endgültig, daß ein Schauer über Skyes Rücken rann. Er trat beiseite, öffnete ihr die Tür und verneigte sich. Als sie auf steifen Beinen an ihm vorbeiging, hielt er sekundenlang ihren Arm fest. »Ich werde Sie niemals gehen lassen, Madame. Sie müssen sich mit den Tatsachen abfinden.«

»Niemals! O Mylord, Sie machen uns beide todunglücklich!«

»Nun, dann werden wir eben todunglücklich. Gute Nacht, meine Liebe.« Er schloß die Tür, und sie stand allein im Korridor.

10

Wütend stürmte Skye in ihre Kabine — mittenhinein in dichtes Dunkel. Trotzdem warf sie die Tür zu und lehnte sich dagegen, schluckte krampfhaft und schloß die Augen.

Hätte Jack der Einäugige doch niemals die *Silver Messenger* erblickt, wäre der Silberfalke ihm bloß nie gefolgt … Auf dem Schiff ihres Vaters war sie die Herrin gewesen. Umgeben von Lampen und Kerzen, hatte sie die Nacht nie fürchten müssen, und jetzt drohte ihr nicht nur das Dunkel. Gleichgültig, was sie für den Mann im Nebenraum empfand — sie würde gezwungen sein, ihm überallhin zu folgen …

Die Schwärze ringsum schien sich zu verstärken, kaltes Grauen stieg in Skye auf. Wenn sie sich nicht sofort bewegte …

Sie trat von der Tür weg, die sich im selben Moment öffnete. Erschrocken drehte sie sich um. Lord Cameron stand auf der Schwelle, in der Hand eine brennende Laterne, die er ihr mit einer Verbeugung überreichte. »Mylady …«

Mit bebenden Fingern nahm sie die Lampe entgegen. »Wieso wissen Sie es?«

»Die *Lady Elena* ist mein Schiff, und deshalb wußte ich natürlich auch, daß Sie in dieser Kabine kein Licht hatten.«

Das meinte er also — nicht ihre unvernünftige Angst vor der Finsternis.

»Außerdem warnte mich Ihr Vater. Er erklärte, Sie würden sich im Dunkeln nicht wohl fühlen.«

»Oh …« Skye senkte den Blick. Was tat der Vater ihr an? Er gab ihre Geheimnisse preis, verkaufte ihren Körper, ihre Seele … »Danke«, brachte sie mühsam hervor. Lord Cameron stand immer noch in der Tür. Sein Gesicht lag im Schatten. Aber sie spürte die Energie, die von ihm ausging, roch den Duft guten Virginia-Tabaks. Vielleicht hatte der Falke ihre Sinne für solche Dinge geschärft. Jedenfalls wirkte seine Lordschaft als Mann keineswegs abstoßend.

Er ist mein Mann, oder er behauptet es zumindest, erinnerte sie sich und erschauerte. Immerhin hat er mir eine eigene Kabine gegeben, tröstete sie sich. Nein, er wird nicht über mich herfallen und seine ehelichen Rechte beanspruchen …

Oder vielleicht doch? Er kam herein und sah sich um. »Alles in Ordnung?«

»Ja! Alles!« Skye schrie beinahe, und er wandte sich lächelnd zu ihr.

»Sie sind sehr nervös, Mylady.«

»Was ich vorhin erfahren mußte, beunruhigt mich natürlich.«

»Sie dürfen nicht verzweifeln.« Petroc Cameron trat näher, und sie wich zur Wand zurück, drehte den Kopf zur Seite, voller Angst, er könnte sie berühren. Schon zum zweiten Mal falle ich in die Arme eines charmanten Schurken, dachte sie. Der eine ist Pirat, der andere ein vornehmer Gentleman, und beide sind viel zu arrogant und selbstbewußt.

Seine Finger strichen über ihre Wange, und sie biß sich auf die Unterlippe, um nicht aufzuschreien.

»Sie sind meine Frau, Mylady.«

»Nein, das bin ich nicht!« Erbost starrte sie ihn an. »Und seien Sie bloß nicht so sicher, daß alle Piraten hängen werden. Ich komme aus London, Sir, und bin besser über gewisse Neuigkeiten informiert als Sie. Als Königin

Anne starb und als man den Kurfürsten Georg aus Hannover holte, um ihn auf den Thron zu setzen, war ich in meinem Vaterland. Das Recht, Männer wie Hornigold und den Schwarzbart — und den Silberfalken — vor Gericht zu stellen, muß direkt vom Monarchen verliehen werden. Soviel ich weiß, hat König George noch keine neuen Gesetze erlassen.«

»Meine liebe Lady, verraten Sie mir doch, woher Sie Ihr Wissen beziehen.«

»Ich lese Zeitungen, Lord Cameron. Und an höheren Stellen sprach man von einer Begnadigung, die der König den Piraten gewähren will, wenn sie sich ihm bis zu einem bestimmten Stichtag unterwerfen und einen Treueeid leisten. Dann wird es nicht nötig sein, einen Mord an ihnen zu begehen.«

»Mord! Sie nennen die Hinrichtung von Piraten Mord?« stieß er heftig hervor, aber sie ahnte, daß er ein Lächeln unterdrückte. Machte er sich lustig über sie? Oder war er wütend?

»Immerhin würde man Blut vergießen, Mylord.«

»Wie rechthaberisch Sie sind!«

»Ich habe meine eigene Meinung, und ich nehme kein Blatt vor den Mund. Sicher sind das nicht die damenhaften Eigenschaften, die Sie sich von Ihrer Ehefrau wünschen.«

»Sie geben also zu, daß Sie meine Frau sind?«

»Nein!« Erschrocken preßte sich Skye an die Wandtäfelung. Er war ein Ehrenmann. Sicher würde er ihr keine Gewalt antun, oder? »Nein! Warum in Gottes Namen quälen Sie mich so? Ich dachte, Sie würden diesen barbarischen Brauch, wehrlose Kinder miteinander zu verloben, ablehnen ...«

»Nun, ich habe festgestellt, daß mir diese Situation gefällt, Lady Cameron«, erwiderte er leise, und eisige Kälte kroch über ihren Rücken. Diese tiefe, wohlklingende Stimme erinnerte sie an eine andere. Wenn er doch endlich gehen würde!

»Mylord«, wisperte sie, aber es war überflüssig, ihn anzuflehen. Er berührte sie nicht und wandte sich ab.

»Die Lampe wird bis zum Tagesanbruch brennen«, versicherte er und schloß lautlos die Tür hinter sich.

Skye lehnte noch einige Minuten lang an der Holztäfelung, dann stellte sie die Lampe auf den Tisch und sank auf das Bett. Vollständig angekleidet blieb sie liegen, dachte unglücklich an den Morgen und die vergangene Nacht. Sie konnte den Falken nicht vergessen, nicht aufhören, sich an alles zu erinnern, was zwischen ihnen geschehen war, und das Leid in ihrem Herzen zu spüren. Für einen solchen Mann durfte sie nichts empfinden. Trotzdem liebte sie ihn — obwohl er sie so gefühllos weggeschickt hatte. Letzten Endes war sie wertlos für ihn gewesen. Nicht einmal ein Lösegeld hatte er für sie verlangt. Aus einer Laune heraus hatte er sich mit ihr amüsiert. Jetzt war das Abenteuer vorbei, und ein großer Fremder mit edler Perücke behauptete, er sei mit ihr verheiratet.

Wie sollte sie das ertragen? Plötzlich sehnte sie sich nur noch nach ihrem Zuhause, nach Williamsburg — nach dem Marktplatz, wo so oft Volksfeste gefeiert wurden, der Rasenfläche, wo sie mit anderen Kindern gespielt und gelacht hatte. Williamsburg mit den breiten, schönen, sorgfältig geplanten Straßen, mit dem College, wo es so lebhaft zuging, mit den eleganten oder schäbigen Tavernen ...

Dies war ihre Heimat, wo ihr Vater sein Haus gebaut hatte, nahe dem Gouverneurspalast. Als kleines Mädchen hatte sie mit Alexander Spotswood die Bauarbeiten an seiner Residenz beobachtet. Liebevoll hatte er ihr das Haar gezaust. »Hier wird die Eingangshalle liegen, wo ich meine Gäste begrüßen werden — auch dich, Skye.

Du wirst die Treppe heraufsteigen, und ich werde dich auf der obersten Stufe empfangen. Die Wände lasse ich mit kostbarem Leder tapezieren. Und wie ich deinem Vater bereits erklärt habe — ich werde einen fabelhaften Weinkeller besitzen.«

Mein Heim wäre ein sicherer Hafen, dachte sie. Aber Lord Cameron würde sie nicht nach Hause bringen, sondern auf seine Tidewater-Plantage in ein gottverlassenes Haus, mitten in der Wildnis, in einem gräßlichen Sumpfgebiet. Im Sommer würden die Hitze und die Insektenplage unerträglich sein.

Skye schauderte und erinnerte sich an ihre Absicht, Lord Cameron entschlossen zu bekämpfen. Aber konnte sie das? Niemand würde ihr helfen, wenn sie sich gegen einen reichen, mächtigen Grundbesitzer stellte. Und alle würden sie für verrückt halten, weil sie sich gegen eine so gute Partie sträubte. Und Lord Cameron selbst ... Was würde er denken, wenn er die Wahrheit wüßte? Sicher würde er sie verachten.

Vielleicht würde seine Abscheu ihn zu einer Anullierung der Ehe veranlassen. Oder er beschloß, mit ihr verheiratet zu bleiben und sie mit ewigem Haß zu verfolgen ...

Sie drehte sich auf die Seite, schloß die Augen und versuchte einzuschlafen. Doch es dauerte sehr lange, bis sie in einen rastlosen Schlummer sank und unentwegt von *ihm* träumte — vom Silberfalken.

Zielstrebig kam er auf sie zu und griff nach ihr. Seine Augen funkelten, und plötzlich war er nicht mehr ihr Liebhaber, sondern der Lord, der behauptete, ihr Ehemann zu sein. Verzweifelt wehrte sie sich, als er sie in die Arme nahm, doch er hielt sie unerbittlich fest, zog sie mit sich in die Meerestiefe hinab und flüsterte ein Wort in ihr Ohr, das sie zunächst nicht verstand, doch dann dröhnte es in ihrem Gehirn. »Hure!«

Skye fuhr aus dem Schlaf hoch. Das Licht brannte, und sie war allein. Zitternd sank sie ins Kissen zurück. In dieser Nacht fand sie keine Ruhe mehr.

Am Morgen wurde sie von ihren fröhlichen, schwatzhaften irischen Mädchen bedient. Skye hörte stumm zu, während Bess unablässig von Bone Cay schwärmte und ihr dabei das Haar flocht. Tara brachte ihr ein Frühstückstablett mit frischen Eiern, dunklem Brot und starkem, süßem Tee.

Die Mädchen waren so aufgekratzt, weil sie als Heldinnen galten. Sie hatten ein ziemlich gefährliches Abenteuer überlebt, und wenn sie von der Pirateninsel erzählten, lauschten die jungen Seemänner hingerissen. Skye beschloß, ihnen nicht die Freude zu verderben, nur weil sie sich selbst vor der Zukunft fürchtete. Weil ein Pirat ihre Träume plagte und sich, wann immer die Situation intim wurde, in Lord Cameron verwandelte ...

Als sie frisiert und angekleidet war, baten die Mädchen um die Erlaubnis, an Deck gehen zu dürfen, die ihnen gewährt wurde. Skye blieb vorerst in der Kabine, aus Angst, Lord Cameron zu begegnen. Doch die Wände drohten sie zu erdrücken, und so floh sie schließlich ins Freie. Er stand am Ruder, und sie stellte sich auf die andere Seite des Decks, durch Besatzungsmitglieder, Takelage und Segel von ihm getrennt. Die Hände am massiven Steuerrad, verbeugte er sich. Sie nickte ihm kurz zu, dann wandte sie sich zur Reling und starrte ins Wasser. Die Sonne schien strahlend hell, das Meer schimmerte tiefblau. Skye sah eine ferne Küstenlinie.

»Florida«, sagte er leise hinter ihr, mit einer Stimme, die sie schmerzlich an den Falken erinnerte. Sein Atem streifte ihren Nacken. Sie drehte sich um, doch er schaute sie nicht an, sondern zur Küste hinüber. »Ein schönes

Land, aber gefährlich — von allen möglichen Kreaturen bewohnt. Faszinierend ...« Nun lächelte er ihr zu. »Ich habe Florida schon immer geliebt.«

Irgend etwas an seinem Lächeln bewog sie, es zögernd zu erwidern. »Ich war noch nie dort.«

»Dafür haben Sie lange in London gelebt, und für viele Leute in unserer wunderbaren Kolonie gilt London als Nabel der Welt.«

»Denken Sie auch so, Lord Cameron?«

»Ich liebe Virginia über alles«, entgegnete er, und sie spürte die seltsame Intensität, die in seinen Worten mitschwang. Er beugte sich über die Reling und fuhr fort: »Ich liebe Virginia und Cameron Hall und das Land ringsum. Das Haus steht auf einem Hügel, von den Fenstern und von der Veranda aus sieht man den James River vorbeifließen. Man kann beobachten, wie Stürme vom Meer heraufziehen, wie die Sonne aufgeht, die Ebbe, den Schiffsverkehr auf dem Fluß. Meine fleißigen Pächter bringen ihre landwirtschaftlichen Erzeugnisse zum Kai und schicken sie nach England und kaufen mit ihrem Verdienst Schmuck, hübsches Geschirr und andere Dinge. Das Gras am Hügel ist so grün und saftig, daß es manchmal bläulich leuchtet. Die Sommermonate sind heiß, aber der Fluß sorgt für angenehme Abkühlung. Im Winter wird es niemals zu kalt. Eigentlich ist es immer schön auf Cameron Hall.«

»Das hört sich so an, als sprächen Sie von einem Paradies«, meinte Skye leise. Das letzte Wort blieb ihr beinahe in der Kehle stecken, denn sie hatte ihr eigenes Paradies gefunden, auf einer tropischen Insel, inmitten bunter Blumen an einem Teich.

Obwohl Lord Cameron die Geheimnisse ihres Herzens nicht kennen konnte, beobachtete er sie mit einem wehmütigen Lächlen, das sie seltsam berührte. »Ein Paradies. Vielleicht. Ist das nicht ein Reich, das wir selbst in unserer Seele schaffen — das wir dort finden, wo wir es suchen wollen?«

Hastig wandte sie sich ab und blickte zum Küstenstreifen.

»Angeblich liegen da drüben unermeßlich kostbare Schätze vergraben«, erklärte er. »Alle Freibeuter wollen sie bergen. Erst Kapitän Kidd, jetzt Hornigold, der Schwarzbart und andere. Diesen Herbst haben der Schwarzbart und Hornigold die Carolinas unsicher gemacht. Der Schwarzbart hat einem Schiff von der königlichen Marine eine erbitterte Schlacht geliefert. Sein Wagemut wird allgemein bewundert.«

»Tatsächlich?«

»Sicher wird es großes Aufsehen erregen, wenn die Begnadigung in Kraft tritt, die Sie erwähnt haben, Mylady.«

»Ja, vermutlich.«

»Gott sei Dank, sind Ihre Abenteuer nun beendet, meine Liebe. Bald werden Sie auf Cameron Hall sein — für immer.«

Sie warf ihm einen kurzen Blick zu, und sein Lächeln sandte ein sonderbares Prickeln über ihren Rücken. Zum Teufel mit — diesen Silberaugen! Seine schlichten Worte schienen eine fast satanische unterschwellige Drohung zu enthalten. Oder ein Versprechen. Oder eine Warnung. Es ist eine Warnung, sagte sie sich. Auf diesem Schiff war sie sicher vor ihm. Aber in seinem Haus, in seinem kostbaren Cameron Hall, würde sich die Situation ändern.

»Für immer, Sir? Das bezweifle ich. Mein Vater wird doch da sein, wenn wir ankommen, nicht wahr? Ich werde in aller Entschiedenheit betonen, daß diese Ehe gegen meinen Willen geschlossen wurde.«

»Keineswegs.«

»Doch!«

Ernsthaft schüttelte er den Kopf, und sie gewann den Eindruck, daß er ihr Mißvergnügen genoß. »Als Ihr Vater Sie in London besuchte, veranlaßte er Sie, alle nötigen Papiere zu unterzeichnen.«

»Das — tat ich nicht ...« Unsicher verstummte sie und fragte sich, was sie unterschrieben haben mochte. Sie hatte mit ihrem Vater gestritten und deshalb nicht auf die ihr vorgelegten Schriftstücke geachtet. Einige seiner Liegenschaften waren auf ihren Namen registriert, und sie leistete oft Unterschriften, aus irgendwelchen geschäftlichen Gründen. Stets hatte sie es abgelehnt, mit Einzelheiten behelligt zu werden — vor allem in London, wo es soviel Abwechslung gab.

»Wir werden sehen, Mylady«, bemerkte Lord Cameron sanft und wandte sich ab, um ans Ruder zurückzukehren.

Sein unerschütterliches Selbstvertrauen brachte sie in Wut. »Warten Sie!« rief sie ihm nach.

Er drehte sich wieder zu ihr um und hob erwartungsvoll die Brauen.

»Sie können doch unmöglich beabsichtigen, eine Ehe mit einer Frau zu führen, die das nicht will. Das wäre unter Ihrer Würde.«

Mit einer eleganten Verbeugung lüftete er den Hut. »Madame, ich gedenke meine Frau zu behalten, ob sie es wünscht oder nicht. Guten Tag.« Er wandte sich wieder ab und ging davon.

»Warten Sie!« verlangte sie erneut.

»Ja?«

»Ich — kann icht ...«

»Was können Sie nicht?«

Sie mußte ihm sagen, daß diese Ehe untragbar war, aber er stand in einiger Entfernung, und es widerstrebte ihr zu schreien und die Aufmerksamkeit der Besatzung zu erregen. Ungeduldig wartete er. Sie fuhr sich mit der

Zunge über die Lippen und wollte ihn um ein ungestörtes Gespräch bitten, doch da kam ein Seemann angerannt. »Ein Schiff an der Steuerbordseite, Sir!«

Ohne ein weiteres Wort kehrte Cameron ihr den Rükken und sprang auf die Ruderplattform. »Mein Fernglas, bitte!«

Skye vergaß ihr Problem, raffte die Röcke und lief zu ihm in die Stufen hinauf. Er ignorierte sie und starrte nach Steuerbord. Der Seemann im Krähennest rief herunter: »Das Schiff wechselt die Flagge, Sir! Erst hatte es die englischen Farben gehißt — jetzt eine Piratenfahne.«

»An die Geschütze!« kommandierte der Kapitän, dann murmelte er: »Logan ist es nicht. Weder der Schwarzbart noch Hornigold ...«

»Kennen Sie diese Leute so gut, Sir?« fragte Skye spöttisch.

»Blane!« wandte er sich an den kräftigen Mann am Ruder. »Reißen Sie das Steuer herum. Wir tun so, als wollten wir die Flucht ergreifen, dann segeln wir direkt auf das Schiff zu, mit donnernden Kanonen. Alles klar?«

»Aye, Sir.«

Lord Cameron ließ das Fernglas sinken und blinzelte verwirrt, als er Skye an seiner Seite entdeckte. »Gehen Sie unter Deck.«

»Nein.«

»Ich habe Ihnen befohlen ...«

»Sie werden mir nichts befehlen, Sir! So etwas habe ich schon einmal miterlebt, und es wird mir nichts nützen, wenn ich mich in meiner Kabine verkrieche, das weiß ich. Wenn Sie mich schützen wollen, geben Sie mir ein Schwert. Ich kann mich selbst verteidigen.«

Seine Augen verengten sich, und für ein paar Sekunden sah sie den Zorn nicht, der darin funkelte. »Mr. Blair, ich komme sofort zurück«, verkündete er, gab das Fernrohr einem Seemann und trat näher zu Skye. Zu

spät versuchte sie ihm zu entrinnen. Eisenharte Händ‹
packten sie und hoben sie hoch.

»Sir, wie können Sie es wagen!« protestierte sie entrüstet und trommelte vergeblich mit beiden Fäusten aul seine Schulter. Er trug sie die Kajütentreppe hinab, ignorierte ihr Geschrei und die wütenden Schläge. Vor ihrer Tür stellte er sie auf die Füße und schob sie in die Kabine. Beide erkannten, welch ein erbitterter Willenskampf zwischen ihnen tobte, und die Masken fielen, während sie sich anstarrten. Wie sie diese Silberaugen haßte, diese unglückselige Ähnlichkeit mit seinem Vetter! Der Glanz in diesen Augen verriet wilde Entschlossenheit.

Kreischend warf sie sich gegen ihn, als könnte sie ihn von der Tür entfernen. Mühelos umklammerte er ihre Handgelenke und drehte ihr die Arme auf den Rücken. Wie der Falke, dachte sie in wachsender Panik, denn sein Körper preßte sich an sie, viel zu eng, viel zu beunruhigend. Verzweifelt wand sie sich in seinem Griff. »Lassen Sie mich los!«

»Niemals, liebste Gemahlin«, entgegnete er. Ein Schleier schien sich über seine Augen zu legen und Geheimnisse zu verbergen. Und dann neigte er sich herab, seine Lippen verschlossen ihr den Mund, und seine Zunge bahnte sich einen Weg zu ihrer. Es war ein Kuß, der noch viel mehr forderte — alles ...

Endlich gelang es ihr, sich loszureißen. Sie zitterte vor Entsetzen, weil er jene Gefühle in ihr weckte, die sie in den Armen des Falken kennengelernt hatte.

»Vielleicht ist unsere Ehe doch eine Travestie, Mylady«, bemerkte er. »Diese Frage würde ich gern ausführlicher mit Ihnen erörtern, aber ich fürchte, die Piraten werden bald an unsere Tür klopfen. Würden Sie mich nun entschuldigen?«

Skye stieß einen Wutschrei aus, wischte sich mit dem Handrücken über den Mund und wünschte, sie könnte damit auch Camerons Anblick, den Klang seiner Stimme, die Erinnerung an seinen Kuß für immer auslöschen. Über ihren Köpfen trommelten Schritte über die Decksplanken, die Besatzung traf ihre Vorbereitungen für die Schlacht.

»Leider muß ich Sie nun verlassen«, fügte der Kapitän hinzu.

»Verdammt, geben Sie mir ein Schwert!«

»Damit Sie es später gegen mich richten können?« spottete er.

»Haben Sie Angst vor meinen Fechtkünsten?«

Lachend zog er sein Schwert aus der Scheide und reichte es ihr. Sie hatte geplant, ihn auf der Stelle zu bedrohen und ihre Freiheit zu verlangen, doch er war zu schnell, sprang über die Schwelle in den Korridor und verneigte sich. »Auf bald, meine Liebe.«

Die Tür fiel ins Schloß, ein Riegel knirschte. Zu spät stemmte sich Skye gegen das Holz. Fluchend schlug sie darauf. Cameron hatte sich bereits entfernt, aber sie beschloß, sich an die Besatzung zu wenden. »He, Leute! Ihr irrt euch, wenn ihr glaubt, hinter Schloß und Riegel wäre ich in Sicherheit. Solltet ihr den Kampf verlieren, werden die Schurken mühelos in meine Kabine eindringen!«

Sie erhielt keine Antwort. Seufzend setzte sie sich auf das Bett, Camerons Schwert in der Hand. Die Klinge war messerscharf.

Plötzlich wurde Skye zu Boden geschleudert. Das Schiff hatte blitzschnell gedreht. Sie rappelte sich auf, fiel aber in der nächsten Sekunde erneut hin, während die Kanonen explodierten. Endlich kam sie auf die Beine. Sie lief zum Fenster, und ihr Atem stockte. Mit ihrer Breitseite segelte die *Lady Elena* auf das feindliche Schiff zu, prallte dagegen, ein grausiges, kreischendes Geräusch erklang, während Enterhaken geworfen wurden.

Brüllend sprangen die Piraten aus der Takelage auf Camerons Deck, Stahl begann zu klirren.

Skye hob das Schwert auf. Sie hustete, ihre Augen brannten, und sie merkte, daß Rauch durch die Türritzen in ihre Kabine drang.

Schreiend warf sie sich gegen die Tür, die wenig später aufflog. Davy stand vor ihr, das sommersprossige Gesicht leichenblaß. »Im Laderaum ist ein Feuer ausgebrochen, Mylady. Die Männer bemühen sich, es zu löschen, aber ich soll Sie sicherheitshalber zum Bug bringen.«

Sie nickte. »Lieber sterbe ich an einem Schwertstreich, als bei lebendigem Leib zu verbrennen.«

Sie rannte den schmalen Korridor entlang, und Davy folgte ihr: »Warten Sie, Mylady! Alles ist unter Kontrolle, die Piratenbande so gut wie besiegt und ihr Schiff gekapert!«

Sie ignorierte ihn und stürmte die Stufen hinauf. An Deck war die Luft nicht viel besser, geschwärzt vom Pulverrauch der Kanonen. Skye blinzelte und versuchte sich in den dichten Schwaden zurechtzufinden. Nirgendwo klirrte Stahl, es war seltsam still geworden.

»Willkommen, Mylady!«

Sie schrie auf, als jemand nach ihr griff. Beinahe brach ihr zartes Handgelenk in einer riesigen behaarten Pranke, die ihr Camerons Schwert entwand. Dann wurde sie an einen muskulösen, ungewaschenen Körper gepreßt, die Klinge berührte ihren Hals, und sie wagte kaum zu atmen.

»Lord Cameron, Sir!« rief der Mann lachend. »Schauen Sie, was wir da haben. Das dürfte die Sachlage ein wenig ändern. Hören Sie gut zu, wenn Sie das Mädchen wiederhaben wollen. Ich werde jetzt mit meinen Leuten unbehelligt auf mein Schiff zurückkehren, und wenn wir ein Stück davongesegelt sind, schicke ich Ihnen die Kleine mit einem Ihrer Jungs in einem Beiboot. Was halten Sie davon?«

Er erhielt keine Antwort. Stocksteif stand Skye da, während sich die Pulverwolken langsam auflösten. Lord Cameron war etwa zwanzig Schritte entfernt, Leichen lagen auf den Planken, zum Großteil Piraten. Anscheinend verstanden Camerons Männer zu kämpfen. Sie musterte ihn. Nun trug er kein Jackett mehr. Er hatte in seinen hellbraunen Kniehosen und einem weißen Hemd gefochten. Eine winzige Schnittwunde zog sich über seine Wange, ansonsten war er offenbar unverletzt. Einen Fuß hatte er auf eine Taurolle gestellt, ein Säbel hing von seiner rechten Hand herab, in der linken hielt er eine Pistole. »Mr. Stikes«, wandte er sich lächelnd an den Piraten, »Sie sind ein bemitleidenswerter Amateur.«

»Ein Amateur?« Stikes lachte höhnisch. »Lassen Sie die Waffen fallen, Mann, oder die Frau gehört mir!«

Lässig zuckte Roc Cameron die Achseln. »Sie hat mir ohnehin nur Ärger gemacht.«

»Was?« schrien Skye und der Pirat wie aus einem Mund.

Cameron beachtete seine Gemahlin nicht. Er sprach immer noch mit dem Piraten. »Sie haben's ja gehört — sie hat mir nur Ärger gemacht.«

»Angeblich ist sie mit Ihnen verheiratet.«

»Aye, meine Ehegattin — und eine Landplage!« klagte Roc. »Nehmen Sie sie mit, ich habe nichts dagegen.«

»Großer Gott!« rief Skye ungläubig. Dieser elende Feigling! Er wollte sie tatsächlich diesem Schurken überlassen.

»Ja, nehmen Sie sie nur«, wiederholte er. »Wäre sie auch nur einen halben Penny wert, hätte sie sich in ihrer Kabine versteckt, statt in einem solchen Moment an Deck zu kommen.«

»Sie müssen völlig verrückt sein«, meinte Stikes.

»Also gut, gehen Sie aus dem Weg! Ich nehme sie mit.«

Er zerrte Skye in die Richtung Petroc Camerons, der sie mit düsteren Silberaugen betrachtete. Erbost spuckte sie den Piraten an. Seine Augen verengten sich, rasch wischte er sich das Gesicht ab. »Hören Sie, Mylord, eine falsche Bewegung ...«

Und da bewegte sich Cameron. Entsetzt beobachtete Skye, wie er die Pistole hob und blitzschnell feuerte. Der Krach betäubte ihre Ohren für mehrere Sekunden, und sie hörte ihren eigenen Schrei nicht. Aber sie spürte das warme Blut des Piraten an ihrem Körper, und als er stürzte, warf er sie mit sich zu Boden. Sie schaute in sein Gesicht und sah, daß es fast verschwunden war. Hysterisch begann sie wieder zu kreischen, dann wurde sie unsanft hochgezogen. Cameron hatte sein Schießeisen fallen lassen, um sie zu packen und zu schütteln, bis sie verstummte.

»Er hat ihn getötet«, rief irgend jemand. »Er hat Stikes getötet!« Cameron starrte Skye immer noch an, und sie starrte zurück. Als er eine Gestalt hinter sich wahrnahm, wirbelte er gerade noch rechtzeitig genug herum, so daß er den Schurken niederstechen konnte, der sich mit gezücktem Säbel herangeschlichen hatte.

Skye riß sich los und hob das Schwert auf, das Stikes fallengelassen hatte. Rasch sah sie sich um, aber ihr drohte keine Gefahr. Sie stand hinter Cameron, der die Piraten im Auge behielt. Seine Besatzung hatte alles wieder im Griff, ringsum herrschte Stille. Langsam senkte er seinen Säbel. »Mr. Blair! Bringen Sie die Schurken in den Laderaum des Piratenschiffs. Nehmen Sie zehn Mann mit und segeln Sie die Prise nach Williamsburg.«

»Aye, Sir.«

Das Abenteuer war vorüber. Oder es fing erst an. Skye

lehnte am Großmast, als sich der Kapitän zu ihr wandte. »Ich habe Ihnen befohlen, unter Deck zu bleiben.«

»Ein Feuer brach aus und ...«

»Davy sollte Sie zum Bug führen, nicht hier herauf.«

»Ich hatte keine Lust zu verbrennen.«

»Und wie werden Sie sich verhalten, wenn der Bursche ein Dutzend Peitschenhiebe für seine Befehlsverweigerung bekommt?«

»Das — werden Sie nicht tun«, flüsterte sie, und in der nächsten Sekunde dachte sie: Doch, er ist fähig dazu. Kalter Zorn funkelte in seinen Augen. Entschlossen hob sie das Kinn, um für Davy zu kämpfen, der stets bereit gewesen war, sie zu verteidigen — ohne Rücksicht auf die Strafe, die er sich dadurch einhandeln mochte. Mit aller Würde, die sie aufbieten konnte, fügte sie hinzu: »Wenn Sie unbedingt zuschlagen müssen, Lord Cameron — verschonen Sie einen unschuldigen Jungen. Es war meine Schuld, nicht seine. Also sollten Sie Ihre Peitsche gegen mich erheben.«

»Wie Sie wünschen.«

»Was?«

»Ich sagte — wie Sie wünschen. Irgend jemand muß bestraft werden ...« Er unterbrach sich, als der tote Pirat davongeschleift wurde.

Skye beobachtete, wie man ihn über Bord warf, dann wandte sie sich wieder zu Cameron. »Sie würden es nicht wagen, mich an den Mast zu fesseln und auszupeitschen.«

»Oh, doch«, entgegnete er lächelnd, »mit dem größten Vergnügen, Mylady.«

Sprachlos schnappte sie nach Luft, dann wurde seine Aufmerksamkeit von einem Seemann abgelenkt, der zackig salutierte. »Sir! Das Feuer ist gelöscht. Abgesehen vom Laderaum, ist kein Schaden entstanden. Man kann also wieder ungefährdet unter Deck gehen.«

»Sehr gut«, erwiderte der Kapitän.

»Mr. Blair ist bereit, die Enterhaken zu werfen, Sir.«

»Wunderbar! Dann soll er das Kommando der Prise übernehmen, und wir segeln los. Ich gehe in wenigen Sekunden ans Ruder.« Cameron wandte sich wieder zu Skye, die sich an ihm vorbeischieben wollte. Aber er hielt ihr die Säbelspitze an die Kehle. Obwohl sie immer noch sein Schwert in der Hand hielt, hob sie es nicht, weil sie es behalten wollte. »Um Sie werde ich mich später kümmern, Mylady«, flüsterte er und senkte die Waffe, dann zuckte sie zusammen, als er über ihre Wange strich, an einer Stelle, wo Piratenblut die helle Haut befleckte. »Inzwischen lasse ich ein Bad für Sie bereiten.«

»Bemühen Sie sich nicht ...«

»Das ist keine Mühe. Brauchen Sie einen Begleiter, Madame? Oder schaffen Sie es allein, wieder unter Deck zu gehen? Im Augenblick würde ich nur ungern einen Mann entbehren ...«

Abrupt kehrte sie ihm den Rücken. In diesem Moment kannte sie nur einen einzigen Wunsch — den vorerst sicheren Hafen ihrer Kabine zu erreichen. Sie eilte die Stufen hinab. Der Feuerrauch war davongeweht, die Luft nicht mehr grau vom Pulverdampf. Hinter ihr erklangen Befehle und schwere Schritte. Am Fuß der Kajütentreppe blieb sie stehen und lauschte. Ein Mast war getroffen worden, die Männer zerhackten das Holz, um die Wrackteile über Bord zu werfen. Andere zogen das Großsegel straff, damit es den Wind einfing und die *Lady Elena* vom Piratenschiff wegtrug.

Skye lief in die Kabine und schlug die Tür hinter sich zu. Beim Anblick ihres blutigen Kleides begann sie wieder zu zittern. Cameron — so kaltschnäuzig und so verdammt tüchtig ... Er hatte nie beabsichtigt, sie Stikes zu überlassen, und sie mit einem präzisen Schuß gerettet.

Hastig zog sie das beschmutzte Kleid aus. Als es

klopfte, stand sie im Hemd da. Sie wickelte sich rasch in die Bettdecke, dann öffnete sie die Tür. Ein grauhaariger Seemann stand davor, eine schwere Messingwanne voller Wasser in den Händen. »Darf ich eintreten, Lady Cameron?«

»Nennen Sie mich nicht so!« fauchte Skye.

Er zuckte die Schultern, schleppte die Wanne an ihr vorbei in die Kabine und stellte sie ab. Das Wasser dampfte, ein Badeschwamm und ein Stück Seife lagen darin. »So, Lady Ca ... Mylady.«

»Danke.«

Der Mann verließ die Kabine, schloß die Tür hinter sich, und Skye schlüpfte aus ihrer Unterwäsche. Sie stieg in die Wanne, die so klein war, daß sie sich nicht setzen konnte. Also blieb sie stehen, seifte sich mehrmals ein, glaubte aber immer noch Blut an sich zu spüren. Und so wusch sie sich, bis das Wasser erkaltete und sie zu frösteln anfing.

Es klopfte wieder. In aller Eile trocknete sie ihren Körper ab, zog das Hemd an und wickelte sich erneut in die Bettdecke. Dann öffnete sie die Tür. Der grauhaarige Seemann kehrte mit einem schön geschliffenen Glas und einer Flasche zurück. »Brauner karibischer Rum, Mylady. Seine Lordschaft dachte, Sie könnten einen Schluck vertragen.«

»Wie recht seine Lordschaft hat«, murmelte Skye. Sie hörte die Nebentür ins Schloß fallen. Seine Lordschaft! Allein schon der Gedanke an diesen Mann, der ihren Stolz so tief verletzt hatte, brachte sie in Wut.

»Aye, und er wird bald zu Ihnen kommen, hat er gesagt.«

»So? Und wo ist Davy?«

Der Mann schüttelte betrübt den Kopf. »Der muß nun seine Strafe erleiden — wenn Sie verstehen, was ich meine, Mylady.«

»Nein!« Petroc Cameron konnte doch unmöglich den armen Jungen dafür büßen lassen, daß sie unerlaubt an Deck gegangen war. Doch dieser Mann war offenbar zu allem fähig. Sie vergaß ihre mangelnde Bekleidung und stürmte an dem verwunderten Seemann vorbei in den Korridor. Ohne anzuklopfen, betrat sie die Kabine des Kapitäns. Er saß hinter dem Schreibtisch, die Beine hoch gelegt, und rieb sich einen steifen Wadenmuskel, mit schmerzlich verzogenem Gesicht. »Sie Bastard!« zischte Skye.

Das ergraute Besatzungsmitglied folgte ihr. »Tut mir leid, Mylord, sie ist an mir vorbeigeschlüpft ...«

»Schon gut, Mr. Whitehead, meine Frau ist in meiner Kabine willkommen, wann immer sie mich besuchen möchte.« Lächelnd schwang er die Beine auf den Boden.

»Ich besuche Sie nicht in Ihrer Kabine«, wurde er von Skye verbessert.

Er hob die Brauen und stand auf. »Das wäre alles, Mr. Whitehead.«

Der Seemann schloß die Tür hinter sich. Erst jetzt merkte Skye, daß sie barfuß dastand, nur in eine Bettdecke und ein Hemd gehüllt. Nun bereute sie den wütenden Impuls, der sie hierhergetrieben hatte. Aber Davy durfte nicht durch ihre Schuld leiden. »Wo ist der Junge?«

»Meinen Sie Davy — den Kleinen, der sich die Peitschenhiebe verdient hat?«

»Er hat nichts dergleichen verdient! Ich sagte doch, es war mein eigener Entschluß, an Deck zu gehen.«

»Ist Ihnen klar, daß Sie mit dieser Entscheidung nicht nur Ihr eigenes Leben, sondern auch meine Männer gefährdet haben, Madame?«

»Nun, Sie waren nur zu gern bereit, mich den Wölfen zum Fraß vorzuwerfen, Sir.«

»Das hatte ich niemals vor.«

»Aber...«

»Stikes war ein Amateur, mit kleiner Besatzung und einem schadhaften Schiff. Seine Niederlage stand von Anfang an fest.«

»Aber...«

Er ließ Skye noch immer nicht zu Wort kommen. Eine unmißverständliche Drohung klang in seiner leisen Stimme mit. »Trotzdem hätten Sie uns beinahe um den Sieg gebracht, Mylady. Jeder einzelne meiner Männer würde sein Leben für Sie hingeben. Ihre unbedachte Handlungsweise hätte beinahe ein sinnloses Blutvergießen bewirkt. Ein Glück, daß ich die Leute unter Kontrolle hatte! Auf jedem Schiff, besonders in diesen Gewässern, ist Disziplin unabdingbar. Davy muß lernen, sich gegen die Launen einer Frau zu behaupten.«

»Er kann nichts dafür. Ich bin ihm weggelaufen.«

»Damit hätte er rechnen müssen. Wie auch immer, Madame — Ihr Erscheinen an Deck war äußerst ärgerlich.«

»Ärgerlich!« Wütend ging sie auf Petroc Cameron zu und vergaß die Decke festzuhalten, die am Boden landete. Ohne dieses Mißgeschick zu beachten, schlug Skye mit der Faust auf den Tisch. »Wenn ich Ihnen so zur Last falle, hätten Sie mich dem Piraten übergeben sollen! Der war wenigstens ein ehrlicher Schurke, während Sie behaupten, ein Gentleman zu sein. Trotzdem wollen Sie diesen armen Jungen ...«

»Ich dachte, Sie hätten sich bereit erklärt, die Strafe auf sich zu nehmen«, unterbrach er sie.

Sie richtete sich auf, als sie merkte, wie dicht er vor ihr stand, wie dramatisch ihre unzureichende Bekleidung anmuten mußte. Das Hemd klebte an der noch feuchten Haut, deutlich zeichneten sich ihre Brüste darunter ab. Verlegen wich sie Camerons belustigtem Blick aus und wollte sich abwenden, aber er hielt sie am Arm fest.

»Haben Sie nur geblufft, Mylady? Oder wollen Sie wirklich anstelle des armen Jungen Buße tun?«

»Es war kein Bluff!« stieß sie hervor und versuchte sich von seinem Griff zu befreien. »Bringen wir's hinter uns, lassen Sie mich in Ketten an Deck schaffen, ich werde nicht protestieren.«

»Nein?« Plötzlich schwenkte er sie herum, packte ihr Hemd am Rücken und zerriß es. Fassungslos rang sie nach Luft. Was mußte das für ein Mann sein, der eine Dame so behandelte? »Was für eine zarte Haut!« flüsterte er, schlang von hinten die Arme um sie, und sie spürte seinen warmen Atem im Nacken, dann seine Lippen. »Es wäre doch jammerschade, wenn so viel Schönheit von grausamen Peitschenschlägen verunstaltet würde. Nein, Mylady, das werde ich Ihnen nicht antun.« Seine Stimme nahm einen sinnlichen, provokanten Klang an. »Keine Angst. Der Bursche ist unter Deck. Er wird eine Nacht lang bei Wasser und Brot schmachten und über die Dummheit der Männer nachdenken, die einer reizvollen Frau vertrauen. Ansonsten braucht er nichts zu befürchten. Und was Sie betrifft, Madame ...«

Er machte eine Pause, und sein Schweigen erregte sonderbare Gefühle in ihr — Angst, Zorn und, wie sie zu ihrem eigenen Entsetzen erkannte, auch erwartungsvolle Faszination.

11

Er liess sie los, hob die Decke auf und legte sie ihr um die Schultern. »Was Sie betrifft, Madame — vielleicht wären Sie jetzt so freundlich, in Ihre Kabine zurückzukehren. Es war ein anstrengender Nachmittag, und ich habe zu tun.« Verblüfft starrte sie ihn an, und er fügte lächelnd hinzu: »Haben Sie mich wirklich für grausam gehalten? Nun, vielleicht ließ ich mich von meiner Wut mitreißen. Aber der Anblick einer Piratenflagge zerrt nun mal an meinen Nerven, und wie ich gestehen muß — das Herz schlug mir bis zum Hals, als dieser Kerl Sie mit seinen schmutzigen Fingern anfaßte. Aber dann hat sich ja alles zum Guten gewendet. Davy ist ein braver Junge. Sicher wird später mal ein erstklassiger Seemann aus ihm. Und nun, meine Liebe ...«

Skye schwieg immer noch. Er nahm ihren Arm und führte sie nach nebenan, in ihre Kabine. Inzwischen hatte man die Wanne entfernt, auf dem Toilettentisch brannten mehrere Lampen. Als Lord Cameron sich mit einer tiefen Verbeugung zurückzog, hatte sie noch immer kein einziges Wort gesagt.

Was für ein merkwürdiger Mann ... Sie setzte sich verwirrt auf das Bett. Vielleicht hätte sie wirklich nicht an Deck laufen sollen. Aber der Brand hatte ihr solche Angst eingejagt ... Und dann war sie direkt in den Armen des Piraten gelandet. So wie damals in den Armen Logans, als sie an der Küste von New Providence versucht hatte, aus der Gefangenschaft des Falken zu fliehen ...

Der Falke ... Skye wollte sich an süße Erinnerungen

klammern, aber sie verblaßten, vermischten sich mit der Realität seines Vetters — ihres Ehemanns.

Als sie an Camerons feurigen Kuß dachte, wurde ihr heiß. Und er hatte ihren Rücken entblößt — nicht, um sie auspeitschen zu lassen, sondern um seinen Mund darauf zu drücken, so sanft und zärtlich ...

Nein, in Wirklichkeit war er hart und kaltherzig. Die Zärtlichkeit konnte nur Fassade sein. Auf keinen Fall würde sie seine Ehefrau bleiben. Sie schuldete ihm zwar Dankbarkeit, aber mehr nicht. Erschöpft streckte sie sich auf dem Bett aus und wickelte sich enger in die Decke.

Als ein Seemann mit einem Silbertablett in die Kabine kam, fuhr Skye aus einem unruhigen Schlaf auf. Das Abendessen bestand aus frischem Fisch mit grünen Paprikaschoten. Sie fand es überflüssig, sich eigens für das Dinner anzukleiden, legte das zerrissene Hemd ab und schlüpfte in ein besticktes, mit feinen Spitzen verziertes Nachtgewand.

Als sie am Tisch saß, sah sie, daß der Rum immer noch bereitstand, und sie genehmigte sich einen Schluck. Der Alkohol erwärmte ihren Körper und half ihr, nach dem Essen Schlaf zu finden. Sie träumte wieder von Bone Cay, wo sich ihr Liebhaber aus dem Teich erhob und auf sie zukam, helles Sonnenlicht auf den nackten Schultern. Aber mit jedem Schritt verwandelte er sich sichtbarer in einen anderen — in einen gebieterischen, siegesgewissen Lord. Sie wußte nicht, ob sie schreiend flüchten oder die Arme ausbreiten sollte.

Ruckartig erwachte sie. Der Morgen graute, die Lampen waren beinahe herabgebrannt. Im Korridor erklang ein leiser Fluch. Wollte irgend jemand zu ihr? Sie sprang aus dem Bett und hob Lord Camerons Schwert auf, das am Boden lag, dann kroch sie wieder unter die Decke. Ihr Herz klopfte wie rasend.

Fast lautlos schwang die Tür auf. Skye lag da, ohne sich zu rühren und wagte kaum zu atmen. Sie stellte sich schlafend und beobachtete den Eindringling zwischen fast geschlossenen Lidern.

Lord Camerons breiter Oberkörper füllte den Türrahmen, und er trug die offenbar unvermeidliche weiße Perücke. Schweigend betrachtete er Skye.

Nach einer Weile trat er ein, schloß die Tür und kam zum Bett. Die Decke war von ihren Schultern geglitten. Skye schrie leise auf, als er die Hand ausstreckte, um sie zuzudecken. Unwillkürlich öffnete sie die Augen und starrte ihn an.

»Kein Grund zur Aufregung, Madame«, beruhigte er sie. »Verzeihen Sie, daß ich Sie störe.«

»Sie haben kein Recht, hier hereinzukommen«, murmelte sie nervös.

»Doch, das habe ich, aber darüber wollen wir jetzt nicht streiten. Wir sind bald zu Hause.«

»Mein Zuhause ist Williamsburg.«

»Mylady, Ihr Heim ist ein wunderschönes Haus auf der Halbinsel, aus Schweiß, Blut und Tränen entstanden, und ich schätze es nicht, wenn Sie mich beleidigen.«

»Ich habe Sie nicht beleidigt.«

»O doch. Ruhen Sie sich noch ein wenig aus.«

Ehe er ihr den Rücken kehren konnte, richtete sie sich auf und zog das Schwert unter der Decke hervor. Blaue Flammen glühten in ihren Augen. Blitzschnell hielt sie die Stahlspitze an Lord Camerons Kehle, noch bevor er ihre Absicht erriet. »Skye ...«

»Keine Bewegung!« Sie erhob sich auf die Knie, die Schwertspitze glitt ein wenig nach oben, so daß er das Kinn hochrecken mußte. Triumphierend lächelte sie. »Wir werden dieses Gespräch erst beenden, wenn ich es wünsche, Sir. Am besten fangen wir noch einmal von vorn an. Sie haben kein Recht, hier hereinzukommen.

Gemeinsam mit meinem Vater haben Sie sich einen infamen Trick ausgedacht, und nun bilden Sie sich ein, wir beide wären verheiratet. Nun, das bestreite ich, und deshalb halten Sie sich unberechtigterweise in meiner Kabine auf. Sicher, Sie haben mich nicht nur vor einem einzigen Piraten gerettet. Aber ich finde, Sie sind um keinen Deut besser als diese Schurken. Bei der Konfrontation mit Stikes haben Sie jenen skrupellosen Kampfgeist bewiesen, der auch Ihren Vetter auszeichnet, und Sie sind genauso arrogant wie er und nicht weniger bereit, Sitte und Anstand zu verletzen.«

Lord Camerons eisige Augen verengten sich. »Madame, ich bedaure, daß Sie eine so schlechte Meinung von mir haben, doch das ändert nichts an der Gültigkeit unserer Ehe. Und ihre feindselige Einstellung bestärkt mich noch in meinem Entschluß, zu behalten, was mir gehört. Sie sind mir ausgeliefert, auf Gnade oder Ungnade. Das müßten Sie bedenken.«

Skye lachte ungläubig. Er war in ihrer Gewalt — und wagte es trotzdem, ihr zu drohen. »Ich sollte Ihnen den Hals durchbohren, Mylord.«

»Ja, das sollten Sie. Am besten sofort, sonst werden Sie Ihr Zögern ein Leben lang bereuen.«

»Ich beabsichtige nicht, Sie zu töten, Sir. Statt dessen werden Sie meine Kabine verlassen.«

»Nicht ohne mein Schwert.«

»Nun, da dürfte es gewisse Probleme geben. Ich halte Ihr Schwert in der Hand.«

»Nicht mehr ...«

Vielleicht wußte er, daß sie unfähig war, einen Mord zu begehen. Oder sie hatte in ihrem Triumphgefühl vergessen, wie blitzschnell er sich zu bewegen vermochte. Jedenfalls entriß er ihr den Schwertgriff und richtete die Spitze auf ihre Brust, ehe sie mit der Wimper zucken konnte. »Wie Sie sehen, befindet sich das Schwert nun in *meiner* Hand, Mylady«, bemerkte er lächelnd.

Langsam und vorsichtig setzte sie sich auf die Fersen, ohne Cameron aus den Augen zu lassen. Das Lächeln blieb auf seinem Mund, die Stahlspitze auf ihrer Brust. Seelenruhig begann er die Spitzenborten zu durchschneiden, das Nachthemd fiel auseinander. Im Lampenlicht musterte er sie, doch die Silberaugen verrieten nichts von seinen Gedanken und Gefühlen. Skye wußte nicht, ob er sie begehrte. Nur um Haaresbreite verfehlte die scharfe Klinge ihre Haut. Zu ihrer Bestürzung zeigte ihr Körper unwillkommene Reaktionen. Die Knospen ihrer Brüste richteten sich auf, ihr Atem ging viel zu schnell, und der flatternde Puls in ihrem Hals würde Cameron wohl kaum entgehen.

»Bastard!« zischte sie, als sie die satanische Bosheit in seinem Blick las, und stieß das Schwert beiseite. Lachend ließ er es fallen, und sie zog erbost die Fetzen vor ihrer Brust zusammen. »Das war ein fast neues Hemd!« klagte sie.

»Da es meine Pflicht ist, Sie zu ernähren und zu kleiden, Madame, werde ich es natürlich ersetzen. Und ich finde, es hat sich gelohnt, es zu ruinieren ...«

»Was für eine Unverschämtheit ...«

»Nun verstehe ich, warum der Falke Sie gehen ließ, ohne auch nur einen Pfennig zu fordern.« Grinsend wandte er sich ab.

Wäre Skye in diesem Augenblick auch nur mit einem Funken Verstand gesegnet worden, hätte sie Cameron gehen lassen. Aber ihr Zorn gewann die Oberhand. Sie sprang aus dem Bett, um mit beiden Fäusten auf seinen Rücken zu trommeln. »Ich finde Sie kein bißchen amüsant, und ich weigere mich nach wie vor, Sie als meinen Ehemann zu betrachten! Deshalb verlange ich auf der Stelle ...«

Sie verstummte, denn er hatte sich umgedreht und sie in die Arme gerissen. »Reizen Sie mich nicht noch mehr — es sei denn, Sie haben die Absicht, heute nacht zu beweisen, daß Sie meine Frau sind.«

Zitternd spürte sie die Kraft seiner harten Muskeln, die sich an ihre nackten Brüste preßten, die harten Schenkel an ihren Hüften, und heiße Wellen jagten durch ihren Körper. Sie wollte sterben. Scham und das Gefühl einer tiefen Erniedrigung trieb ihr das Blut in die Wangen. Weder dem einen Mann noch dem anderen hatte sie angehören wollen. Aber der eine hatte ihr die süßen Geheimnisse leidenschaftlicher Begierde offenbart, und nun führte sie dieser Fremde mit den gleichen Silberaugen in neue Versuchung. Doch sie mußte ihm widerstehen. »Bitte! Es tut mir leid. Lassen Sie mich los.«

Langsam senkte er die Arme. Seine Finger streiften ihre nackte Haut, als er die zerrissenen Teile des Nachthemds vor ihrer Brust zusammenzog.

Skye sank erleichtert auf das Bett, als er die Tür hinter sich geschlossen hatte. Doch dann erschauerte sie wieder. Wie sollte sie ihre unerträgliche Situation meistern? Sie war mit diesem sonderbaren Mann verheiratet — und womöglich trug sie das Kind eines anderen — eines Schurken unter dem Herzen. Bei diesem Gedanken sprang sie wieder auf und trank einen großen Schluck Rum.

In seiner Kabine trank Petroc Cameron, Kapitän der *Lady Elena* und bis jetzt immer Herr seines Schicksals, mehr als nur einen Schluck.

Er saß an seinem Schreibtisch, stellte die Rumflasche mit einem Knall vor sich hin und hielt sie fluchend wieder an die Lippen. Zum Teufel mit Spotswood! Zum Teufel mit dem Schwarzbart und Logan und Vane und allen Piraten, die jemals über den Atlantik gesegelt waren! »Vor allem der Silberfalke sei dazu verdammt, in tausend verschiedenen Höllen zu schmoren«, flüsterte er.

Seufzend lehnte er den Kopf an die Sessellehne. Die Magie des Rums begann zu wirken. Langsam wichen Schmerz, Spannung und Sehnsucht aus den verkrampften Muskeln. Roc schloß die Augen, konnte Skyes Bild aber nicht aus seiner Phantasie verdrängen, ebensowenig wie ihren Duft, das Gefühl der seidigen, weichen Haut unter seinen Fingern, seinen Lippen. Es gelang ihm auch nicht, ihre Haare zu vergessen, die sich wie Sonnenstrahlen über ihre Brüste ergossen, die Augen — blaugrün wie karibische Gewässer, faszinierend, mit unergründlichen Tiefen, mit ständig wechselnden Farbnuancen. Und ihr Körper ...

Am liebsten hätte er sie in seine Kabine gezerrt, in sein Bett. Zum Teufel mit der Welt! Sollten sie doch alle kommen und ihn aus den Wellen in die Lüfte jagen — er würde glücklich sterben, im Meer versinken, Skye in den Armen.

Sie war seine Frau, und er hatte ein Recht auf sie.

Sein Recht ... Aber er selbst hatte alles zerstört, sich — von Leidenschaft übermannt — zu dieser Hölle verdammt, und nun brannte er darin. Es gab keinen Ausweg.

Er berührte seine glattrasierte Wange, den Kratzer, wo ihn am Nachmittag beim Scharmützel mit den Piraten eine Klinge getroffen hatte, und schnitt eine Grimasse. Wäre sein Gegner um ein paar Zentimeter näher gekommen, hätte dieser Tag Rocs letzter sein können. Seine Finger wanderten zum Hals hinab, wo er immer noch die Spitze seines Schwerts zu spüren glaubte. Deutlich erinnerte er sich an den Triumph in Skyes Augen. Wie stolz sie immer war ... Sie unterwarf sich niemals, mochte sie auch besiegt sein. Während die Schneide ihr Hemd zerrissen hatte, war ihm Skyes Blick immer noch voller Herausforderung begegnet. Wie gern hätte er diese vollen, runden Brüste umfaßt ...

Stöhnend griff er nach der Flasche und nahm noch einen Schluck Rum. Wäre er vernünftig gewesen, würde er Skye nach Cameron Hall bringen und dort einquartieren, seinen Geschäften nachgehen und so bald wie möglich wieder zuschlagen. Wäre er vernünftig ... Aber die Vernunft ließ ihn manchmal im Stich. Ein Blick auf Skye, und er wurde erneut zum Kampf herausgefordert. Weil er die Wahrheit wissen wollte.

Nein, er wollte sie, er begehrte sie mit all den wilden Flammen, die in seinem Herzen loderten, und es fiel ihm immer schwerer, die Qual des Infernos zu ertragen, das er selbst geschaffen hatte. Er hätte sie nicht küssen, nicht berühren sollen. Und er dürfte nicht hier sitzen und an sie denken — an ihr weiches Haar auf seiner Hand, an die vor Leidenschaft verschleierten Augen, ihre Hüften, die sich unter seinen bewegten ...

Am nächsten Tag schien Lord Cameron ihr absichtlich auszuweichen. Davy war wieder frei und nur mäßig bedrückt, als er sie bediente. Sie freute sich, den Jungen, Bess und Tara um sich zu haben, während sie den vorbeiziehenden Küstenstreifen beobachtete.

Als sie am folgenden Tag an der Reling stand, kam Roc Cameron zu ihr. »North Carolina, Madame. Wir nähern uns Virginia. Bald müßten wir die Chesapeake Bay und den James River erreichen — und Cameron Hall«, ergänzte er nach einer kleinen Pause.

»Wie nett! Ich nehme an, dann werde ich meinen Vater sehen.«

»Sicher ist er im Haus. Bevor ich lossegelte, traf ich Spotswood. Er wußte, daß Ihr Schiff gekapert worden war und daß ich Sie von der Insel des Falken holen würde. Zweifellos hat er Ihrem Vater vorgeschlagen, uns in meinem Haus zu erwarten.«

»Wir werden die Dinge möglichst schnell regeln.«

»Vielleicht.« Er zeigte zur Küstenlinie. »Meeresarme und Inseln, so viele Schlupfwinkel für allerlei Gesindel … Spotswood bedauert die Regierung von North Carolina. Er selbst hat eine recht tüchtige Miliz, und er ist ein militärisch orientierter Mann, müssen Sie wissen.«

Skye hob das Kinn. »Ich kenne den Gouverneur, Lord Cameron, da ich unweit von seinem Palast aufgewachsen bin.«

»Aber nach der Fertigstellung haben Sie das Haus noch nicht gesehen.«

»Nein.«

»Ein schönes Gebäude — und die Bälle, die dort stattfinden, sind berühmt.« Lächelnd fügte er hinzu: »Wenn Sie ein braves Mädchen sind, werde ich Sie einmal zu einem solchen Fest mitnehmen.«

»Benehmen Sie sich anständig, Sir! Dann will ich dafür sorgen, daß Sie Ihre Beine noch gebrauchen und auf einen Ball gehen können.«

Roc Cameron lachte leise. »Lady, Ihre Drohungen erinnern mich an einen Spatz, der einen Falken herausfordert.«

Als er das Wort ›Falke‹ aussprach, schaute sie rasch zur Seite.

Zwischen zusammengebissenen Zähnen stieß er hervor: »Niemals werden Sie mich besiegen, Madame. Hören Sie auf, es zu versuchen, und wir werden sicher gut miteinander auskommen. Es liegt mir sehr am Herzen, Ihr Wohl zu gewährleisten.«

»Mein Wohl — in Ihrem Bett!« platzte sie heraus, dann wurde sie feuerrot und sah sich nach einem Fluchtweg um. Hatte sie das tatsächlich gesagt? Nun lachte er sie wieder aus, und seine Stimme nahm einen zynischen Klang an, als er etwas näher zu ihr rückte.

»Sagen Sie doch, meine Liebe — was wissen Sie von solchen Dingen?«

»Nichts!« Hastig wechselte sie das Thema. »Vater meint, Alexander Spotswood würde Gouverneur Eden mißtrauen, dessen Regierung nicht nur arm, sondern vielleicht auch korrupt sei. Angeblich erlaubt er Piraten, sichere Häfen in seinen Gewässern aufzusuchen — gegen ein gewisses Entgelt.«

»Manche Männer haben ihren Preis.«

»Sie auch?«

Langsam schüttelte er den Kopf. »Nein, Mylady. Aber ich habe meine Fehler. Zweifellos würden Sie auch Arroganz dazu zählen.«

»Und einen beklagenswerten Mangel an Ehrerbietung«, fügte sie honigsüß hinzu.

»Mag sein. Aber ich lasse mich nicht kaufen, für keinen Preis der Welt. Bedenken Sie das, Madame, falls Sie eines Tages mit mir zu verhandeln wünschen.«

Er wandte sich ab, und sie blieb allein an der Reling stehen. Trotz des warmen Tages fröstelte sie.

Als sie am nächsten Morgen erwachte, segelte das Schiff in der Chesapeake Bay. Rasch kleidete sie sich an, frühstückte und ging an Deck. Mittlerweile hatten sie den James River erreicht. An Bord herrschte reges Leben und Treiben, während die Besatzung die Segel trimmte oder einholte.

»Wie schön, Mylady! Finden Sie nicht auch?«

Sie drehte sich zu Bessie und Tara um, die Arm in Arm zum Ufer starrten. Dies mußte ein Traum für die beiden Mädchen sein. In der Alten Welt hatten sie Armut und Enge zurückgelassen. Nun blickten sie erwartungsvoll der Neuen Welt entgegen. Lächelnd stimmte Skye zu: »O ja, hier ist es wundervoll.«

Sie schaute zum Ruder. Lord Cameron steuerte die *Lady Elena* selbst durch den Fluß. Dabei glich er eher einem Aristokraten als einem Seemann. Zu einem vornehmen Brokatrock trug er blaue Satinhosen, Schuhe mit Silberschnallen und einen Dreispitz mit Adlerfedern. Um den Zopf seiner Perücke war ein dunkles Samtband geschlungen. Hoch aufgerichtet und sehr selbstsicher stand er da. Er betrachtete das Land, dann wandte er sich zu ihr, als hätte er instinktiv ihren Blick gespürt. Sofort richtete sie ihre Augen wieder auf das Ufer.

Wenig später wurde ein Kanonenschuß befohlen. Lord Cameron war heimgekehrt.

Das Haus auf dem Gipfel eines Hügels war unmöglich zu übersehen. Aus Ziegeln gebaut, wirkte es sowohl elegant als auch imposant. Hohe Säulen stützten das Dach einer breiten, geschwungenen Veranda. Mit den zahlreichen Nebengebäuden sah Cameron Hall fast wie ein kleines Dorf aus. Sattgrünes Gras bedeckte den Hang, der zum Fluß hin abfiel. An einer Seite des Landsitzes standen Bäume, dahinter erstreckten sich Felder.

»Meine Ururgroßeltern haben dieses Grundstück der Wildnis entrissen.«

Verwirrt drehte sich Skye um. Der Kapitän hatte das Ruder verlassen, um an ihre Seite zu treten.

»Als junger Bursche kam Jamie Cameron hierher und erforschte das Land zusammen mit John Smith. 1621 holte er seine Braut. Er errichtete einen Pfahlzaun, und sein erstes Haus war aus Holz. Während des Massakers zu Ostern 1622 wurden auch die Camerons von den Indianern angegriffen, die Jassy entführten.«

Lächelnd schüttelte sie den Kopf. »Sir, ich weiß, daß wir die Indianer weit ins Landesinnere zurückgedrängt haben. Versuchen Sie mir Angst einzujagen?«

»Keineswegs, meine Liebe.«

»Ich nehme an, Ihre Ururgroßmutter wurde gerettet?«

»Natürlich. Wir Camerons sind ganz versessen darauf, unsere Damen aus höchster Not zu befreien.« Er zeigte zum Haus. »Dort können Sie die Haupthalle sehen. Dieser Trakt wurde zuerst gebaut. König James starb, und Charles der Erste bestieg den Thron. Dann begann der Krieg zwischen den englischen Royalisten und dem Parlament. Eion Cameron segelte nach Hause, um an der Seite der Königstreuen zu kämpfen. Er fiel in einer Schlacht gegen Cromwells Soldaten. Wir verloren einige unserer englischen Liegenschaften, England wurde vom Protektorat regiert. Sogar unser Besitz in Virginia war gefährdet.

Aber dann starb Cromwell, und der gute Charles der Zweite wurde gebeten, die Krone zu übernehmen. Eions Sohn erhielt unser englisches Eigentum zurück, als er die Leiche seines Vaters holte. Er begrub sie auf Cameron Hall. Sein Sohn, wieder ein Jamie, baute den Ostflügel an. James der Zweite wurde nach dem Tod seines Bruders gekrönt, und Jemmy, der Herzog von Monmouth — Charles' Lieblingsbastard —, versuchte seinen Onkel vom Thron zu stürzen und ihn als Papisten zu diskreditieren. Nun, Jemmy endete auf dem Schafott, und James zuckte bei der Hinrichtung vermutlich mit keiner Wimper. Angeblich war Jemmy hübsch und wakker gewesen, und er hatte viele Anhänger. Viele kamen nach Cameron Hall. Hier gibt es Geheimgänge, die zum Meer führen.«

»Ah! Die Camerons haben also Verbrecher beherbergt.«

»Verbrecher? Niemals! Nur Leute, die eine andere Meinung vertraten als die Mehrheit, Madame — leidenschaftliche, in ihrer Loyalität manchmal unvernünftige Menschen. Jamie ging kein großes Risiko ein, als er die

Revolutionäre des Herzogs aufnahm. James saß nicht lange auf dem Thron. William von Oranien war ein mürrischer Bursche, aber offenbar sehr klug. Zusammen mit James' Tochter Mary begann er seine eigene blutlose, ›glorreiche‹ Revolution, und mit protestantischer Rechtschaffenheit eroberten sie die Krone. Sie waren ein sehr tolerantes Paar. Aber die arme Mary starb schon bald, dann saß William auf dem Thron, dann Königin Anne, und nun ist ein Deutscher aus Hannover ihr Nachfolger. In der Zwischenzeit kämpften wir hier auf Cameron Hall nur gegen Indianer und Moskitos und Krankheiten. Hin und wieder segelten wir los, um vor unseren Küsten den Spanieren Seeschlachten zu liefern, wann immer unser jeweils regierender Monarch ihnen den Krieg erklärt hatte. Wir sahen Jamestown zweimal brennen, und mein Vater war entzückt, als Williamsburg zur Hauptstadt ernannt wurde.«

»Und was pflegt Sie zu entzücken, Mylord?« wollte Skye wissen.

Diese verfängliche Frage hätte sie nicht stellen dürfen. Er ergriff ihre Hand und küßte sie. »Daran erinnere ich mich nicht so genau ... Aber seit ich Sie kenne, finde ich große Freude an Ihrer Gesellschaft.«

Seine Augen funkelten boshaft, und sie riß sich rasch los. »Ich glaube eher, es macht Ihnen Spaß, mich zu ärgern.«

Höflich verneigte er sich. »Auch das, Lady Cameron.« Er kehrte ans Ruder zurück, erteilte seinen Männern neue Befehle.

Sein vielsagender Blick war ihr nicht entgangen. Er schien die Wahrheit zu kennen, und deshalb quälte er sie gnadenlos. Die Zähne zusammengebissen, starrte sie zum Ufer. Die *Lady Elena* näherte sich dem Kai, wo eine große Menschenmenge wartete. Bald wurden alle Segel eingeholt, und die Seeleute warfen die Taue aus, um das

Schiff festzumachen. Ehefrauen riefen nach ihren Männern, Kinder nach ihren Vätern. Fasziniert beobachteten Tara und Bessie die lebhafte Szene.

Stumm überlegte Skye, wie ihre Zukunft verlaufen würde, und schaute zum Haus hinauf. Dort würde sie ihren Vater antreffen, dieser Katastrophe ein Ende bereiten, um mit ihm nach Hause zurückzukehren, nach Williamsburg, zu ihren Freunden. Als Lord Kinsdales Gastgeberin würde sie gemeinsam mit der Haushälterin Mattie viele Partys planen, die Schönheit der Gärten wiederentdecken, den neuen Gouverneurspalast besichtigen. Alles würde sich zum Guten wenden. Und wenn sie ihr gewohntes Leben fortsetzte, würde sie den Silberfalken und seinen hochwohlgeborenen Vetter bald vergessen.

Die Laufplanke wurde an den Kai gelegt, und Lord Cameron ging wieder zu Skye. »Meine Liebe?« Er nahm ihren Arm, ohne ihren Widerstand zu beachten.

»Ich bin nicht Ihre Liebe!«

»Kommen Sie!« befahl er.

Ihr blieb nichts anderes übrig, als ihm zu folgen. »Warten Sie nur, bis ich meinen Vater wiedersehe!« drohte sie flüsternd.

»Die Spannung raubt mir den Atem, Madame.« Auf der Laufplanke verlangsamte er seine Schritte, ein charismatisches Lächeln umspielte seine Lippen, mit einer gebieterischen Geste brachte er den allgemeinen Begrüßungsjubel zum Schweigen. »Meine junge Frau Skye, Lady Cameron!« verkündete er. Ein neuer Begeisterungssturm brach los. Kinder rissen sich von mütterlichen Röcken los und drängten nach vorn, um die fremde Lady genauer zu betrachten. Halstücher wehten in der Luft.

Lord Cameron führte Skye an Land, wo er ihr in so rascher Folge mehrere Leute vorstellte, daß ihr der Kopf schwirrte. »Meine Liebe, das ist Mary, die Tochter des Rektors. Seine Frau Jeanne... Mr. Tibault und Mr. Oskin, unsere Pächter, die im Norden hundert Morgen bewirtschaften. Mrs. Billingsgate ...« Er hauchte einen Kuß auf die errötende Wange einer alten Frau. »Ihr verstorbener Mann ist mit mir zur See gefahren. Sie betreibt einen kleinen Laden am Kai, wo sie auch Tee und Ale serviert, und sie bäckt wunderbare süße Biscuits.«

Mrs. Billingsgate knickste vor der Lady und schaute anbetend zu Cameron auf. Wie Skye zugeben mußte, hatte er einen gewissen Charme, der seine Leute zu bannen schien.

»Ah, die Kutsche!« rief er und zog Skye mit sich, während er sie mit weiteren Koloniebewohnern bekannt machte. Sie nickte nach allen Seiten, lächelte Leuten zu, deren Namen sie sich wohl kaum merken würde. Warmherzig wurde sie willkommen geheißen und fand keine Gelegenheit zu erklären, sie sei nicht Camerons Frau und würde es niemals sein.

Er geleitete sie zu einer Kutsche mit dem Cameron-Wappen am Wagenschlag, den ein Lakai aufhielt. Vier schöne Apfelschimmel bildeten das Gespann. Skye stieg ein, gefolgt von Cameron, und setzte sich. Der Kutscher ließ darauf seine Peitsche knallen, und die Pferde trabten los. Die blaue Samtpolsterung fing einen Großteil der Erschütterungen auf, die während der Fahrt entstanden.

Roc Cameron beobachtete Skye. »Was mißfällt Ihnen so sehr, Madame?«

Sie rückte möglichst nahe zur Tür, um seiner Nähe zu entrinnen. »Ich weiß nicht, was Sie meinen.«

»Ich möchte wissen, was Ihren Unmut erregt. Cameron Hall ist sicher nicht die größte Plantage von Tidewater, Virginia. Trotzdem bin ich sehr stolz auf mein Heim, wo Sie allen erdenklichen Luxus vorfinden werden, Mylady. Wir sind ein Seefahrervolk, und im Lauf der Zeit konnten wir zahlreiche Kostbarkeiten aus der ganzen Welt importieren. Was haben Sie also gegen Ihre Position als Lady Cameron einzuwenden?«

Sie lächelte sanft. »Es ist *Lord* Cameron, der mir unerträglich erscheint«, erwiderte sie und wandte sich rasch zum Kutschenfenster.

Sie hörte ihn leise lachen. »Nun, wir werden ja sehen.«

»Aye, das werden wir!«

Der Wagen hielt, die Tür schwang auf, und Cameron sprang hinaus. Dann hob er Skye vom Trittbrett herab. »Ja, wir werden es sehen«, bekräftigte er.

Bestürzt spürte sie, wie heftig ihr Herz schlug. Sie senkte den Blick und machte sich hastig von Roc Cameron los. Ihren Ellbogen umfaßt, führte er sie die Verandastufen hinauf. Die Haustürflügel standen offen, und sie betraten eine große Halle mit blankpoliertem Holzboden, wo sie von einem höchst korrekten Butler in stattlicher Livree erwartet wurden.

»Wie geht's, Peter?« erkundigte sich Cameron.

»Danke, gut, Sir. Die Gicht macht meinem Bein ein bißchen zu schaffen, aber sonst ist alles in Ordnung.« Mit einer tiefen Verbeugung vor Skye fügte Peter hinzu: »Willkommen, Mylady, und herzlichen Glückwunsch.«

Das gesamte Personal war versammelt, um die neue Hausherrin zu begrüßen. Skye lernte die Reitknechte kennen, die Köchin, die Stuben- und Küchenmädchen. Obwohl sie innerlich vor Wut kochte, lächelte sie freundlich. Nein, sie würde nicht hierbleiben. Aber mit jeder Minute spürte sie, wie sich die Ehefesseln enger um sie schlangen.

Am Ende der Dienstbotenreihe stellte sie fest, daß ihr Gemahl verschwunden war. Aber der Butler stand bereit und verneigte sich wieder. »Mylady, nun werde ich Sie zu Ihrem Zimmer bringen. Wenn Sie mir bitte folgen würden ...«

»Danke, Peter. Wo ist mein Vater? Lord Cameron sagte, er würde hier sein.«

»Lord Kinsdale ist noch nicht eingetroffen.«

»Oh«, murmelte sie enttäuscht.

Er wies auf eine anmutig geschwungene Treppe, und sie stieg hinter ihm zu einer Ahnengalerie hinauf, wie sie zur Zeit Königin Elizabeth I. beliebt geworden war. Skye blieb stehen und betrachtete die Gemälde all der Camerons, schöner Frauen und stolzer, kühner Männer. Zu viele mit verwirrenden Silberaugen, dachte sie und erschauerte. Hier könnte auch das Porträt des Falken hängen. Wenn man ihn rasierte, modisch kleidete und ihm eine Perücke aufsetzte ...

»Mylady, hier entlang, bitte.« Peter führte sie durch einen schmaleren Korridor zum Westflügel und öffnete die Doppeltür eines großen Schlafgemachs. Die Fenster, die fast von der Decke zum Boden reichten, gingen zum James River hinaus. Angesichts des schönen Anblicks seufzte Skye in unwillkürlicher Bewunderung. Aber als sie sich im Zimmer umsah, verflog ihr Entzücken sehr schnell. Es wurde von einem riesigen Vier-Pfosten-Bett mit hübschen blauen Samtvorhängen beherrscht. Rechts standen Bücherregale, links, nahe dem Kamin, mehrere Ohrensessel. Die Schränke in zwei Ecken paßten zu der Truhe am Fußende des Betts. Ein massiver Eichenschreibtisch gegenüber dem Kamin und ein weiß gedeckter Eßtisch an einem Fenster vervollständigten die Einrichtung.

Eine offene Tür führte in den Ankleideraum. Skye trat auf die Schwelle, entdeckte einen Waschtisch, eine große Sitzbadewanne aus Messing und einen Stuhl. An einem Gestell hing Männerkleidung.

Als sie sich wieder zum Schlafgemach umdrehte,

brachte man gerade ihre Truhen herauf. Sie schaute sich wieder um. Zweifellos war dieser Raum für einen Mann eingerichtet worden. »Das kann unmöglich mein Zimmer sein«, protestierte sie, zu Peter gewandt.

Der Butler blinzelte verwirrt. »Natürlich ist es Lord Camerons Zimmer. Er wies mich an, Sie hierher zu bringen, Lady Cameron.«

»Aber ich bin nicht wirklich ...« Sie verstummte, nicht gewillt, mit einem Dienstboten zu streiten. Die Leute, die ihr Gepäck herauftrugen, lächelten alle so freundlich, sichtlich überzeugt vom Eheglück ihrer neuen Herrin. Wenn sie ihren Unmut äußerte, würde man sie sicher für verrückt halten. Sie mußte mit Lord Cameron kämpfen — nicht mit seinem Personal. Die Hände geballt, ging sie auf Peter zu. »Wo ist Ihr Herr?«

»Er hat zu tun, Mylady.«

»Danach habe ich nicht gefragt. Wo ist er?«

»In seinem Büro, Mylady, nur — an Ihrer Stelle würde ich nicht ...«

»Nein, Sie nicht«, unterbrach sie ihn mit einem sanften Lächeln, »aber ich habe sicher das Recht, ihn zu stören.« Entschlossen verließ sie das Schlafzimmer, eilte durch die Ahnengalerie und die Treppe hinab. In der Halle stieß sie eine Tür zur Linken auf und blickte in einen offiziellen Speisesaal. Über dem Kaminsims hingen gekreuzte Schwerter, auf einem Perserteppich stand eine Tafel, an der mindestens zwanzig Personen Platz fanden. Das Cameron-Wappen schmückte die gegenüberliegende Wand, die Fenster boten eine schöne Aussicht auf grüne Hügel.

Skye warf die Tür zu und ging weiter. Hinter der nächsten Tür lag ein Musikzimmer mit bequemen Sesseln und Stuckdecke. Ein Salon war im Stil des französischen Sonnenkönigs ausgestattet.

Als sie die erste Tür auf der anderen Hallenseite öffnete, fand sie endlich Lord Cameron, der hinter einem wuchtigen Schreibtisch saß. In seiner Nähe stand ein Globus auf dem Boden, unzählige Bücher füllten die Wandregale.

Die Stirn gerunzelt, sah er von einem Brief auf. Er bat sie nicht, einzutreten. Schweigend musterte er sie, während sie unsicher auf der Schwelle innehielt. Skye wußte nicht, was sie sagen sollte. Es wäre wohl besser gewesen, das Personal nicht aufzuscheuchen, auf alles klaglos einzugehen und sich später in den Stall zu schleichen, ein Pferd zu entwenden und nach Williamsburg zu fliehen.

»Haben Sie etwas mitzuteilen?« fragte Petroc Cameron. »Oder sind Sie nur gekommen, um mich anzustarren?«

»Nein, selbstverständlich nicht.«

»Dann treten Sie doch näher.«

Skye schloß zögernd die Tür hinter sich und nahm auf dem Sessel vor dem Schreibtisch Platz. »Sie haben mich in Ihrem Zimmer einquartiert.«

Unschuldig lächelte er sie an. »Nun, Sie sind meine Frau.«

»Das bestreite ich.«

»Sie können auch die Existenz der Sonne bestreiten, Madame, und sie wird trotzdem Tag für Tag aufgehen.«

Erbost schlug sie mit der Faust auf den Tisch. »Sie sagten, mein Vater würde hier sein.«

»Ja, ich erwarte ihn.« Das war die reine Wahrheit, und er verstand genausowenig wie Skye, daß Theo noch nicht eingetroffen war.

Ihre Augen wurden schmal. »Wenn er hier wäre, würden Sie nicht versuchen, mich in Ihrem Zimmer unterzubringen.«

»Madame, wenn Ihr Vater hier wäre, sein Vater und

der Vater seines Vaters, würde ich Sie trotzdem in meinem Schlafzimmer unterbringen. Sie sind meine Frau.«

»Aber ...«

»An Bord des Schiffes habe ich Sie geschont, Mylady, aus Rücksicht auf die heikle Situation. Jetzt sind wir zu Hause, auf festem Boden, und ich habe keine Lust, noch länger zu warten.«

Offensichtlich meinte er es ernst, und wenn ihr die Flucht an diesem Nachmittag mißlang, würde es keinen Ausweg geben. Ihr Magen krampfte sich zusammen. Was würde er tun, wenn er herausfand, daß sie nicht mehr unberührt war? Würde er sie dann freigeben? Doch sie fürchtete den Zorn, den er angesichts dieser Entdeckung empfinden würde. Und sie würde seine intime Nähe nicht ertragen, denn er weckte viel zu verwirrende Gefühle ihn ihr.

»Ich kann nicht«, erwiderte sie, sprang auf und wanderte nervös umher.

»Was können Sie nicht?«

Heißer Schmerz erfaßte ihr Herz, weil sie nun ihre Liebe verraten würde — ihre Liebe zum Silberfalken, der ungeahnte Gefühle in ihr entfacht hatte — wilde Leidenschaft und sanfte Zärtlichkeit. »Ich kann nicht Ihre Frau sein, weil ...«

»Weil?« fragte Roc Cameron.

Skye kehrte ihm den Rücken und trat ans Fenster. »Ich bin nicht, was ich scheine, denn er hat — er hat mich vergewaltigt.«

»Er hat — was?« Krachend stürzte der Schreibtischstuhl um. Roc lief zu Skye und packte sie an den Schultern. »Was?«

»Er ist ein Pirat, das wissen Sie. Ein grausamer Schurke ...«

»Und er hat Sie vergewaltigt?«

»Ja!« Unbehaglich schüttelte sie seine Hände ab und lehnte sich an die Tischkante.

»Mein Gott! Er hat Sie — eine Frau seiner Sinnenlust unterworfen, gegen Ihren Willen?«

»Natürlich.« Sie senkte den Kopf und strich ihre Wangen, als würde sie Tränen tiefer Scham wegwischen.

»Das haben Sie mir verschwiegen.«

»Anfangs wollte ich nicht darüber sprechen. Aber jetzt müssen Sie es wissen, Lord Cameron, damit Sie sich nicht länger mit dieser absurden Ehe belasten. Ich gebe Sie frei, damit Sie sich eine unschuldige Braut suchen können, und ich werde alle nötigen Papiere unterschreiben ...«

»Nein, meine Liebe«, unterbrach er sie leise.

»Was?«

Als er auf sie zukam, blickte sie auf, starrte in seine Silberaugen und überlegte, was er denken mochte. »Ihre — Ehrlichkeit ist bewundernswert, Mylady. Aber denken Sie wirklich so schlecht von mir? Sie sind meine Frau, vor Gott und den Menschen. Trotz Ihres großmütigen Angebots werde ich Sie nicht verstoßen. Kehren Sie in unser Zimmer zurück, Liebste. Wenn ich meine Geschäfte erledigt habe, werde ich Sie dort treffen.«

Ungläubig schaute sie ihn an. Seine Augen glühten in den flackernden Schatten des Lampenlichts. Langsam neigte er den Kopf herab, und sie war zu verblüfft, um sich zu wehren. Voller Leidenschaft verschmolzen seine Lippen mit ihren, zügellos erkundete seine Zunge ihren Mund. Sengende Flammen schienen Skyes ganzen Körper zu entzünden.

Keuchend befreite sie sich aus seinen Armen, verachtete sich selbst und die Leidenschaft, die er in ihr zu entfesseln vermochte. Die Hände in die Hüften gestemmt, beobachtete er sie, mit wissendem Blick. Er lächelte und kam ihr vor wie der Teufel persönlich. »Gehen Sie in unser Zimmer, meine Liebe. Ich folge Ihnen so schnell wie möglich.«

Nur zu gern hätte sie ihm ins Gesicht geschleudert, wie sehr sie ihn verabscheute. Doch das wäre eine Lüge gewesen, und so blieb sie stumm. Sie wollte nicht mehr gegen ihn kämpfen — nur noch davonlaufen.

12

Vor der Bürotür hielt sie sekundenlang inne. Sie mußte die Flucht ergreifen. Eine andere Wahl hatte sie nicht. Wo um Himmels willen mochte ihr Vater sein?

Sie stürmte die Treppe hinauf. Im Schlafzimmer durchwühlte sie ihre Truhen, bis sie eine Jacke und einen Rock fand, die sich besser für ihr Vorhaben eigneten als das Kleid, das sie trug. Nervös zog sie sich um, ohne die Tür aus den Augen zu lassen. Aber Lord Cameron erschien nicht.

Ihre Sachen konnte sie nicht mitnehmen. Sie rannte aus dem Zimmer, die Stufen hinab. In der Halle hörte sie Roc Cameron mit dem Butler sprechen und preßte sich an die Wand. Dann huschte sie in den Speisesaal. Schritte hallten draußen auf dem Holzboden, ihr Echo verklang. Skye spähte durch den Türspalt, und als sie sah, daß die Luft rein war, eilte sie zur Haustür und auf die Veranda hinaus.

Es fiel ihr nicht schwer, den Stall zu finden, ein großes, eindrucksvolles Gebäude, durch dessen offenes Tor die Nachmittagssonne schien. Als Skye eintrat, blickte ein junger Reitknecht auf, der gerade Heu zusammenrechte. »Ich brauche ein Pferd«, erklärte sie ihm. »Sie sind Reggie, nicht wahr?«

Er nickte sichtlich erfreut, weil sie ihn wiedererkannte. »Lady Love ist sehr gut und sanftmütig ...«

»O nein!« Skye zwang sich zu einem übermütigen Lächeln. »Ich bin eine geübte Reiterin, und ich möchte ein Pferd, das mir möglichst viel von den Ländereien zeigen kann, solange es noch hell ist.«

»Also, da wäre Lord Camerons Hengst Storm — ein wilder Bursche.« Er musterte sie skeptisch, und er tat ihr leid. Bis jetzt hatte er nur einem einzigen Herrn gedient. Nun gab es auch eine Herrin in seinem Leben, und er schien nicht zu wissen, ob er ihr gehorchen sollte oder ob er seine Lordschaft dadurch verärgern würde.

»Sehr gut, Reggie, holen Sie Storm«, bat sie in einschmeichelndem Ton. »Ich glaube, er ist genau richtig für mich.«

Ihr freundlicher Blick überzeugte ihn. Er führte einen großen Grauschimmel aus einer Box, eines der schönsten Pferde, das Skye je gesehen hatte — außer dem weißen Hengst des Falken auf Bone Cay. Sie biß sich auf die Unterlippe und verdrängte diesen Gedanken. Nervös schaute sie zum Haus hinüber und hoffte, Lord Camerons Korrespondenz würde ihn noch eine Zeitlang in Anspruch nehmen. Als Storm gesattelt war, schenkte sie Reggie wieder ein liebenswürdiges Lächeln. »Danke. Wie flink Sie das gemacht haben! Sicher wird mein Mann Ihre Hilfsbereitschaft zu schätzen wissen, wenn ich ihm davon erzähle.«

Hochrot vor Freude, folgte er ihr in den Stallhof, das Pferd am Zügel, und half ihr in den Sattel. Unsicher blickte sie nach allen Seiten und versuchte sich zu orientieren. Am Fluß entlang, in nordöstlicher Richtung ... Dieser Weg müßte sie nach Williamsburg führen, in drei Stunden, wie Lord Cameron erklärt hatte.

Besorgt schaute sie zum hellblauen Himmel auf und betete darum, daß das Tageslicht andauern möge, bis sie ihr Ziel erreicht hatte. Sie umklammerte die Zügel noch fester, nickte dem jungen Reggie zu und folgte der breiten Zufahrt zwischen hohen Eichen zur Hauptstraße hinab. Über den Pferdehals gebeugt, flüsterte sie: »Lauf, so schnell du kannst, Storm!« Und wie sie gleich darauf feststellte, galoppierte der Hengst atemberaubend schnell dahin. Die Erde donnerte unter den Hufen, Bäume flogen vorbei. Auf der Straße ließ sie ihn das Tempo bestimmen, die Zügel locker in der Hand. Der Wind peitschte ihr ins Gesicht, kühl und frisch, und schien ihr die ersehnte Freiheit zu verheißen. Bald würde sie zu Hause sein, weit weg von dem Piraten, weit weg von seiner Lordschaft.

Nach zwanzig Minuten drosselte sie Storms Geschwindigkeit, aus Angst, er könnte sich verletzen. Sie kam an kleinen Holzhäusern mit Strohdächern vorbei und an üppigen grünen Feldern. An einer Straßenseite grasten Kühe und Pferde, an der anderen erstreckte sich ein dunkler Wald. Früher hatte dieses Land der großen Powhatan-Konföderation gehört. Jetzt lebten hier nur noch wenige Indianer. Kriege und Krankheiten hatten sie dezimiert, von den Weißen waren sie immer weiter nach Westen getrieben worden.

Der Gedanke, von Indianern überfallen zu werden, erfüllte Skye mit fast ebenso großer Angst wie die abendliche Finsternis, die allmählich herabsank. Das Tageslicht schwand viel schneller, als sie erwartet hatte. Bald würde sie von nächtlichem, einsamem Wald umgeben sein — aber nicht eingesperrt, sagte sie sich. Mond und Sterne würden ihr den Weg beleuchten. »Außerdem habe ich dich«, sagte sie zu Storm, der die Ohren spitzte, »also werde ich nicht allein sein. Und ich bin frei. Alles wird gut ...«

Ihre Stimme erstarb, als sie ein Rascheln im Laub hörte. Sie schaute in die Richtung des Flusses. Dort mußte es Häuser geben, Tidewater Virginia war dicht besiedelt. Irgendwo in der Nähe wohnte ein Freund ihres Vaters, Lord Lumley.

Die Schatten verdichteten sich. Skye zügelte den Hengst und beobachtete, wie die Sonne rasch im Westen versank, ohne prächtiges Farbenspiel. Bald würde die Dämmerung von der Finsternis verdrängt werden ...

Plötzlich schien sich etwas im Gebüsch zu bewegen. In wilder Panik bohrte sie ihre Fersen in die Pferdeflanken, und Storm raste weiter, mit wehender Mähne.

Plötzlich schlug ihr ein Zweig ins Gesicht, und sie merkte, daß sie nicht mehr die Straße entlangritt. Das Pferd war in den Wald galoppiert, in ein scheinbar endloses schwarzgrünes Dickicht.

»Nein!« schrie sie und riß an den Zügeln. Nun verstand sie, warum Reggie gezögert hatte, ihr den großen Hengst anzuvertrauen, der viel stärker war als sie. Verzweifelt versuchte sie ihn unter Kontrolle zu bekommen. »Storm!« flehte sie in wachsendem Entsetzen. Zweige zerrten an ihren Kleidern, zerkratzten ihr die Wangen. Würde Storm gegen einen Eichenstamm prallen und sie beide umbringen? »Halt ...«

Ein neues Rascheln drang aus dem Unterholz, und das Pferd bäumte sich auf. Vergeblich bemühte sich Skye, im Sattel zu bleiben. Hart schlug sie am Boden auf und war trotz einer leichten Benommenheit geistesgegenwärtig genug, um sich ins Buschwerk zu wälzen, und den wild schlagenden Hufen zu entgehen.

Storm stürzte, aber er rappelte sich sofort wieder auf und stob davon. Skye blieb allein in der Dunkelheit des Waldes zurück. Eine Zeitlang lag sie einfach nur da, wie gelähmt vor Angst. Sie hörte das Unterholz knacken, während das Pferd hindurchpreschte, und als das Geräusch verklang, nahm sie wieder das leisere Rascheln im Gebüsch wahr. »Oh, du verdammtes Biest!« stöhnte sie, eine Hand auf ihr Herz gepreßt, starrte zum Himmel hinauf und wünschte, der Mond würde heller leuchten.

Es sind nur Insekten im Laub, versuchte sie sich zu beruhigen. Oder Schlangen? Jedenfalls mußte sie weg von hier. Vorsichtig streckte sie die Glieder. Nichts war gebrochen. Sekundenlang schloß sie die Augen und zwang sich, ihre Furcht zu bekämpfen, dann stand sie auf, wischte Blätter und winzige Zweige von ihrem Rock. Sie schlug die Richtung ein, wo sie die Straße nach Williamsburg vermutete, schien aber immer tiefer in den Wald hineinzugeraten. Plötzlich schrie eine Eule dicht über Skyes Schulter, und sie fiel schluchzend auf die Knie. Sie ertrug diese gräßliche Finsternis einfach nicht, schon gar nicht, wenn sie mutterseelenallein war.

Mühsam rang sie nach Fassung und lauschte in die Nacht. Wer mochte sonst noch in dieser Wildnis hausen, außer der unheimlichen Eule? Waren die Indianer wirklich zum Großteil von hier weggezogen? Womöglich gab es Bären in dieser Einsamkeit — Braunbären mit mörderischen Krallen ...

Was mochte die Camerons bewogen haben, sich an einem so gottverlassenen Ort anzusiedeln? Sobald sie Williamsburg erreicht hatte, würde sie nie mehr von dort fortgehen. Aber zuerst mußte sie Williamsburg finden. Taumelnd stand sie auf, dann griff sie an ihren Hals, als sie eine Bewegung hinter sich hörte. Wie erstarrt lauschte sie. Ein Bär! Es mußte ein Bär sein, der langsam, aber zielstrebig näher kam. Sie öffnete den Mund, um zu schreien, aber kein Laut rang sich aus ihrer Kehle. Blindlings wirbelte sie herum und begann zu laufen.

Irgend etwas war in der Finsternis hinter ihr her — unerbittlich ...

Nach einer Weile blieb Skye stehen und lauschte wieder. Stille ... Nein, der Wald schwieg nicht. Das Rauschen des Blutes in ihren Ohren und ihre rasenden Herzschläge übertönten das Rascheln im Gebüsch. Sie wurde verfolgt, es gab keinen Zweifel.

Orientierungslos bewegte sie sich im Kreis, und die Geräusche wurden immer lauter. Lief sie der Bestie entgegen, die es auf sie abgesehen hatte?

Plötzlich schrie sie auf und hob die Arme vor das Gesicht, als sie direkt vor die Hufe eines galoppierenden

Pferdes rannte. Hart zog der Reiter an den Zügeln, das Tier bäumte sich auf. Ein zorniger Fluch erklang, Roß und Reiter jagten an ihr vorbei ins Dickicht.

Keuchend floh sie in die andere Richtung. Wie Spinnenfinger griffen Zweige nach ihrem Haar, Baumwurzeln schienen sich in lebendige Schlangen zu verwandeln, um sie zu Fall zu bringen. Und Wolken schoben sich vor den Mond, als wollte der Himmel sie aus reiner Bosheit in immer schwärzeres Dunkel tauchen.

Ein Schrei zerriß die Nacht, Hände streckten sich nach ihr aus, und sie sank zu Boden, wehrte sich mit aller Kraft gegen den Dämon, der sie überfallen hatte.

»Skye!«

Sie erkannte weder ihren eigenen Namen noch den Mann, der sich über sie beugte. Kreischend schlug und trat sie nach ihm, obwohl sie spürte, daß sie auf verlorenem Posten kämpfte. Er warf sich auf sie, preßte sie an den Waldboden, umklammerte ihre Handgelenke.

»Skye!«

In diesem Moment glitt der Mond hinter den Wolken hervor. Die schwarzen Spinnweben vor ihren Augen schienen sich aufzulösen, allmählich kehrte ihre Vernunft zurück.

Roc Cameron lag auf ihr. Sie starrte ihn an und stieß langsam den angehaltenen Atem aus. Keine wilde Bestie war ihr gefolgt, nur der Mann, den sie angeblich geheiratet hatte. Vielleicht wäre es besser gewesen, einem Bären zu begegnen. »Skye! Um Gottes willen, was machen Sie hier?«

»Was *ich* mache?« fauchte sie. »Das fragen Sie, nachdem Sie mich zu Tode erschreckt haben?«

»Madame, Sie hätten sich beinahe umgebracht, als Sie meiner Stute vor die Hufe rannten — nachdem Sie mich nicht nur verlassen, sondern auch noch mein schönstes Pferd gestohlen hatten.«

»Ich hätte Storm zurückgegeben.«
»Ihre eigene Person auch?«
»Ich gehöre Ihnen nicht.«
»Doch.«
»Darüber kann man streiten.«
»Keineswegs«, erwiderte er leise.

Sie öffnete den Mund, um erneut zu protestieren, doch da verschwand der Mond wieder hinter einer Wolke, und in der Dunkelheit sah Syke nichts mehr außer den Silberflammen in Roc Camerons Augen. Sie begann zu zittern, und als er aufstehen wollte, klammerte sie sich unwillkürlich an ihn. Behutsam schob er ihre Hände beiseite. »Beruhigen Sie sich, meine Liebe, ich möchte nur ein Feuer machen.«

Wie ein Häufchen Elend saß sie unter einem Baum, während er Brennholz sammelte und mit einem Flintstein auf seinen Zünder schlug. Bald züngelten Flammen aus den Zweigen, und ihre Glut beleuchtete Rocs Gesicht. Er hatte sich umgezogen, ehe er Skye gefolgt war. In der schlichten Lederhose und dem Baumwollhemd unter der dunklen Jacke sah er wie ein Waldarbeiter aus. Die Perücke hatte er abgelegt, das dunkle Haar wurde im Nacken von einer Schleife zusammengehalten. In dieser Aufmachung glich er dem Silberfalken mehr denn je.

Die Beine angezogen, das Kinn auf ihre Knie gelegt, beobachtete sie ihn. Als er sich zu ihr setzte, fragte sie: »Warum sind Sie mir nachgeritten? Ich würde auch ohne Ihre Hilfe zurechtkommen.«

»Das bezweifle ich sehr. Zum Glück konnte ich Sie aufspüren, weil Storm mir entgegengaloppierte. Sie haben nicht einmal annähernd die richtige Richtung eingeschlagen, Mylady.«

»Weil ich mich verirrt hatte. Aber ich wäre sicher bald wieder zur Straße gelangt.«

»Natürlich, obwohl Sie in wilder Panik auf mein Pferd

zuliefen. Nun sitzen wir beide hier fest, weil diese dumme Stute nach Hause laufen und Storm sicher die Zügel, mit denen ich ihn festgebunden habe, zerreißen wird, um ihr zu folgen. Verrückt — ein ansonsten so kluger Hengst — und jagt blindlings hinter einem Weibchen her ...«

»So wie Sie hinter mir?«

Er warf ihr einen scharfen Blick zu und erkannte, daß sie zu müde für ein Streitgespräch war. Nachsichtig lächelte er. »So wie ich hinter Ihnen, Mylady.« Er strich ihr eine zerzauste Strähne aus der Stirn. »Warum sind Sie geflohen?«

»Ich wollte zu meinem Vater.«

Roc stand auf, um noch etwas Holz ins Feuer zu legen, dann ließ er sich wieder neben Skye nieder. »Ich mache mir auch Sorgen um ihn, und ich hatte vor, Sie morgen früh nach Williamsburg zu bringen.«

»Morgen?« flüsterte sie unbehaglich.

Er berührte ihre Wange. »Hatten Sie solche Angst vor mir, daß Sie sich lieber der Finsternis aussetzten als meinen ehelichen Zärtlichkeiten?«

Das Blut stieg ihr in die Wangen, und sie senkte den Blick. »Nein — ich ...«

»Was war es dann?«

»Ich — ich ...«

»Sie lügen, Madame.«

»Oh, ich weiß nicht, was ich sagen soll, damit Sie mich verstehen. Ich hasse Sie nicht.«

Cameron erhob sich wieder. »Wir haben überhaupt nichts hier. In meinen Satteltaschen stecken ein paar Lebensmittel. Leider ist das Pferd jetzt weg. Aber wir können uns irgendwas zum Essen suchen. Und ganz in der Nähe gibt es auch Wasser. Ich höre einen Bach plätschern.«

»So?« Lauschend hob Skye den Kopf. »Ich nicht.«

»Vertrauen Sie mir, Madame. Ich bin nicht in der Stadt aufgewachsen, und ich kenne solche Geräusche.«

»Und es ist wirklich nicht weit bis zu diesem Bach?«

»Bestimmt nicht.« Er hielt ihr die Hand hin. »Kommen Sie, ich zeige es Ihnen.«

Sie ließ sich auf die Beine ziehen, schaute aber unwillkürlich voller Sehnsucht in die Flammen, und Roc erriet ihre Gedanken.

»Keine Angst, wir werden uns nur ein kleines Stück vom Feuer entfernen und den Lichtschein die ganze Zeit sehen.«

»Könnten wir zu Fuß bis nach Williamsburg gehen?«

Er schüttelte den Kopf. »Das würde einige Stunden dauern und wäre in dieser dunklen Nacht zu gefährlich.«

»Also bleiben wir im Wald?«

»Hier sind wir sicher. Das Feuer wird bis zum Morgengrauen brennen.«

Roc behielt recht. Als sie sich von ihrem Lagerplatz entfernt hatten, sah Skye immer noch die rötliche Glut. Sicher würde er die Flammen nicht allzu lange unbeaufsichtigt lassen, um keinen Waldbrand zu riskieren. Bald erreichten sie den Bach. Sie kniete am Ufer nieder und trank das klare Wasser aus den hohlen Händen. Auch Roc erfrischte sich.

Während sie zum Lager zurückkehrten, befreite sich der Mond von den Wolken, und sie seufzte erleichtert auf. Sie setzten sich wieder ans Feuer, und nach einer Weile fragte Roc: »Warum fürchten Sie sich vor der Dunkelheit?«

»Niemand weiß es — niemand außer meinem Vater und Hattie und Gretel, meiner Zofe im Londoner Internat.«

»Warum?« beharrte er.

»Es ist so dumm, und es ärgert mich, daß ich diese Angst nicht überwinden kann«, gestand sie verlegen.

»Sobald es finster um mich wird, gerate ich in Panik und bin machtlos dagegen.«

»Und warum fürchten Sie sich so?«

Skye zögerte, dann holte sie tief Atem. Nach all der Mühe, die sie Lord Cameron bereitet hatte, war sie ihm vielleicht eine Erklärung schuldig. »Vater besitzt große Ländereien, auch im Norden.«

»Im Irokesengebiet?«

Skye nickte. »Als es geschah, war ich erst fünf Jahre alt. Mein Vater hatte seinen Eltern und der Familientradition getrotzt, um meine Mutter zu heiraten. Sie war zwar sehr schön, aber nur eine einfache Tavernenkellnerin. Bei der Hochzeit schwor sie, ihn bis in alle Ewigkeit zu lieben und ihm bis ans Ende der Welt zu folgen. Nie werde ich sie vergessen. Sie strahlte soviel Wärme und innere Kraft aus.«

»Sie haben Ihre Mutter sehr geliebt?«

»Heiß und innig. Nun — wir begleiteten meinen Vater, als er sich das Grundstück im Irokesengebiet anschaute. Während er mit einem Landvermesser unterwegs war, blieben wir in einer kleinen Hütte. Wir hatten nur eine einzige Dienerin mitgenommen. Mutter sang und war glücklich, weil sie sich eine Zeitlang nicht mehr an ihre Manieren erinnern und keine feine Dame spielen mußte. Plötzlich verstummte sie und stieß mich durch eine Falltür in den Keller hinab, wo im Sommer Wein und Ale gekühlt wurden. Da unten war es stockdunkel, und der Boden aus festgestampfter Erde roch modrig.«

Sie zögerte, rang nach Luft, und es fiel ihr unendlich schwer, weiterzusprechen. Diese Schwächegefühle haßte sie ebenso wie die Notwendigkeit, jemandem davon zu erzählen. Doch Lord Cameron wußte es wahrscheinlich ohnehin. Vater würde sie wohl kaum mit ihm verheiratet haben, ohne ihn über ihre Angst vor der Finsternis zu informieren.

»Und was geschah dann?« fragte Roc.

»Sie ermahnte mich, keinen Laut von mir zu geben, schloß die Falltür, und dann hörte ich einen grausigen Lärm, als würde die ganze Hütte einstürzen. Meine Mutter schrie, und ich öffnete die Falltür einen Spaltbreit, um nach oben zu spähen. Da sah ich, wie buntbemalte Indianerkrieger über sie herfielen. Entsetzt von diesem Anblick, warf ich mich auf den feuchten Erdboden. Einer riß die Tür auf und starrte lachend auf mich herab. Mit blutbefleckten Händen griff er nach mir. In diesem Moment kehrte Vater zurück und erschoß ihn. Der Tote fiel auf mich, die Falltür schloß sich, und ich war mit der Leiche im Dunkel eingesperrt. Sicher dauerte es nicht lange, bis Vater mich fand, aber es kam mir wie eine Ewigkeit vor.«

»Und die Indianer haben Ihre Mutter getötet?«

Skye schüttelte den Kopf. »Ehe sie von den Kriegern überwältigt werden konnte, nahm sie sich das Leben. Sie — sie liebte Vater. Und deshalb verstehe ich nicht, warum ...« Sie verstummte, wollte keine bittere Anklage aussprechen, während Lord Cameron so nett zu ihr war und sie ihm ihr Herz ausschüttete.

»Sie verstehen nicht, warum er Sie gezwungen hat, mich zu heiraten?«

»Ich verstehe nicht, warum er mich überhaupt zu einer Ehe gezwungen hat.« Hoffnungsvoll schaute sie Roc an. Nie zuvor hatte sie so ernsthaft und aufrichtig mit ihm geredet, wie mit einem richtigen Freund. »Sagen Sie doch — es kann nicht legal sein.«

»Es ist legal.« Seine Stimme klang beinahe mitfühlend. »Was ist so schrecklich daran? Ich bin kein Ungeheuer.«

»Das habe ich ja auch nicht behauptet. Es ist nur ...«

Skye zögerte. »Ich kann es Ihnen nicht begreiflich machen.«

Er schwieg sehr lange. Das Plätschern des Bacl drang herüber, sie spürte die Wärme des Feuers im Ge sicht. Sie fühlte sich wohl, die Nacht erschreckte si nicht mehr, denn Roc saß an ihrer Seite.

»Haben Sie sich in meinen schurkischen Vetter ver liebt?« fragte er unvermittelt.

»Natürlich nicht!« Erregt sprang sie auf. »Er — er is ein Pirat, und ich sagte Ihnen doch ...«

»Ja, er hat grausame Gewalt angewandt.« Eine neue Wolke verhüllte den Mond und warf rätselhafte Schatten auf Rocs Silberaugen.

»Ja — allerdings«, stammelte Skye unsicher.

Plötzlich lächelte er und streckte ihr die Hand entgegen. »Legen Sie sich zu mir, auf den weichen Waldboden. Ich werde Sie nur in meinen Armen halten — und sonst gar nichts tun.«

»Ich — ich ...«, wollte sie protestieren, doch ihr blieb nichts anderes übrig, als seiner Aufforderung zu folgen, denn er umfaßte einen ihrer Fußknöchel, riß daran, und sie landete der Länge nach an seiner Seite. Lachend umklammerte er sie, als sie empört aufspringen wollte.

»Ist ja schon gut.« Er drückte sie an sich, und seine Worte übten eine seltsam besänftigende Wirkung aus. Da sie auf der Seite und er hinter ihr lag, brauchte sie wenigstens sein Gesicht nicht zu sehen und konnte ihre Verwirrung einigermaßen meistern. Sein warmer Körper erschien ihr wie ein schützender Wall, und sie schloß die Augen. »Sie wollten mich schon mehrmals einem Piraten überlassen, weil ich Ihnen so zur Last falle«, flüsterte sie.

»Nun, Sie sind ja auch eine wahre Last«, stimmte er zu.

Sie widersprach nicht, und bald schlief sie zufrieden in seinen Armen ein.

Als das Tageslicht anbrach, träumte sie, und doch war es Wirklichkeit. Sonnenstrahlen bahnten sich einen Weg durch das Laub der Bäume, und sie hörte die Melodie eines sprudelnden Wassers.

Die Lagune …

Sie lag am Teich, mit dem Silberfalken, spürte die Sonnenwärme, sog den Duft der Erde ein. Und sie spürte die Hände ihres Liebhabers, sanft und doch aufreizend, seinen heißen Atem im Nacken, seine Finger auf ihren Brüsten, seinen stahlharten Körper an ihrem Rükken.

Eingesponnen in einem Gewebe aus Musik und Gefühlen, war sie eine Träumerin in einem fernen Paradies. Die Hände ihres Liebhabers glitten unter ihr Hemd und streichelten ihre Schenkel. Sie wollte sich umdrehen und ihn umarmen, doch er hielt sie fest umfangen. Nicht mehr zärtlich, sondern fordernd ergriff er ihre Hüften und vereinte sich mit ihr, drang tief in sie ein. Verblüfft schnappte sie nach Luft, und er flüsterte beruhigend in ihr Ohr: »Pst …« Mit der Kraft des Windes und der Wellen bewegte er sich in ihr, und bald ging ihre Bestürzung in reines Entzücken über. Leise schrie sie auf, wollte nach der Sonne greifen, immer höher empor, doch das Licht war in ihrem Innern, schien zu bersten, verwandelte sich in süße Flüssigkeit, füllte ihre Glieder, das Zentrum ihres Seins. Sie spürte, wie er stöhnend erschauerte. Ein letztes Mal preßte er sie an sich, dann erschlaffte sein Körper, still lag seine Hand auf einem ihrer entblößten Schenkel.

Skye öffnete die Augen, sah Bäume über sich, hörte ganz in der Nähe einen Bach plätschern … Ihr Liebhaber zog sich zurück, und als er seine Hose schloß, streifte Wildleder ihre nackte Haut.

Es war kein Traum.

Wütend drehte sie sich zu ihrem Mann um. Zufriedenheit, Freude und männlicher Triumph glänzten in seinen Silberaugen.

»Oh!« schrie sie und streifte hastig ihre Röcke nach unten. Er stützte sich auf einen Ellbogen, vollständig und respektabel bekleidet. »Wie konnten Sie nur!«

Ein Schleier schien sich über seine Augen zu legen. »Ja, in der Tat, Madame. Wie konnte ich nur so lange warten!«

»Sie wußten doch ...« Skye verstummte.

»Was?«

»Daß ich Ihnen nicht angehören will.«

»Nein?« Geschmeidig stand er auf. »Verzeihung, meine teure Gemahlin, aber ich hörte Sie nicht protestieren und spürte keine Gegenwehr. Ich nahm nur ein süßes Stöhnen aus Ihrem Mund wahr, die rhythmischen Bewegungen Ihrer Hüften und einen atemlosen Schrei, als Sie Erfüllung fanden.«

»O Gott!«

»Und Sie behaupten, ich hätte Gewalt angewandt?«

»Ja.«

Seine Augen verengten sich. »So wie dieser gräßliche, verachtenswerte Pirat?«

Entrüstet sprang sie hoch und schlug ihn mit aller Kraft, die sie aufbieten konnte, ins Gesicht. Roc ließ es zu, doch dann riß er sie an seine Brust, schlang die Finger in ihr Haar und preßte mit feuriger Entschlossenheit seine Lippen auf ihre. Verbissen bekämpfte sie ihn, bis die Flammen seiner Leidenschaft auch sie erhitzten und ihren Kampfgeist verdrängten.

Der Kuß wurde etwas sanfter, seine Zunge glitt über Skyes Lippen, sein Mund berührte ihre halbgesenkten Lider. »Das nächste Mal werde ich dafür sorgen, daß Sie mich nicht mit einem anderen verwechseln, Madame. Ich werde Sie nicht hinterrücks nehmen, sondern Sie werden mich anschauen und meinen Namen flüstern.«

»Es wird kein nächstes Mal geben!« fauchte sie.

»Oh, doch.«

Verzweifelt, fast weinend schüttelte sie den Kopf. »Ich kann es Ihnen einfach nicht begreiflich machen.«

»Nein, das können Sie leider nicht.«

»Sehen Sie es denn nicht ein?« Nun lösten sich Tränen von ihren Wimpern.

»Was?«

Skye riß sich los und entgegnete mit brüchiger Stimme: »Ich ertrüge es nicht, ebensowenig wie Sie, wenn ich ein Kind bekäme und nicht wüßte, ob es vom Piraten stammt oder von Ihnen. Sie würden mich verachten.«

Er schwieg, und als sie ihn ansah, überraschte sie der schmerzliche Ausdruck in seinen Augen, der aber sofort wieder verschwand. Seufzend verneigte er sich. »Ich werde Sie nicht mehr belästigen, Mylady. Kommen Sie. Bei Tageslicht können wir Williamsburg in wenigen Stunden erreichen.«

13

Am Bach hielten sie kurz an. Roc Cameron trank dur stig das klare Wasser und tauchte seinen Kopf hinein Am liebsten hätte sich Skye in die Wellen geworfen, doch sie begnügte sich mit einem erfrischenden Schluck und wusch sich das erhitzte Gesicht.

Schweigend wartete er auf sie. Das Feuer war bereits im Morgengrauen herabgesunken, und vor dem Aufbruch hatte er die Glut der Asche ausgetreten. Um seinen Hut abzustauben, schlug er ihn gegen seine Hose, dann führte er Skye zur Straße. Sie blieb ein paar Schritte hinter ihm. Erschöpfung und Kummer beschwerten ihr Herz. Sie konnte diese Nacht nicht vergessen, auch nicht die dunklen Geheimnisse, die sie offenbart hatte, oder den beschämenden Morgen. Nun kannte sie Roc besser, und trotzdem wußte sie fast nichts über ihn. Vielleicht würde es ihr doch nicht gelingen, ihm zu entfliehen. Aber wollte sie das überhaupt? Er faszinierte sie und vermochte heiße Flammen in ihr zu wecken. Wenn sie den Mann vergäße, der sie zuerst geliebt hatte ...

Doch jetzt quälten sie andere Probleme. Roc hatte ihr gestanden, auch er mache sich Sorgen um ihren Vater.

Skye blieb stehen, um einen Kieselstein aus ihrem Schuh zu holen, und Cameron wandte sich zu ihr. »Gehe ich zu schnell?«

»Nein ... Nun ja, vielleicht ein wenig.«

»Wir müssen uns nicht so beeilen.« Er griff nach ihrer Hand, als sie ihren Weg fortsetzten, und wenig später hielt er wieder inne. »Da kommt eine Kutsche — hoffentlich meine.«

Der Wagen bog um eine Straßenkurve, und Skye erkannte das vertraute Wappen an der Tür.

»Ich hätte mir denken können, daß man uns folgen würde. Sicher ist Storm der Stute bis nach Cameron Hall nachgerannt.«

Das mochte stimmen, aber jetzt trottete der Hengst fügsam hinter dem Fahrzeug her. Peter saß neben dem Kutscher. Beim Anblick der beiden Wanderer griente er erleichtert und sprang vom Kutschbock. Seine offenkundige Zuneigung zu seinem Herrn erwärmte Skyes Herz. Irgend etwas mußte Roc an sich haben, um solche Gefühle zu erregen.

»Mylord, Mylady!« rief der Butler. »Ich bin ja so froh, daß ich Sie gefunden habe! Als die Pferde ankamen, sorgten wir uns ganz schrecklich.«

»Nun, es ist doch nichts Schlimmes passiert«, erwiderte Cameron, »nur ein eher geringfügiges Mißgeschick. Wir freuen uns auch, Sie zu sehen, Peter. Jetzt müssen wir so rasch wie möglich nach Williamsburg fahren.«

»Ja, Mylord.« Peter öffnete den Wagenschlag. »Nach Williamsburg! Schnell!« wies er den Kutscher an, der seinem Herrn zunickte, den breitrandigen Hut tief in die Stirn gezogen.

Skye überlegte, ob sie den Mann schon einmal gesehen hatte, dann vergaß sie ihn, als Roc ihr in den Wagen half.

Während der Fahrt saß er schweigend in seiner Ekke, anscheinend tief in Gedanken versunken. Angst stieg in ihr auf, und schließlich fragte sie: »Irgend etwas stimmt doch nicht! Wo kann Vater sein?«

»Vielleicht glaubt er, wir würden in sein Haus kommen.«

Sie schüttelte den Kopf. »Wohl kaum. Er wollte uns doch auf Cameron Hall erwarten.«

Beruhigend drückte er ihre Hand. »Bald werden wir es wissen.«

Wenig später hielt der Wagen, und Peter sprang vom Kutschbock, um die Tür zu öffnen. »Wir sind am Stadtrand, Sir. Sollen wir zum Gouverneurspalast fahren oder zu Lord Kinsdale?«

»Zu Lord Kinsdale!« rief Skye über Rocs Schulter hinweg. Als sie seinen Blick auffing, fügte sie hinzu: »Falls Vater daheim ist.«

Die Räder begannen wieder zu rollen, und Skye zog den Vorhang des Wagenfensters beiseite. Williamsburg hatte sich verändert. Sie passierten die neue Kirche, dann entdeckte sie den Gouverneurspalast. Elegant erhob er sich am Ende einer breiten Rasenfläche. Kinder spielten in den Straßen, Händler boten ihre Waren feil. In den Gärten arbeiteten Sklaven, und auf einem Ziegelhaufen vor einem weißen Haus musizierte ein Querpfeifenspieler. Weiter unten an der Straße stand Skyes Vaterhaus, einstöckig, weiß gestrichen, von einem Pfahlzaun umgeben.

Der Kutscher kannte den Weg. Er zügelte das Gespann direkt vor dem Zaungatter, und Skye wartete nicht, bis ihr jemand den Wagenschlag öffnete. Sie sprang auf die Straße und stürmte durch den Vorgarten und die Haustür.

»Vater!«

Schritte näherten sich aus der Richtung des Salons, eine große, hübsche Negerin eilte herbei, und Skye rief erfreut: »Mattie!«

»Skye!« Liebevoll umarmten sie sich. »Oh, mein Kind, wie schön, Sie wiederzusehen! Endlich sind Sie zurückgekehrt! Ihr Vater war so besorgt ...«

»Wo ist er?«

Sie ließen einander los, und Mattie schaute über Skyes Schulter zum Eingang, wo Roc stand. Ehrerbietig knickste sie. »Lord Cameron ...«

»Guten Tag, Mattie.« Lässig schlenderte er in den Salon, und die beiden Frauen folgten ihm. Er benimmt sich, als wäre er hier zu Hause, dachte Skye leicht verärgert. »Wo ist Lord Kinsdale?« fragte er.

»Es ist so schrecklich, Lord Cameron!« Mattie lief zu einem Rosenholztischchen, auf dem mehrere Getränke bereitstanden, und goß ihm einen Cognac ein. Dankend nahm er das Glas entgegen. »Der arme Lord Kinsdale wurde von diesen gemeinen Schurken gefangengenommen.«

»Was?« schrie Skye.

»Vor einer Woche segelte die *Silver Messenger* in den Fluß. Sie kennen ja Ihren Vater, Skye. Er war völlig aus dem Häuschen und beschloß, Sie selber von dieser Insel abzuholen. Voller Tatendrang rannte er in eine Taverne, um einen neuen Kapitän anzuheuern, und der entpuppte sich als Pirat. Gouverneur Spotswood meint, daran sei die Regierung von Carolina schuld. Dieser Abschaum fährt nach North Carolina, dann schleicht er sich an Land hierher. Wenn wir sie fangen, werden wir sie alle aufknüpfen!«

Skye sank in einen eleganten Louis-XIV-Sessel vor dem Kamin und schlug die Hände vors Gesicht. Nur zu gut erinnerte sie sich an das Gemetzel an Bord der *Silver Messenger,* als sie von den Piraten überfallen worden war. O Vater, dachte sie und weinte lautlos. Er war alles, was sie hatte ...

Nein, sie hatte auch noch einen Mann — einen Fremden ...

Sie liebte ihren Vater, und sie brauchte ihn so dringend. Dieser alte Narr! Was war bloß in ihn gefahren? Er hatte sie mit Roc Cameron vermählt, aber nicht einmal seinem Schwiegersohn vertraut, und impulsiv – genau wie sie selbst — alle Vorsicht vergessen, um sie zu retten.

»Hat man schon ein Lösegeld verlangt?« fragte Roc, und Skye blickte hoffnungsvoll auf.

Aber Mattie schüttelte den Kopf. »Ein Mann kam von der *Silver Messenger,* ein anständiger Bursche, nehme ich an, denn er ging schnurstracks zum Gouverneur. Dem erzählte er, das Schiff sei gekapert worden und Lord Kinsdale in Gefangenschaft. Mehr weiß ich nicht.« Als Skye aufschluchzte, kniete die Haushälterin neben ihr nieder und umarmte sie. »Beruhigen Sie sich! Gewiß wird ihm nichts zustoßen. Der Gouverneur hat Schiffe losgeschickt ...«

Skye sprang auf. »Der Gouverneur! Vielleicht weiß er mehr!« Sie rannte an Mattie und Roc vorbei, zur Straße hinaus. Ihr Kleid war schmutzig von der Nacht im Wald, Tränenspuren zogen sich über ihre Wangen, doch das kümmerte sie nicht. Entschlossen eilte sie zu der Rasenfläche vor dem Palast. Sie mußte alles tun, um ihren Vater aus der Gewalt dieser Schurken zu befreien.

Als sie einen Ruf hinter sich hörte, sank sie keuchend gegen einen Baum. Roc folgte ihr. »Skye — warten Sie!«

Gemeinsam liefen sie weiter, bis hin zum Palasttor, wo ihnen bewaffnete Wachtposten den Weg versperrten.

»Ich muß den Gouverneur sprechen!« stieß Skye hervor.

»Und wer sind Sie, Miß?« fragte einer der Männer skeptisch.

Roc legte eine Hand auf ihre Schulter. »Lord und Lady Cameron. Es ist dringend.«

»Oh, Mylord, Sie sind es! Gouverneur Spotswood

ist im Haus.« Die Wachen traten beiseite. »Er wollte noch heute vormittag zu Ihnen reiten.«

»Nun, diese Mühe haben wir ihm erspart.« Roc führte Skye durch das Tor und flüsterte ihr ärgerlich zu: »Ich weiß, Sie sind sehr erregt, Madame, und deshalb gestehe ich Ihnen einiges zu. Aber allmählich bin ich mit meiner Geduld am Ende. Wenn Sie mir noch einmal davonlaufen, werde ich Sie mit einer Pferdepeitsche züchtigen.« Empört schnappte sie nach Luft, und alle Wächter drehten sich zu ihnen um. Er lächelte charmant. »Oh, eine Pferdebremse auf Ihrem Rock ... Leider sind wir völlig unpassend für eine Audienz beim Gouverneur gekleidet, meine Liebe, aber angesichts der Umstände läßt sich das nicht ändern.«

Die Haustür schwang auf, und Spotswoods Butler verneigte sich tief. »Der Gouverneur empfängt Sie im Oberstock, Lord Cameron.« Falls sich der Mann Gedanken über den merkwürdigen Aufzug des Paares machte, zeigte er es nicht.

Als Skye die Halle betrat, hielt sie den Atem an, und Roc fragte verwundert: »Was ist los?«

»Bone Cay ...«

»Was meinen Sie?«

»Das Haus des Silberfalken auf der Insel sieht so aus wie dieses.«

Ohne einen Kommentar dazu abzugeben, nahm er ihren Arm. »Kommen Sie, Madame.«

Sie folgten dem Butler die Treppe hinauf und in einen grandiosen Empfangsraum mit jener Ledertapete, auf die Spotswood so stolz war. Er trank gerade Tee, elegant angezogen, mit strahlend weißer Perücke. Beim Anblick seiner Gäste erhob er sich, eine Porzellantasse in der Hand. »Ah, meine liebe Skye!« Er stellte die Tasse auf den Tisch, lief ihr entgegen und ergriff ihre Hände. »Es tut mir unendlich leid, dich nach all diesen Jahren mit so traurigen Neuigkeiten begrüßen zu müssen.«

»Wissen Sie schon etwas Genaueres, Sir?« Als er an ihr vorbei zu Roc blickte, drückte sie ungeduldig seine Finger. »Bitte ...«

»Ich glaube, er lebt, und es geht ihm gut, meine Liebe. Als die *Silver Messenger* eintraf, bat ich ihn, Ruhe zu bewahren, und erklärte, alles würde sich zum Guten wenden. Doch er war fest entschlossen, loszusegeln. Bedauerlicherweise heuerte er einen Schurken als Kapitän an.«

»Kennst du den Namen dieses Piraten, Alexander?« fragte Roc.

Langsam nickte Spotswood. »Einer von Theos Seemännern entkam, als das Schiff gekapert wurde, und schwamm an Land. Er eilte sofort zu mir, um Bericht zu erstatten.«

»Und?«

»Es ist Logan — Kapitän Logan. Angeblich steckte er jahrelang mit Vane und Hornigold unter einer Dekke. Weißt du irgend etwas über ihn?«

»Logan!« Alles Blut wich aus Skyes Wangen. Logan — dieser grausame, skrupellose Mann, der sie ganz sicher abgrundtief haßte ... Wie würde er ihren Vater behandeln? Schaudernd erinnerte sie sich an seine stählerne Klauenhand, an sein schmales, unbarmherziges Gesicht, an sein wütendes Duell mit dem Silberfalken.

Spotswood musterte sie jetzt forschend. »Kennst du ihn?«

Ohne Zögern nickte Skye. Sie vertraute ihm. Sicher würde er tun, was in seiner Macht stand. Manche fanden seinen Charakter fragwürdig, doch sie hatte ihn immer gemocht. Er war in Tanger geboren, an der ostafrikanischen Küste, wo sein Vater im Dienst der englischen Krone einen Posten bekleidet hatte. Von Natur aus ein Abenteurer, war er schnell und entschlossen die Karriereleiter emporgestiegen. »Ja, ich kenne Logan«, antwortete sie und unterdrückte ein Schluchzen. »Ich fürchte, er wird Vater töten.«

»Du mußt eine Tasse Tee trinken und etwas essen. Danach nimmst du ein Bad und gehst zu Bett. Morgen wird die Welt wieder ganz anders aussehen.«

»Aber — ich muß doch irgend etwas unternehmen!« protestierte sie.

»Nun, vielleicht ...«, begann Spotswood, aber Roc unterbrach ihn.

»Soll sie erneut der Gefahr ausgesetzt werden, der sie eben erst entronnen ist? Ich werde Logan mit der *Lady Elena* folgen.« Er legte Skye eine Hand auf die Schulter und drückte sie in einen Sessel. »Sie werden gar nichts tun, Mylady, sondern in Williamsburg bleiben oder nach Cameron Hall zurückkehren. Keinesfalls werden Sie wieder zur See fahren.« Zu Spotswood gewandt, erklärte er: »Ich werde mich nun verabschieden und mein Schiff segelfertig machen lassen.«

»Tu das, Petroc.« Lächelnd neigte sich der Gouverneur zu Skye hinab, nachdem Lord Cameron gegangen war. »Sicher wird alles ein gutes Ende nehmen, mein Kind.«

Sie schaute bedrückt zu ihm auf. »Sir, Sie kennen Logan nicht. Aber ich habe ihn gesehen.«

»Tatsächlich?«

»Auf New Providence.«

»Verdammt, bald wird es dieses Rattennest nicht mehr geben! Schon in kurzer Zeit wird dort eine integre Regierung nach dem Rechten sehen, dafür will ich sorgen.« Er reichte ihr eine gefüllte Teetasse. »Da ist Honig drin, Skye, und Whisky. Dieses Gebräu wird dich stärken. Und nun sag mir — ist dieser Logan so gefährlich wie der Silberfalke?«

Sie senkte den Blick. »Die beiden sind grundverschieden. Logan ist brutal und gnadenlos — und der Falke ...«

»Ja, meine Liebe? Diese Gauner interessieren mich alle sehr.«

»Der Falke ist nicht grausam.«

»Angeblich kreuzt Logan zwischen den Inseln und Untiefen südlich von unserer Kolonie, in North Carolina. Es mag eines Schurken bedürfen, um einen anderen zu finden ...« Plötzlich kniete Spotswood neben Skyes Stuhl nieder und schaute zur Tür, vielleicht aus Angst, ihr Mann könnte zurückkommen. »Es wird behauptet, dein Silberfalke sei hier in Virginia.«

Ihr Atem stockte. »Warum — warum haben Sie ihn dann nicht verhaftet? Sie wollen ihn doch aufhängen.«

»Er ist nicht so leicht zu fassen. Bis jetzt bin ich noch nicht einmal in seine Nähe gelangt. Dazu fehlen mir die erforderlichen Kampftruppen. Wenn ich ihn angreife, würde er mühelos in der Nacht untertauchen. Bei Jamestown gibt es eine Taverne, wo sich alles mögliche Gesindel versammelt. Einem Gerücht zufolge war der Falke gestern abend dort.«

»Warum erzählen Sie mir das?« wisperte Skye. Plötzlich blickte auch sie über die Schulter, fürchtete ebenfalls, ihr Mann könnte zurückkehren. Neue Hoffnung stieg in ihr auf. Lord Cameron war ein tüchtiger Seemann — der Falke unbezwingbar.

»Du warst einige Tage lang seine Gefangene, nicht wahr?« fragte der Gouverneur.

Sie nickte.

»Hat er dich gut behandelt?«

»Ja.«

»Nun, du könntest den einen Schurken beauftragen, den anderen zu schnappen. Erst einmal soll er uns helfen, danach kann er immer noch hängen.«

»Sir ...«

»Pst, dein Mann ist wieder da.«

›Er ist nicht mein Mann‹, wollte sie schreien, doch dann erinnerte sie sich an Rocs vernünftiges Argument, die Wahrheit lasse sich durch Leugnen nicht ändern. Sie konnte nicht zum Silberfalken gehen, denn sie war Camerons Frau, sie durfte keinen Schurken aufsuchen ... Und trotzdem wußte sie in der Tiefe ihres Herzens, daß sie sofort nach Rocs Abreise zum Piratenkönig reiten würde. Das Leben ihres Vaters stand auf dem Spiel ...

Mit langen Schritten eilte Roc Cameron über den Hartholzboden. Der Gouverneur läutete einem Diener und bestellte eine Mahlzeit.

»Ich habe Peter nach Hause geschickt«, erklärte Roc seiner Frau. »Glauben Sie mir, ich werde Ihren Vater finden und wohlbehalten nach Hause bringen.«

Sie gewann den Eindruck, Spotswood würde die Szene mit einem merkwürdigen Ausdruck in den Augen beobachten, und sie errötete, weil Roc ihr so zärtlich über die Schulter strich. Was der Gouverneur über diese eheliche Beziehung wußte, ließ er sich nicht anmerken. Bei dem Gedanken, daß sie ihren Mann zu verraten plante, senkte sie verlegen den Kopf.

»Wann segelst du los, Petroc?« fragte Spotswood.

»Morgen früh. Die Nacht werde ich in Skyes Haus verbringen.«

»Erst morgen?« rief sie bestürzt.

»Ja. Was ist dagegen einzuwenden?«

»Ich finde — Sie sollten früher aufbrechen, Mylord. Heute noch. Vielleicht bringt Logan meinen Vater immer weiter weg. Jede Minute ist kostbar.«

»So schnell kann die *Lady Elena* nicht segelfertig gemacht werden. Im Morgengrauen laufen wir aus. Alles wird gut, glauben Sie mir.«

Ein Imbiß wurde serviert, und Spotswood erkundigte sich nach Skyes Aufenthalt im Hafen von New Providence. Viel konnte sie ihm nicht erzählen, weil sie nur kurz dort gewesen war. Trotzdem lauschten beide Männer mit lebhaftem Interesse.

Bedrückt fragte sie sich, was sie tun sollte. Offensichtlich beabsichtigte Roc, bis zur Abreise nicht von ihrer Seite zu weichen. Wie konnte sie unter diesen Umständen den Silberfalken aufsuchen?

Kurz vor Einbruch der Dunkelheit verließen sie den Gouverneur. Als er Skye die Hand reichte, erinnerte sie sich wieder an seinen Vorschlag. Sie sollte sich an den Falken wenden, und wenn er ihnen geholfen hatte, würde man ihn hängen ...

Nervös kaute sie an der Unterlippe, während sie mit Roc den Rasen vor dem Palast überquerte. Er legte eine Hand auf ihren Arm, und sie fühlte sich hin und her gerissen zwischen Gewissensbissen und einer wachsenden Zuneigung. »Was ist los mit Ihnen, Madame?« fragte er mißtrauisch, und sie wich seinem prüfenden Blick aus.

»Ich habe Angst um meinen Vater.«

Er blieb stehen und zog sie an sich. »Beruhigen Sie sich. Ich werde Sie nicht enttäuschen.«

Skye lächelte unter Tränen. Sie hörte die Stimmen spielender Kinder, den Wind, der in den Bäumen raschelte. Wie friedlich die Atmosphäre ringsum wirkte ... Und Roc hielt sie so sanft in den Armen — ihr Ehemann. Und ihr Liebhaber?

Abrupt riß sie sich los. »Ich möchte nach Hause gehen und ein Bad nehmen.«

»Natürlich.«

Eine halbe Stunde später saß sie in ihrer Wanne, im Schaum französischer Rosenseife, lehnte den Kopf zurück und atmete tief den süßen Duft ein. Roc bewohnte eines der Gästezimmer. Sie hatte ihn nicht dazu aufgefordert, es war sein eigener Entschluß gewesen. Im Wald hatte er versprochen, sie nicht mehr zu belästigen, und er hielt Wort.

Sie dachte an seine flüsternde Stimme, an seine Zärtlichkeiten, und nicht nur das heiße Badewasser schien ihren Körper zu erwärmen. Nein, das alles wollte sie vergessen. Es war falsch, so zu empfinden — nach all den Gefühlen, die sie dem Silberfalken entgegengebracht hatte. Dem Mann, den sie in dieser Nacht um Hilfe bitten wollte ... Irgendwie mußte es ihr gelingen, unbemerkt das Haus zu verlassen.

Als sie in der Wanne aufstand und nach ihrem Badetuch griff, hatte sie noch immer keinen Entschluß gefaßt. Das große, weiße Baumwolltuch roch nach der Sonne, in der es nach der Wäsche getrocknet war. Sie wickelte sich hinein, und dann schmiedete sie einen impulsiven Plan.

Sie eilte aus ihrem Zimmer, zur gegenüberliegenden Tür des Gästezimmers. Zögernd klopfte sie an und trat ein, ohne eine Antwort abzuwarten.

Roc lag auf dem Bett und richtete sich erstaunt auf. Wie sie wußte, hatte auch er gebadet. Nun trug er nur seine Wildlederhose, sonst nichts. Er musterte sie verwirrt, dann griff er nach seinem Hemd, das über einem Stuhl hing. Diese Geste amüsierte Skye. Erst an diesem Morgen waren sie intim zusammen gewesen, und jetzt bedeckte er züchtig seine nackte Brust.

»Was führt Sie zu mir?« Der Raum wurde nur ganz schwach von wenigen Kerzen beleuchtet, doch das Dunkel störte Skye nicht. Bei Roc fühlte sie sich sicher. Ich bin ja auch seine Frau, dachte sie. Seit heute morgen bin ich es wirklich. Und plötzlich erkannte sie, daß sie bei ihm bleiben wollte. Wenn er das Abenteuer, das ihn erwartete, heil überstand und ihren Vater rettete, wollte sie ihm alles vergelten, so wahr ihr Gott helfe ...

Sie trat näher. »Ich ...«

»Was?« Roc stieg aus dem Bett. Obwohl er jetzt angezogen war, stand das Bild seiner breiten, bronzebraunen Schultern immer noch vor ihrem geistigen Auge. Und sie dachte wieder an die drängende Leidenschaft, die sie am Morgen mitgerissen hatte. Begann sie ihr Herz, das dem Falken gehörte, an ihren Mann zu verlieren? Sie wollte etwas sagen, doch sie fand keine Worte.

»Sie zittern, Mylady.« Ihr Besuch erstaunte ihn immer noch. Er war ein Narr gewesen, als er sie an diesem Morgen geliebt hatte. Aber ihre Nähe, seine Hände auf ihrer entblößten Haut, ihr leises Stöhnen — das alles hatte seine Willenskraft besiegt. Und er war so fest entschlossen gewesen, sie nur in den Armen zu halten, sonst nichts zu tun. Ihre tiefe Bestürzung nach dem Liebesakt hatte wie ein Messer in seine Seele geschnitten und ihn zu dem Versprechen bewogen, sie nie mehr zu belästigen.

Und jetzt war sie hier, frisch gebadet, mit großen, glänzenden Augen. Der Anblick ihrer bebenden Lippen weckte ein unwillkommenes Verlangen. Rasch wandte er sich ab und ging zu einem Tisch, wo eine Flasche mit Matties besten braunen Rum stand. Er füllte ein Glas, das er Skye reichte.

Nervös nippte sie daran. »Ich ...«

»Ja?«

»Wenn Sie es wirklich wünschen ...« Wieder erstarb ihre Stimme.

»Ja?«

Sie trank noch einen Schluck Rum, rötlich schimmerte der Kerzenschein auf ihren Haaren, die wie Sonnenschein über ihre Schultern fielen. Wie er sich danach sehnte, diese seidigen Locken auf seiner nackten Brust zu spüren ... »Ja?« wiederholte er.

»Sie waren sehr freundlich, Mylord.«

»So?«

»Und ich weiß alles zu schätzen, was Sie getan haben.«

»Sie sind meine Frau, Madame.« Während er sie betrachtete, wuchs sein Verlangen. Eine innere Stimme warnte ihn, doch das ignorierte er. Laß Skye sprechen, sagte er sich. Laß sie auf dich zukommen — oder weglaufen ... Mühsam bekämpfte er den Impuls, ihr das Badetuch vom Leib zu zerren, den Rosenduft, der sie umwehte, auf ihrer Haut zu kosten.

»Genau das versuche ich Ihnen zu erklären ...«

»Was?« fragte er.

»Wenn Sie mich als Ihre Frau behalten wollen — trotz allem, was geschehen ist ... Dann gehöre ich Ihnen, Mylord.«

Ihre Worte schienen immer noch in der Luft zu schwingen, während der langen Augenblicke, in denen er seinen Ohren zu trauen versuchte. Diese bezaubernde, schöne, süße Frau kam zu ihm ...

Sie hob die Arme, ließ das Badetuch fallen und stand in nackter Vollkommenheit vor ihm, die Haut glühend im schwachen Kerzenlicht. Verlockend reckten sich die Brüste mit den korallenrosa Knospen vor, von goldenen Locken umspielt.

Es dauerte lange, bis Roc aus seiner Erstarrung erwachte. Dann stieß er einen halberstickten Schrei aus, nahm ihr das Rumglas aus der Hand, schleuderte es in den Kamin und riß sie in die Arme. Er trug sie zum Bett, legte sie darauf und schaute sie vorerst nur an.

Leidenschaft verschleierte ihren Blick, die feuchten Lippen waren einladend geöffnet. Doch er küßte sie nicht. Noch nicht. Er setzte sich auf die Bettkante, streichelte ihre Brüste, umschloß mit seinem heißen Mund eine rosa Spitze und hob dann den Kopf, um zu beobachten, wie sie sich noch härter aufrichtete.

Seine Hände streichelten ihren ganzen Körper, aber er berührte ihre Lippen noch immer nicht. Als sie ihn an sich ziehen wollte, wich er ihr aus, preßte das Gesicht an ihren Bauch, rückte immer tiefer hinab, mit süßen Liebkosungen. Behutsam schob er ihre Schenkel auseinander und hörte, wie sie verwirrt den Atem anhielt und dann protestierend aufschrie. Doch er war unerbittlich. An diesem Abend wollte er alles, was sie zu geben hatte. Er hob den Kopf, sah ihre gesenkten Lider, dann öffnete sie die Augen, begegnete seinem Blick, und er neigte sich hinab, zwischen ihre Beine. Sengend strich seine Zunge über die zarte Haut an der Innenseite eines Schenkels. Skye stöhnte und wand sich hin und her, um noch intimeren Küssen zu entrinnen, aber sie wußte, daß ihr Widerstand sinnlos war. Sie gehörte ihm — laut eigener Aussage.

Zitternd schlang sie die Finger in sein Haar, flüsterte unzusammenhängende Worte und schluchzte leise, während seine Zunge ihr aufwühlendes Spiel trieb, im Zentrum ihrer Leidenschaft. Er führte sie bis an die Schwelle der Erfüllung und darüber hinaus, genoß die süßen Zuckungen ihres schönen Körpers, und dann näherte er sich endlich ihrem Mund, um ihr lustvolles Stöhnen mit einem langen Kuß zu ersticken.

Rasch öffnete er seine Hose und versenkte sich tief in Skyes Wärme, die ihn begierig willkommen hieß. Reglos lag sie in seinen Armen, immer noch unter dem Eindruck der soeben erlebten Ekstase. Doch Roc war ein meisterlicher Liebhaber, und er verstand es, neue Sehnsucht zu wecken. Erst als sie zum zweitenmal den Gipfel des Entzückens erreichte, gab er seinem eigenen verzweifelten Verlangen nach. Hungrig nahm er alles, was sie zu geben vermochte, und glaubte, die Sonne würde in seinem Herzen bersten.

Keine andere Frau war so schön wie Skye mit ihrem schlanken, wohlgeformten Körper, den vollen Brüsten, der goldenen Haarfülle, den betörenden blaugrünen Augen. Und keine konnte einen Mann so süß liebkosen, so verführerisch die Lippen öffnen, ein Paradies auf Erden schaffen ... Und sie war seine Frau. Das hatte sie gesagt. Für alle Zeiten würde er sie lieben.

Danach lag er erschöpft neben ihr. Beide schwiegen, gefangen in den Nachwirkungen des Feuers, das alle Wünsche gestillt hatte.

Endlich, nach einer langen Weile, wandte er sich zu ihr und legte eine Hand auf ihre Brust, beobachtete, wie eine rotblonde Locke zur Seite glitt. Skye rückte zu ihm, barg das Gesicht an seinem Hals, ihre Finger berührten sein Hemd. »Du bist ja immer noch angezogen«, wisperte sie vorwurfsvoll.

»Ja ...« Er sah seine eigene Hand auf ihrer Haut, zog sie rasch zurück und drückte Skye fest an sich. Sie darf meine Hände nicht zu genau sehen, dachte er und zerrte die Decke nach oben, über beide Körper.

Plötzlich schien sie nervös zu werden, und sie beobachtete ihn gedankenverloren. Das Herz wurde ihm schwer. Bald mußte er sie wieder verlassen. Das würde ihm leichter fallen, wären sie einander nicht so nahe gekommen, hätte sie sich ihm nicht hingegeben — freiwillig und leidenschaftlich. Er hauchte einen Kuß auf ihre Lippen, schaute in ihre schönen Augen. Nein, er hatte keine schielende Braut geheiratet. Sie war alles für ihn — das war sie von Anfang an gewesen.

»Ich liebe dich«, gestand er ihr, und sie holte tief Atem.

»Ich glaube — ich liebe dich auch«, flüsterte sie.

»Du glaubst es?«

Sie rückte ein wenig von ihm ab, und er wußte, daß sie an einen anderen Mann dachte, an einen Piraten in einem fernen Garten Eden. In diesem Moment haßte er sich selbst, und es drängte ihn, ihr alles zu sagen. Aber er konnte es nicht. Statt dessen preßte er die Lippen in ihr Haar. »Ich liebe dich, Skye Kinsdale Cameron. Du bist mein Leben, und mein Herz gehört dir, für immer. Das schwöre ich.«

Sie gab keine Antwort, und er ließ sie seufzend los, stand auf und schloß seine Hose. Dann ging er zum Tisch und nahm einen großen Schluck aus der Rumflasche. Diese Nacht mit Skye wollte er in vollen Zügen auskosten. Am Morgen mußte er sie verlassen, aber bei Gott, er würde mit ihrem Vater zurückkehren.

Als er ein leises Schluchzen hörte, drehte er sich zum Bett um und sah, wie sie sich erhob. Nackt und schön, schlank und anmutig kam sie auf ihn zu, legte die Hände auf seine Schultern und küßte seinen Hals. »Ich werde dir eine gute Frau sein, das gelobe ich.«

Roc runzelte die Stirn, denn er spürte ihre starke innere Anspannung, doch dann glätteten sich die Falten, denn ihre Zunge an seiner Haut war so erregend. Er wollte sie in die Arme nehmen, aber sie entschlüpfte ihm und griff nach der Flasche.

»Ich bringe dir ein Glas, Liebes«, erbot er sich.

Sie schüttelte den Kopf, Tränen glänzten in ihren Augen. »Das ist nicht nötig.« Verführerisch schmiegte sie sich an seine Brust, ihre leicht geöffneten Lippen suchten und fanden seinen Mund, und die Glut ihres Kusses raubte ihm beinahe den Verstand ...

Und dann drohte ein heftiger Schmerz seinen Schädel zu sprengen. Schwankende Dunkelheit umfing ihn, eine brennende Flüssigkeit rann über seine Wangen, als er auf die Knie sank. Irgendwie gelang es ihm, aufzublicken, und er sah die zerbrochene Rumflasche in Skyes Hand. »Verdammt, du Biest ...« Diesen Fluch würgte er noch hervor, dann wurde es endgültig Nacht um ihn, und er stürzte zu Boden. Ihren Schrei hörte er nicht mehr.

14

Langsam kehrte Roc ins Bewußtsein zurück, bleiches Licht flackerte vor seinen Augen. Er stank wie eine schäbige Hafenkneipe. Als er eine Hand bewegte und Glassplitter darunter spürte, zuckte er zusammen. Dann hörte er ein leises Kichern, sah einen hübschen Schnallenschuh und eine muskulöse Wade darüber. Stöhnend schloß er die Lider.

»Komm schon, mein Junge, auf die Beine mit dir!«

Widerstrebend setzte sich Roc auf und starrte Spotswood erbost an. »Was machst du in meinem Zimmer? Anscheinend hast du gewußt, in welchem Zustand du mich hier antreffen würdest. Wie kommt das?«

»Ehrlich, Petroc, ich wußte es nicht, aber ich muß dich unbedingt sprechen. Deshalb eilte ich zu dir, sobald ich deine Frau weggehen sah.«

»Sie ist weg?« Roc sprang auf und schüttelte den Kopf, in einem verzweifelten Versuch, die Spinnweben aus seinem Gehirn zu verscheuchen. »Zur Hölle mit diesem Miststück! Erst folge ich ihr übers Meer, dann durch einen finsteren Wald ... In Zukunft werde ich sie anketten. Verdammt, wo ist sie denn jetzt schon wieder?«

»Sie sucht den Falken«, erklärte der Gouverneur selbstgefällig.

»Was?«

»Ich habe ihr dazu geraten.«

»Wieso denn, um Himmels willen?« rief Roc ungläubig. »O Gott, du ahnst gar nicht, was du mir angetan hast!«

»Ich finde, ich habe dir einen großen Gefallen erwiesen.«

»Denk doch mal nach!« Roc preßte die Hände an die Schläfen und sank aufs Bett. »Es war schon schlimm genug, als ich von meinem letzten Abenteuer mit dieser Frau — meiner Gemahlin — zurückkehrte und sie nicht anzurühren wagte. Und jetzt soll ich schon wieder die Rollen tauschen! Ihr Ehemann sollte ihren Vater retten. Heute morgen wollte ich lossegeln, mit meinem legitimen Schiff, meiner legitimen Besatzung ...«

»Robert Arrowsmith hält die Schaluppe des Silberfalken bereit und erwartet dich am Fluß. Du brauchst nur deinen Bart anzukleben ...«

»Letztes Mal war er echt.« Roc rieb sich das glattrasierte Kinn und knirschte mit den Zähnen. Er hatte genug Zeit gefunden, sich einen schönen Bart wachsen zu lassen, als er seiner Frau entgegengesegelt war. Diesmal würde er sich mit künstlichen Mitteln helfen müssen. Das mißfiel ihm, aber in einem gab er dem Gouverneur recht — es war besser, wenn der Silberfalke anstelle Petroc Camerons gegen Logan kämpfte. Kein anderer Pirat würde seiner Lordschaft zur Hilfe eilen. Hingegen durfte der Silberfalke im Falle einer Schlacht oder eines Scharmützels auf Unterstützung hoffen. Alle wußten Bescheid über die ›verwandtschaftlichen Bande‹ zwischen den beiden, und deshalb fiel es Roc nicht schwer, den Leuten etwas vorzumachen, solange sie ihm nicht zu nahe kamen. Aber diese Rolle vor der eigenen Ehefrau zu spielen — das würde auf die Dauer unmöglich sein.

Er hatte den Falken beneidet und sich bis zum vergangenen Abend gewünscht, wieder in sein altes Ego zu schlüpfen, in die Gestalt des Mannes, der sich unbesorgt vor Skye ausziehen konnte, ohne befürchten zu müssen, sie würde eine verräterische Narbe an seinem Körper entdecken. Dann würde sie sofort wissen, wer er war —

sein eigener Vetter, der Schurke, die Pest aller Meere, der Abschaum. Der Mann, dem sie so bereitwillig ihre Liebe geschenkt hatte.

Plötzlich sprang er wütend auf. Diese elende kleine Abenteurerin! Sie hatte ihn verführt, um ihn zu hintergehen — ihn, ihren rechtmäßigen angetrauten Ehemann — und einen Piraten aufzusuchen. Vielleicht würde es doch nicht so unangenehm sein, wieder Theater zu spielen. »Du hast sie also zum Silberfalken geschickt, Alexander?«

»Das war nötig, Petroc.«

»Und auf die Idee mich vorher zu warnen, bist du wohl nicht gekommen?«

Der Gouverneur zuckte die Achseln, seine Augen glitzerten boshaft. »Wie sollte ich wissen, daß du dich von einer schwachen Frau überrumpeln lassen würdest? Wirklich unfaßbar! Der große Lord Cameron von Cameron Hall ist auf einen uralten Trick hereingefallen.«

»Hm ...« Roc verschränkte die Arme vor der Brust und nickte lakonisch. Vielleicht verdiente er den Spott seines Freundes. Aber Skye verdiente noch viel mehr, und sie würde es auch bekommen. »Du hast mich in eine üble Lage gebracht.«

»Mit solchen Situationen wirst du doch seit vier Jahren mühelos fertig.«

»Ich hätte ihr die Wahrheit sagen sollen.«

»Das darfst du nicht, noch nicht. Erst nach deiner Rückkehr — wenn du ihr alles begreiflich machen kannst. Du hast mir versprochen, das Geheimnis zu hüten, Petroc. Ich brauche dich — den Silberfalken. Nur mit seiner Hilfe erfahre ich, was in der Karibik und an der Küste von North Carolina vorgeht. Du darfst sie noch nicht einweihen.«

»Das habe ich vorerst auch nicht vor«, erwiderte Roc. Welche Rolle würde Skye diesmal spielen? Der Silberfalke sehnte sich danach, sie zu küssen, zu verlocken, so wie sie Lord Cameron in dieser Nacht verlockt hatte. Und Lord Cameron brannte darauf, die Hände um den schönen Hals der Frau zu legen, die ihn übertölpelt hatte, um bei einem anderen Hilfe zu suchen.

»Du mußt dich beeilen«, sagte Spotswood. »Kurz bevor ich zu dir kam, brach sie auf. Sie wird nicht allzu lange brauchen, um die Männer in den Tavernen zu befragen. Man wird sie bald zum Blackhorse am Fluß schikken.«

»Zum Blackhorse? Dort wimmelt es von miesen Ratten.«

»Ja, und da der Silberfalke in dieser Kneipe schon gesehen wurde, könnte er da wieder einmal auftauchen. Ich werde mal sehen, ob Peter schon mit deinem Kostüm angekommen ist.« An der Tür drehte sich der Gouverneur noch einmal um. »Es war wirklich notwendig, Petroc. Du weißt ebensogut wie ich, daß der Silberfalke den Respekt aller Schurken genießt. Gegen ihn werden sie nichts unternehmen. Aber sie würden Lord Cameron mit vereinten Kräften zum Meeresgrund hinabsenden.«

»Ja, es war nötig.« Stöhnend berührte Roc seine Schläfe. »Ich habe schreckliche Kopfschmerzen. Du hättest mich warnen sollen. Dann hätte ich Skye eine Gelegenheit geboten, scheinbar unbemerkt aus dem Haus zu schleichen.«

Ein subtiles Lächeln umspielte Spotswoods Lippen. »Ich weiß nicht ... Vielleicht war auch die Art und Weise notwendig, wie sie sich davonmachte.«

Er verließ das Zimmer, und Roc wartete nachdenklich auf Peters Ankunft. Skyes Trick war vielleicht nicht nötig gewesen, aber das Kopfweh kein zu hoher Preis für das süße Versprechen einer gemeinsamen Zukunft, das sie ihm gegeben hatte. Und es mochte sich als vorteilhaft erweisen, daß sie den Silberfalken aufsuchte. Sie hatten alle drei ein Hühnchen zu rupfen — der Silberfalke, Lady Cameron und ihr Ehemann.

»Jeden Augenblick wird er Sie einholen, Mylady!« stöhnte Mattie und schaute über die Schulter, in der festen Überzeugung, daß ihre junge Herrin eine Riesendummheit machte. Bald würde Skyes erboster Ehemann aus dem Haus stürmen, auf der Suche nach seiner entlaufenen Gemahlin. Und Mattie hatte nicht die geringste Lust, seinem Zorn im Weg zu stehen.

»Deshalb müssen wir uns beeilen«, mahnte Skye.

Unglücklich lief Mattie neben ihr her. Es war ihr eigener Entschluß gewesen, Skye zu begleiten. Nur widerstrebend hatte sie Lord Cameron in der Rumpfütze liegen lassen, aber das Mädchen durfte das gefährliche Abenteuer nicht allein wagen. Sie hatte ihre Lady praktisch großgezogen, und ihre Zuneigung war während der jahrelangen Trennung nicht geringer geworden.

Skye rannte zur nächsten Taverne, die einen schlechteren Ruf genoß als die Kneipe, wo sie zuvor Nachforschungen angestellt hatte. Trotzdem verspürte Mattie keine Angst. Dies war Williamsburg, Gouverneur Spotswoods Stadt, und alle würden wissen, daß Lady Kinsdale nun Lady Cameron hieß und daß seine Lordschaft jeden umbringen würde, der es wagen sollte, sich an seiner Frau zu vergreifen.

Als sie sich der Taverne näherten, trat ein Schatten aus dem Dunkel zwischen den Bäumen am Straßenrand. Erschrocken packte Mattie Skyes Arm, als eine leise Stimme rief: »Lady Cameron!«

»Vorsicht!« warnte Mattie, aber Skye wandte sich zu der schemenhaften Gestalt, die eine Hand hob und zurückwich.

»Kommen Sie nicht näher!«

»Was wollen Sie?« fragte Skye.

»Wie ich gehört habe, erkundigen Sie sich nach den Schiffen, die grade im James River liegen — und nach einem Piraten.«

»Wissen Sie etwas darüber?« In ihrer Aufregung machte Skye einen Schritt in die Richtung des Mannes.

»Bleiben Sie, wo Sie sind!«

»Bitte, gehen wir nach Hause!« flehte Mattie. »Sie könnten neben Lord Cameron niederknien, die besorgte Ehefrau spielen und sagen, es sei ein Unfall gewesen.«

»Ein Unfall?« wisperte Skye. »Ich habe ihm nur aus Versehen eine Rumflasche auf den Kopf geschlagen? Nein, Mattie. Ich muß den Silberfalken finden. Nur er kann Vater retten.«

»He!« rief der Mann aus dem Schatten. »Verhandeln wir nun miteinander oder nicht?«

»Wir verhandeln«, versprach Skye. Ein leichter Wind kam auf und jagte Mattie einen unangenehmen Schauer über den Rücken.

»Ich sage Ihnen, wo der Silberfalke ist.«

»Wo?« Skyes Herz begann schneller zu schlagen. Vielleicht wäre es tatsächlich besser, umzukehren und sich ihrem Mann auf Gnade oder Ungnade auszuliefern, als erneut die Welt der Schurken zu betreten, eine Welt voller Versuchungen ... Bei diesem Gedanken erkannte sie erneut, wie sehr sie Roc liebte. Aber ihr Vater befand sich in Logans Gewalt, irgendwo auf dem Meer. »Nun, wo ist er?«

»Nicht so schnell, Mylady. Sie tragen einen Smaragd am Hals. Den will ich haben.«

Ihre Finger schlossen sich um den Anhänger, der sie in ihrer Liebesnacht mit dem Silberfalken geschmückt hatte ... Nun, sie konnte es sich leisten, ihn diesem fremden Mann zu geben. In ihren Taschen steckte genug Gold. Damit konnte sie die Rettung ihres Vaters bezahlen. Sie nahm die Kette ab und wollte sie ins Dunkel werfen, aber die Stimme befahl: »Warten Sie! Kommen Sie etwas näher und lassen Sie den Schmuck fallen!«

»Nein!« warnte Mattie. »Vielleicht ist das ein Lügner und Betrüger. Er könnte mit dem Smaragd davonlaufen, ohne Ihnen zu verraten, was Sie wissen wollen. Lassen Sie mich das machen.« Sie riß die Kette aus Skyes Hand, gab ihr keine Gelegenheit zu protestieren, rannte auf die dunkle Gestalt zu und warf das Juwel zu Boden.

Eine Hand griff hinab und hob es auf. »In der Taverne Blackhorse am Fluß, weiter im Süden, werden Sie den Silberfalken finden.« Abrupt wandte sich der Mann ab und rannte hinter die Kneipe. Skye folgte ihm und sah, wie er sich auf ein kastanienbraunes Pferd schwang.

»Warten Sie! Ich weiß nicht, wo das ist ...« Verblüfft verstummte sie, als sie Robert Arrowsmith erkannte, den ersten Offizier des Falken. »Robert!«

»Mylady ...« Er tippte sich auf den Hut. »Kommen Sie mit mir.«

Sie fand keine Zeit, zuzustimmen oder das Ansinnen abzulehnen, denn er packte sie und hob sie zu sich in den Sattel.

»Skye!« kreischte Mattie und eilte ihr nach.

»Sagen Sie ihr, alles sei in Ordnung«, verlangte Robert.

»Mattie! Kein Grund zur Sorge — er ist ein Freund!«

Matties angstvolles Gesicht weckte tiefe Schuldgefühle in Skyes Herz, aber auch die Befürchtung, die Haushälterin könnte Roc alarmieren, der ihr sofort folgen würde. Unbehaglich blickte sie auf die dunkle Straße, die sie mit Robert entlangritt. Doch diese Nacht barg noch viel schlimmere Gefahren als die Finsternis. Wenn Lord Cameron auf den Silberfalken stieß, würde er ihn womöglich töten. Und das wäre ihre Schuld, weil sie behauptet hatte, sie sei vom Falken vergewaltigt worden ...

Nein, daran wollte sie nicht denken. Robert würde sie zu seinem Herrn bringen, den sie sofort zur Flucht bewegen mußte. Es war sehr leichtsinnig von ihm gewesen, nach Virginia zu kommen. Gouverneur Eden mochte in North Carolina Piraten dulden. Aber Alexander Spotswood würde sie hier in Virginia gnadenlos jagen. Also mußte der Falke diesen Staat verlassen. Das würde er nicht zuletzt tun, um Lord Theo Kinsdale zu befreien und das Gold zu verdienen, das Skye bei sich trug.

Nur dieses Gold wollte sie ihm geben — sonst nichts.

Schaudernd erinnerte sie sich an den Tag, wo sie unter der Sonne in den Armen des Piraten gelegen und seinen dunklen Bart auf ihrer nackten Haut gespürt hatte. Und an jene erste Nacht, wo sie freiwillig zu ihm gegangen war ... Damals hatte sie noch nicht gewußt, daß sie Petroc Cameron liebenlernen würde.

Sie lernte auch, die Dunkelheit nicht mehr zu fürchten. Roc hatte ihr geholfen, das Leid der Vergangenheit zu bewältigen. Und der Silberfalke hatte ihr gezeigt, daß es in jeder Finsternis einen Lichtstrahl gab.

Der Silberfalke ...

Aber sie liebte ihren Mann, wenn der Piratenkönig auch der erste gewesen war, dem sie ihr Herz geschenkt hatte. Einerseits sehnte sie die neue Begegnung herbei, andererseits graute ihr davor. Welche Erinnerungen mochten ihn begleiten? Was würde er von ihr fordern? Ihre Seele? Könnte sie ihm die noch einmal verkaufen? Ein Zittern erfaßte ihren Körper, und Robert flüsterte hinter ihr: »Frieren Sie?«

Sie schüttelte den Kopf. »Ich fürchte mich vor dem Wiedersehen mit dem Falken. Wissen Sie auch wirklich, wo er ist?«

»Ja.«

Er hatte sie immer so gut behandelt. Natürlich mußte sie froh sein, weil er in Virginia war. Aber sie hatte

Angst um ihn. »Robert, Sie hätten nicht mit Ihrem Herrn hierherkommen dürfen.«

»Der Falke wagt alles.«

»Nach Williamsburg hat er sich nicht gewagt.«

»Das habe ich an seiner Stelle getan.«

»Um zu spionieren?«

»Aye, Mylady.«

»Wenn Sie geschnappt werden, wird man Sie aufhängen.«

»Die Männer des Silberfalken lassen sich nicht fangen.«

»Aber ...«

»Ich bin Robert Arrowsmith, Mylady, ein braver Untertan seiner Majestät, ein anständiger Bürger der königlichen Kolonie Virginia. Mir kann gar nichts passieren.« Nach einer kleinen Pause fragte er: »Fühlen Sie sich wohl? In zwanzig Minuten sind wir am Ziel.«

Als das Licht der Straßenlampen hinter ihnen zurückgeblieben war, hatte er den Braunen in langsameren Trab versetzt. Der Mond schien hell genug auf die Straße. Trotzdem sorgte sich Robert um Skyes Angst vor der Dunkelheit. »Es geht mir gut«, erwiderte sie gerührt und warf ihm über die Schulter einen kurzen Blick zu. »Aber ich fürchte, mein Mann wird mir folgen. Und ich möchte nicht, daß er Ihnen begegnet.«

»Ist er denn so gefährlich?«

»Er würde jeden Piraten töten.«

»Würden Sie mich verteidigen?«

»O ja. Sie waren immer nett zu mir, Robert.«

»Würde Ihr Mann auch den Silberfalken töten oder warten, bis er am Galgen baumelt?«

Skye erschauerte. Eine Konfrontation zwischen Roc und dem Falken wollte sie sich lieber nicht ausmalen. Einer von beiden würde sterben ... »Beeilen Sie sich, Robert! Wir müssen den Falken erreichen und Virginia möglichst schnell verlassen. Mein Vater ...«

»Ich weiß Bescheid, Mylady. Aber Sie können den Silberfalken nicht begleiten, wenn er lossegelt. Sie müssen nach Hause zurückkehren.«

Nein, das kam nicht in Frage. Doch sie sprach es nicht aus. Dieses Problem würde sie später lösen.

Robert lenkte das Pferd zum Fluß. Bei diesem Mann fühlte sie sich sicher — auch wenn er ihr den Smaragd entwendet hatte. Es tat gut, den Nachtwind im Gesicht zu spüren, den silbernen Mondschein zu sehen. Sicher würde alles ein glückliches Ende nehmen.

»Gleich sind wir beim Blackhorse«, verkündete Robert. »Bleiben Sie stets in meiner Nähe, Mylady.«

Sie nickte. Keinen Schritt würde sie sich von ihm entfernen, denn die Taverne sah nicht gerade vertrauenerweckend aus. Trübes Licht fiel aus der offenen Tür und durch die schmutzigen Fensterscheiben. Grölendes Gelächter war zu hören.

Robert stieg ab und hob Skye aus dem Sattel. Sie zog die Kapuze ihres dunkelblauen Umhangs über den Kopf, nahm den Arm ihres Begleiters und ließ sich über eine wackelige Holztreppe zum Eingang führen.

Dies war kein Ort für eine Dame. Dichter Rauch erfüllte den Schankraum, die Luft stank nach abgestandenem Ale und Schweiß. Die Männer wirkten genauso schmutzig wie die Frauen. Einer trug eine schwarze Augenbinde, eine schiefsitzende Perücke mit Zopf, und seine breiten Schultern drohten den zweifellos gestohlenen senfgelben Gehrock zu sprengen.

An einem der Tische scherzten Seeleute in Leinenhemden mit einer vollbusigen dunkelhaarigen Dirne. Einer schob eine Hand in ihren tiefen Ausschnitt, ein anderer küßte sie, dann lachte er schallend.

Robert räusperte sich, und Skye fragte: »Der Falke ist wirklich hier?«

»Aye, Mylady. Ein Pirat paßt doch gut hierher.«

Sie glaubte ein belustigtes Funkeln in seinen Augen zu sehen und erwiderte: »Ja, ein Pirat ist er allerdings, und eines Tages wird er hängen.« Dann schrie sie erschrocken auf, als ein Betrunkener von seinem Stuhl aufstand und sich grinsend auf sie stürzen wollte.

Blitzschnell trat Robert ihm in den Weg und streckte ihn mit einem gezielten Fausthieb zu Boden. »Sie ist gekommen, um den Falken zu besuchen!« erklärte er den anderen. »Macht Platz!«

Die Gäste traten beiseite, und er führte Skye zu einer schmalen Treppe im Hintergrund des Schankraums. Dabei spürte sie all die begierigen Blicke, die ihr folgten. Die Männer hatten es vermutlich auf ihr Gold oder sie selbst abgesehen, und die Frauen würden ihr nur allzu gern die schönen Kleider vom Leib reißen. Aber man wußte, daß sie wegen des Falken gekommen war, und würde es nicht wagen, sie anzurühren.

»Wie schrecklich es hier ist, Robert!«

Er lächelte ihr zu. »Wie gesagt, die passende Umgebung für einen Piraten. Übrigens, Sie dürfen jetzt nicht eifersüchtig sein.«

»Das bin ich sicher nicht.«

»Nun, in letzter Zeit sah es so aus, als hätten Sie beide gewisse — eh — Schwierigkeiten aus der Welt geschafft. Aber er ist und bleibt trotzdem ein Schurke.«

»Tatsächlich? Danke für die Warnung, Robert, das hätte ich gar nicht gemerkt.«

Sie hatten das Ende der Treppe erreicht, wo er eine Tür öffnete und wieder schloß, nachdem er Skye hindurchgeschoben hatte. Ihre Augen mußten sich erst an das Halbdunkel im Zimmer gewöhnen. Sie hörte ein leises Lachen, und dann entdeckte sie den Silberfalken.

»Lady Kinsdale! Nein, Lady Cameron, nicht wahr?«

Er lag auf einem Bett, mit nackter Brust. Ein hübsches

rothaariges Mädchen schmiegte sich an ihn, und es schien ihn nicht im mindesten zu stören, daß Skye ihn in einer solchen Situation antraf.

»Aye, Lady Cameron«, bestätigte sie und ging auf ihn zu. Wenn dieser Abschaum sie entnerven wollte, würde er eine Überraschung erleben. Niemals würde sie ihm zeigen, wie weh ihr das Herz tat, daß sie geglaubt hatte, er würde sie ernsthaft lieben …

Nein, sie war nicht eifersüchtig. Solche Gefühle konnte dieser Schuft nicht in ihr erregen. Welch eine Unverschämtheit, sie so zu empfangen! Und sie hatte auf dem Weg hierher immer wieder überlegt, wie sie sich verhalten sollte, wenn er Liebe als Lohn für seine Dienste verlangen würde …

Seine Hände lagen gefaltet auf der Bettdecke, die ihm bis zur Taille reichte. Er drehte das bärtige Gesicht zur Seite und lächelte sie an. »Natürlich steht es mir nicht zu, einer Dame Fragen zu stellen, aber was machst du in dieser schäbigen Kneipe? Hast du mich so sehr vermißt? Möchtest du zu mir zurückkehren?« Ohne eine Antwort abzuwarten, neckte er die Rothaarige. »Wenn Lady Cameron deinen Platz einnehmen will, mußt du sofort verschwinden, Yvette.«

»Ich bin gekommen, um etwas Geschäftliches mit dir zu besprechen«, fauchte Skye.

»Oh, oh!« Er verengte die Augen und tat so, als handelte es sich um eine äußerst schwerwiegende Angelegenheit. Als ihr bewußt wurde, wie ähnlich er ihrem Mann sah, schluckte sie krampfhaft. Vettern? Die beiden hätten Zwillinge sein können. Hätte sie am Tag ihrer Abreise von Bone Cay nicht beide zur gleichen Zeit erblickt, könnte sie glauben, der Falke und Lord Cameron wären ein und derselbe.

»Ich möchte …«, begann Skye, aber er unterbrach sie.

»Yvette, hier geht's jetzt um Geschäfte.« Er gab seiner

Bettgefährtin einen zärtlichen Klaps aufs Hinterteil, und sie erhob sich, in ein Laken gehüllt, und musterte Skye naserümpfend.

»Geschäfte? Bezahlt sie dich, wenn du mit ihr schläfst?«

Skye wollte empört aufschreien, doch dann erinnerte sie sich, daß dieses Mädchen eine Hure und sie selbst eine Dame war. Sie lächelte sanft, ging zum Waschtisch, ergriff den vollen Wasserkrug und entleerte ihn über Yvettes Kopf.

»Falke! Wenn du sie nicht verhaust, tu's ich!« Yvette wollte sich auf Skye stürzen, doch der Silberfalke hielt sie lachend fest.

»Geh jetzt, mein Kind. Wenn Lady Cameron mich sprechen möchte, muß ich ihr — um alter Zeiten willen — zuhören.«

»Bastard!« zischte Skye.

Yvette ging an ihr vorbei, warf ihr einen drohenden Blick zu und drehte sich dann zum Falken um. »Wir sehen uns später, Liebling.«

»Vermutlich unter dem Galgen«, bemerkte Skye, und Yvette schlug erbost die Tür hinter sich zu.

Einladend klopfte der Falke auf sein Bett. »Willst du dich zu mir legen, Skye?«

»Niemals.«

»Ich könnte dich vielleicht umstimmen.«

»Nein. Ich lasse mich nicht an einem Ort nieder, wo so ein Gesindel gelegen hat.«

»Meinst du mich oder Yvette? Vermutlich das Mädchen, denn ich bin ja kein Gesindel, sondern Abschaum.«

Sie ignorierte seine Worte und straffte die Schultern. »Reden wir endlich übers Geschäft ...«

»Moment mal!« Er setzte sich auf, zog die Beine an und schlang die Hände um die Knie. »Ich erkenne dich nicht wieder. Wo ist die leidenschaftliche Wärme der Frau geblieben, die bei mir auf Bone Cay war?«

»Die ist leider zu Eis erstarrt. Wenn du nun ...«

»Du legst dich also nicht zu mir, weil eine andere mein Bett gewärmt hat?«

»Weil ich mich nicht beschmutzen möchte«, erwiderte sie irritiert. »Hör mal, es kommt jetzt auf jede Minute an ...

»Du hast mir noch gar nichts von deiner Ehe erzählt. Wenn ich mich recht entsinne, wolltest du deinem Mann keine Gattin zumuten, die ihre Tugend bereits verloren hat.«

Sie holte tief Luft und haßte ihn von ganzem Herzen. »Das spielt jetzt keine Rolle mehr.«

»Ach, Skye ...« Er schob die Decke weg und stand splitterfasernackt auf. Rasch drehte sie den Kopf zur Seite, fest entschlossen, ihn nicht anzuschauen. Langsam ging er auf sie zu und zog ihr die Kapuze vom Kopf, so daß ihr das goldene Haar auf die Schultern fiel. »Hast du vergessen, daß ich ein Pirat bin, Lady Cameron? Alle Leute wissen, was die Piraten mit ihren Frauen machen.«

Angstvoll wich sie zurück. »Bastard!«

»Abschaum«, verbesserte er sie.

Als sie die Flucht ergreifen wollte, packte er ihren Arm und schleuderte sie aufs Bett. Schreiend schlug sie um sich, doch er beachtete ihren Widerstand nicht, warf sich auf sie und kniete mit gespreizten Beinen über ihr. Silberfunken sprühten aus seinen Augen. »Ja, ich bin ein Pirat, und du, meine Liebe, befindest dich wieder einmal in meiner Gewalt. Jetzt, wo du endlich wieder bei mir bist, möchte ich alles kosten, was mir bei unserer letzten Begegnung so gut geschmeckt hat.«

»Steh auf!«

»Ich bin ein Pirat und kann mir mit Gewalt nehmen,

was du mir verweigerst. Erwartet man das nicht von einem Piraten?«

Verzweifelt versuchte sie in seinem Blick zu lesen, was er dachte. Die Hitze seines nackten Körpers schien ihren Umhang, das Kleid und die Unterröcke zu durchdringen. Er war nicht der Mann, für den sie ihn gehalten hatte. Gnadenlos würde er sie vergewaltigen. Und was sie Roc gegenüber behauptet hatte, würde Wahrheit werden. »Bitte ...«, wisperte sie.

Der stahlharte Glanz seiner Augen milderte sich ein wenig, er neigte sich herab, und seine Lippen streiften ihren Mund, ganz zart. Dann richtete er sich wieder auf.

»Hör mir zu, bitte!« Sie wollte ihn hassen, aber wann immer sie seine Nähe fühlte, wurde ihr warm ums Herz.

»Was willst du?«

»Ich brauche deine Hilfe. Und — vielleicht ist mein Mann hinter mir her.«

»Oh ...«

»Mein Vater wollte nach Bone Cay segeln, nachdem die *Silver Messenger* hierhergekommen war. Er heuerte einen neuen Kapitän an, und dabei geriet er an Logan, der ihn gefangennahm.«

»Davon habe ich bereits gehört. Du sagtest, dein Mann könnte dir folgen?«

»Ja.«

»Wo hast du ihn verlassen?«

»Warum interessiert dich das? Ich sagte doch — wir dürfen keine Zeit verschwenden.«

»Ich bin nun mal neugierig.«

»Du hast mir noch nicht mitgeteilt, ob du mir helfen wirst.«

»Beantworte erst einmal meine Frage.«

»Oh, was für ein Narr du bist! Wenn Spotswood dich hier findet, wird er dich aufhängen.«

»Und dein Mann würde mich auf der Stelle töten.«

»Natürlich.«

»Oder ich ihn.« Er legte sich neben Skye und betrachtete sie, auf einen Ellbogen gestützt.

Als sie nicht mehr festgehalten wurde, sprang sie rasch auf. »Sei dir da nicht so sicher! Er ist ein tüchtiger Kämpfer.«

»Oh, hat sich dein Abscheu vor Lord Cameron in Bewunderung verwandelt? Ich nehme an, du hast mit ihm geschlafen. Und nun tauchst du hier auf und bist empört, weil ich eine andere im Bett habe. Hast du mit meiner unsterblichen Liebe gerechnet? Dachtest du, ich würde mich schmachtend nach dir verzehren, während du in den Armen meines illustren Vetters liegst?«

Wütend hob sie seine Hose und die Stiefel vom Boden auf und warf alles auf seinen nackten Bauch. Trotz des Schmerzes grinste er. »Dein Temperament ist so stürmisch wie eh und je.«

»Willst du mir nun helfen oder nicht?«

»Darüber muß ich noch nachdenken.«

»Ich bezahle dich.«

»Natürlich.«

»Mit Gold.«

Er schwang die Beine über den Bettrand, schlüpfte in seine Hose, und Skye starrte fasziniert auf das Muskelspiel seiner bronzebraunen Brust, die im Kerzenlicht schimmerte. Dann setzte er sich in einen Stuhl vor dem Kamin und zog die Stiefel an.

»Ich bezahle dich mit Gold«, wiederholte sie. »Hilfst du mir oder nicht?«

Der Falke stand auf, nahm sein Leinenhemd vom Fußende des Betts und streifte es über seinen Kopf. Grinsend wandte er sich zu Skye. »Ich besitze schon genug Gold, denn ich bin nicht nur ein niederträchtiger, sondern auch ein sehr erfolgreicher Pirat. Also brauche ich dein Gold nicht.«

»Du mußt mir helfen!«

»Warum?«

»Weil — weil ...«

»Weil du eine Dame in höchster Not bist?« Er kam zu ihr, ergriff ihre Hände und küßte alle Fingerknöchel. »Oder weil ich der erste Liebhaber war? Die Frauen haben eine Schwäche für solche Erinnerungen, nicht wahr?«

Sie riß sich los und schlug nach ihm. Lachend hielt er ihre Fäuste fest und zog sie an sich.

»Laß mich los!« fauchte sie.

»Du bist zu mir gekommen.«

Sie wußte nicht, ob er diese Nacht meinte oder jene andere in einem früheren Leben, in seinem Paradies auf Bone Cay, wo der Tropenwind durch das offene Fenster in sein Zimmer geweht war. »Bitte, laß mich los ...« Sie zögerte. »Ob du mir hilfst oder nicht — du darfst nicht hierbleiben. Spotswood weiß, daß du in Virginia bist.«

»So!« Das schien den Falken kein bißchen zu beunruhigen.

»Ja. Er wird dich aufhängen. Beeil dich! Mein Mann ...«

»Warum hast du nicht *ihn* um Hilfe gebeten? Wo er doch so ein tüchtiger Kämpfer ist ...«

»Er ist kein Pirat.«

Seine Wimpern senkten sich über die Silberaugen und verbargen seine Gedanken. »Und wenn er ein Pirat wäre?«

»Er ist keiner! Roc könnte zwar mit Logan kämpfen, aber nicht mit ihm verhandeln. Und die anderen Piraten würden ihm nicht beistehen. Bitte ...«

Viel zu fest drückte er sie an seine Brust. »Ich weiß, wo Logan ist.«

»Dann hilf mir doch, um Gottes willen!«

»Nur gegen Bezahlung«, entgegnete er mit einem zynischen Lächeln.

»Ich sagte doch — du bekommst dein Gold.«

»Das will ich nicht.«

»Was sonst?«

»Dich.«

Skye schnappte nach Luft. »Aber ...«

»Ich habe meinen Preis genannt. Ich will dich haben, so wie auf Bone Cay — duftend nach dem Bad, süß und verlockend, das Haar wie eine Sonnenwolke auf deinen nackten Schultern ... Und mit der ganzen Zustimmung deines Herzens und deines Körpers.«

»Ich — kann nicht ...«

Der Falke ließ sie los und wandte sich ab. »Das ist mein Preis — mein letztes Angebot. Nimm es an oder lehne es ab.«

Wütend stampfte sie mit dem Fuß auf. »Einen solchen Preis kann ich unmöglich bezahlen. Ich bin jetzt verheiratet.«

»Das warst du schon damals, als wir zum erstenmal miteinander schliefen.«

»Da wußte ich es noch nicht.«

»Aber du wußtest, daß du verlobt warst.«

»Was spielt das für eine Rolle? Diesen Preis kann ich nicht bezahlen.«

Er hob seinen schwarzen Gehrock auf und hängte ihn um seine Schultern, schlang den Pistolengürtel um die Taille und schloß die Schnalle, dann setzte er seinen Federhut auf. »Adieu, Mylady. Ich werde deinen Rat befolgen und das Weite suchen.«

»Nein!« rief Skye, als er zur Tür ging.

Langsam drehte er sich um und hob die Brauen.

»Ich — ich werde bezahlen.«

»Tatsächlich. Und dein liebender Gatte?«

»Der geht dich nichts an. Ich werde zahlen.«

»Vielleicht geht er mich sehr viel an.«

»Was?«

»Nicht so wichtig.« Er kehrte zu ihr zurück, nahm ihre Hand und hauchte einen Kuß darauf. »Der Handel ist geschlossen, Lady.«

»Ja.«

»Ich werde mir meinen Preis holen, koste es, was es wolle.«

»Ja.« Ein Schauer rann über ihren Rücken, und es kam ihr so vor, als hätte sie einen Pakt mit dem Teufel geschlossen. Doch das Leben ihres Vaters stand auf dem Spiel. Eine weitere Nacht in den Armen eines Piraten wäre ein geringer Preis dafür. Nein, denn sie würde ihren Ehemann betrügen ...

Der Falke starrte sie an, als könnten seine Silberaugen ihre Gedanken lesen. »Komm, Lady. Ich werde mich an meinen Teil der Vereinbarung halten.«

»Und ich an meinen.«

15

Der Silberfalke öffnete die Tür zum Flur. »Robert!«

Arrowsmith konnte nicht weit entfernt gewesen sein, denn er erschien sofort. »Aye, Kapitän?«

»Schicken Sie unsere Männer, die unten in der Schankstube sitzen, zu den Booten. Wir müssen sofort an Bord gehen.«

»Aye, Sir!«

»Dann kommen Sie wieder hierher und bringen Lady Cameron dahin zurück, wo Sie ihr begegnet sind. Oder noch besser — überantworten Sie sie dem Gouverneur mit meinen untertänigsten Empfehlungen und bitten Sie ihn, dafür zu sorgen, daß sie keinen Schaden anrichtet.«

»Wie Sie wünschen, Sir«, stimmte Robert zu.

»Was?« kreischte Skye.

»Gehen Sie, Arrowsmith«, befahl der Falke. Robert salutierte und entfernte sich.

Zu Skye gewandt, erklärte der Falke: »Mylady, du kannst nicht mitkommen. Du wirst nach Hause zurückkehren.«

»Mein Vater ...«

»Ich werde ihn finden, das verspreche ich dir.«

»Aber ...«

»Skye, ich will dein Leben nicht erneut riskieren. Du weißt sehr gut, wie gefährlich es ist, ein Piratenschiff zu betreten. Bald werde ich mir meinen Lohn holen. Du wirst bezahlen. Ich verlasse mich auf dein Wort. Du hast mir schon einmal etwas versprochen — erinnerst du dich? Die Dunkelheit war hereingebrochen und um ihr zu entrinnen, warst du bereit, allen Gefahren zu trotzen.

Damals versprachst du mir alles. Später nahmst du dein Wort zurück, denn du hattest es einem Piraten gegeben. Trotzdem hast du dich daran gehalten. Nie werde ich die Nacht vergessen, wo du mir deine Unschuld geschenkt hast.«

»Du wirst es nie vergessen?« wisperte sie. »Nur dann, wenn du mit Huren im Bett liegst?«

»Nicht einmal dann. Denkst du an mich, wenn du mit deinem Mann schläfst?«

Gequält senkte sie den Kopf. Sie hatte sich gelobt, nie mehr gegen ihren Mann zu kämpfen, wenn alle Gefahren überstanden waren, mit ihm auf Cameron Hall zu leben und ihn bis ans Ende ihrer Tage zu lieben. Wenn er sie noch wollte — nach allem, was sie tun würde ... Vielleicht würde er ihr das nie verzeihen und kein Verständnis dafür aufbringen. Sie fürchtete sich vor der Heimkehr, und sie fragte sich, wen sie mehr liebte, den Piraten oder Roc, und wen sie mehr fürchtete. Wie lange würde sie noch zwischen den beiden hin und her gerissen werden?

»Ich liebe meinen Mann«, sagte sie leise.

»Was?« Der Falke hob Skyes Kinn, um ihr in die Augen zu schauen. Sein Blick war so scharf wie seine Stimme, und sie starrte ihn verwundert an.

Ehe sie antworten konnte, kehrte Robert Arrowsmith zurück. »Die Männer erwarten Sie bei den Booten, Kapitän. Wir sollten uns beeilen. Jemand hat eine Miliztruppe des Gouverneurs gesehen, die auf dem Weg hierher ist. Ich könnte die Lady diesen Leuten übergeben und Ihnen dann an Bord folgen, Sir.«

»Gut.« Höflich küßte der Falke Skyes Hand. »Stets zu deinen Diensten, Mylady. Auf bald!«

Er lief die Treppe hinab, und Robert drängte: »Kommen Sie, Lady Cameron, schnell! Die bevorstehende Ankunft der Miliz wird sich rasch herumsprechen, und bald wird die Taverne von üblem Gelichter wimmeln, das sich vor der Gefangenschaft und dem Galgen fürchtet. Außerdem würde ich gern meine eigene Haut retten.« Er bot ihr den Arm, und sie stiegen die Stufen hinab.

In der Schankstube traten ihnen mehrere Männer in den Weg. Ein Bursche mit Goldzahn und zerzaustem dunklen Haar grinste dreist. »Ist das nicht Mr. Arrowsmith von der Schaluppe des Falken? Nun, wenn der weg ist ...«

»Was wollen Sie, Fellows?«

Der Mann rieb seinen Daumen am Zeigefinger. »Was wir immer wollen, guter Master Robert. Gold!« Er zeigte auf Skye, die sich hastig ihre Kapuze über den Kopf zog. »Der Falke hat Besuch von einer Dame bekommen, und dies ist angeblich keine andere als Camerons Frau. Ein hübsches Ding, was? Und ein Vermögen wert.«

»Laßt uns vorbei, Jungs. Sie hat dem Falken zur Flucht verholfen.«

Fellows legte den Kopf schief. »Der Falke ist nicht mehr da, Master Robert. Wie ich höre, will er sich mit Logan anlegen, und ich nehme an, die beiden werden einander endlich umbringen. Ich fürchte den Falken nicht mehr.«

»Nein?« rief eine Donnerstimme, und alle wandten sich zur Tür. Der Falke war noch immer da. Er stand auf der Schwelle, einen Umhang um die Schultern, sein Schwert in der Hand. »Wollen wir mit unserem Stahl darüber diskutieren, Sir?«

»Packt das Mädchen!« brüllte Fellows.

Ein häßlicher junger Mann mit schmutzigen Händen und einer ekelerregenden Rumfahne stürmte auf Skye zu. Schreiend floh sie zur Treppe, und Robert stürzte sich auf den Angreifer, um ihn mit einem wuchtigen Faustschlag aufs Kinn niederzustrecken, dann zog er sein Schwert.

»Bringen Sie sie hinaus, Arrowsmith!« befahl der Falke.

Robert schob sie die Treppe hinauf, doch man folgte ihnen. Er focht wendig und blitzschnell, mußte sich aber gegen drei Gegner auf einmal wehren.

»Ich brauche ein Schwert, Robert!« rief Skye.

»Ein Schwert, Mylady?« Er sprang auf einen Mann zu, der in der nächsten Sekunde keuchend die Hände auf seinen durchstochenen Bauch preßte und seine Waffe fallen ließ. Ohne dem Toten einen Blick zu gönnen, hob Skye sie auf, raffte die Röcke und eilte mit Robert die Treppe hinauf, wobei sie sich ebenso geschickt gegen die zahlreichen Schwerthiebe zur Wehr setzte wie er.

»Ihr müßt es mit mir aufnehmen!« schrie der Falke, und warf sich ins Getümmel, um die wütenden Männer von Skye und Robert abzulenken. Kein Stahl vermochte ihn zu berühren, kein Feind zu überrumpeln.

Inzwischen hatten Skye und Arrowsmith den Treppenabsatz erreicht. Der Falke kämpfte sich immer näher zu ihnen heran, und plötzlich war er an ihrer Seite, das Schwert mit der blutigen Schneide fest in der Hand. Er riß die Tür des Zimmers auf, das er erst vor kurzem verlassen hatte, schob Robert und Skye hinein und folgte ihnen. »Das Bett!«

Zusammen mit Robert schob er das schwere Bett vor die Tür, die von Schwertern und anderen Stichwaffen attackiert wurde. Bald würde sie bersten. Der Falke schleuderte einen Stuhl gegen die schmutzigen Fensterscheiben, zerriß einen Vorhang, schlang ein Fetzen um seine Hand und stieß die Glasscherben nach draußen. »Kommt!«

»Was?« fragte Skye ungläubig. »Wir sind im ersten Stock! Du und Robert — ihr könnt hinausspringen — aber ich nicht ...«

»Sie können es«, versicherte Arrowsmith. »Es ist unsere einzige Chance ...«

»Um Himmels willen, Robert, wir müssen verschwinden!« Der Falke rannte zu ihr, packte sie und trug sie zum Fenster. Er würde sie hinauswerfen — und töten ...

Genau das tat er. Schreiend flog sie durch die Nacht und verstummte erst, als sie in einem Heuhaufen landete, eine Gestalt fiel neben sie, dann noch eine, und Skye konnte kaum fassen, daß sie noch lebte.

»Los, Jacko!« befahl der Falke, und der Heuwagen setzte sich in Bewegung. Vergeblich versuchte sie sich in dem heftig schwankenden Fahrzeug aufzurichten. Starke Finger schlangen sich in ihre. »Bleib liegen!«

Der Wagen hielt, der Falke und Robert sprangen hinab, gefolgt vom Fahrer Jacko, den Skye sofort wiedererkannte. Sie hatte ihn auf dem Piratenschiff gesehen. Grinsend verneigte er sich. »Guten Abend, Mylady.«

Der Falke hob sie vom Wagen. Sie standen am Kai, und sie hörte die Wellen plätschern. »Großer Gott, wieso wußten Sie, daß Sie in die Taverne zurückkommen mußten, Kapitän?« fragte Robert.

»Als ich ging, mißfielen mir die Mienen einiger Burschen. Jacko kam auf die Idee, sich diesen Heuwagen auszuleihen und hinters Haus zu fahren, und dafür werde ich ihm ewig dankbar sein.«

»Bald werden sie feststellen, daß das Zimmer leer ist«, meinte Jacko. »Wir müssen möglichst schnell an Bord, Kapitän. Nicht nur wegen dieser Rabauken. Auch die Miliz ist uns auf den Fersen.«

»Und was wird aus Lady Cameron?« wollte Robert wissen.

Seufzend musterte sie der Falke von Kopf bis Fuß. »Sie kommt mit. Wir haben keine Wahl. Ich kann sie nicht zurückschicken, auch wenn die Miliz im Anmarsch ist.« Er packte Skye am Arm und zog sie zu sich heran. »Wie ich bereits mehrmals feststellen mußte — du bist eine wahre Last, Lady.«

Empört riß sie sich los, das Schwert des Erstochenen immer noch in der Hand. »Du hast mein Schiff überfallen, vergiß das nicht! Würdest du ein anständiges Leben führen, wären wir uns nie begegnet.«

»Ja, dieser Gedanke könnte mich tatsächlich reumütig stimmen. Gehen wir!« Er hob Skye hoch und trug sie zum dunklen Wasserrand hinab, gefolgt von Jacko und Robert. Sie stiegen in ein Boot, und als sie auf den Bänken saßen, neigte sich der Falke zu Skye. »Ich wage es nicht, eine Lampe anzuzünden. Alles in Ordnung?«

Sie nickte wortlos. Plötzlich wurde das Plätschern der Ruder von wütendem Geschrei übertönt. »Ah, die Meute aus der Taverne ist da«, bemerkte Jacko lachend.

»Leider zu spät«, ergänzte Robert zufrieden.

Skye schaute zum Land zurück. Die Männer eilten zu ihren Booten, und dann krachten Schüsse.

»Die Miliz«, murmelte Robert.

»Wird man die Schurken festnehmen?« flüsterte Skye.

»Aye, Mylady. Alle, deren Missetaten erwiesen sind, werden vor Gericht gestellt und gehängt. Da sind ein paar berüchtigte Verbrecher dabei. Wer dem Gesicht oder dem Namen nach nicht bekannt ist, wird freigelassen.«

»Der Silberfalke wäre bekannt.«

»Allerdings, Mylady.« Robert grinste, und Skye schloß sekundenlang die Augen. In Virginia lauerte der Tod auf den Falken. Trotzdem war er hergekommen, ihretwegen?

»Werden wir es schaffen?«

Robert hob ein Ruder. »Das Schiff liegt gleich da vorn.«

Sie blickte wieder zur Küste. Pferde galoppierten

am Kai dahin, Boote glitten in den Fluß. An Land wurde erbittert gekämpft, Stahl klirrte, Schüsse donnerten.

Die Piraten müssen den Fluß sehr gut kennen, dachte sie. In fast schwarzem Dunkel ruderten sie auf das Schiff zu. Stille und Finsternis hüllten sie ein. Skye begann zu zittern. Der Falke hörte zu rudern auf und legte eine Hand auf die ihre. »Es dauert nicht mehr lange.«

Wortlos nickte sie. Es dauerte viel zu lange. Das Schiff konnte nicht in der Nähe ankern, er mußte es in einem Meeresarm versteckt haben. Endlich sah sie ein Licht in der Nacht.

»Steht Mr. Fulton am Ruder, bereit zur Abfahrt?« fragte der Falke.

»Aye, Kapitän«, erwiderte Robert.

Das Beiboot legte längsseits am Piratenschiff an, eine Strickleiter wurde über die Backbordseite geworfen, und der Falke half Skye auf die Beine. Sie klammerte sich an die Sprossen und kletterte hinauf, dicht gefolgt von den Männern.

»Bringen Sie Lady Cameron in die Kabine, Arrowsmith«, befahl der Falke.

»Augenblick mal!« protestierte sie. Glaubte er wirklich, sie würde wieder in seiner Kabine wohnen?

»Ich habe jetzt keine Zeit für Diskussionen«, entgegnete er ungeduldig. »Hier bin ich der Kapitän, und ich unternehme diese Fahrt auf Ihren Wunsch hin — von der Miliz gejagt. Arrowsmith ...« Er wandte sich ab, eilte zum Ruder, und Robert nahm ihren Arm. So gern er sie auch mochte — er würde seinem Herrn gehorchen.

»Bitte, kommen Sie, Mylady.«

»Oh, zum Teufel mit ihm!« Sie hoffte, ihr Wutschrei würde den Falken erreichen, doch er beachtete sie nicht. Er stand bereits auf der Plattform und gab der Besatzung seine Anweisungen. Der Anker wurde gelichtet, die

Männer stiegen in die Takelage hinauf, um die Segel zu hissen.

Robert führte sie in die Kabine des Falken. Ein Feuer brannte im Ofen. Lampen verströmten sanftes Licht. Der Raum hatte sich nicht verändert, seit sie zuletzt hier gewesen war.

»Ich kann nicht dableiben«, erklärte sie Robert.

Aber er ignorierte sie, schloß die Tür und schob den Riegel vor. Erschöpft sank sie auf das Bett, ließ das Schwert fallen und legte ihren Umhang ab. Nach einer Weile stand sie wieder auf, ging zum Bartischchen und goß sich einen Rum ein.

Bald, nachdem sie sich auf dem Bett ausgestreckt hatte, wurde sie von tiefem Schlaf überwältigt.

Am Morgen erwachte sie allein. Sie hatte befürchtet, der Falke würde im Lauf der Nacht zu ihr kommen, aber er war nicht erschienen. Als sie sich erhob, erkannte sie zu ihrer Bestürzung, daß ihre Angst nicht ihm galt, sondern ihren eigenen Gefühlen.

Robert brachte ihr das Frühstück und Waschwasser. »Es war nicht Ihre Schuld«, bemerkte er. »Der Falke ist keineswegs erfreut über Ihre Anwesenheit. Aber Sie können nichts dafür.«

»Danke, Robert.«

Ermutigend lächelte er ihr zu.

»Wenn der König eine Begnadigung aller Piraten beschließt — würden Sie dann Ihren Lebenswandel ändern?« fragte sie.

Sie glaubte zu beobachten, wie sich sein Lächeln vertiefte. Rasch senkte er die Lider, so daß sie seine Augen nicht mehr sehen konnte. »Ich werde tun, was der Kapitän wünscht, Madame.«

»So treu sind Sie ihm ergeben?«

»Ja.« Er zögerte kurz. »Und er enttäuscht niemals das

Vertrauen, das ihm geschenkt wird. Wenn er verspricht, für jemanden sein Leben zu riskieren, tut er es auch. Und ich würde mein Leben für ihn hingeben. So denken alle an Bord. Deshalb wird er von den anderen Kapitänen respektiert und gefürchtet.« Er ging zur Tür. »Ich werde Sie nicht mehr einsperren, Sie können also an Deck gehen.«

»Warten Sie, Robert ...« Als er sich zu ihr umdrehte, fragte sie stockend: »Wo — wo hat er heute nacht geschlafen?«

»Im Offiziersquartier, Mylady«, erwiderte er mit einem sanften Lächeln. »Wenn Sie keine weiteren Wünsche haben, werde ich mich jetzt zurückziehen.«

Im Offiziersquartier, dachte Skye, als sie allein war. Er hatte ihr also seine Kabine überlassen. Wollte der ehrenwerte Schurke warten, bis es an der Zeit war, seinen Lohn entgegenzunehmen? Bedrückt dachte sie an ihren Mann, den sie bewußtlos am Boden des Gästezimmers in Williamsburg zurückgelassen hatte. Roc ... Würde er ihr das alles jemals verzeihen? Wen fürchtete sie mehr — den Lord oder den Piraten? Und sie wußte noch immer nicht, wen sie heißer liebte.

Sie frühstückte, dann wusch sie sich, bürstete ihr Haar und ging an Deck. Ein Großteil der Segel war eingeholt, und sie fuhren langsam an der Küste entlang, gefährlich nahe beim Land. Sie sah den Falken am Ruder stehen und lächelte den Männern zu. Früher hatten sie ihr Angst eingejagt. Jetzt waren sie ihre Verbündeten — ihre Freunde.

»Hast du gut geschlafen?« fragte der Falke, als sie zu ihm kam. Er trug ein schwarzes Hemd, am Hals offen, und eine schwarze Kniehose.

Skye nickte. »Und du?«

»Ich habe mir die Nachtstunden mit süßen Träumen vertrieben.«

»Vielen Dank, daß du mir deine Kabine überlassen hast.«

Er warf ihr einen kurzen Blick zu, dann schaute er zum Krähennest hinauf. »Jacko!«

»Aye, Kapitän?«

»Alles klar?«

»Kristallklar, Sir.«

»Robert!«

»Aye, Kapitän?« Arrowsmith sprang die Stufen herauf.

»Übernehmen Sie das Ruder.«

»Wie Sie wünschen, Kapitän.«

Der Falke nahm Skyes Arm und führte sie nach Steuerbord, wo die Brise ihr Haar flattern ließ. »Ich habe ein paar Damensachen auf dem Schiff. Natürlich konnten wir nicht mit deiner Ankunft rechnen, und so wurden keine Vorbereitungen getroffen. Aber was ich dir anzubieten habe, werde ich dir am Nachmittag schicken.« Er lehnte sich an die Reling und musterte Skye. »Ich weiß, wie gern du badest, also will ich dir dieses Vergnügen gönnen.«

Sie starrte zum Küstenstreifen. »Ich möchte nichts von deinem unrechtmäßig erworbenen Eigentum.«

»Wer behauptet denn, daß alles, was ich besitze, unrechtmäßig erworben ist?«

Skye schaute ihn scharf an. »Und ich will auch nichts, was deinen Huren gehört — vielen Dank.«

»Nichts, was ich dir schicken werde, gehört einer Hure.«

»Dann ...«

»Einige meiner Männer sind verheiratet. Die Sachen ihrer Frauen mögen deinen gewohnten Standard zwar nicht erreichen, aber sie sind sauber und sicher akzeptabel.«

Seine Silberaugen schienen sie zu liebkosen, und sie

wünschte sich weit weg von ihm. Wenn sie doch nur die Vergangenheit vergessen könnte ... Doch er brauchte sie nur anzusehen, um Erinnerungen an die stürmische Leidenschaft zu wecken, die sie mit ihm geteilt hatte. »Wirst du mich in Ruhe lassen?« fragte sie leise. »Darf ich deine Kabine allein bewohnen?«

Sie mußte lange auf eine Antwort warten. »Bis es an der Zeit ist, dieses Arrangement zu ändern.«

»Wie meinst du das?«

»Sobald dein Vater gerettet ist, komme ich zu dir. Es würde dir schwerfallen, mir meinen Lohn zu zahlen, wenn ich woanders schlafe.«

»Obwohl Vater an Bord sein wird ...«

»Du machst dir seinetwegen Sorgen — nicht wegen deines Mannes!«

»Lord Cameron ist nicht hier«, erwiderte sie unglücklich.

»Und das gibt dir das Recht zum Ehebruch?«

»Hör auf!« zischte sie. »Nichts gibt mir das Recht dazu.«

»Allerdings nicht.« Der Falke umfaßte ihre Schultern und sah Tränen in ihren Augen glänzen.

»Ich bin auf deine Hilfe angewiesen«, flüsterte sie. »Mein Vater ...«

»Dein Mann würde ihn nur zu gern retten und lieber sterben, als dich diesen Preis zahlen zu lassen. Was mag während deiner Abwesenheit in ihm vorgehen? Wie hast du ihm eigentlich deine verlorene Unschuld erklärt? Sagtest du vielleicht, du hättest dich aus Verzweiflung in meine Arme geworfen oder weil du dich so einsam fühltest? Oder aus Angst um dein Leben? Diesmal könntest du erzählen, ich hätte dich vergewaltigt, ehe du wußtest, wie dir geschah.« Seine Finger gruben sich schmerzhaft in ihre Schultern. »Möglicherweise wird er dich vor lauter Wut verprügeln. Jedenfalls würde ich das mit dir machen, wenn du meine Frau wärst. Und den Ehebreche würde ich töten.«

Mit aller Kraft trat sie gegen sein Schienbein, und e schrie erbost auf, packte sie an den Haaren und zog ih ren Kopf dicht vor sein Gesicht. »Von uns Piraten erwar tet man doch skrupellose Grausamkeit, nicht wahr, La dy?« stieß er zwischen zusammengebissenen Zähner hervor. »Aber ich frage mich, welche Brutalität dein Mann zeigen wird, wenn er von deiner neuesten Eskapade erfährt. Du liebst ihn doch. Das hast du mir gesagt.«

»Laß mich los! Roc geht dich nichts an, aber du hast recht — ich liebe ihn.« Doch in diesem Augenblick war es der Falke, der ihr Herz erfüllte, und sie war seine Gefangene, spürte seinen kraftvollen Körper so nah an ihrem. Ihn kannte sie besser als Roc, denn ihr Mann hatte sich beim Liebesakt nicht ausgezogen.

»Kapitän!«

»Aye?« Sofort gab er Skye frei und eilte zum Ruder.

»Ich sehe Schiffe!« rief Jacko vom Krähennest herab. »Rechts im Meeresarm.«

»Piraten?«

»Aye, Sir. Ein Schiff hat Teachs Flagge gehißt. Ich glaube, jetzt wird sie eingeholt.«

Skye folgte dem Falken auf die Plattform. »Wo sind wir?«

»Mein Fernglas!« forderte er.

Ärgerlich beobachtete sie ihn, während sein Blick die Küste absuchte, dann wandte sie sich zu Robert, der das Ruder führte. »Wo sind wir? Was geht hier vor?«

»Eine Party, Mylady.«

»Eine Party?«

»Ein Piratenfest auf einer North Carolina-Insel. Teach hat wieder einmal eine unglaubliche Prise ergattert und seinem glorreichen Ruf alle Ehre gemacht. In dieser Ge-

gend von North Carolina genießt er eine gewisse Immunität, so wie viele seiner Gefährten.«

»Gouverneur Eden wurde also von den Piraten bestochen?«

»Das wird gerüchteweise behauptet.«

»Aber warum sind wir hier ... Oh — glaubt der Falke, Logan würde mit meinem Vater zu dieser Insel segeln?«

»Genau, Lady Cameron.«

Skye kehrte an die Reling zurück und schaute zum Land hinüber, während der Kapitän der Besatzung Befehle erteilte. Die Segel wurden straffer gezogen, das Schiff steuerte auf die Insel zu, wo ein enger Kanal landeinwärts führte. Vermutlich würden sich der Falke und seine Männer verstecken, bis sie die Insel und ihre Bewohner genauer kannten.

Sie hatte richtig geraten. Beiboote wurden zu Wasser gelassen, und inmitten der allgemeinen Aktivitäten kam der Falke zu Skye, voll bewaffnet, mit seinem Säbel in der Scheide, einem Messer im Stiefelschaft und zwei Pistolen im Gürtel. »Geh in die Kabine, Lady, und laß dich nicht blicken.«

Als er sich abwenden wollte, hielt sie ihn am Arm fest. »Warte! Laß mich nicht allein hier ...«

Seine Augen verengten sich. »Verdammt, tu, was ich dir sage! Weißt du nicht mehr, was passiert ist, als du meine Anordnungen nicht befolgt hast? Hättest du vor New Providence keinen Fluchtversuch unternommen, wüßte Logan gar nichts von deiner Existenz.«

Und ihr Vater wäre nicht entführt worden. Aber das sprach der Falke nicht aus. Skye zuckte zurück, als wäre sie geschlagen worden. Trotzdem flehte sie erneut: »Bitte, laß mich nicht hier zurück! Gerade wegen dieses dummen Entschlusses, den ich damals faßte, möchte ich dich begleiten.«

Er zögerte, und sie ahnte, daß er sich an Logans Überfall auf das Schiff erinnerte, als es unzureichend bewacht gewesen war. »Verdammt! Also gut, komm mit. Aber du mußt dich genau an meine Anweisungen halten. Wenn du Ärger machst, fessele ich dich an einen Baum. Robert, holen Sie Myladys Umhang.«

»Und das Schwert, bitte«, fügte sie hinzu.

Der Falke starrte sie an, protestierte aber nicht gegen ihren Wunsch. Als Robert die Sachen brachte, stieg sie mit dem Falken ins erste Boot. Er nahm nur fünfundzwanzig Männer mit. Diesmal blieb das Schiff nicht so mangelhaft bewacht zurück wie damals vor New Providence. Er stand im Bug und blickte geradeaus, während Robert, Jacko und zwei andere Besatzungsmitglieder ruderten. Als das Boot auf Grund stieß, nahm er Skye auf die Arme und watete mit ihr an Land. Plötzlich lächelte sie, und er musterte sie verwirrt. »Einmal sagtest du, ich sei das Gold nicht wert, das für mich geboten wurde«, erklärte sie. »Und nun setzt du dein Leben aufs Spiel, für eine einzige Nacht mit mir. Muß ich mich nicht geschmeichelt fühlen?«

»Vielleicht ist mir mein Leben weniger wichtig als Gold. Manche Piraten denken so.«

»Du solltest dein Leben nicht so gering schätzen.«

Sie glaubte, ihre Worte würden ihn erfreuen, aber er versteifte sich, fiel auf die Knie und ließ sie ärgerlich in den Sand fallen. »Und dein Leben? Was ist es deinem Mann wert?«

Empört sprang sie auf, wollte ihn schlagen, aber er erkannte ihre Absicht und packte ihr Handgelenk, dann zog er sie auf die Beine in den Schatten von Pinien. Dort küßte er sie trotz ihres verbissenen Widerstands. Gnadenlos preßte er seine Lippen auf ihre, bis sie kaum noch Luft bekam. Sie konnte sich nicht bewegen und auch das wilde Feuer nicht bekämpfen, das durch ihre Adern strömte. Und dann konnte sie sich nicht mehr wehren, schmeckte seinen Mund, seine Zunge. Tränen brannten in ihren Augen.

Endlich riß er sich los, fluchte wütend, dann wischte er mit einer sanften Fingerspitze eine Träne von ihrer Wange. »Du wartest hier mit Robert, verstanden? Heute sehe ich mich nur um. Vielleicht gehe ich auf das Piratenfest. Du rührst dich jedenfalls nicht von der Stelle. Ist das klar?«

Wortlos nickte Skye, und er verließ sie, um seinen Leuten Anweisungen zu geben. Fünf Mann blieben zu Skyes Schutz zurück, die anderen folgten dem Falken.

Skye setzte sich neben Robert an den Strand, und plötzlich begann sie zu schluchzen. Brüderlich legte er einen Arm um ihre Schultern und versuchte sie zu trösten. »Ich habe es ihm gesagt. Es tut mir so leid ...«

»Was haben Sie ihm gesagt?«

»Daß er Sie in Ruhe lassen soll. Sie können das alles nicht verstehen, Mylady ... Aber es wird sicher ein gutes Ende nehmen. Vertrauen Sie mir.«

Wortlos nickte sie. Nach einer Weile sprang er auf und schaute nach oben. »Was ist los?« fragte sie.

»Sturmwolken. Das gefällt mir nicht.«

Jetzt sah auch Skye, daß sich der Tag verdunkelt hatte. Ein heftiger Wind wehte vom Meer heran.

»Wir sollten an Bord zurückkehren«, meinte Robert.

»Aber wir können den Falken nicht hier lassen.«

»Ich bringe Sie aufs Schiff. Er wird eins der anderen Boote nehmen.«

Grelle Blitze zuckten am Himmel, gefolgt von Donnerschlägen. Robert zog Skye auf die Beine, die anderen Männer eilten herbei, als es zu regnen begann.

Hand in Hand mit Skye lief Robert zu den Booten, wo sie vom Falken eingeholt wurden. Die fünf Männer rannten hinter ihm her. »Alle sind hier — Logan, Teach und ein Dutzend andere«, berichtete er seinem ersten

Offizier. »Morgen greifen wir an. Und jetzt verschwinden wir. Das dürfte ein ziemlich übles Unwetter werden.« Er hob Skye in eins der Boote, Robert und zwei andere stiegen hinter ihm ein, und sie entfernten sich vom Strand.

Der Falke ignorierte Skye und ruderte ebenso kraftvoll wie seine Leute. Wann immer es donnerte, zuckte sie zusammen. Sie sah, wie die Wellen an der Küste anschwollen, wie sich die Bäume vor der Windstärke neigten.

»Verdammt«, fluchte Robert, »ich kann das Steuer nicht gerade halten!«

»Tun Sie Ihr Bestes!« befahl der Falke.

Skye drehte sich um und blickte zum Schiff, das nicht näher zu rücken schien. Die Kraft der Wellen drohte das Boot zum Strand zurückzutreiben.

»Paßt auf die Felsen auf!« schrie der Falke. Kaum hatte er diese Worte ausgesprochen, als ein grausiges, knirschendes Geräusch erklang. Zunächst wußte Skye nicht, was geschehen war. Sie glaubte, der Lärm gehörte zum Gewitter, wie der Donnergroll und der heulende Sturm. »Gebt den anderen ein Zeichen!« schrie der Falke, der sich mit aller Kraft bemühte, das Boot unter Kontrolle zu bekommen. Und dann sah sie Wasser in den Boden des schmalen Kahns quellen, ein Stein hatte ein Leck geschlagen.

»Fulton hat uns gesehen!« rief Robert. »Er kommt zurück!«

»Springen Sie ins Wasser, ich bleibe bei Skye. Mit ihren Röcken kann sie nicht schwimmen.«

»Ich verlasse Sie nicht ...«

»Wenn Sie dableiben, ertränken Sie uns. Wir müssen das Gewicht des Bootes verringern. Tyler, Havensworth — raus mit euch!«

Die Männer mußten ihm recht geben und hechteten ins Meer. Skye preßte eine Hand auf den Mund, denn die schäumenden Wellen schienen alle drei zu verschlingen. Dann tauchte Roberts Kopf empor. Gleich darauf sah sie auch die beiden anderen, die hinter ihm zu einem anderen Boot schwammen.

Inzwischen war das Wasser zu ihren Füßen höher gestiegen.

»Bist du bereit?« fragte der Falke.

Sie lächelte tapfer. »Ich fürchte mich vor der Dunkelheit, nicht vor dem Wasser.«

»Dann komm, mein Liebes.« Das Rettungsboot war näher gekommen. Trotzdem mußten sie hinüberschwimmen, sonst würden sie riskieren, daß das lecke Boot mit dem anderen zusammenstieß. Hand in Hand mit dem Falken sprang sie über Bord.

Sofort wurde sie in die Tiefe gezogen, in kaltes, schwarzes Wasser. Ihre Lungen schmerzten, und sie versuchte sich nach oben zu kämpfen, aber ihre Kleidung wog so schwer. Der Falke zerrte an ihrer Hand, und ihr Gesicht tauchte auf. Trotzdem konnte sie kaum atmen. Regen peitschte auf sie herab, der kreischende Wind riß an ihr und schien ihr die Luft zu nehmen.

»Schwimm!« befahl der Falke.

Eine riesige Welle überspülte sie, und Skye wurde von ihm getrennt. Es kam ihr so vor, als würde sie von einer gigantischen eisigen Hand hin und her geworfen. Salzwasser brannte in ihren Augen, füllte ihren Mund, als sie nach Luft schnappte. Die Lider zusammengekniffen, bemühte sie sich, etwas in der Finsternis zu erkennen. Panik stieg in ihr auf. Das Boot war so weit weg.

Und der Falke klammerte sich daran. Er würde sich retten, während sie ...

Wieder schlug das Wasser über ihrem Kopf zusammen. Sie versank, ihre Lungen drohten zu bersten. Sie würde sterben, auf dem Meeresgrund liegenblieben, eine Beute für Haie und andere Fische. Das Leben, das süße Leben ging zu Ende. Und der Tod konnte nicht so gräßlich sein wie der Schmerz in ihren Lungen, auch nicht so grausig wie die dunkelgrüne Tiefe und die Kälte.

Wenn man ertrank, sah man angeblich sein ganzes Leben in Sekundenschnelle an seinem geistigen Auge vorbeiziehen. Skye sah das Gesicht ihres Liebhabers und wußte nicht, ob es Roc oder der Falke war …

Als sie nach Atem rang, füllte sich ihr Mund erneut mit Wasser. Und dann schlangen sich Finger in ihr Haar, zogen sie nach oben, ihr Kopf tauchte ins Grau des Regens empor.

»Schwimm!« herrschte der Falke sie an.

»Ich kann nicht. Meine Röcke …«

Er drückte sie an sich, trat kraftvoll Wasser und hob sein Messer. Will er mich erstechen, damit ich nicht ertrinke, überlegte sie ungläubig.

Doch das hatte er nicht vor. Die Klinge zerfetzte ihre Kleidung, der Rock und die Unterröcke gingen unter. Endlich konnte sie Wasser treten.

»Zieh die Schuhe aus!« schrie er. Während er sie über Wasser hielt, löste sie die Schnallen ihrer Schuhe und streifte sie von den Füßen. Inzwischen schwamm der Falke weiter und zog sie an den Haaren mit sich.

»Jetzt schaff ich's allein!« keuchte sie.

Er schwamm nicht gegen die Strömung, sondern ließ sich von den Wellen an die Küste treiben, und Skye folgte ihm. Hoffnung stieg in ihr auf und erstarb wieder. Der Strand wirkte so nah — und doch so weit, wann immer eine graue Welle über ihr zusammengeschlagen war. Der Falke kehrte zu ihr zurück und packte sie wieder an den Haaren.

»Laß mich …«, stöhnte sie. »Du tust mir weh. Schwimm an Land … Ich bin zu schwach …«

»Wenn du nicht aufhörst, dich gegen mich zu wehren,

werde ich dir noch viel schlimmere Schmerzen zufügen«, fauchte er, schwamm wieder auf das Land zu und zog sie an den Haaren hinter sich her. Sie kämpfte nicht mehr gegen ihn. Der Regen war so grau wie der Himmel, so dunkel wie das Meer. Es gab keine Unterschiede, Himmel und Regen und Meer bildeten eine Einheit, die den Falken und Skye gefangenhielt.

»Halt dich fest!« befahl er, und sie wußte nicht, ob sie gehorchte. Dunkelheit umfing sie, ihr Körper erschlaffte, sie versank in den Wellen.

Wenig später kam sie zu sich. Sie lag im Sand, der Falke neigte sich über sie und preßte seinen Mund auf ihren, um Luft in ihre Lungen zu pusten. Sie keuchte heftig, dann atmete sie wieder aus eigener Kraft. »Wir leben ...«

»Ja, wir leben.« Er sank an ihrer Seite zu Boden.

Sie spürte keinen Regen mehr und sah, daß der Falke sie unter einen überhängenden Felsen getragen hatte. Mehr konnte sie in dieser Nacht nicht mehr wahrnehmen. Sie schloß die Augen und schlief ein.

Die Sonne, die warm auf ihren feuchten Körper schien, weckte sie. Als sie sich aufrichtete, sah sie den Falken in einiger Entfernung liegen und kroch zu ihm. Wenn er schlief, wollte sie ihn mit einem zarten Kuß ins Bewußtsein zurückrufen. An diesem Morgen war sie unfähig, Scham oder Schuldgefühle zu empfinden.

Doch dann hielt sie inne und starrte in sein Gesicht.

Die Hälfte seines Barts und der Schnurrbart waren verschwunden, die restlichen Haare klebten auf sonderbare Weise an seiner Haut. Vorsichtig zupfte sie an einem Haar, das sich mühelos lösen ließ. Ein falscher Bart, ohne den er Petroc Cameron noch ähnlicher sah ... Nein, er sah genauso aus.

Langsam erkannte sie die Wahrheit. Sie sprang auf,

vergaß den verzweifelten Kampf gegen den Tod, den sie in der Nacht bestanden hatten, vergaß alles andere in ihrer blinden Wut. »Bastard!« schrie sie und weckte ihn nicht mit einem Kuß, sondern mit einem wilden Tritt in seinen Bauch.

16

»Abscheulicher Bastard! Schurke! Schlimmer als Abschaum, als Rattenmist! Man müßte dir bei lebendigem Leib die Haut abziehen!«

Roc glaubte zu träumen. Das Gewitter tobte immer noch, und eine Furie hatte sich auf ihn gestürzt, um ihn zu schlagen, zu foltern, bis er erwachte …

Nein, er träumte nicht. Es war Skye. Schreiend und schimpfend stand sie vor ihm, eine Hand in die Hüfte gestemmt, die andere schwenkte das Schwert, das sie ihm aus der Scheide gezogen hatte, durch die Luft, die Schneide kam seinen Extremitäten gefährlich nahe. In der Sonne glitzerten Skyes Augen wie Saphire, wirr fiel ihr das Haar ins Gesicht. Die Fetzen ihrer Röcke hingen feucht an ihrem Körper, die nackten Füße tänzelten hin und wieder umher. Wäre sie nicht so zornig gewesen, hätte er gelächelt. Trotz ihres derangierten Zustands wirkte sie verführerischer denn je. Unter dem nassen Oberteil ihres Kleides zeichneten sich die runden Brüste ab. Sie glich einem heidnischen Geschöpf aus längst vergangenen, barbarischen Zeiten.

Verständnislos starrte er sie an, während sie ihn mit weiteren wenig schmeichelhaften Namen bedachte und wieder in seinen Bauch trat. Stöhnend richtete er sich auf. »Skye! Was ist denn los mit dir?«

»Das fragst du noch?«

Und dann berührte er sein Gesicht. Der halbe Bart war verschwunden. Roc murmelte einen Fluch und entfernte die restlichen Haare. Wie müde er war … Sein ganzer Körper schmerzte, und nun mußte er auch noch Skyes wildes Temperament ertragen.

»Steh auf!« befahl sie und hielt die Schwertspitze an seine Halsschlagader. Ihre Augen schienen Funken zu sprühen, während er sich langsam erhob. »Ich sollte dich in winzige Stücke zerhacken und dem Henker die Arbeit ersparen! Mein Gott, was du mir angetan hast!«

»Was ich dir angetan habe?«

»O Lord Cameron — Kapitän Falke! Wie konntest du nur! Der Galgen wäre eine viel zu milde Strafe für dich.« Sie kam auf ihn zu, das Schwert immer noch erhoben, und ihm blieb nichts anderes übrig, als zurückzuweichen. Nie zuvor hatte er sie so wütend gesehen, und er wußte nicht, ob sie von der Waffe Gebrauch machen würde.

»Gib mir mein Schwert, Skye.«

»Ich soll dir dein Schwert geben? Du mußt verrückt sein.«

»Du willst mich doch nicht töten ...«

»Dich töten? O ja, diesen Wunsch hege ich, aber vorher werde ich dir die schlimmsten Qualen bereiten. Am liebsten würde ich dich in siedendes Öl werfen oder dir alle Finger und Zehen und andere Dinge abschneiden ...«

»Lady ...«, begann er warnend.

»Und wen werde ich dann töten? Lord Cameron? Nein, nicht meinen Mann, ein Mitglied der guten Gesellschaft, sondern den Piraten, den elenden Schurken ...«

»Deinen Liebhaber?« fragte er gedehnt, schob die Klinge beiseite und ging auf sie zu, so daß sie nun zurückweichen mußte. »Den Silberfalken, der dich so brutal vergewaltigt hat? Das hast du doch deinem Mann erzählt, als du so verzweifelt versuchtest, ihn zur Anullierung der Ehe zu bewegen.«

Verwirrt hielt sie den Atem an, als ihr Rücken gegen

eine Palme stieß, dann entzog sie ihm rasch die Schneide, die einen winzigen Kratzer an seinem Daumen hinterließ. In der nächsten Sekunde berührte die Schwertspitze wieder seine Kehle. »Du Hurensohn! Mich so zu hintergehen ...«

»Gib mir das Schwert, Skye.«

Vorsichtig umkreisten sie einander.

»Du gemeiner Schuft! Du bist direkt aus meinem Haus ins Bett einer anderen gesprungen! Wage es bloß nie wieder, mich anzufassen!«

»Es gab keine andere Frau.«

»Lügner! Wir haben diese Rothaarige doch beide gesehen!«

»Ich engagierte sie nur, um dich zu ärgern.« Dieses Geständnis war ein Fehler. Skyes Hand zitterte, der Stahl drückte sich noch fester an Rocs Haut. »Gib mir mein Schwert!«

»Niemals! Und wenn ich's dir gebe, wirst du's sehr schmerzlich zu spüren bekommen.«

»Es gab keine andere«, wiederholte er, »nur dich, meine geliebte, treu ergebene Gemahlin ...«

»Ich bin keine treu ergebene Gemahlin!« zischte sie. »Zu dieser Ehe wurde ich gezwungen, ebenso wie zur Gefangenschaft in der Gewalt eines Piraten.«

»Oh, aber die Gemahlin hat sich nicht gescheut, davonzulaufen und einen Pakt mit einem Piraten zu schließen. Du hast etwas versprochen — erinnerst du dich, Liebling?«

»Du bist der abscheulichste Mann, der je gelebt hat.«

Roc duckte sich und versuchte ihr das Schwert zu entreißen. Doch sie schwenkte es blitzschnell durch die Luft, gefährlich nah an seinem Hals vorbei, und er sprang zurück, um sie wieder zu umkreisen. »Ich, Lady? Ich?«

»Ja, du mit deinem verachtenswerten Doppelleben.

Man wird dich genauso aufhängen wie den Silberfalken, auch wenn man weiß, daß du Lord Cameron bist. Und ein Mann wie du gilt als Freund meines Vaters. Wenn ich bedenke, daß du sein Schiff gekapert hast! Allein schon dafür könnte ich dir den Bauch aufschlitzen.«

»Ich habe das Schiff deines Vaters Jack dem Einäugigen weggenommen«, erinnerte er sie, »und dich vor einer blutrünstigen Bande gerettet.«

»Und dann brachtest du mich nach Bone Cay...« Plötzlich brannten Tränen in ihren Augen, und sie wollte nicht, daß er sie sah. Wütend blinzelte sie, und die Stahlspitze ritzte beinahe Rocs Kehle. Sie müßte ihn wirklich töten, diesen Piraten. Das würde er verdienen.

»Gib mir das Schwert, Skye.«

»Nein!«

Blitzschnell zog er sein langes Messer aus dem Stiefelschaft. »Gut, dann wollen wir kämpfen.«

»Hör auf!« warnte sie, als er fintierend auf sie zukam. Die kurze, breite Klinge funkelte in der Sonne. Skye hatte die viel bessere Waffe, und sie wußte damit umzugehen. »Hör auf, oder ich muß dich töten.«

»Nur zu, mein Liebling.« Er griff von neuem an, klirrend stießen die beiden Schneiden aufeinander. »Ich sollte dich verhauen, bis dein aristokratischer Hintern blutrot anläuft!«

»Das hast du schon einmal getan.«

»Der Pirat hatte dieses Vergnügen, aber nicht Lord Cameron — dein schwerverletzter Ehemann.«

»Mein schwerverletzter Ehemann...« Skye war so verwirrt, daß sie den nächsten Fechthieb kaum parierte und zurückspringen mußte.

»Allerdings! Was meinst du, wie mir zumute war, nachdem mich meine engelsgleiche Gattin so süß verführt hatte — nur um mich dann mit einer Schnapsflasche bewußtlos zu schlagen.«

»Ich mußte doch ...«

»Natürlich, du mußtest Lord Cameron außer Gefecht setzen, um zu einem anderen Mann zu laufen und ihm einen ebenso süßen Lohn für seine Dienste zu versprechen.«

»Oh, wie kannst du es wagen!« Nun war Skye wieder im Vorteil und drängte Roc mit ihrem Schwert über den Sand, bis er rücklings gegen die Palme prallte. »Du machst mir Vorwürfe — obwohl du eine Hure engagiert und nackt mit ihr im Bett gelegen hast, um mich in Wut zu bringen?«

»Aye! Und du warst sehr bestürzt, als du den Silberfalken mit einer anderen Frau sahst. Nicht, daß er dich darum gebeten hätte, als Ehebrecherin zu ihm zu kommen.«

»Bastard! Das hast du verdient. Ich habe meinen ehrenwerten Ehemann gewarnt und ihm erklärt, ich könnte das Kind eines anderen unter dem Herzen tragen. Und du, Mylord? Du hast gewartet, bis ich geschlafen habe, um mich dann zu verführen.«

»Hast du mich vielleicht nicht verführt? Wie steht es denn mit *deiner* Moral, Mylady?«

»Wie kannst du es wagen ...«, begann sie wieder, doch nun sah er seine Chance. Der Streit zerrte an ihren Nerven, ihre Finger, die den Schwertgriff umklammerten, hatten sich gelockert. Roc schlug kraftvoll auf die Stahlspitze, und Skye ließ die Waffe verblüfft fallen.

»Ich wage, was mir gefällt, Lady«, erwiderte er. »Du bist meine Frau — oder hast du das vergessen?«

Wütend starrte sie ihn an, dann blickte sie auf das Schwert im Sand. Beide stürzten sich darauf. Rocs bronzebraune Finger erreichten es zuerst und schoben es beiseite. Skye wollte danach greifen, aber er umschlang sie, und sie wälzten sich eng aneinandergepreßt über den Strand. Als Skye auf dem Rücken liegenblieb, warf sich

Roc auf sie und klemmte ihre Hüften zwischen seine Beine. Mit aller Kraft wand sie sich umher und versuchte ihn wegzustoßen, brachte aber nichts weiter zustande, als Sand aufzuwirbeln. Schließlich schnappte sie erschöpft nach Luft und sah ihn herausfordernd an. »Man wird dich aufhängen!«

»Und du willst dir dieses Spektakel nicht entgehen lassen, was? Wirst du dabei vielleicht ein oder zwei Tränen vergießen?«

»Wohl kaum. Du bist ein Schurke, der nichts Besseres verdient als den Galgen.«

»Und du bist eine heimtückische Verführerin. Wen von uns beiden trifft denn die größere Schuld?«

»Dich! Du wußtest die ganze Zeit, was los war. Immer wieder hast du mich an der Nase herumgeführt, obwohl du den Schmerz in meinem Herzen kanntest ...«

»Den Schmerz in deinem Herzen, Liebling?«

»Ach, lassen wir das. Steig endlich runter von mir ...«

»Das ist wieder einmal typisch. Ich rette dir das Leben, entreiße dich den eisigen Klauen des Meeres. Und als ich dann schlafe, von bleischwerer Müdigkeit übermannt, zertrümmerst du mir mit deinen zarten Zehen beinahe die Rippen. Du hältst mir mein Schwert an die Kehle, drohst mich zu erstechen — und jetzt, wo ich die Oberhand gewonnen habe, willst du zu kämpfen aufhören. So geht das nicht, Lady. Du bist mir einiges schuldig — nicht zuletzt, weil du mir den Schädel beinahe mit einer Rumflasche zertrümmert hättest. Hör mir mal gut zu ...«

»Nein!« fauchte sie. »Bald werde ich wieder frei und ungebunden sein und dich hängen sehen, so wahr mir Gott helfe. Wenn ich bedenke, wie viele arglose Leute du zum Narren gehalten hast! Zum Beispiel Gouverneur Spotswood, der dir rückhaltlos vertraut. Wie konntest du nur! Du hattest alles, was dein Herz begehren mochte. Trotzdem mußtest du den Piraten spielen, stehlen, plündern und ...«

»Frauen vergewaltigen?« ergänzte er nonchalant.

Skye fluchte wütend und versuchte wieder, ihn wegzuschieben. Ein Schluchzen stieg in ihre Kehle auf. Von ihrem Kleid und den Unterröcken war nur wenig übriggeblieben, und sie spürte Rocs feuchte Hosenbeine auf den nackten Hüften.

Schließlich lag sie wieder reglos da und starrte ihn an. Er lächelte, teuflisch und sinnlich. »Ja, ich bin gern ein Pirat, Lady. Ich genieße es, mir zu nehmen, was ich haben will. Das ist ein herrliches Leben. Sicher werde ich irgendwann dafür hängen. Aber es hat sich gelohnt.«

»Oh, du Schuft! Jetzt weiß ich auch, warum sich Lord Cameron nicht ausziehen wollte, als wir uns liebten. Er hatte Angst, ich könnte an irgendwelchen Körpermerkmalen, vielleicht einer kleinen Narbe, den Falken erkennen.«

»Ja, das war etwas schwierig. Im Dunkeln konnte ich dich nicht lieben, wegen deiner Angst.«

»Nie wieder wirst du mich lieben.«

»Du bist immer noch meine Frau.«

»Ich verlasse dich!«

»So einfach geht das nicht. Und bevor wir das erörtern, sollten wir an deinen Vater denken, für dessen Befreiung du dem Silberfalken etwas versprochen hast. Und Lord Cameron ist seiner Frau, die ihre Tugend so bereitwillig verkauft hat, eine Tracht Prügel schuldig.«

»Oh, verdammt!« Skye wand sich verzweifelt unter ihm, und die zerfetzten Reste ihrer Röcke rutschten immer höher. Bald war sie nackt bis zur Taille, was Roc nicht entging.

»Du machst es mir so leicht, Liebling. Soll ich dich zuerst verhauen und dann lieben — Pardon, vergewaltigen? Oder umgekehrt?«

»Oh, man müßte dich vierteilen!«

»So? Was ist denn aus den zarten Gefühlen geworden, die du dem Falken entgegenbrachtest? Aus der süßen Leidenschaft, mit der du Lord Cameron verführtest? Und du hast dem Piraten erklärt, du würdest deinen Mann lieben ...«

Ihre Augen verengten sich. »Das war eine Lüge! Eine Lüge über den einen Mann, die ich dem anderen in der Hoffnung auftischte, ich könnte ihm dadurch entrinnen.«

Rocs Lächeln erlosch. »Der eine bedeutet dir also genausowenig wie der andere?«

»Was dich betrifft, ist mir nur noch eins wichtig — ich will dich hängen sehen!«

Grimmig preßte er die Lippen zusammen, und sie bekam es mit der Angst zu tun. Würde er seine Rolle als Pirat ernst genug nehmen, um ihr den Hals zu durchschneiden, oder sie als gekränkter Ehemann verprügeln? Sie schloß die Augen, wartete auf ihr Schicksal, doch zu ihrer Überraschung ließ er sie los und stand auf, dann packte er ihre Hände und zog sie unsanft hoch. »Ich liebe dich«, sagte er leise.

»Liebe! Was weißt du schon von Liebe?«

»Immerhin habe ich mehrmals mein Leben riskiert, um dich zu retten.«

»Dein Leben riskierst du, wann immer du auf deinem Piratenschiff lossegelst.«

»Ich setze es auch aufs Spiel, wenn ich deinen Vater befreie. Das willst du doch immer noch?«

»Natürlich.«

»Gut. Zu den gleichen Bedingungen.«

»Was?«

Er antwortete nicht sofort. »Wenn ich dir meine Handlungsweise erklären könnte ...«

»Das ist nicht nötig. Du wirst hängen, so oder so.«

Zornig blitzten Rocs Augen auf. »Eines Tages wirst du deine Worte bereuen. Aber nun wollen wir uns erst einmal um dringlichere Dinge kümmern. Der Pirat eignet sich besser für die Aufgabe, deinen Vater zu finden, also werde ich der Pirat bleiben. Und wenn Lord Kinsdale gerettet ist, wirst du dich bereitwillig in meine Arme werfen.«

»Bastard!«

»Sind wir uns einig?«

»Ich hasse dich!«

»Hasse mich oder liebe mich, ganz wie du möchtest. Jedenfalls gehörst du mir, bis zu dem Tag, wo ich am Galgen baumeln werde ...«

Ein plötzliches Geräusch — das Klicken einer Pistole, die entsichert wurde — veranlaßte beide, sich hastig umzudrehen.

Kapitän Logan stand zwischen zwei Gefolgsmännern. »Sie irren sich, Falke. Die Lady gehört nicht Ihnen, sondern mir.«

Roc zog Skye enger an sich und hielt sie fest. Angespannt beobachtete er Logan, der zwei Pistolen auf ihn richtete, ebenso wie jeder seiner beiden Spießgesellen.

Das Schwert lag im Sand, die Pistolen hatte Roc im Meer verloren, das Schießpulver war feucht und unbrauchbar. Er besaß nichts, womit er kämpfen konnte.

»Gehen Sie von der Lady weg, Falke«, befahl Logan.

Skye erschauerte. Es gab keine Rettung, hilflos waren sie dem Feind ausgeliefert. Er war elegant gekleidet, in einen roten Samtrock mit schwarzen Kniehosen, hohen Stiefeln und einer üppigen Feder am Hut. Nur flüchtig fragte sie sich, wo er diesen feinen Staat gestohlen haben mochte. Das spielte jetzt keine Rolle. Seine Lippen verzogen sich zu einem bösartigen Lächeln, dann kratzte er sich mit der stählernen Klauenhand am Kinn. Seine jungen Gefolgsmänner, ein blonder und ein dunkelhaariger, waren nicht so vornehm herausgeputzt. Sie trugen nu Kniehosen und rauhe Baumwollhemden. Auch sie grin sten, sichtlich erfreut über diese Begegnung.

Logans Lächeln vertiefte sich. »Wie nett, daß wir Sie beide hier angetroffen haben, inmitten einer so rührenden Szene.« Amüsiert wandte er sich an seine Gefährten. »Ich glaube, die Lady ist doch nicht aus Eis. Es sieht so aus, als hätte ihr der Falke inzwischen die Freuden der Liebe begreiflich gemacht. Um so glücklicher werde ich in ihren Armen sein.«

»Sie werden die Lady nicht anrühren, Logan«, stieß der Falke hervor.

»Oh, doch. Reißen Sie bloß den Mund nicht so weit auf, Falke. Aber Sie waren ja schon immer ein frecher Bastard. Die Lady steht hinter Ihnen, und Sie sind unbewaffnet, während ich sechs Pistolen und drei Schwerter zur Verfügung habe. Als ich den Vater dieser jungen Frau entführte, wußte ich, sie würde ihm folgen — und Sie ihr, Falke. Allerdings hätte ich nicht erwartet, daß ich Sie so mühelos in meine Gewalt bringen könnte. Das Wetter war sehr hilfreich, nicht wahr? Und vorhin wart ihr beide so intensiv mit euren Privatangelegenheiten beschäftigt — da hättet ihr nicht einmal einen Kanonenschuß gehört. Sie, Mylady, haben geschafft, was mir nie gelungen ist — die Aufmerksamkeit des Falken von etwaigen drohenden Gefahren abzulenken. Vielen Dank, meine Liebe. Ich freue mich schon darauf, Ihnen zu beweisen, wie sehr ich Ihren Beistand schätze.«

»Nein ...«, begann Skye, verstummte sofort, als Roc herumwirbelte und ihr mit aller Kraft ins Gesicht schlug, so daß sie nach Luft schnappte und in den Sand fiel.

»Sei still!« zischte er, dann drehte er sich wieder zu Logan um. »Nur über meine Leiche werden Sie die Lady bekommen.«

»Oh, großartig!« kicherte der Piratenkapitän.

Leicht benommen lag Skye am Boden und schüttelte den Kopf — unfähig, die Brutalität von Rocs plötzlichem Angriff zu verstehen.

»Sie ist nur eine Frau, Logan«, entgegnete er, »nicht besser oder schlechter als alle anderen. Es würde Ihnen wenig Vergnügen bereiten, mit ihr zu schlafen.«

»Das werde ich selber entscheiden. Nachdem ich Sie erschossen habe, mein lieber Falke, will ich's mit ihr treiben. Und wenn ich ihrer müde bin, kommen meine Männer dran. Dann werden Sie längst tot sein. Was kann es einer Leiche schon bedeuten, welches Schicksal die Lady erwartet?«

»Wenn Sie mich töten, werden Sie niemals den Schatz erhalten, den Jack der Einäugige dem Spanier abgenommen hat.«

Logan zögerte, die glitzernden Augen in dem Kadavergesicht verengten sich. »Wovon reden Sie?«

»Jack hat die *Dona Isabella* aus Cartagena überfallen. Das weiß doch jeder. Monatelang wurde auf den Inseln davon gesprochen. Was glauben Sie wohl, warum ich so erpicht darauf war, die *Silver Messenger* zu kapern, ein einfaches Handelsschiff? Ich war nur hinter Jack her. Und der starb sehr langsam, das schwöre ich Ihnen. Er hatte das Gold von der *Dona Isabella* vergraben — ein unschätzbares Vermögen.«

»Die *Dona Isabella*? Mit dem Inka-Gold?«

Grinsend verschränkte Roc die Hände vor der Brust. »Aye, und ich bin der einzige, der das Versteck kennt.«

Skye starrte ihn an. Sie wußte nicht, ob er die Wahrheit sagte, wußte überhaupt nicht mehr, was sie von ihm denken sollte, wußte nur, daß sie nun zwischen zwei verschiedenen Höllen stand.

Logan legte den Kopf schief. »Versuchen Sie Zeit zu gewinnen? Ich könnte Sie am Leben lassen und erst töten, nachdem Sie mich zu Jacks Schatz geführt haben.

Und wenn ich mich mit der Lady amüsiert habe, verlange ich von Spotswood oder Lord Cameron Lösegeld für Lord Kinsdale und seine Tochter. Wie auch immer, letzten Endes werde ich gewinnen.«

»O nein, Sie bekommen die Lady nicht. Sie gehört mir.«

»Was soll sie denn mit einer Leiche anfangen?«

»Sie gehört mir, und sie bleibt bei mir. Wir gehen zur anderen Inselseite, zum Piratenfest. Dort möchte ich Verhandlungen führen.«

»Verhandlungen?«

»Aye, mit dem Schwarzbart.«

Logan lachte. »Sie wollen die Lady dem Schwarzbart überlassen?«

Lässig zuckte Roc die Achseln. »Falls man den Gerüchten glauben darf, hat er vierzehn junge Frauen, also mehr als genug.«

»Angeblich ist er der blutrünstigste Mörder von uns allen.«

»Angeblich — aber ich kenne ihn. Er würde der Lady nichts zuleide tun. Und wenn er mir verspricht, sie unversehrt nach Virginia zu bringen, wird er sein Wort halten.«

Logan zögerte. »Hm ...«

»Sie haben keine andere Möglichkeit, wenn Sie sich die Freude machen wollen, mich zu töten, ohne auf das Gold verzichten zu müssen.«

»Es ist zu riskant, Kapitän«, murmelte der dunkelhaarige Mann.

»Sind Sie etwa ein Feigling geworden, Logan?« spottete Roc. »Wir Piraten leben alle vom Risiko. Wollen Sie Ihre Chance nicht nutzen?«

»Schicken Sie die Lady zu mir rüber«, forderte Logan.

Roc hielt Skye eine Hand hin, aber sie griff nicht danach und senkte den Blick. Er mußte verrückt geworden sein. Seinen Kampf mit Jack dem Einäugigen hatte sie mit angesehen. Dabei war kein Gold erwähnt worden, und Jack hatte sehr schnell den Tod gefunden.

Oder gab es den Schatz tatsächlich? Wußte Roc auf andere Weise davon? Hatte er Jack und die *Silver Messenger* überfallen, um eine noch reichere Beute zu erringen? Oder weil er es für nötig befunden hatte, Jack umzubringen? So viele unbeantwortete Fragen! Ihr schwirrte der Kopf, und sie wußte nur noch eins — daß sie Roc nicht trauen konnte. Trotzdem liebte sie ihn immer noch — obwohl ihre Wange von seiner Ohrfeige brannte, obwohl sie nun erfahren hatte, welch ein Doppelleben er führte, obwohl er eines Tages hängen würde ...

Ohne seine Hilfe zu beanspruchen, stand sie auf, und er zog sie an sich. »Nein, ich werde sie Ihnen nicht übergeben. Sie gehört mir.«

Wieder zögerte Logan. »Ich werde Sie wirklich töten, wenn ich das Gold habe. Falls Ihre Behauptungen der Wahrheit entsprechen, werde ich Sie einfach nur erschießen, Falke. Sollten Sie mich belogen haben, reiße ich Ihnen mit meiner Klaue das Fleisch in winzigen Stücken von den Knochen. Also beten Sie darum, daß Sie den Schatz finden.« Er steckte seine Pistolen in den Gürtel.

»Ich habe nicht gelogen.«

Logan zuckte die Schultern. »Gut, behalten Sie die Lady, erfreuen Sie sich an ihr bis zu Ihrem Tod.« Plötzlich lächelte er. »Sie haben sich den Bart abrasiert, Sir. Um der jungen Dame besser zu gefallen?«

»Weil es heiß war. Ich tue nichts, um irgend jemandem zu gefallen, das müßten Sie wissen.«

Der dunkelhaarige Pirat musterte Roc interessiert. »Jetzt sieht er dem anderen noch ähnlicher.«

»Wem?« fragte Logan, und Skye spürte, wie sich Rocs Arme, die sie umschlungen hielten, anspannten.

»Seinem vornehmen Vetter, Lord Cameron.«

»Hast du Cameron gesehen?« fragte Logan mit scharfer Stimme.

»Aus der Ferne, an Bord seines Schiffs.« Der dunkelhaarige Bursche grinste. »Jetzt will der Falke wohl so wie der Ehemann dieser Lady aussehen und ein Gentleman werden.«

Logan krümmte sich vor Lachen, und Roc drückte Skye noch fester an sich. »Kein Wort!« warnte er sie leise.

»Ich sollte ihn bitten, dich zu erstechen!« zischte sie.

»Und was würde er dann mit dir machen?« flüsterte Roc, und ein Schauer rann über ihren Rücken. So wütend sie auch auf ihn war, sie mußte ihm recht geben.

»Wie hübsch Sie mit Ihren glatten Wangen sind, Kapitän!« höhnte Logan. »Aber nach allem, was ich gehört habe, klappt's nicht. Sie scheinen der Lady noch immer nicht zu gefallen.«

»Oh, doch, sogar sehr.«

»Kommen Sie jetzt.« Mißtrauisch blickte Logan zwischen Skye und Roc hin und her. »Wir gehen zu Teach, und danach werden Sie Ihr Versprechen einlösen, Falke. Versuchen Sie bloß nicht, mich zu überlisten! Sonst werde ich die Lady auf der Stelle erschießen.«

»Ich werde Sie nicht betrügen — nicht in dieser Sache.«

Logan wollte sich abwenden, aber Skyes Ruf hielt ihn zurück. »Wo ist mein Vater? Lebt er noch? Haben Sie ihn verletzt?«

»Er lebt, nur seine Würde hat ein wenig gelitten. Ein paar Schrammen mag er auch abbekommen haben, aber davon abgesehen ist er in Ordnung. Gehen wir? Hinter diesen Dünen findet ein Fest statt, und heute abend werden wir daran teilnehmen.«

»Ich gehe nirgendwohin«, erklärte Skye.

»Was?« stieß der Falke hervor.

»Ich bleibe an diesem Strand, bis ich den Beweis habe, daß mein Vater noch lebt.«

Logan wandte sich an Roc. »Machen Sie ihr Beine, oder wir erledigen die Angelegenheit hier und jetzt.«

»Das ist mir egal. Was ist, wenn mein Vater tot ist?« fauchte sie.

»Los, kommen Sie!« befahl Logan.

Roc packte Skye um die Taille und schwang sie über seine Schulter. Wütend hämmerte sie mit beiden Fäusten auf seinen Rücken. »Laß mich runter! Oder ich sorge dafür, daß er dich sofort umbringt!«

»Halt den Mund! Gehen Sie voran, Sir.«

Grinsend machte sich Logan auf den Weg, seine Gefährten und der Falke folgten ihm. Skye wehrte sich kreischend, bis Roc ihr einen kräftigen Klaps aufs Hinterteil gab, der nicht besonders weh tat, sie aber an den mangelhaften Zustand ihrer Bekleidung erinnerte. Und so hörte sie auf, Widerstand zu leisten, um sich nicht noch mehr zu entblößen.

Er mußte völlig verrückt sein. Logan wollte er sie nicht übergeben, aber Teach, dem Schwarzbart, und sich danach von Logan töten lassen. Das war reiner Wahnsinn.

Der Weg über die Dünen, immer in Küstennähe, schien eine Ewigkeit zu dauern. Plötzlich fragte Logan: »Hört ihr die Musik?«

Skye lauschte mit angehaltenem Atem. Tatsächlich — Fiedelklänge drangen herüber und wurden immer lauter, als sie weitergingen.

Schließlich erreichten sie ein kleines Dorf, schäbige, schiefe Holzhütten mit Strohdächern. Am Strand lagen einige Dutzend Boote. Auf Bratspießen über knisternden Flammen drehten sich Rind- und Schweinefleisch, Wild und Geflügel. Große Fässer standen umher. Skye nahm an, daß sie Ale enthielten.

Auf einer Plattform in der Dorfmitte saß der Schwarzbart wie auf einem Thron und beobachtete eine vollbusige junge Frau, die zu der fröhlichen Musik tanzte, lachend und ausgelassen. Andere Frauen schäkerten mit den Piraten, lehnten an Fässern oder saßen auf den Veranden der kleinen Hütten.

Logan grinste Skye an, die immer noch über der Schulter ihres Mannes hing. »Willkommen auf dem großen Piratenfest, Mylady! Wir wagen uns nicht oft an Land, um zu feiern, aber gewisse Machthaber in North Carolina verschließen ihre Ohren vor unserer Musik. Ist das nicht wunderbar? Leider ist die holde Weiblichkeit in der Unterzahl, aber wir amüsieren uns trotzdem.« Sein lüsterner Blick ließ sie erzittern, und Roc drehte sich rasch zu ihm um. »Vorsicht, Falke! Wenn Sie versuchen, mich reinzulegen, oder sich zusammen mit Teach einen Trick ausdenken, erschieße ich das Mädchen.«

»Ich werde nichts dergleichen tun. Gehen Sie weiter.«

»Nein, Sie gehen voran, und ich folge Ihnen mit meiner entsicherten Pistole, die auf den Rücken der Lady zielt — und vergessen Sie nicht — ein Großteil der Männer, die Sie hier sehen, gehört zu meiner Besatzung.«

»Ich werde daran denken.« Roc steuerte auf die Plattform zu, und Skye klammerte sich unbehaglich an ihn.

Lachende Betrunkene zeigten in ihre Richtung, und jemand rief: »Seht doch, der Falke hat eine Lady mitgebracht! Verdammt, der wagt wirklich alles.«

Der Schwarzbart entdeckte die Neuankömmlinge und sprang auf. »Ah, der Falke — mit dem Mädchen, das mich bei unserer letzten Begegnung so entzückt hat!« Seine tiefe Stimme übertönte die Musik. Lachend nahm er seine Pfeife aus dem Mund und reichte Roc die Hand. »Willkommen! Wir dachten, Sie würden diesen Ort meiden, da Sie nicht allzuviel von den Carolinas halten, Sir? Kennen Sie meine Carlotta schon, meine allerneueste

Frau? Sie tanzt für mich. Setzen Sie sich, schauen Sie ihr zu! Die hat viel heißeres Blut als Ihre Lady.«

Logan schob sich an Roc vorbei. »Wir wollen mit Ihnen ein Abkommen aushandeln, Teach. Ehe ich den Falken töte, wird er mich zu einem vergrabenen Schatz führen, wenn Sie ihm versprechen, dieses Mädchen nach Hause zu bringen.«

Roc stellte Skye auf die Füße, und der Schwarzbart schenkte ihr ein liebenswürdiges Lächeln. »Lady Kinsdale — nein, Cameron, wie ich gehört habe ... Auch Sie sind mir herzlich willkommen.«

»Teach, schwören Sie mir, die Lady wohlbehalten heimzubringen?« fragte Roc.

»Mit meinem Blut. Sie wissen doch, daß ich keiner Frau was zuleide tun könnte.«

»Auch der Falke muß mit seinem Blut besiegeln, daß er sich an unsere Vereinbarung halten wird«, verlangte Logan.

»Heben Sie den Arm!« wandte sich der Schwarzbart an Roc, der ohne Zögern gehorchte. Teach zog ein Messer hervor, und Skye schrie unwillkürlich auf, als der Pirat ins Fleisch ihres Mannes schnitt. Blut quoll hervor, aber Roc zuckte mit keiner Wimper. Der Schwarzbart ritzte auch seinen eigenen Arm auf und drückte ihn an Rocs Wunde. »Nun ist das Geschäft mit unserem Blut besiegelt. Sie sind Logan verpflichtet, Falke, und ich bin es Ihnen schuldig, mein Wort zu halten. Und nun erzählen Sie mir, wie dieser gemeine Bastard Sie überrumpeln konnte.«

»Dafür gibt es keine Erklärung, Teach. Er hat es einfach getan.«

Der Schwarzbart drehte sich zu Skye um. »Setzen Sie sich zu mir, wir trinken was.«

»Mit Leuten von Ihrer Sorte trinke ich nicht!« zischte sie. Er neigte sich lachend zu ihr. »Was für ein tollkühnes

Mädchen!« Flüsternd fügte er hinzu: »Verstehen Sie denn nicht, daß ich hier Ihre einzige Hoffnung bin?« Dann erhob er die Stimme: »Falke, Sie kommen auch zu mir!«

»Er ist mein Gefangener ...«, begann Logan.

»Ja, aber das ist *meine* Party, mein Piratenfest, und heute lasse ich Sie noch nicht mit meinen Gästen von hier weg. Morgen können Sie dann Ihren Teufelspakt erfüllen, Falke, Gott und der Satan mögen Ihnen beistehen. Jetzt setzen Sie sich mit Ihrem Mädchen zu mir und schauen meiner Liebsten beim Tanzen zu.«

Er zog beide auf die Plattform und plazierte Skye neben sich und Roc auf seine andere Seite. Die Musik steigerte sich zu einem furiosen Rhythmus, die Tänzerin bewegte sich immer schneller.

Ein Becher wurde in Skyes Hand gedrückt, und sie starrte in die verschleierten Augen einer älteren, dicken Frau mit aufgerissenem Mieder, die sie entzückt anlachte. »Eine richtige Lady, bei Gott! Überlaß sie mir, Schwarzbart, dann wird sie nicht mehr lange eine Lady sein!«

Die Frau griff nach Skye und zerrte an ihrem Kleid. Schreiend versuchte sich Skye zu wehren, ihr Stuhl kippte um, und sie landete auf der Plattform. Leicht betäubt blinzelte sie.

»Nein!« Ein zweiter Stuhl fiel um, und dann stand Roc vor ihr, die Hände in die Hüften gestützt. »In dieser Nacht gehört sie mir, und danach genießt sie den Schutz des Schwarzbarts. Niemand außer mir darf sie anrühren, keiner von euch Schurken und Huren.« Er hob Skye auf die Arme und wandte sich zu Teach. »Das ist Ihre Party, Sir, und ich bin Ihr Gast. Würden Sie mir ein Quartier zur Verfügung stellen?«

Lachend nickte der Pirat. »Aye, Kapitän Falke. Da Sie bald sterben müssen, sollen Sie diese Nacht genießen.

Jedem Todeskandidaten wird ein letzter Wunsch gewährt, ehe er am Galgen baumelt.«

»Moment mal!« protestierte Logan. »Ich will nicht ...«

»Morgen können Sie den Falken mitnehmen«, wurde er von Teach unterbrochen. »Dann ist er Ihr Gefangener. Heute nacht wird ihm seine letzte Bitte erfüllt.« Er zeigte zu einer Hütte, die etwa fünfzig Meter von der Plattform entfernt stand.

Skye immer noch auf den Armen, sprang Roc von dem Podest hinab und trug sie zu seinem Nachtquartier. Lachend klatschten die Piraten und ihre Dirnen Beifall.

»Mit der werden Sie ein schönes Stück Arbeit haben, Kapitän!«

»Aye, sie ist ziemlich frech, aber es macht immer wieder Spaß mit ihr«, erwiderte Roc, womit er sich eine Ohrfeige von Skye einhandelte. Entzückt johlte das Publikum auf.

»Zeigen Sie's ihr nur, Kapitän Falke!«

Roc starrte ihr in die Augen. »Genau das habe ich vor!« Abrupt ließ er sie in den Sand fallen, zerrte sie an den Haaren hoch und preßte seine Lippen auf ihre, während er mit der anderen Hand ihre Brüste streichelte. Unter dem Jubel seiner Zuschauer stellte er sie wieder auf die Beine und riß sie in die Arme. »Ja, ich werd's ihr zeigen! Jetzt gleich!«

»Nein!« keuchte sie. Ihre wunden Lippen brannten von seinem brutalen Kuß. So grausam hatte er sie noch nie behandelt. In plötzlicher Panik trommelte sie mit beiden Fäusten auf seine Brust. »Nein!«

»Halt den Mund, verdammt noch mal, und hör mit diesem Getue auf!« Seine Silberaugen schimmerten wie kaltes Metall. »Noch ein Wort — und du wirst mich in dieser Nacht erst richtig kennenlernen!«

Skye zitterte unkontrollierbar und öffnete die Lippen,

schwieg aber, als sie die Warnung in seinem Blick las. Er umklammerte ihren Arm, lief mit ihr die Verandastufen der Hütte hinauf, öffnete die Tür, und sie war allein mit dem Piraten, mit dem Lord. Mit ihrem Liebhaber, ihrem Mann. Mit dem Teufel persönlich …

17

Roc ließ Skye los und warf die Tür hinter sich zu. Einige Sekunden lang stand sie reglos im angsterregenden Schatten, dann wandte sie sich zu ihm, wich zurück und drückte sich an eine Wand.

Verächtlich musterte er sie, lehnte sich müde an die Tür und schloß die Augen, dann riß er sie wieder auf und zeigte mit einem Finger auf Skye. »Du kleines Biest! Du wirst uns noch alle beide umbringen.«

»Ich? Hast du den Verstand verloren?«

»Ich versuche uns mit allen erdenklichen Tricks zu retten, und du ...«

»Mit Tricks? Also gibt es gar keinen Schatz!«

»Das ist mein Problem. Ich möchte, daß du diese Insel unbeschadet verläßt. Der Schwarzbart mag alle möglichen Fehler haben, aber der Ruf seiner Grausamkeit wurde absichtlich übertrieben. Er wird Wort halten und dich nach Virginia bringen, wo du hingehörst.«

»Und du gehst mit Logan ...«

Roc lächelte schwach. »Macht dir das was aus, Liebling? Du wartest doch ohnehin sehnsüchtig auf den Tag, wo ich hängen werde. Sicher spielt es keine Rolle, auf welche Weise ich ums Leben komme. Du wirst zwar nicht zuschauen, wenn Logan mich tötet, aber der Endeffekt ist der gleiche.«

Wortlos schüttelte sie den Kopf. Er durfte nicht sterben. Und sie durfte ihrer Stimme nicht mehr trauen. Mühsam schluckte sie ihre Tränen hinunter, dann schaute sie sich um. Sand bedeckte den Hüttenboden. Ein schlichter Holztisch, auf dem eine Kerze in einem Messingleuchter steckte, zwei wackelige Stühle und ein Strohlager mit einer grauen Decke bildeten die Einrichtung.

»Eine hochelegante Unterkunft«, murmelte Roc und rutschte langsam an der Tür hinab, bis er auf dem Boden saß. »Die beste, die der Schwarzbart uns bieten konnte. Da er schon sehr oft verliebt war, gönnt er uns diese Nacht nur zu gern.«

Skye ging nicht auf diese Worte ein. Sie lief zu Roc und kniete vor ihm nieder. »Das ist doch alles verrückt! Wir müssen fliehen.«

»Wir?« Er hob die Brauen und betrachtete Skye, die nur einen halben Schritt von ihm entfernt war. Ihr Haar schimmerte im Licht des Sonnenuntergangs, ernsthaft und eindringlich schauten ihre Augen ihn an. Er sehnte sich danach, sie zu berühren, tat es aber nicht und ließ die Hände über den Knien hängen. »Wir, meine Liebe? Du mußt nicht fliehen, deine Sicherheit ist gewährleistet. In gewissen Dingen kann man niemandem so bedenkenlos trauen wie dem Schwarzbart.«

»Ohne dich kann ich nicht nach Virginia zurückkehren.«

»Warum denn nicht? Du wirst zwar meine Ermordung verpassen, aber am Leben bleiben.«

»Hör auf mit dem Unsinn! Sei nicht so — nonchalant!«

»Wie soll ich denn sonst sein?«

»Besorgt. Immerhin wirst du sterben.«

Roc seufzte tief auf. Die Versuchung war zu groß, und so hob er seine Hand und ließ eine von Skyes goldenen Locken zwischen den Fingern hindurchgleiten. Nicht einmal das Meerwasser hatte ihrem seidigen Haar etwas anhaben können. Da sie nicht zurückzuckte, streichelte er ihre Wange. »Wird es dir was ausmachen? Heute morgen warst du noch ganz versessen drauf, mich in Öl zu sieden oder mir bei lebendigem Leib die Haut abzuziehen. So was ähnliches hat Logan mit mir vor, wenn ich mich weigere, ihn zu dem vergrabenen Schatz zu führen.«

»Den gibt es doch gar nicht«, wandte sie verzweifelt ein.

»O ja, den gibt es. Die *Dona Isabella* ist in der Tat aus dem Hafen von Cartagena gesegelt, angeblich mit Indianergold beladen. Jack soll sie gekapert und versenkt haben. Natürlich holte er vorher das Gold von Bord, das er dann irgendwo vergrub.«

»Aber du hast nicht die leiseste Ahnung, wo!« stöhnte Skye.

Lächelnd ließ er seine Fingerspitzen über ihre Haut gleiten. Und sie hätte ihm so gern die Arme um den Hals geworfen. Er hatte sie belogen und eine Närrin aus ihr gemacht, er führte ein abscheuliches Leben, aber sie liebte ihn. Dagegen war sie machtlos. Ihrem Herzen konnte sie keine Befehle erteilen.

»Es bedrückt dich also«, sagte er leise.

»Nein …«

»Doch.« Er zog sie an sich und küßte sie — nicht so grausam wie draußen vor der Hütte, sondern mit verhaltener Leidenschaft. Seine Zunge liebkoste ihre Lippen, erforschte ihre Zähne, ihren warmen Mund. Seine Finger wanderten über ihren Hals zu den Brüsten, zur Taille, dann hob er den Kopf. Er liebt mich auch, dachte sie, als sie seinem Blick begegnete. Roc war ein Schurke, als Pirat ebenso autokratisch wie als Lord, und seine eiserne Willenskraft konnte nicht zerbrochen, höchstens — vielleicht — von Liebe gemildert werden.

»Es bedrückt mich«, wiederholte er flüsternd und lächelte.

Skye senkte den Blick. »Falls ich ein Kind erwarte, wäre es besser, wenn es einen lebenden Vater hätte.«

Sein Lächeln vertiefte sich. »Also deshalb hast du mich nicht verraten.«

»Dich verraten?« Sie schmiegte sich in seine Arme, dankbar für diesen Moment stillen Friedens.

»An Logan. Er weiß noch immer nicht, daß Lord Cameron mit dem Silberfalken identisch ist.«

Sie schluckte krampfhaft. An diese Tatsache wurde sie nur ungern erinnert. »Was macht das für einen Unterschied? Er will den Silberfalken töten, und es würde ihn sicher freuen, wenn er danach erfährt, daß er auch Lord Cameron umgebracht hat.«

Sanft schob er sie von sich, stand auf und begann umherzuwandern, die Hände in die Hüften gestemmt. »Es macht einen großen Unterschied. Wenn es der Schwarzbart erführe ...«

»Ich nehme an, deine Besatzung ist eingeweiht?« unterbrach sie ihn. Robert Arrowsmith mußte die ganze Zeit gewußt haben, daß ihr Liebhaber auch ihr Ehemann war.

Roc blieb stehen, runzelte die Stirn und nickte. »Ja, alle wissen Bescheid — aber diese Burschen hier nicht. Glücklicherweise hast du darauf verzichtet, sie zu informieren.«

»Ich bin doch nicht verrückt!«

»Da draußen hast du dich aber so benommen, als wärst du nicht ganz bei Sinnen.«

»Weil Logan dich töten wird — und meinen Vater vermutlich auch.«

Er schüttelte den Kopf. »Dein Vater ist zuviel wert.«

»So? Erstaunlich! Der Silberfalke hat mich gehenlassen, ohne einen Pfennig Lösegeld zu fordern. Vielleicht ist mein Vater genausowenig wert.«

»Der Falke ließ dich gehen, ohne einen Pfennig zu verlangen, um dir zu zeigen, daß du ihm mehr wert bist als Gold und Silber.«

Ungläubig starrte sie ihn an und sah, wie seine Mundwinkel zuckten. Erregt sprang sie auf. »Du lügst!«

»Also gut, ich gestehe die Wahrheit — ich hatte Angst, ein hohes Lösegeld würde dein ausgeprägtes Selbstwertgefühl noch steigern. Außerdem wäre es albern gewesen, Geld von Lord Cameron zu fordern — von mir selber. Was für ein aufregender Tag das war, als du an Bord der *Lady Elena* kamst ... Natürlich wußte ich, daß du dich mit Händen und Füßen gegen die bereits geschlossene Ehe wehren würdest. Aber ich liebte dich schon damals viel zu sehr, um dich gehen zu lassen.«

»Jetzt lügst du schon wieder!« beschuldigte sie ihn.

»Und wenn nicht?«

»Wenn nicht?« wisperte sie.

»Was ist, wenn ich dich wirklich liebe, Skye Cameron? Könntest du nur ein bißchen Zuneigung für einen alten Freund und Liebhaber aufbringen?«

Sie wich seinem Blick aus. »Ich will nicht, daß du stirbst, das weißt du.«

»Wegen des Kindes, das du vielleicht erwartest. Und was dich selbst betrifft?« Er trat hinter sie und legte die Hände auf ihre Schultern. »Ein Kind, das wäre wunderbar. Ein Erbe für Cameron Hall — nachdem mir bei lebendigem Leib die Haut abgezogen wurde ...«

»Hör auf!« fauchte sie.

»Dreh dich um!«

Sie wußte nicht, was sie veranlaßte, ihm zu gehorchen, aber sie tat es. Sie wußte auch nicht, was ihre Augen ihm verrieten. Jedenfalls küßte er sie auf die Lippen, auf die Stirn und drückte sie an sich. »Es macht dir was aus, ganz zweifellos.«

Skye stemmte die Hände gegen seine Brust, schob ihn ein wenig von sich und sah zu ihm auf. »Ja, Roc, es macht mir was aus. Aber ich kann dich und deinen Lebenswandel nicht akzeptieren. Wenn ich dich auch nicht hängen sehen möchte — ich muß an die armen Menschen denken, die du beraubt hast, um dein Imperium auf Bone Cay zu errichten. Trotzdem kann ich dich jetzt nicht verlassen.«

»Du wirst mich verlassen, weil ich dich in Sicherheit wissen möchte.«

»Ich will nicht, daß du stirbst! Und Logan wird dir einen grausamen Tod bereiten, wenn er merkt, daß es dieses Gold gar nicht gibt.«

»Vielleicht finde ich es. Solche Zufälle kommen manchmal vor.«

»Das wäre ein Wunder.«

»Übrigens, du hast anscheinend meine Männer vergessen.«

Skyes Atem stockte. Sie hatte tatsächlich nicht mehr an das Piratenschiff gedacht, das am anderen Ende der Insel ankerte — falls der Sturm es nicht vernichtet hatte. Doch sie nahm an, daß es schon schlimmere Gewitter überstanden hatte. »Oh, sie werden uns retten!« jubelte sie. »Bald werden Sie hier sein und ...« Ihre Stimme erstarb, als Roc sie bekümmert anschaute.

Natürlich, seine Leute konnten nicht hierhersegeln. Zu viele Piratenkapitäne nahmen an Teachs Fest teil — und mehr Männer, als die Besatzung des Falken besiegen könnte.

»Nein, kein Wunder wird geschehen«, flüsterte sie unglücklich.

»Vielleicht doch.«

Plötzlich klopfte es an der Tür, und Skye fragte erschrocken: »Wer ist das?«

»Keine Ahnung. Leg dich drüben auf das Bett.«

»Warum?«

»Mußt du einem ständig Löcher in den Bauch fragen? Geh schon!«

Offenbar gehorchte sie nicht schnell genug, denn im

nächsten Moment wurde sie quer durch den Raum geschleudert und landete im weichen Stroh. Sekunden später warf er sich auf sie und riß sie in die Arme. Empört wehrte sie sich. »Bist du jetzt endgültig verrückt geworden?«

Er preßte eine Hand auf ihre Lippen. »Halt den Mund!« zischte er und rief: »Herein!«

In wilder Wut versuchte sie ihn wegzustoßen. Die Tür schwang auf, eine dunkelhaarige Dirne stand auf der Schwelle und beobachtete amüsiert Skyes Kampf. »Lassen Sie sie doch in Ruhe, Falke, ich könnte Ihnen eine viel bessere Unterhaltung bieten als die da.«

Grinsend schüttelte er den Kopf. »Sie liebt mich, Leticia, wirklich. Nicht wahr, meine Teure?« Skye versuchte in seine Hand zu beißen. Er brach in rauhes Piratengelächter aus, und sie erkannte, daß sie ihm unwillkürlich in die Hände spielte.

Leticia zuckte die Schultern. »Jeder Mann soll nach seiner eigenen Fasson selig werden, Kapitän. Aber falls Sie das Mädchen mal satt haben — Sie brauchen mich nur zu rufen.« Sie kam in die Hütte, und Roc erhob sich widerstrebend, wobei er Skye mit sich zog. Lässig legte er eine Hand auf ihre Brust. Sie war sein Besitz, was er mit dieser Geste deutlich zum Ausdruck brachte. Und sie war in diesem Piratennest nur sicher, weil er sie für sich beansprucht hatte.

»Ich wollte nur wissen, ob Sie hungrig sind.« Leticia lächelte aufreizend, und Skye fand sie sehr hübsch mit ihrem üppigen Busen, der schmalen Taille und den dunklen Augen. Roc hatte sie mit ihrem Namen angesprochen. Wie gut mochte er sie kennen? Bei diesem Gedanken war Skye elend zumute. Welch ein Wahnsinn das alles war ... Sie liebte ihn, und sie verachtete ihn. Sie würde seinen Tod nicht ertragen, und trotzdem haßte sie diese unhaltbare Situation.

»Ich meine — hungrig auf Essen«, fügte Leticia hinzu.

»Wie ein Wolf!« entgegnete der Falke.

»Dann bringe ich Ihnen was.« Leticia kam näher und musterte Skye mit unverhohlener Neugier, dann kicherte sie. »Auch Eisfeuer können brennen ...« Mit gesenkter Stimme fuhr sie fort: »Der Schwarzbart möchte Sie sprechen, Kapitän — allein.«

»So?«

»Er haßt Logan, das wissen Sie.«

»Aber Teach steht als Vermittler zwischen uns.«

Leticia warf ihr langes Haar in den Nacken. »Der Schwarzbart hat seine eigenen Gesetze. Er tut nur, was er will. Und wann immer man ihn grausam oder betrügerisch nennt, freut er sich. Und jeder, der seinen Zorn fürchtet, legt sehr schnell die Waffen nieder. Sie müssen seine Macht doch kennen, Falke!«

Roc nickte ernsthaft. »Gut, ich rede mit ihm.«

Belustigt warf Leticia einen Blick auf Skye. »Jetzt nicht. Ich wollte nicht stören ... Später, wenn die Dunkelheit hereingebrochen ist, komme ich wieder und führe Sie zum Schwarzbart, Kapitän.«

»Einverstanden.«

Als sich die Tür hinter Leticia geschlossen hatte, stieß Skye ihren Ellbogen mit aller Kraft in Rocs Rippen. Stöhnend ließ er sie los. »Zum Teufel mit dir, Lady Cameron!«

»Zum Teufel mit *mir?* Du wirfst mich herum wie ein Gepäckstück und stürzt dich auf mich — vor den Augen dieser Frau! Ich bin nicht deine Hure und ...«

»Doch, das bist du«, unterbrach er sie in scharfem, warnendem Ton, packte ihren Arm und zog sie zu sich heran. »In diesem Dorf bist du meine Hure — eine Hure, die mir viel bedeutet, und deshalb hast du nichts zu befürchten. Schrei nur und wehr dich, das macht keinen Unterschied. Du wirst mir gehorchen — oder deine Unbotmäßigkeit bitter bereuen, das kann ich dir versprechen.«

Erbost knirschte sie mit den Zähnen und wünschte, ihr würde eine passende Beleidigung einfallen, die sie ihm an den Kopf werfen könnte.

In diesem Moment klopfte es wieder an der Tür, und Leticia huschte herein. »Das Essen für Sie, Kapitän Falke ...« Zu Skye gewandt, knickste sie spöttisch: »Und natürlich auch Ihres, Lady Cameron. Nur das Beste für eine so vornehme Dame ...«

Anmutig neigte Skye den Kopf. »Vielen Dank.«

Ihre sanfte Stimme schien Leticia zu verwirren. Sie blinzelte, dann zuckte sie die Achseln und stellte ein Tablett auf den Tisch. »Der Schwarzbart schickt Ihnen eine Flasche aus seinem persönlichen Rumvorrat, Kapitän — und für die Lady Burgunder vom französischen Postschiff *St. Louis*. Und da ist noch ein saftiger Braten mit Brot. Ein vorzügliches Fleisch, das dürfen Sie mir glauben.«

»Danke, Leticia«, erwiderte der Falke lächelnd.

»Wenn die anderen betrunken sind, komme ich zurück und bringe Sie zum Schwarzbart.«

Sie verließ die Hütte, und Roc rückte einen Stuhl für Skye zurecht, wieder ganz der höfliche Lord Cameron. Er schenkte ihr Wein ein, dann setzte er sich, zog ein rotes Tuch vom Essen und inspizierte den Rum. »Aus der Karibik«, murmelte er und nahm einen großen Schluck. »Ausgezeichnet!«

»Wie kannst du dich daran freuen — in einer solchen Situation?«

»Warum nicht?« Seelenruhig begann er den köstlich duftenden Braten in Scheiben zu schneiden und füllte Skyes Teller. »Iß.«

»Ich bringe keinen Bissen hinunter.«

»Wir haben den ganzen Tag nichts gegessen. Sicher

bist du genauso hungrig wie ich.« Mit bestem Appetit begann er an einem Rippenstück zu nagen.

Als sie ihn beobachtete, knurrte ihr der Magen, und plötzlich fiel es ihr nicht mehr schwer, das Piratenfestmahl zu würdigen. Das gut gewürzte Fleisch schmeckte himmlisch, ebenso wie der Burgunder. Nach einer Weile fragte sie: »Warum will der Schwarzbart mit dir reden?«

»Weil er Jacks Gold haben will.«

»Das existiert gar nicht.«

»Doch.«

»Aber du weißt nicht, wo es ist.«

Roc nahm wieder einen Schluck Rum. »Es existiert, Mylady, und das muß für den Augenblick genügen.«

Ärgerlich sprang sie auf und warf ihren Stuhl um. »Sprich nicht in diesem Ton mit mir. Ich stecke da auch mit drin und ...«

»Und du kennst die Spielregeln nicht.« Er stand ebenfalls auf, ging um den Tisch herum und zog sie an sich. »Du weißt nicht Bescheid, du kannst nur deine Tollkühnheit in die Waagschale werfen, und die wird uns nichts nützen. Um Himmels willen, tu was ich dir sage!«

»Ich will nicht, daß du stirbst ...«

Stöhnend preßte er das Gesicht an ihren Hals. »O Skye, meine schöne, tapfere Skye, wenn wir doch woanders wären ...« Er hob sie hoch, trug sie zum Strohlager und legte sie darauf, dann streckte er sich neben ihr aus. Ein glutvoller Kuß weckte ihre Leidenschaft, und sie klammerte sich verzweifelt an ihn. Sie konnte ihn nicht gehen lassen, sie begehrte ihn, wollte sich ganz mit ihm vereinen. Verziehen hatte sie ihm nicht, aber sie hörte nicht auf, ihn zu lieben, auch nicht an diesem Abend, wo der Tod immer näher kam.

Roc richtete sich auf, schaute in ihre Augen, auf ihre geöffneten, von seinem Kuß noch feuchten Lippen. Als sie die Arme ausbreitete, preßte er sie atemlos an sich und flüsterte: »Ich möchte dich lieben, mit dir am Ufer eines kristallklaren Wassers liegen, zwischen duftenden Blumen, im warmen Sonnenschein oder im sanften Mondlicht. Ich will dich auf Seidentüchern lieben oder im weichen Gras, in einem Paradies, nicht auf dieser häßlichen Strohmatte ...«

Sie strich ihm das Haar aus der Stirn und lächelte wehmütig. »Wo du bist, ist mein Paradies, denn du hast es in meiner Seele geschaffen.«

Hingebungsvoll küßte er ihre Hände. »Ich liebe dich, von ganzem Herzen. Als Lord Cameron, als Silberfalke — ganz egal, ich werde dich bis zu meiner letzten Stunde lieben.« Er löste die Verschnürung ihres Mieders, liebkoste ihre vollen Brüste mit seinen Fingern und Lippen, streichelte ihre Schenkel, schürte mit intimen Zärtlichkeiten ihr Verlangen, bis sie ihm ungeduldig die Hüften entgegenhob. Da sprang er auf, um sich auszuziehen. Dann legte er sich wieder zu ihr und befreite sie von den restlichen Fetzen ihrer Kleidung.

Die Nacht brach herein, aber Skye fürchtete das Dunkel nicht mehr. Er war bei ihr, seine glühenden Küsse wärmten ihre Haut, entfachten ein Fieber, das sie bis in die Fingerspitzen erfüllte. Flüsternd gestand sie ihm ihre Begierde, sprach von den Flammen, die in ihr loderten, beteuerte, wie sehr sie ihn brauchte, wie sehr sie sich wünschte, daß er ihre heiße Sehnsucht stillte ...

Und dann waren sie tatsächlich in einem Paradies. Es gab keine rauhe Strohmatte, keine staubige Decke, keine schmutzigen Wände, nur den Duft der Erde und die Musik zweier Herzen, die wie rasend schlugen.

Skyes Haut war wie Seide, auf der er lag, seine Hand, die ihren Körper streichelte, wie die Sonne, und seine Finger glichen schimmernden Strahlen, die über Skyes Rücken glitten, über ihre Brüste, ihre Schenkel und tief in sie eindrangen ...

Jetzt flüsterte sie nicht mehr, sie schrie, und als er mit ihr verschmolz, reckte sie ihm fordernd die Hüften entgegen, paßte sich seinem drängenden Rhythmus an. Immer höher schwebte sie in ihrem Paradies empor, rief Rocs Namen, als sie den Gipfel ihrer Lust erreichte, spürte die heftige Erschütterung seines Höhepunkts, seine Explosion in ihrem Leib. Sanft, wie von Wolken getragen, sank sie zur Erde zurück. Das Paradies löste sich auf, und sie lag wieder auf einer Strohmatte, auf einer staubigen Decke, doch das war unwichtig, denn ihr Mann hielt sie in den Armen und strich über ihr Haar.

»Wenn etwas passiert ...«, begann er, und sie legte einen Finger auf seine Lippen.

»Psst!«

Behutsam schob er ihre Hand beiseite und drückte sie an seine Brust. »Bitte, Skye, hör mir zu. Ich glaube, es ist nicht so einfach, einen Erben zu zeugen, aber ich bete darum, daß du mein Kind bereits unter deinem Herzen trägst.«

»Roc ...«

»Nein, bitte! Ich bin ein ewiger Optimist — und ein ewiger Schurke, möchtest du vielleicht hinzufügen. Mit allem, was mir zu Gebote steht, werde ich Logan bekämpfen. Aber falls ...«

»Roc!«

»Hör zu!« beschwor er sie. »Was immer geschehen mag, wenn du unser Kind zur Welt bringst, mußt du sein Erbe hüten — Cameron Hall, die Plantage ...«

»Hör doch auf! Du sprichst von ein paar Ziegeln und einer Handvoll Erde, während ...«

»O nein, es ist nicht nur das, sondern ein Traum, den meine Väter verwirklicht haben, um ihr Schicksal zu erfüllen, und alles, was ich bin. Meine Familie, die Zukunft und die Vergangenheit. Die Camerons haben der Erde ein Paradies entrissen, und du mußt mir versprechen, daß du es erhalten wirst — was immer auch auf dich zukommen mag.«

Ringsum lauerte der Tod in der Nacht, und Roc schien nur diesen einen verzweifelten Wunsch zu kennen. Sie wollte wieder protestieren, doch sie konnte es nicht. »Ich gebe dir mein Ehrenwort.«

»Und du wirst es einlösen, Liebling?«

»Habe ich jemals ein Versprechen gebrochen, das ich dir gab?« wisperte sie, und er hauchte einen Kuß auf ihre Lippen.

»Nein, das hast du nicht getan.«

»Ich werde deine Bitte erfüllen, das schwöre ich.«

Liebevoll preßte er Skye an sich. »Es ist immer schön auf Cameron Hall.«

»Immer«, bestätigte sie. »Im Sommer wird es nie zu heiß, weil der Fluß für Kühlung sorgt.«

»Und im Winter ist es nie zu kalt.«

»Das saftige Gras schimmert fast blaugrün.«

Rocs Lippen wanderten über ihre Schläfe. »Am Ufer steht eine alte Eiche, geschützt von anderen Bäumen. Fast lautlos fließt das Wasser an ihr vorbei, und ihr Laub spendet angenehmen Schatten, und die Erde ist so weich und fruchtbar. Wenn man diesen Ort aufsucht, hat man wirklich das Gefühl, Cameron Hall wäre ein Paradies auf Erden. Nach dem Tod meiner Mutter erzählte mein Vater, wie gern sie immer zu dieser Uferstelle gegangen sei. Es dauerte eine Weile, bis er sie davon überzeugt hatte, daß sie sich dort unbesorgt ausziehen konnten, um Adam und Eva zu spielen — in einem Garten Eden, wo es keine Schlange gibt.«

»Nur teuflische, verführerische Camerons«, ergänzte Skye.

Er küßte sie, dann sprang er plötzlich auf und zog die Decke über ihren Körper.

»Was ist denn los?« fragte sie.

Er gab keine Antwort, schlüpfte hastig in seine Hose, und im selben Augenblick pochte es an der Tür. Lautlos huschte Leticia herein.

Skye preßte die Decke an ihre Brüste und beobachtete, wie die junge Frau einen Finger auf die Lippen legte und Roc bedeutete, ihr zu folgen. Sie glaubte, Leticia würde sie neugierig anstarren, war sich aber nicht sicher. Nächtliche Schatten erfüllten den Raum.

»Ich komme bald zurück«, versprach Roc leise, flüsterte Leticia etwas zu und wandte sich wieder Skye zu. »Sie wird die Kerze anzünden.«

Lächelnd nickte Skye, und als die beiden hinausgegangen waren, schloß sie zitternd die Augen.

Solange Roc ihr Gesellschaft geleistet hatte, war die Hütte kein beängstigender Ort gewesen — und für einige Zeit sogar ein Paradies. Doch jetzt hatte er sie verlassen, und sie sah nur noch einen schäbigen Raum voller Sand, kalt vom Meereswind, der durch die Ritzen hereindrang.

Seufzend drehte sie sich auf den Bauch, vergrub das Gesicht in den Armen. Sie wäre so gern eingeschlafen, doch das durfte sie nicht. Sie mußte nachdenken. Ihr Leben sollte gerettet werden, aber Roc würde dem sicheren Tod entgegensegeln. Das konnte sie nicht gestatten. Und Logan hielt ihren Vater immer noch gefangen. Welch ein Alptraum ...

Sie hörte, wie die Tür erneut aufschwang, doch das erschreckte sie nicht. Sicher war Leticia zurückgekommen, um die Kerze zu entzünden. In ihre sorgenvollen Gedanken versunken, kümmerte sich Skye nicht darum. Sie konnte sich nicht von Roc trennen — niemals. Die Ehe war zwar ohne ihr Wissen geschlossen worden, aber jetzt gab es nur noch eins, was sie beide auseinanderreißen konnte — den Tod.

Wo mochte Logan ihren Vater festhalten? Wenn der

Schwarzbart bereit wäre, Skye und Roc zu helfen, würde der grausame Pirat mit der stählernen Klauenhand immer noch Lord Kinsdale in seiner Gewalt haben ...

Plötzlich merkte sie, daß keine Kerze brannte. Und Leticia war so seltsam still ... Skye wollte sich umdrehen, hielt aber mitten in der Bewegung inne, als sie kaltes Metall auf ihrem Rücken spürte.

»Keine Bewegung, meine Liebe.«

Wie erstarrt blieb sie liegen. Logan sprach zwar sehr leise, aber sein bösartiger, drohender Tonfall war unverkennbar.

Der Stahl strich von ihrem Nacken bis zur Taille hinab und Logan kicherte. »Früher hatte ich eine Hand, aber die mußte von Metallfingern ersetzt werden. Eis trat an die Stelle der einstigen Wärme ... Eine interessante Liebkosung, nicht wahr? Ich hoffe, Sie finden Freude daran, Mylady.«

Sie biß die Zähne zusammen und bemühte sich, nicht aufzuschreien, als die kalte Klaue erneut über ihren Rükken glitt. Mit der rauhen Spitze eines Hakens kitzelte Logan ihren Rücken — Zärtlichkeiten, die eine blutige Steigerung zu verheißen schienen.

Aber er will nicht mein Blut sehen, sagte sie sich, sondern das Blut des Falken. Und er begehrt mich nur, weil ich dem Falken gehöre.

»Hat Ihnen der letzte Abend mit Ihrem Kapitän gefallen, Mylady? Ein Jammer, daß man ihm nicht trauen kann! Er versuchte Ihre Freiheit zu erkaufen, aber das kann ich leider nicht zulassen. Wenn der Schwarzbart Sie von hier wegbringt, habe ich kein Druckmittel mehr, um den Falken zur Erfüllung meiner Wünsche zu zwingen. Teach ist ein gieriger Kerl, aber diesmal kann er nicht alles haben. Drehen Sie sich um und schauen Sie mich an!«

»Nein!«

Mit seiner gesunden Hand packte er ihren Arm und riß sie herum. Erbost wollte sie sich wehren, aber er hielt ihr die Metallklaue an die Kehle, und in seinen Augen schien ein mörderisches Feuer zu brennen. Und dann stellte sie fest, daß er nicht allein war. Zwei Männer standen reglos bei der Tür. Wie viele mochten draußen warten? Würde Roc zurückkommen und in eine Falle tappen? Sie kannte Logans Absichten nicht, aber irgendwie mußte sie ihren Mann warnen.

Er lachte heiser und lenkte ihre Aufmerksamkeit wieder auf sein Gesicht. Nach einem kurzen Blick in seine Augen, holte sie tief Luft, um zu schreien.

»Tun Sie das lieber nicht.« Die Metallklaue näherte sich der Halsschlagader, und Skye atmete langsam und vorsichtig aus. Die Haken wanderten über ihre Brust, zogen die graue Decke nach unten, und Logan betrachtete ausgiebig ihren nackten Körper. Um ihre wachsende Panik zu bekämpfen, biß sie fest in ihre Unterlippe. Ein Schrei stieg in ihrer Kehle auf, aber sie unterdrückte ihn, denn sie wußte, daß der Pirat nicht zögern würde, sie mit seiner unheimlichen Waffe zu töten.

»So ist es recht, meine Liebe, bleiben Sie ganz still.« Ein bedauernder Ausdruck trat in seine Augen. »Ah, Mylady, wie gern würde ich die Leidenschaft nutzen, die meine anbetenden — Finger in Ihnen entfacht haben! Es wäre so wundervoll, würde der Falke bei seiner Rückkehr sehen, wie Sie sich mit seinem Erzfeind vergnügen ... Aber das ist leider unmöglich.«

Erleichtert atmete sie auf, aber sein Lächeln wirkte keineswegs beruhigend.

»Zuerst muß ich Sie auf mein Schiff geleiten, Lady. Sie sorgen sich doch so sehr um Ihren Vater, nicht wahr? Nun, vielleicht sollten wir den alten Mann zuschauen lassen. Sobald wir den Falken heransegeln sehen, werde ich Sie an Deck vernaschen, Mylady, im hellen Tageslicht. Dann werden Sie den Kuß dieses Stahls zu spüren bekommen. Kinsdale müßte wissen, daß meine Klauenhand Sie töten wird, wenn ich mit Ihnen fertig bin.«

»Vielleicht kommt er gar nicht.«

»Oh, ich glaube schon.«

»Ich bedeute ihm nichts. Er wollte nur aus einer Laune heraus die Nacht mit mir verbringen. Frauen hat er überall — eine mehr oder weniger — was macht ihm das schon aus.«

Logan musterte sie belustigt. »Sie sind Ihr Gewicht in Gold wert, Lady, das wurde schon vor einiger Zeit entschieden. Und für mich sind Sie noch kostbarer. In der kurzen Frist, die dem Falken noch bleibt, wird er den Tag bitter beklagen, wo er mich zwang, eine Stahlhand zu tragen. Und jetzt stehen Sie auf!« Er erhob sich, umklammerte mit seiner gesunden Hand ihren Arm und zog sie auf die Beine. Von der Tür her starrten seine Männer herüber.

Entrüstet riß sie sich los. »Erlauben Sie mir wenigstens, mich anzuziehen!« Sie wollte sich bücken und die zerfetzten Reste ihrer Kleidung aufheben, aber Logan stellte einen Fuß darauf.

»Dafür haben wir keine Zeit. Morgan, wirf den Umhang herüber!«

Ein dunkles Gebilde flog heran, und Skye hüllte sich rasch in den kratzigen Wollstoff. Abwartend starrte sie Logan an, der sich tief verneigte. »Bitte, meine Liebe ...«

Sie ging zur Tür, und die beiden Männer ließen sie vorbei. Als sie die Veranda betrat, sah sie, daß immer noch Lagerfeuer am Strand brannten, um Schutz vor der kalten Meeresbrise zu spenden. Aber die Musik war verstummt, niemand tanzte. Männer und Frauen lagen schlafend im Sand, zahlreiche Betrunkene schnarchten laut.

Wie sie nun feststellte, hatte Logan nur die beiden

Männer mitgebracht. Und alle drei waren hinter ihr. Schreiend sprang sie die Verandastufen hinab und rannte davon.

»Fangt sie ein, ihr Narren!« schrie Logan.

Skye wußte nicht, wohin sie sich wenden sollte, doch das spielte keine Rolle. In der Dunkelheit wäre es ihr ohnehin unmöglich gewesen, einem bestimmten Weg zu folgen.

Und es war sehr finster. Fern von den Lagerfeuern verdichtete sich die Nacht, der Himmel verschmolz mit dem Meer, mit der Wildnis hinter dem Strand. Skye eilte an mehreren halbverfallenen Hütten vorbei. In einer würde Roc sitzen und mit dem Schwarzbart verhandeln. Aber in welcher? Sie konnte nicht innehalten, um darüber nachzudenken — sie mußte weiterlaufen. »Hilfe! Hilfe! Um Gottes willen, helft mir!« kreischte sie.

Niemand beachtete Skyes Ruf. Die Piraten waren vermutlich an Hilfeschreie gewöhnt und pflegten sie zu ignorieren.

Sie warf einen Blick über die Schulter. Logans Männer kamen immer näher. Wenn sie um die Hütten herum zum Strand rannte, verlor sie Zeit, und ihre Gegner könnten ihr den Weg abschneiden ...

Genau das versuchten sie nun. »Packt sie von links!« schlug jemand vor, ein anderer winkte, entfernte sich von seinen Gefährten und begann einen Bogen um die Hütten zu machen.

Skye schrie wieder um Hilfe und floh zum Strand, vorbei an der Plattform, wo der Schwarzbart während des Piratenfestes Hof gehalten hatte. Als sie einen Blick zu der Hütte hinüberwarf, wo sie den Tag verbracht hatte, sah sie eine verwirrte Leticia auf den Verandastufen stehen und rief ihr zu: »Sagen Sie dem Falken Bescheid!«

Leticia sprang zurück und Skye merkte, daß die Männer sie beinahe eingeholt hatten. Sie stürmte zum

Strand, ihre Lungen brannten, ihr Herz hämmerte wie rasend, gnadenlose Schmerzen stachen krampfartig in ihren Wadenmuskeln. Das Rauschen der dunklen Wellen erschien ihr wie eine Einladung.

Das Meer …

Die Nacht war beängstigend, die Finsternis unerträglich, aber vielleicht die einzige Hoffnung. Wenn Skye den Umhang ablegte, konnte sie schwimmen. Sie wußte nicht, ob ihre Kraft den Strömungen gewachsen sein würde, doch sie hatte keine Wahl. Nun mußte sie nur noch den Schatten einiger Palmen durchqueren, um sich dann in die Brandung zu stürzen, in die Freiheit.

Plötzlich trat eine Gestalt aus der Schwärze zwischen den Palmen, und Skye konnte ihren Lauf nicht rechtzeitig abbremsen.

Schreiend prallte sie mit Logan zusammen, sie stürzten, rollten über den Strand, während Skye sich verzweifelt wehrte, mit Händen, Füßen und Zähnen.

»Logan!« Die Donnerstimme des Falken unterbrach den wilden Kampf. Logan sah auf, und Skye versuchte sich von ihm loszureißen. Er war stark und sehnig, hatte seine Metallklaue und ein scharfgeschliffenes Messer. Nun packte er sie um die Taille, sprang auf und riß sie mit sich hoch. Angespannt starrte er zu den Lagerfeuern.

Schluchzend rang sie nach Atem. Da stand der Falke, die Beine gespreizt, die Hände in die Hüften gestemmt, ein Schwert in der Scheide. Mehrere Männer waren hinter ihm postiert, darunter der Schwarzbart.

»Lassen Sie die Lady gehen!« verlangte Roc.

Logan lachte schallend. Mit seiner gesunden Hand riß er Skyes Umhang auf und hielt die Messerklinge an die nackte Haut über dem Herzen. »Ich warne Sie, Falke! Treten Sie zurück, oder sie wird sterben.«

»Lassen Sie die Lady gehen«, wiederholte Roc. »Dieser Kampf geht nur uns beide was an — ein Kampf zwischen Männern. Eine Frau sollten Sie da nicht hineinziehen.«

»Weil sie ein Teil von Ihnen ist, Falke? So wie meine Hand ein Teil meines Körpers war? Jetzt ist sie abgehackt ... Treten Sie zurück, Falke, ich meine es ernst. Die Spitze meines Messers bebt, bewegt vom Herz der Lady, das immer heftiger schlägt. Ich werde es für Sie herausschneiden, Falke, so wahr mir Gott helfe! Wollen Sie die Lady unbedingt wiederhaben? Dann sollen Sie ihr Herz bekommen, während es noch zuckt!«

»Was soll das, verdammt noch mal?« rief der Schwarzbart. »Wir haben doch eine Vereinbarung getroffen. Sie übergeben mir das Mädchen, der Falke bleibt Ihr Gefangener.«

»Ich traue Ihnen nicht, Edward Teach! Sie sind ein hinterlistiger Gauner.«

»Sir, ich lasse mich nicht beleidigen!« brüllte der Schwarzbart.

»Halten Sie das so, wie Sie wollen. Jedenfalls werde ich jetzt mit der Lady in mein Boot steigen und losfahren. Wenn sich einer von euch rührt, muß ihr Herz dran glauben. Haben wir uns verstanden?«

Keiner bewegte sich — am allerwenigsten Skye. Die Messerspitze ritzte ihre Haut ganz leicht auf, und eine Ohnmacht drohte sie zu überwältigen. Logan meinte es ernst. Ohne mit der Wimper zu zucken, würde er ihr das Herz aus dem lebendigen Leib schneiden.

»Kommen Sie!« befahl er und zerrte sie zum Wasserrand. Sie hörte Ruderplätschern und nahm an, daß seine Männer in den Beibooten saßen.

»Ich bin auf meinem Deck!« rief er dem Falken zu. »Wenn Sie die Lady lebend wiederhaben wollen, rudern Sie allein zu meinem Schiff. Dort werden Sie sie antreffen, in meinen Armen!«

Meerwasser, kalt wie die Nacht, umspülte Skyes Fußknöchel. In dem Boot, zu dem Logan sie führte, sah sie die beiden Männer, die ihr nachgerannt waren, und zwei andere, die vermutlich hier gewartet hatten. Logan hatte alles genau geplant. Er war nicht dumm — und er kannte keine Gnade.

»Falke!« schrie sie. »Komm nicht zum Schiff! Er wird uns beide töten ...« Entsetzt hielt sie den Atem an, denn die Klinge berührte ihre Kehle.

»Steigen Sie ein!« zischte Logan in ihr Ohr. »Und kein Wort mehr, oder Ihre letzte Stunde hat geschlagen, meine Schöne.«

Taumelnd stieg sie ins Boot, gefolgt von Logan, der sie sofort nach unten drückte, das Messer immer noch auf ihrer Brust. »Abfahren!« befahl er, und die Männer legten sich in die Riemen.

Ein paar Sekunden lang sah Skye den Falken noch. Hoch aufgerichtet stand er im Sand, die Hand am Schwertgriff. Er durfte nicht an Bord des feindlichen Schiffes kommen. Dort würde er ebenso den Tod finden wie sie. Leb wohl, mein Liebster, dachte sie. Plötzlich wünschte sie sehnlichst, sie könnte für wenige Augenblicke zu ihm zurückkehren — nur um ihm zu sagen, wie sehr sie ihn liebte, daß seine Vergangenheit keine Rolle spielte, nur seine Zukunft ...

»Da ist das Schiff!« Logans Arm umfaßte Skye noch fester. »Heute nacht werden Sie nicht schwimmen, meine Teure. Und keine Tricks! Ich bin nicht in der Stimmung für alberne Spielchen. Klettern Sie an Bord und denken Sie an mein Messer, das Ihren Rücken bedroht.«

Sie biß die Zähne zusammen und ergriff die Strickleiter. Logans Männer waren bereits nach oben gestiegen, er selbst folgte ihr, die Klinge gezückt. »Springen Sie bloß nicht wieder ins Wasser, so wie damals vor New Providence. Da hat es Ihnen auch nichts genützt.«

Kräftige Arme packten sie, und sie wurde an Bord gezogen. Wie ein Häufchen Elend, eng in den Umhang gewickelt, landete sie auf den Decksplanken. Logan schwang sich über die Reling und schaute lächelnd auf Skye hinab. »Endlich allein, meine Liebe ... Nun ja, nicht ganz.« Er zeigte auf die Piraten, die in der Takelage umherschwirrten. Einer setzte sich ins Krähennest, einer stand am Ruder, die Kanoniere in pulvergeschwärzten Hemden warteten die Geschütze.

»Aber wenigstens kann uns der Falke vorerst nicht stören«, fügte Logan hinzu und reichte Skye seine gesunde Hand. »Kommen Sie, Mylady, wir wollen ihn gemeinsam erwarten.«

18

Noch nie in ihrem ganzen Leben hatte Skye so kalte Angst verspürt. Sie wurde nicht von Finsternis umgeben, denn auf Logans Schiff brannten zahlreiche Lampen. Aber der Mann, der ihr solches Entsetzen einflößte, war aus dem Dunkel eines Alptraums aufgetaucht, und bei Licht war die Fratze der Furcht noch viel häßlicher als in schwarzen Schatten.

Logan bedrohte alles, was ihrem Leben Inhalt gab — ihren Vater und Roc und den Schlag ihres eigenen Herzens. Sie starrte auf seine Hand. Niemals würde sie danach greifen.

»Stehen Sie auf!« brüllte er.

Sie zögerte, dann sprang sie blitzschnell hoch und raste an Logan vorbei, über das Deck.

»Haltet sie!« befahl er. »Sie wird über Bord springen!«

Genau das lag in ihrer Absicht. Lieber wollte sie sich einem Hai oder einem anderen Ungeheuer in der blauen Meerestiefe ausliefern, als dem grausamen Piraten.

Aber seine Männer waren flinker als Skye. Kaum hatte sie die Reling erreicht, krallten sich von hinten starke Finger in ihren Umhang und zerrten sie zurück. Sie stolperte in den Arm eines Burschen mit schwarzen Zähnen, der ihre Niederlage lachend genoß. Entschlossen zwang sie sich zu einem Lächeln, obwohl sie den Gestank seines ungewaschenen Körpers und seine Rumfahne einatmen mußte. Das ertrug sie um der ersehnten Freiheit willen. Er ahnte nicht, wie weit sie gehen würde, um sich zu retten. Und so war er völlig unvorbereitet, als sie ihm das Schwert aus der Scheide zog. »Verdammt! fluchte er.

»Du Narr!« tobte Logan. »Packt sie, rasch! Sie kann euch doch nicht alle besiegen! Bei Gott, ich dachte, ich hätte *Männer* auf diesem Schiff!«

Nein, sie konnte unmöglich alle besiegen — das wußte sie selbst. Aber sie riß sich von dem Piraten los, der ihren Sprung ins Meer verhindert hatte, und wich zur Reling zurück. Ihre Widersacher stürmten heran, und sie mußte sich gegen wütende Fechthiebe wehren. Logans nächster Befehl kam ihr zu Hilfe. »Ich brauche sie lebend, ihr Idioten! Was nützt sie mir, wenn der Falke aufkreuzt und sie liegt tot zu meinen Füßen?«

Zwei Angreifer sprangen zurück und beobachteten Skye, um einen Augenblick abzuwarten, wo sie ihre Deckung vielleicht vernachlässigen würde.

»Ahoi, Kapitän Logan!« schrie jemand. »Ein Schiff segelt auf uns zu!«

Vorübergehend wurde Logans Aufmerksamkeit abgelenkt. »Der Falke!« meinte er triumphierend.

»Nein, Sir, das glaube ich nicht — oder doch? Nein! Der Schwarzbart steht im Bug!«

»Dann ist der Falke bei ihm. Ich muß das Mädchen haben — sofort!«

Skye kletterte bereits auf die Reling. Sie stieß einen schrillen Schrei aus, als sie an den Haaren gepackt und aufs Deck zurückgeschleudert wurde. Keuchend sah sie auf. Logan hatte persönlich ihre Flucht vereitelt. Doch sie hielt immer noch das Schwert in der Hand, das sie nun drohend hob.

»Sie wollen mit mir kämpfen, kleine Lady?« fragte er. »Gut, wenn Sie es wünschen ... Werft mir mein Schwert zu!«

Funkelnd flog eine Klinge durch die Luft und landete dicht vor ihm auf den Planken. Skye attackierte ihn, als er danach griff, aber er war ein behender, hervorragender Fechter. Er stürzte sich auf sie, und sie konnte nichts weiter tun, als dem blitzenden Stahl auszuweichen.

»Wehren Sie sich, Mylady!« rief er. Den nächsten und den übernächsten Hieb parierte sie. Die Männer traten zurück, und sie glaubte zu wissen, warum. Sie nahmen an, daß ihr Herr keine Hilfe brauchte, daß es ihr trotz ihrer bewundernswerten Fechtkünste niemals gelingen würde, ihn zu töten, wenn er den nötigen Abstand wahrte. Und irgendwann würde sie ermüden. Dann konnte er die Oberhand gewinnen. Doch das durfte sie nicht zulassen.

Während sie verbissen fochten, lächelte er ihr zu. »Mylady! Sie zeigen immer mehr von Ihrer Schönheit!«

Skye wußte, daß sich ihr Umhang geöffnet hatte und ihren nackten Körper entblößte. Aber in dieser Situation mußte sie ihre Schamgefühle unterdrücken. Logan versuchte nur, sie zu entnerven.

Ungerührt erwiderte sie sein Lächeln. »Tatsächlich, Sir?« Klirrend stießen die beiden Schneiden zusammen, die Schwungkraft beider Hiebe bewirkte, daß Skye und ihr Gegner plötzlich dicht aneinander gerieten. Aus nächster Nähe schaute sie in sein Gesicht. Er hob die Stahlklaue, als wollte er sie damit festhalten. Schreiend sprang sie zur Seite und zum Großmast, der hinter ihrem Rücken aufragte. Als Logan angriff, schwang sie ihr Schwert durch die Luft und traf ihn in die Wange. Ein dünnes Blutrinnsal sickerte über seine Haut. Er hielt kurz inne, wischte es mit dem Unterarm weg und starrte auf die roten Flecken an seinem Ärmel. Dann richtete er die Augen wieder auf Skye, mit unverhohlenem Haß. »Sie treiben ein gefährliches Spiel, kleine Lady. Aber ich spiele mit, und bald werden Sie sich den Tod wünschen.« Wütend griff er an, und sie wich schreiend zur Seite. Die Schwertspitze bohrte sich in der Mast, der so heftig schwankte, daß ein Teil der Takelage herabfiel.

Skye floh zur Reling. Bald würde Edward Teach eintreffen ... Kaum zu glauben, wie sehnsüchtig sie auf die Ankunft des berüchtigten, brutalen Schwarzbarts wartete. Nun, immerhin würde er sie retten — falls es ihr gelang, sich Logan und seine Piraten lange genug vom Leib zu halten.

Dann würde sie frei sein. Aber ihr Vater nicht. Wo mochte er stecken? Irgendwo an Bord dieses Schiffes? Verzweifelt betete sie darum, ihm helfen zu können. Doch sie wußte nicht einmal, wie sie sich selber helfen sollte.

»Packt sie!« befahl Logan, und plötzlich wurde Skye wieder von seinen Leuten umringt. Tapfer kämpfte sie, fest überzeugt, daß es kein Mann geschafft hätte, dieser Übermacht länger standzuhalten als sie. Wann immer sie einen Fechthieb parierte, wurde sie von anderer Seite her attackiert. Die Piraten trieben sie über das Deck, auf das Heck zu. Dort wartete Logan, dessen Schwertspitze Skyes Hals berührte. »Lassen Sie die Waffe fallen, Mylady!«

»Lieber sterbe ich ...«, würgte sie hervor, obwohl sie vor Angst am ganzen Körper bebte. Sie wollte so gern leben ...

»Gut. Wenn Sie sich weigern, mir zu gehorchen, werde ich Sie aufschlitzen, vom Kopf bis zu den Zehen. Danach schleife ich Ihren Vater an Deck, und während Sie langsam verbluten, zerhacke ich ihn in lauter kleine Stücke.«

»Dann werden Sie den Falken niemals in Ihre Gewalt bekommen.«

»Oh, doch, eines Tages. Es ist unvermeidlich.«

»Nie werden Sie den Schatz besitzen.«

»Gibt es denn einen?«

»Natürlich!«

»Daran zweifle ich.«

»Das Gold ist ...«

»Lassen Sie das Schwert fallen!«

»Logan! Kapitän Logan!«

Der Ruf drang von Beibooten unterhalb der Reling herauf, und Skye erkannte die Stimme des Schwarzbarts. Endlich war der Pirat eingetroffen. Zu spät.

»Lassen Sie das Schwert fallen.«

Sie ignorierte Logans Befehl. Wütend schwang er seine Klinge hoch, die auf ihre prallte, und er schlug ihr die Waffe aus der Hand. Dann packte er Skye am Arm, zog sie über die herabgestürzte Takelage hinweg, zur Backbordseite seines Schiffs, wo die Neuankömmlinge warteten. »Schwarzbart, Sie gemeiner Verräter! Verschwinden Sie!«

»Das ist aber gar nicht nett von Ihnen, Kapitän Logan. Ich komme in bester Absicht zu Ihnen und ...«

»Sie wollen nur den Schatz haben, Sie habgierige Viper! Um noch mehr Geld an sich zu raffen, würden Sie mich und den Falken töten und sogar Ihre eigenen Brüder und Schwestern!«

»Wie tief Sie mich kränken, Logan!« entgegnete Teach sarkastisch.

An die Reling gepreßt, Logan im Rücken, beobachtete Skye, wie immer mehr Boote heranfuhren, mit einigen Dutzend Männern. Das Herz schlug ihr bis zum Hals, und dann atmete sie erleichtert auf. Im Laternenschein erkannte sie Robert Arrowsmith. Die Männer des Falken waren erschienen. Nun würde eine gewaltige Schlacht stattfinden.

»Wo ist der Falke?« brüllte Logan.

»Nicht bei mir!« erwiderte der Schwarzbart.

»Ich will ihn haben, und wenn ich ihn nicht kriege, töte ich das Mädchen. Halten Sie sich da raus, Schwarzbart! Diese Sache geht Sie nichts an.«

»Hören Sie, Logan ...«

»Schweigen Sie!« Erbost schleuderte Logan seine Gefangene in die Arme eines kräftigen Mannes, der sie an die Reling drückte, während sein Kapitän die Verhandlung mit Teach fortsetzte. »Ich will den Falken. Was er im Schilde führt, weiß ich nicht. Jedenfalls möchte ich ihn sofort haben. Kommen Sie bloß nicht auf die Idee, mein Schiff zu stürmen! Hans hält eine Klinge an Lady Camerons Herz und wird sie schneller töten, als Sie mit der Wimper zucken können. Bringen Sie mir den Falken! Auf der Stelle!«

»Moment mal ...«

»Mehr hab ich nicht zu sagen, Mann!« donnerte Logan. »Sie ist schon beinahe tot.«

Beinahe tot ...

Das stimmt, dachte sie, denn der Mann, dessen Arm sie umschlang, war ein Riese. Fest preßte er sie an sich, und während sein Herr sprach, zog er grinsend einen Dolch aus der Scheide. Die kalte Stahlspitze schob sich zwischen Skyes Brüste. In Hans' eisernem Griff konnte sie kaum atmen. Würde sie ersticken, ehe er ihr die Schneide ins Herz bohrte?

»Keine Angst, Lady, der Falke wird kommen!« rief ihr jemand zu.

Und dann herrschte Stille. Nichts war da, nur die Nacht, das Dunkel und der unheimliche Lampenschein und das Geräusch der Wellen, die am Schiffsrumpf plätscherten.

Lachend warf Logan den Kopf in den Nacken. »Er wird kommen — und sie wird sterben!« Sein Gelächter erstarb, wieder trat Stille ein, dann sprang er wütend zu Skye hinüber und packte sie an den rotgoldenen Haaren. »Beten Sie, Mylady! Denn wenn ich sein Gesicht in den nächsten Minuten noch immer nicht sehe, werden Sie ins Jenseits befördert!« Er ließ die schimmernden Locken fallen, zog den Umhang auseinander und strich langsam über Skyes nackte Brüste. Empört wollte sie sich wehren, aber Hans hielt sie unerbittlich fest.

»Schwarzbart!« rief Logan. »Hören Sie mich?«

»Aye, Kapitän Logan.«

»Sagen Sie dem Falken, ihr Haar ist wie Seide und ihre Haut wie Samt, ihre Brüste sind rund und fest. Sagen Sie ihm, daß ich sie gerade berühre.« Lächelnd fuhr Logan fort, Skye zu streicheln. Sie konnte sich nicht rühren, wagte kaum zu atmen. Schließlich war er es müde, sie anzustarren und stapfte über das Deck. Neues Schweigen erfüllte die Nacht.

Und dann hörte sie etwas. Es ist nichts, dachte sie, nur Wasser, das gegen die Schiffswand schlägt, sonst nichts ... Irgendwie gelang es ihr, über Hans' Schulter zu spähen, und sie war froh, daß er ihr die Luft aus den Lungen preßte, daß sie nicht vor Verblüffung aufschreien konnte.

Der Falke war gekommen, um sie zu retten.

Barfuß, mit nackter Brust, ein Messer zwischen den Zähnen, sprang er fast lautlos über die Steuerbordreling auf die Holzplanken. Nur ein ganz schwacher Aufprall war zu vernehmen. Hans begann sich umzudrehen, den Dolch immer noch an Skyes Brust. Aber er bewegte sich zu langsam, um sich gegen den Falken zu verteidigen. Er ließ Skye überrumpelt los. Doch er hatte keine Chance. Ein Faustschlag zwischen die Rippen nahm ihm den Atem, und er brach zusammen. Im selben Moment fuhr Logan herum. »Falke!«

»Aye, ich bin es, Logan.« Roc ergriff Skyes Arm und zog sie hinter sich, zur Takelage. »Steig nach oben! Möglichst hoch hinauf!«

Sie gehorchte, klammerte sich mit zitternden Händen

ans Tauwerk. Als sie nach unten schaute, hatte er das Schwert gefunden, das Logan ihr aus der Hand geschlagen hatte. Mit einer Hand hielt er sich an der Takelage fest, mit der anderen focht er, die Knie gebeugt, geschmeidig und beweglich wie ein Tänzer. »Kommt nur alle her, ihr Burschen! Mit vereinter Kraft habt ihr eine Frau bekämpft und ihr den Tod angedroht! Wollt ihr's nicht mit mir aufnehmen?«

Stahl klirrte, Roc parierte mehrere Hiebe und ließ sich dann zurückdrängen, um dann mit frischer Kraft zu attackieren. Erstochene Piraten stürzten vor ihm nieder, einer wollte über Bord springen, aber die Klinge des Falken durchbohrte ihn, schreiend tauchte er im Wasser unter.

»Kommen Sie, Logan!« schrie Roc. »Das alles betrifft nur Sie und mich, oder? Stellen Sie sich endlich zum Zweikampf mit mir!«

»Wie Sie wünschen, Sir!« brüllte Logan. »Hoffentlich ist Ihnen klar, daß ich keine Gnade kenne!«

Plötzlich ertönte ein Schlachtruf aus vielen Kehlen, als der Schwarzbart mit seinen Leuten und die Besatzung des Falken an Bord kletterten. Inzwischen war Skye hoch oben in der Takelung angekommen. Sie schaute hinab und beobachtete den Kampf. Siegreich blitzten Roberts und Fultons Schwerter, dann stockte ihr Atem, denn sie entdeckte den jungen Davy. Was hatte sich Roc nur dabei gedacht? Den unerfahrenen Jungen auf das Schiff eines gefährlichen Piraten mitzunehmen ...

Doch dann fesselte das Duell zwischen Logan und dem Falken ihre Aufmerksamkeit. Es war ein Kampf auf Leben und Tod. Keiner würde vom anderen ablassen, bevor einer von ihnen auf den Decksplanken verblutete. Allmächtiger, laß es Logan sein, betete Skye.

»Stehen Sie still, Bastard, damit ich Sie erdolchen kann!« fauchte Logan.

»Sie mich erdolchen, Sir?« konterte Roc. »Anscheinend gelingt es Ihnen nicht, nahe genug an mich heranzukommen.«

Mit einem Wutschrei stürzte sich Logan auf ihn, aber der Falke griff in die Takelage und schwang sich herum, aus der Reichweite des gegnerischen Schwertes, dann attackierte er sofort wieder.

Logan wich zurück. »Sie war so süß und wunderbar«, versuchte er seinen Widersacher herauszufordern.

»Was?«

»Sie schrie wie am Spieß, aber sie gehörte mir ganz und gar.«

»Lügner!« donnerte Roc und sprang vor. Darauf hatte Logan gewartet. Er hob seine Waffe, um sie mit aller Kraft in die Schulter seines Gegners zu stoßen.

In letzter Sekunde duckte sich der Falke und verschwand hinter dem Großmast, um auf dessen anderer Seite wieder aufzutauchen.

»Ich schneide Ihnen die Ohren ab!« drohte Logan. »Und die Finger und Zehen und alles, was Sie zwischen den Beinen haben, und dann stopf ich's Ihnen in den Mund, und Sie werden an Ihrem eigenen Fleisch erstikken!«

»Dazu müßten Sie mich erst mal erwischen, Schurke!« entgegnete Roc.

Plötzlich schaute Logan nach oben und lächelte, als er Skye erblickte. Hoch schwang er sein Schwert in die Luft, um das Tauwerk unter ihr zu zerhacken.

»Nein!« brüllte Roc.

Kreischend spürte Skye, wie die Takelage unter ihr nachgab, eine Segelstange landete krachend auf dem Deck. Sie klammerte sich verzweifelt an den Tauen fest, wagte weder nach oben noch nach unten zu klettern.

Irgend jemand warf eine Lampe um, in der Nähe des Bugs brach ein Feuer aus.

»Beim Allmächtigen und beim Satan, Falke!« rief Logan. »Diese Nacht wird Ihre letzte sein!«

»Verlassen wir das verdammte Schiff!« gellte eine Stimme.

Skyes Atem stockte. Ihr Vater ...

»Falke!« schrie sie ihrem Mann zu, der seinen Blick nicht von Logan abwandte. »Mein Vater ist an Bord! Er wird in dieser verfluchten Todesfalle verbrennen!«

Er warf ihr einen kurzen Blick zu, dann schaute er zum Meer und schließlich wieder auf Logan, der höhnisch grinste. »Ah, endlich steckt der Falke in der Klemme! Soll er das Mädchen und den alten Mann retten — oder seine eigene Haut, indem er mich niedersticht?«

»Macht's dir was aus, ein bißchen zu schwimmen, Liebste?« fragte Roc.

»Nein ...« Sie hatte keine Ahnung, was er meinte. Und in der nächsten Sekunde hieb er mit seinem Schwert auf die Takelage ein. Erschrocken klammerte sich Skye an den schwankenden Mast, dann stürzte sie ins Meer hinab.

Sie fiel und fiel — spürte die kalte Umarmung des Wassers. Immer tiefer sank sie ins Dunkel hinab. Ihre Lungen drohten zu zerplatzen. Sie schloß die Augen vor der beklemmenden Finsternis und strampelte mit aller Kraft, bis ihr Kopf wieder auftauchte.

Das ganze Schiff schien zu brennen. Brüllende Männer sprangen ins Meer, immer noch klirrten die Klingen an Bord.

Skye klammerte sich an ein Stück Treibholz. Der schwere Umhang zog sie nach unten, aber es gelang ihr, an der Oberfläche zu bleiben. Sie wollte das Cape nicht abwerfen, denn es schenkte ihr ein bißchen Wärme. Oder lag es an den Wellen, die vom Feuer erhitzt wurden? Sie wußte es nicht. Oder ihr Herz und ihre Seele waren so kalt geworden, daß sie kein Eis außerhalb ihres

Körpers fühlte. Ihr Mann und ihr Vater befanden sic immer noch auf dem Schiff, aus dem hell lodernde Flam men schlugen.

»Rettet euch, Männer!« rief jemand. »Seht doch! Ei feindliches Segel!«

Das Gebrüll verstärkte sich. Boote glitten in die Nacht Skye versuchte nicht, zu den fliehenden Piraten zu schwimmen. Sie hielt sich an ihrem Treibholz fest, betete und harrte der Dinge, die da kommen mochten.

Plötzlich hörte sie einen Ruf.

»Skye! Skye Cameron!«

Sie drehte sich um, ein Schrei erstarrte auf ihren Lippen. Gouverneur Alexander Spotswood saß im Bug eines Bootes und streckte ihr eine Hand entgegen.

»Ich — ich kann nicht ...«, begann sie.

»Schau doch, wen ich bei mir habe, Kind.« Lord Theodore Kinsdale spähte mit tränenfeuchten Augen über Spotswoods Schultern, seine Lippen verzogen sich zu einem schwachen Lächeln.

»Vater!«

»Los, helft dem Mädchen!« befahl der Gouverneur, und Skye wurde von kräftigen Seemannshänden über den Bootsrand gezogen. Höflich blickten alle zur Seite, während sie errötend den nassen Umhang fest um ihren nackten Körper wickelte und sich auf eine Bank setzte.

Theo umarmte seine Tochter so stürmisch, daß die Bootsinsassen beinahe über Bord fielen. Zitternd schmiegte sie sich an seine Brust, jemand hielt einen Flaschenhals an ihre Lippen.

»Trink!« befahl Spotswood.

Sie gehorchte und nahm einen großen Schluck, dann noch einen. Der Cognac brannte in ihrer Kehle, allmählich ließ das Zittern nach. »Noch mehr ...« Sie trank wieder, ringsum schien die Welt in einem Schleier zu versinken.

»Dem Himmel sei Dank!« murmelte Theo.

Skye rückte ein wenig von ihm ab, um ihn zu betrachten. Ihr Vater — ihr geliebter, stets überkorrekter Vater sah ziemlich derangiert aus in seiner schmutzigen, zerrissenen Kleidung, mit zerzaustem, ungepudertem Haar. Er roch wie ein Löwenkäfig, war genauso naß wie sie, aber er lebte.

Sie umarmte ihn wieder. »Vater! O Vater! Warum wolltest du mit aller Macht zu mir segeln? Ich war nicht in Gefahr. Du hättest dir dieses gefährliche Abenteuer ersparen können. Und jetzt ...« Abrupt verstummte sie. In ihrer Wiedersehensfreude hatte sie den Falken vorübergehend vergessen.

»Ich mußte zu dir. Du bist doch mein Leben, mein einziges Kind, mein Alles.«

»O Vater, ich liebe dich, aber nun ...«

»Der Falke«, sagte Theo.

»Mein Gott!« hauchte sie.

Spotswood wandte sich zu ihr. »Ich sehe ihn, Skye, an Bord des Schiffes.«

Mit zusammengekniffenen Augen schaute sie in die Hölle aus Rauch und Flammen. Der Gouverneur hatte recht. Deutlich zeichneten sich die schwarzen Silhouetten der beiden Duellanten vor der roten Glut ab. Sie attackierten und parierten abwechselnd.

Theo legte eine Hand auf die Schulter seiner Tochter. »Der Falke warf mich über Bord, zu den Booten, ehe er mit Logan zu kämpfen begann. Er wird diesen Bastard überwältigen, Skye — er muß siegen. Das verstehst du doch?«

Sie verstand überhaupt nichts. Plötzlich schrie sie auf, als das Piratenschiff explodierte. Die Silhouetten waren immer noch zu erkennen. Die eine Gestalt zog ihr Schwert zurück und schwang es dann mit aller Kraft quer über den Hals der anderen. Und während ein ohrenbetäubender Krach die Luft erfüllte, flogen beide ins Dunkel.

Skye sah einen abgehackten Kopf ins Wasser fallen. Schreiend griff sie sich an die Kehle. Die Explosion mußte den anderen Mann getötet haben. Niemand konnte in diesem Inferno überleben, dessen Hitze bis zum Boot des Gouverneurs herüberdrang.

»Skye!« rief Spotswood. »Verdammt, Kind, sitz doch still!«

Das Boot schaukelte heftig und kenterte. Doch das kümmerte sie nicht. Sie sehnte sich danach, im Dunkel zu versinken. Das Leben war nur Finsternis gewesen, bis *er* sie daraus emporgehoben hatte. Und sie wollte kein Teil des Lichts sein, wenn *er* es nicht mit ihr teilen konnte.

»Mein Kind!«

»Hierher, Skye!«

Ob sie es wollte oder nicht — sie wurde gezwungen, weiterzuleben. Die Seeleute richteten das Boot auf, Theo packte seine Tochter und zog sie über den Holzrand, dann saßen sie alle fröstelnd auf den Bänken.

Eine zweite Explosion erschütterte das Piratenschiff. Hoch loderten die Flammen empor, dann begannen sie zu ersterben. Es wird noch stundenlang brennen, aber nicht mehr so hell, dachte Skye. Erst am Morgen würde das Feuer erlöschen.

Spotswood holte tief Atem. »Also gut, Leute. Ich sehe keinen von unseren Männern in den Wellen. Fahren wir zur *Bonne Belle* zurück.«

»Nein, wir können nicht weg von hier!« protestierte Skye.

»Mein Kind, da sind noch andere Boote.«

»Niemand kann diese Explosion überlebt haben«, meinte ein Ruderer. Er flüsterte, aber Skye hörte seine Worte trotzdem.

»Nun, der Falke hat schon viele Gefahren überstanden«, bemerkte der Gouverneur. »Vielleicht ist er mit seinen Piratenfreunden davongesegelt. Das wäre am besten.«

Nein, dachte Skye. Der Seemann hat recht. Niemand kann diese gewaltige Explosion überlebt haben. Es sei denn, er sprang über Bord, als das Schiff zersplitterte ...

Während die Ruder ins Wasser tauchten, zog Theo seine Tochter an sich, und sie legte den Kopf auf seine Schulter. Mißvergnügt wrang Spotswood seine Perücke aus. »Was für einen Anblick muß ich bieten! Dabei dürfte ich nicht einmal hier sein. Diese Gewässer gehören zu North Carolina. Und ich bin auch nicht hier. Sollte jemand das Gegenteil behaupten, werde ich alles abstreiten. Verdammt, Mädchen, du hast uns eine ganze Menge Ärger gemacht.«

Skye brachte keine Antwort über die Lippen. Zärtlich nahm Theo ihr Gesicht in beide Hände. »Tut dir irgendwas weh? Geht's dir gut? Ich hatte solche Angst um dich. Ständig mußte ich daran denken, wie sehr du dich vor der Dunkelheit fürchtest.«

»Davor fürchte ich mich nicht, Vater«, wisperte sie und drückte seine Hand. Er liebte sie, nur deshalb hatte er beschlossen, zu ihr zu segeln. Das mußte sie verstehen. Um seinetwillen hatte sie ihre Seele verkaufen wollen, und nun war sie unendlich dankbar, weil er noch lebte. »Ich fürchte mich nicht vor der Dunkelheit — nicht mehr.«

»Da vorn ist die *Bonne Belle.* Jetzt sind wir nicht mehr weit von unseren eigenen Gewässern entfernt.«

Das Boot legte längsseits an der Schiffswand an.

»Kapitän, die Strickleiter, bitte!« rief Spotswood. »Lady Cameron und Lord Kinsdale sind bei mir, beide gesund und wohlbehalten!«

Jubelgeschrei brach aus. Ein Seemann half Skye die

Leiter hinauf, dann wurde sie an Bord gezogen. Sie versuchte den jungen Mann anzulächeln, der sie stützte, und lehnte sich kraftlos an die Reling, während ihr Vater und der Gouverneur heraufstiegen.

»Peter, bringen Sie Ihrer Herrin eine trockene Decke!« befahl Spotswood. »Schnell!«

Peter … Skye drehte sich um, und da eilte tatsächlich der Butler von Cameron Hall herbei, um ihr eine warme Decke über die Schultern zu legen. »Mylady, wir sind alle so froh, Sie wiederzusehen.«

»O Peter!« Sie vergaß die Etikette, umarmte ihn stürmisch, dann schaute sie den Gouverneur an, der die Achseln zuckte.

»Die *Bonne Belle* gehört Ihrem Mann.«

»Meinem Mann …« Schluchzend wandte sie sich zum Meer, heiße Tränen rollten über ihre Wangen. Sie ertrug es nicht, sie konnte es einfach nicht. So sehr hatte sie ihn geliebt, trotz all seiner Sünden, wegen all seiner Sünden. Von Anfang an war er alles für sie gewesen. Immer wieder hatte er sein Leben riskiert, um ihres zu retten. In der Finsternis und im Licht war er zu ihr gekommen, und ohne ihn bedeutete ihr die Zukunft nichts.

»Skye!«

Sie hörte ihren Namen, ein rauhes Flüstern, das den Nebel der Verzweiflung rings um ihr Herz durchdrang. Es kann nicht wirklich sein, dachte sie, aber sie drehte sich langsam um. Ihr Atem stockte. Da stand er tropfnaß, mit nackter Brust, bloßfüßig, ohne Waffen in den Händen, die er ihr entgegenstreckte. Alles, was er fühlte, lag in seinen Silberaugen. Er lebte …

»Roc!« Überglücklich warf sie sich in seine Arme, rief immer wieder seinen Namen und schmiegte sich an ihn, nahm sein Gesicht in beide Hände, überschüttete es mit Küssen — die Stirn, die Lippen, die Wangen, dann die von Meerwasser benetzte Brust und die Schultern.

Ganz fest drückte er sie an sich, seine Finger strichen durch ihr nasses Haar. »Skye, meine Liebste ...«

Ihre Lippen fanden zueinander, und in Skyes Seele schien sich die Wärme eines Sommertags auszubreiten. Er lebte, er stand hier bei ihr, auf dem Deck der *Bonne Belle*.

»Also wirklich!« stöhnte Theo Kinsdale. »Die beiden sind ja kaum angezogen!«

»Theo!« mahnte Spotswood. »Sei doch nicht so gefühllos! Sie sind verheiratet, und falls ich dich daran erinnern darf, war das dein Werk. Laß sie noch ein paar Minuten in Ruhe, dann werde ich dieser innigen Umarmung ein Ende bereiten.«

Noch ein paar Minuten in Ruhe ... Skye hörte diese Worte nicht. Sie war in ihrer eigenen Welt — in einem Paradies. Zärtlich streichelte sie Rocs Wangen, schaute in seine Augen, legte den Kopf an seine Brust, um seinen Herzschlag zu hören. Mit all ihren Sinnen überzeugte sie sich, daß er lebte.

Als sie sich voneinander lösten, fiel ihr Blick auf sein bartloses Gesicht, das nasse Haar — ohne Perücke, die bronzebraunen Piratenschultern ... Und der Gouverneur war an Bord. Nun würde er herausfinden, daß Lord Cameron der berüchtigte Silberfalke war. Es gab kein Entrinnen. Roc hatte den Kampf mit Logan und das Feuer nur überlebt, um am Galgen zu enden.

»Nein!« flüsterte sie entsetzt.

Verwirrt hob Roc die Brauen. »Skye ...«

»So, meine lieben Kinder.« Spotswood kam auf sie zu. »Leider muß ich euch jetzt stören ...«

»Nein!« Verzweifelt klammerte sich Skye an ihren Mann. »Sir, Sie verstehen das alles nicht. Sie dürfen ihn nicht wegbringen.«

»Aber meine Liebe, ich muß ...«

»Nein!«

»Skye!« murmelte Roc bestürzt.

Plötzlich wurde es ihr zuviel. Vergeblich versuchte sie ihre klaren Gedanken und das Licht festzuhalten. Das Dunkel, das sie in einen Abgrund zu ziehen schien, war stärker. An die Brust ihres Mannes gelehnt, versank sie im schwarzen Nichts.

»Mein Gott, was ist denn los mit ihr?« Besorgt trat Theo vor.

»Nichts, mein Freund, nichts«, wurde er von Spotswood beruhigt. »Sie hat nur die Besinnung verloren, das ist alles. Kein Wunder nach allem, was das arme Ding durchmachen mußte! Reg dich nicht auf, der Junge wird sich schon um sie kümmern.«

»Ich bringe sie ins Bett«, erklärte Roc.

»Aber — aber ...«, stotterte Skyes Vater.

»Theo, die beiden sind verheiratet«, wiederholte der Gouverneur.

Würdevoll rückte Lord Kinsdale seine arg in Mitleidenschaft gezogene Kleidung zurecht. »Sicher, Alexander, sicher — es ist nur ...«

»Alles ist in bester Ordnung«, fiel Spotswood ihm ins Wort. »Petroc, wenn du sie versorgt hast, muß ich mit dir reden!«

Als Skye erwachte, fiel helles Sonnenlicht ins Zimmer, und sie sah erstaunt, daß sie zu Hause war.

Zu Hause. Auf Cameron Hall.

Sie trug ein hellblaues Nachthemd mit Spitzenborten am Kragen, an den Ärmeln und am Saum. Ihr Haar war getrocknet, und sie fühlte sich frisch und ausgeruht. Offenbar hatte sie sehr lange geschlafen. Sie lag im Bett ihres Mannes, und diese Erkenntnis veranlaßte sie, sich kerzengerade aufzusetzen. »Roc!« rief sie, aber er war nicht hier. Mittlerweile würde Spotswood ihn wegen Piraterie verhaftet haben, um ihn in Williamsburg vor Gericht zu stellen. Sicher stand das Urteil schon jetzt fest. Die Todesstrafe ...

Man würde ihn aufhängen.

»O nein!« Sie sprang aus dem Bett. Wie hatte sie unter diesen Umständen nur so lange schlafen können? Es mußte am Cognac liegen, den man ihr gegeben hatte. Jetzt, wo sie sich erhoben hatte, verspürte sie leichte Kopfschmerzen, und ihr wurde etwas schwindlig. Unglücklich schaute sie sich um. Welche Ironie! Endlich hatte sie die erste Nacht im schönen, weichen Bett ihres Mannes verbracht. Und er war nicht da. Die Sonne beleuchtete den wunderbaren Raum, den er so liebte, und sie stand allein darin.

Voller Wehmut erinnerte sie sich an die Zeit, die seit ihrer ersten Begegnung mit dem Falken verstrichen war, dann berührte sie unwillkürlich ihren Bauch und dachte an jenes seltsame Schwindelgefühl. Er hatte sich einen Erben gewünscht. Vielleicht würde sein Kind das einzige sein, was ihr von ihm blieb, der Sohn, der seinen Namen tragen und seine geliebte Plantage Cameron Hall übernehmen sollte. »Bitte, lieber Gott«, wisperte sie, »laß es Wirklichkeit werden.«

Und dann eilte sie entschlossen zur Tür. Nein, sie würde nicht untätig zusehen, wie man den Vater ihres Kindes aufknüpfte. Vater würde ihr helfen. Er mußte aussagen, daß Roc ihm während des Feuers das Leben gerettet hatte. Und es gab sicher noch andere Männer, die sich für den Falken einsetzen würden.

Sie mußte ihren Vater aufsuchen, den Gouverneur, Peter — irgend jemanden. Ohne zu bedenken, daß sie nur ein Nachthemd anhatte, stürmte sie aus dem Schlafzimmer. In der Ahnengalerie blieb sie stehen. »Ich werde ihn nicht im Stich lassen und ihn retten, das schwöre ich euch«, flüsterte sie den Porträts zu. »Anfangs wollte ich nicht in dieses Haus kommen, das gestehe ich ein. Aber jetzt gehöre auch ich hierher. Ich hoffe, ich erwarte ein Kind von ihm — und ich liebe ihn von ganzem Herzen. Er ist mein Leben, und deshalb betrachte ich dieses Land, das ihm so viel bedeutet, als meines.«

Die Camerons blickten auf sie herab, und sie glaubte ein ermutigendes Lächeln auf den gemalten Gesichtern zu erkennen — in den Silberaugen der Männer, in den sanften, schönen, wissenden Zügen der Frauen.

Skye rannte die Treppe hinab, durchquerte die Halle und stürzte ins Büro. Dort saßen ihr Vater und Spotswood in bequemen Lehnstühlen, rauchten ihre Pfeifen und tranken Kaffee — aus kostbaren Cameron-Tassen.

Sie ging geradewegs auf den Gouverneur zu. »Wo ist er? Vater, er soll mir sagen, wo mein Mann ist! Ich will ihn sofort sehen! Ihr könnt ihn verhaften, aber ihr werdet ihn nicht hängen. Ich bin fest entschlossen, das zu verhindern. Mit Zähnen und Nägeln werde ich für ihn kämpfen, bis wir alle nur noch Blut sehen. Vater, er hat dich aus der Gefangenschaft befreit!«

»Ich weiß, mein Kind ...«

»Und Sie, Alexander! Sie haben dem Falken erlaubt, Ihre schmutzige Arbeit zu erledigen. Die Regierung von Virginia kann sich nicht in die Angelegenheiten von North Carolina einmischen. Deshalb haben Sie die Angriffe des Silberfalken auf andere Piraten in den North Carolina-Gewässern geduldet. Und zum Dank für seine Hilfe wollen Sie ihn jetzt an den Galgen bringen. Also — wo ist er?«

Theo und Alexander wechselten einen Blick. Dann zuckte der Gouverneur die Achseln. »Ich glaube, am Fluß. Er hat da eine gewisse Uferstelle erwähnt, ein hübsches, abgeschiedenes Fleckchen, hinter dem Friedhof. Wenn du den Hang hinabgehst, vorbei an der alten Eiche, wirst du Petroc sehen.«

»Was — aber ...«, stotterte Skye.

»Such ihn und sprich mit ihm.«

Entgeistert wich sie zur Tür zurück. Die beiden mußten den Verstand verloren haben. Oder würde sie Roc wirklich am Ufer finden? Sie mußte ihn umarmen, ihm einen Erben versprechen. Ehe man ihn vor Gericht stellte, würde sie noch einmal in seinen Armen liegen.

Skye starrte ihren Vater und den Gouverneur an, dann kehrte sie ihnen abrupt den Rücken und rannte aus dem Haus.

»Mylady!« rief Peter ihr verwirrt nach, als er sie im Nachthemd über den Rasen eilen sah. Sie ignorierte ihn. Zielstrebig setzte sie ihren Weg fort, den Hang hinunter, vorbei an den alten Eichen. Zur Rechten sah sie den Friedhof liegen. Immer wieder strauchelten ihre nackten Füße im weichen Gras, doch davon ließ sie sich nicht beirren. Sie mußte zu ihrem Mann ...

»Roc!« rief sie, als sie sich dem Ufer näherte.

Und dann sah sie ihn, gut gekleidet, in einem dunkelroten Gehrock, hellbrauner Kniehose und Schnallenschuhen. Das dunkle Haar war ungepudert, aber zu einem adretten Zopf zusammengebunden. Eine Hand gegen einen Eichenstamm gestützt, schaute er ins Wasser.

Als er den Ruf hörte, drehte er sich um. Seine Silberaugen leuchteten auf, ein Lächeln umspielte seinen Mund. Atemlos stolperte sie die Grasböschung hinab und landete in seinen Armen.

»Skye!« Der Aufprall warf beinahe beide zu Boden. Fest drückte Petroc Cameron seine Frau an sich, forschend schaute sie in seine Augen, strich über seine glattrasierten Wangen, dann küßte sie ihn. Er legte eine Hand über ihr heftig schlagendes Herz. »Meine Liebste ...«

»O Roc, ich liebe dich, und ich werde nicht zulassen, daß sie dich wegbringen!«

»Wer sollte so etwas tun?«

Sie roch den süßen Duft der Kiefernnadeln, die den Boden bedeckten, spürte die Sonnenwärme und auch den Schatten der Bäume — der Birken und Eichen und Kiefern. Und sie fühlte das leidenschaftliche Feuer in Rocs Brust, sah das Silberlicht in seinem Blick. Dies war sein Paradies, wo bereits seine Eltern ihr Glück gefunden hatten, ein Ort, wo sich ein Mann und eine Frau lieben konnten, fern von den Kümmernissen der Außenwelt.

»O Roc«, flüsterte sie, »ich glaube — ich bin mir fast sicher ...«

»Was glaubst du?« fragte er leise.

»Ich — werde ein Kind bekommen.« Ehe er antworten konnte, sprach sie hastig weiter. »Wer der Vater ist, weiß ich nicht — Lord Cameron oder der Falke. Aber ich werde es großziehen, was immer geschehen mag. Und die Hoffnung auf eine Zukunft an deiner Seite habe ich noch nicht aufgegeben ...«

»Das würde ich dir auch nicht raten! Oh, mein Liebling — ein Baby ... Wirklich und wahrhaftig?« Seine zärtliche Stimme drohte ihr Herz zu brechen, trieb ihr Tränen in die Augen.

»Ja, ich vermute es. Und jetzt ...«

Ein Kuß verschloß ihr den Mund. Eng umschlungen sanken sie auf den weichen Nadelboden. Als Roc den Kopf hob, flüsterte er: »Gott segne dich, mein Engel. Oh, ich liebe dich so sehr — das glaubst du mir doch endlich?«

»Ja, ich glaube dir.«

Lächelnd löste er die Verschnürung ihres Nachthemds, seine Lippen glitten über ihre Brüste, und er nahm eine rosige Knospe in den Mund.

»Roc!« Stöhnend zerrte sie an seinem Haar. »Hör bitte auf, wir müssen miteinander reden ...«

»Dafür haben wir noch ein Leben lang Zeit«, erwiderte er dicht an ihrer warmen, seidigen Haut.

»Nein!« Mit aller Kraft stieß sie ihn von sich. Wie hübsch er ist, dachte sie, wie hübsch und verführerisch und liebevoll ... Ein Leben ohne ihn wäre unerträglich. »Hör mir zu, Roc. Wir müssen überlegen, wie wir deine Verteidigung vor Gericht aufbauen werden. Dafür brauchen wir Zeugen, die zu deinen Gunsten aussagen.«

Er saugte wieder an ihren Brüsten, und sie bekämpfte entschlossen die leidenschaftlichen Gefühle, die er in ihr weckte. »Roc! Ich meine es ernst!«

»Mhm ...«

»Man wird dich aufhängen!«

Lächelnd schaute er sie an. »Wenn ich schon sterben muß — dann liebe mich vorher wenigstens noch ein einziges Mal, teure Gattin.«

»Hör mir doch endlich zu ...«

»Hast du je zuvor ein so schönes Fleckchen Erde gesehen?« Er streifte ihr das Nachthemd von den Schultern und zu den Hüften hinab, bis sie halbnackt vor ihm lag. »Das ist mein Garten Eden. Spürst du die milde Brise auf deinem Körper? So sanft wie meine Liebkosungen, nicht wahr? Fühl doch die Luft, die dich da berührt, wo eben noch meine Lippen waren, die angenehme Kühle auf der Haut. Hörst du die Vögel, Liebling? Welch ein süßer Gesang — niemals laut und schrill. Riechst du die Erde, die Blumen? Die duften nicht so verlockend wie du, nicht so aufreizend, aber sehr angenehm ...«

»Bitte, hör auf!« flehte Skye und versuchte seinen Kopf wegzuschieben, als seine heiße Zungenspitze über ihren Bauch glitt. Mühsam schluckte sie, zog Roc zu sich empor und preßte hungrig ihre Lippen auf seine. Tränen glänzten in ihren Augen. »Niemals werde ich zulassen, daß sie dich hängen.«

Die langen Wimpern senkten sich über seine Augen. »Man wird mich nicht hängen, Liebste.«

»Was? O Roc, du darfst nicht so zuversichtlich sein, nur weil du Lord Cameron heißt.«

Er antwortete nicht sofort. Zärtlich streichelte er ihre Brüste und fand, daß sie noch nie so schön gewesen war wie in diesem Moment. Die Bäume wiegten sanft ihre Äste hin und her, das Nachthemd umgab Skyes Hüften wie eine duftige blaue Wolke. Das Haar, das ihr Gesicht rahmte, leuchtete wie ein feuriger Sonnenuntergang. Und in den Augen schimmerten Tränen — Tränen ihrer innigen Liebe.

Nie zuvor war ihm so deutlich bewußt geworden, was die Liebe bewirken konnte. Jetzt füllte ihn dieses Gefühl völlig aus, kostbarer als das Leben, die Erde, die Welt. Skye war sein Leben, und in ihr wuchs sein Kind. Strahlend hell lag die Zukunft vor ihm. Und Cameron Hall erschien ihm wunderbarer denn je, weil er es mit seiner Frau teilen würde. Seufzend strich er ihr zerzauste Lokken aus der Stirn. »Ich kann gar nicht in Worte fassen, wie sehr ich dich liebe.«

»Ich liebe dich auch«, wisperte sie mit halberstickter Stimme. Immer noch brannten Tränen in ihren Augen.

Besänftigend drückte er sie an sich. »Ich werde nicht hängen, mein Schatz, weil der Gouverneur von Anfang an in alles eingeweiht war.«

»Was?« Verdutzt riß sie sich los und erinnerte Roc an die wagemutige Verführerin, die ihn bei jener ersten Begegnung auf dem Deck der *Silver Messenger* so erbittert bekämpft hatte.

Er nickte und beobachtete ihre blitzenden Augen. »Auf Spotswoods Wunsch hin habe ich den Piraten gespielt, aber in dieser ganzen Zeit nichts gestohlen. Ich versuchte herauszufinden, was die echten Schurken in ihren Schlupfwinkeln planten, und ich kaperte Schiffe — aber nur meine eigenen oder imaginäre oder Prisen von Piraten, die ich den rechtmäßigen Besitzern zurückgab.«

»Aber — aber ...«

Er hob eine Hand, um Skye zum Schweigen zu bringen. »Natürlich würde Spotswood alles abstreiten, das muß er auch als treuer Diener der Krone. Vor einigen Jahren wurde eines meiner Schiffe von Piraten erbeutet, die Besatzung niedergemetzelt. Wütend sann ich auf Rache. Alexander und ich verbrachten eine Nacht mit mehreren Rumflaschen — und da wurde der Silberfalke geboren.«

»Und Bone Cay?«

»Diese Insel befindet sich seit fünfzig Jahren im Besitz der Familie Cameron.«

»Oh ...«

»Liebes, es tut mir leid, aber ich konnte dich nicht einweihen. Du hattest deinen Ehemann ohnehin schon verabscheut, und ich mußte Alexander schwören, die Wahrheit niemals zu verraten.«

»Aber — Robert ...«

»Einer meiner ältesten, besten Freunde. Ich habe ihm ein Stück Land geschenkt, das an unseres grenzt, und das er nun bebauen will.«

»Und Mr. Soames und Señor Rivas und ...«

»All diese Leute lieben die Karibik, und ich habe nicht die Absicht, mich von meiner Insel zu trennen. Sie birgt wundervolle Erinnerungen, und im Winter kann man angenehme Tage dort verbringen. Die Begnadigung, die du erwähnt hast, ist inzwischen erfolgt. Königliche Beamte haben auf New Providence die Kontrolle übernommen. Der Silberfalke wird der Krone Treue schwören, um in den Genuß der Begnadigung zu gelangen, alles Hab und Gut seinem hochverdientem Vetter Lord Cameron überschreiben und dann im Buch der Geschichte verschwinden.«

»Und du wirst nie wieder zur See fahren?« flüsterte Skye.

»Nicht mehr als Pirat. Das ist vorbei. Jack und Logan sind tot, und eines Tages wird Spotswood auch den Schwarzbart schnappen. Ich brächte es nicht übers Herz, diesen Kampf zu fechten, und der Gouverneur hat entschieden, daß ich England künftig auf andere Weise nützen soll. Jetzt bin ich nur noch Lord Cameron, das versichere ich dir, mein Liebling.«

»Oh ...«

Zärtlich streichelte er Skyes Wange. »Ich liebe dieses Land. Hier soll unser Sohn aufwachsen — auf der schönsten Plantage von Tidewater, Virginia.«

»Mhm ...«

»Sag doch was!« bat er. »Bedauerst du es denn so tief, daß der Falke nicht hängen wird?«

Sie schüttelte den Kopf, schlang die Arme um Rocs Hals und genoß es in vollen Zügen, seinen muskulösen harten Körper an ihrem zu spüren. »Ich bin froh, daß er nicht hängen wird! Und da diese Notwendigkeit nicht besteht ...«

»Ja?«

»... verlange ich, daß er mich liebt, hier in seinem Paradies. Vielleicht kann er der Krone künftig überhaupt nicht mehr dienlich sein, weil Lady Cameron seine ganze Zeit und Kraft beanspruchen wird.«

»Der Falke existiert nicht mehr. Es ist Lord Cameron, der dir sein Leben weiht, der dir seine Liebe und Leidenschaft schenkt.«

Lachend strich sie über sein dichtes, dunkles Haar. »Ich weiß. Aber in meinem Herzen wird mein Ehemann immer der tollkühne Pirat bleiben, den ich in seinem Garten Eden lieben werde — für alle Zeiten. Doch das ist gar nicht so wichtig. Ich liebe dich — ob du nun ein Schurke bist oder ein Gentleman, der Silberfalke oder

Lord Petroc Cameron. Und ich will, daß du mir deine Liebe sofort beweist.«

»Nur zu gern, Mylady«, flüsterte er, und in seinen Silberaugen flammte heißes Verlangen auf.

Wenig später genoß Skye die süße Erfüllung ihres brennenden Wunsches.

EPILOG

20. März 1719

Skye lag im Halbschlaf unter den Bäumen, als Roc zu ihr kam. Lächelnd schaute er auf sie hinab. Sie wirkte schön wie ein junges Mädchen und gleichzeitig wie eine reife Frau, denn sie war hochschwanger. Jeden Tag wurde das Baby erwartet.

»Meine Liebste«, sagte er leise und setzte sich zu ihr. Verwirrt zuckte sie zusammen, und er strich besänftigend über ihr Haar. »Ich bin's«, erklärte er und küßte ihre Stirn. »Niemand außer Adam darf Eva in ihrem Paradies besuchen.«

Skye streckte wohlig die Glieder und umarmte ihren Mann. »Was gibt's Neues in Williamsburg? Wie geht es Vater? Und was machen die Piraten?«

»Dein Vater ist putzmunter wie eh und je. Und die Piraten ...« Er seufzte. Schließlich war es Spotswood doch noch gelungen, den Schwarzbart unschädlich zu machen. Letzten Herbst, bei einer Schlacht vor Ocracoke Island, hatte Edward Teach sein Leben lassen müssen. Angeblich war sein abgehackter Kopf am Bug von Kapitän Maynards Schiff aufgespießt worden, zur Warnung an alle unbotmäßigen Piraten.

Nun, der Schwarzbart war ein Schurke und hat den Tod vielleicht verdient, dachte Roc. Er selbst hatte den sonderbaren Ehrenkodex des Mannes gekannt und schätzen gelernt, und deshalb trauerte er um Teach.

Mitfühlend drückte Skye die Hand ihres Mannes. »Wenigstens wurde er nicht gefangengenommen wie so viele andere.«

Am 12. März waren alle Häftlinge — bis auf einen Gentleman, der beweisen konnte, daß er sich als Gast auf Teachs Schiff *Adventurer* aufgehalten hatte — zum Tod am Galgen verurteilt worden.

»Nun ist es endlich vorbei«, meinte Roc.

»Wirklich?«

Er nickte und schaute auf den James River, die Lebensader seines Landes, seiner Zukunft. Dieser Fluß würde auch das Schicksal seiner Kinder sein. Liebevoll zog er seine Frau an sich. »Ja, ich glaube, es ist vorbei. Früher wurde das Piratentum von der englischen Krone gefördert — dafür ist Sir Francis Drake das beste Beispiel. Wir führten Krieg gegen Spanien, und Könige und Königinnen verlangten: ›Raubt die spanischen Schiffe!‹ Bald vergaßen diese Männer, daß sie nur ausländische Feinde überfallen sollten. Auf den Inseln fanden sie geeignete Stützpunkte. Jetzt säuberte Woodes die Insel New Providence von allen üblem Gelichter, und Ocracoke wird nie wieder Piraten willkommen heißen. Das Zeitalter der Freibeuter geht zu Ende, Liebste, aber vielleicht war es auch unsere Ära. Als die Siedler im letzten Jahrhundert hier ankamen, mußten sie sich gegen die Indianer zu Wehr setzen. Wir mußten die Piraten besiegen. Wer weiß, gegen wen unsere Kinder kämpfen werden? Das liegt in Gottes Hand. Wir können nur darum beten, daß alle Generationen überleben werden.«

Sie berührte seine Wange und wollte lächelnd antworten, doch statt dessen schrie sie leise auf.

»Was hast du?« fragte er besorgt.

»Alles in Ordnung«, flüsterte sie. »Ich glaube, es ist soweit ...«

»Was?«

»Nun, du erinnerst dich doch — wir lernten uns kennen, als die Piratenära florierte, du warst ein hinreißender, unwiderstehlicher Freibeuter. Und ...«

»Skye!«

»Ich nehme an, nun werden gewisse verführerische Stunden Früchte tragen.«

»Das Baby!«

»Ja.«

»Oh ...« Roc sprang hoch und hob seine Frau auf die Arme. Dabei ächzte er leise. »Im Augenblick bist du nicht so federleicht wie früher«, entschuldigte er sich.

»Ich kann sehr gut auf meinen eigenen Beinen gehen.«

»Das kommt gar nicht in Frage, mein Schatz.« Er trug sie ins Haus, die Treppe hinauf, ins gemeinsame Schlafzimmer. Mattie, Tara und Bessie eilten herbei. Peter stand mit Davy vor der Tür, andere eilten hin und her, um zu holen, was immer verlangt werden mochte.

Davy wurde zum Arzt geschickt, und Mattie erklärte dem künftigen Vater besorgt: »Es wird sehr lange dauern.«

Er wanderte in der Ahnengalerie auf und ab, dann verließ er das Haus und ging zum Friedhof hinunter. Vor Jamies und Jassys Grabmälern blieb er stehen, strich lächelnd über den kühlen Stein. »Wie wundervoll das Leben in diesem Paradies ist, das ihr geschaffen habt«, flüsterte er. »Ich danke euch dafür.«

Ins Haus zurückgekehrt, betrachtete er das schöne Porträt seiner Ururgroßmutter, dann zog er sich in sein Büro zurück. Robert Arrowsmith kam zu Besuch. Sie tranken mehrere Gläser Cognac und rauchten ihre Pfeifen.

Plötzlich erklang ein Schrei und noch einer. Roc warf einen kurzen Blick auf seinen Freund, dann stürmte er die Treppe hinauf und ins Schlafzimmer. Mattie wickelte das Baby gerade in weiche Tücher. Als er sie erwartungsvoll anschaute, zeigte sie ihm lächelnd das winzige Bündel.

»Ist es ein …«, begann er unsicher.

»Ein Junge, Lord Cameron, was denn sonst?«

»Ein Junge! Großartig! Aber was soll Ihre anzügliche Frage, Mattie? Über ein Mädchen hätte ich mich genauso gefreut.«

»Nun ja, Sir …«

»Was?«

»Das höre ich sehr gern, Mylord, denn das zweite Baby ist ein Mädchen mit goldblondem Haar.«

»Zwei …«

»Zwillinge, Roc!« rief Skye vom Bett herüber, und er eilte zu ihr. Sie war sehr blaß, aber sie lächelte bezaubernd. Ungetrübtes Glück strahlte aus ihren Augen. Er kniete an ihrer Seite nieder und küßte ihre Hand. Mattie brachte dem Elternpaar den frischgeborenen Sohn, Bessie die eben erst gebadete Tochter.

Neugierig musterten Skye und Roc ihre Kinder, fanden sie bildschön und liebten einander inniger denn je. Mattie und die irischen Mädchen ließen die junge Familie allein. Skye versuchte lachend und ungeschickt, beide Babys gleichzeitig zu halten, wobei Roc ihr half.

Dann unterhielten sie sich fröhlich, bis Skye vor Erschöpfung die Augen zufielen. Er küßte sie auf die Stirn. »Ich schicke Mattie und die Mädchen zu dir«, versprach er. Schläfrig nickte sie.

Während die treuen Dienerinnen das Zwillingspärchen versorgten, saß Roc neben seiner Frau, ihre Hand in seiner. Sie war im Begriff, einzuschlummern. Sie wirkte wie ein unschuldiges Mädchen. In diesem Moment konnte er kaum glauben, daß dies die leidenschaftliche Skye war, in deren Armen er so stürmische Stunden genossen, mit der er seine prächtigen Kinder gezeugt hatte. Aber jene Skye würde bald zu ihm zurückkehren, daran zweifelte er nicht. Er hauchte einen Kuß auf ihre Lippen. »Jetzt lasse ich dich schlafen. Ich benachrichtige deinen Vater. Sicher wird er noch heute abend kommen.«

Sie blinzelte müde, nickte wieder und drückte seine Hand. »Erzähl *ihnen* auch, daß wir Zwillinge haben«, wisperte sie.

»Wem?«

»Jamie und Jassy. Sie würden es sicher gern erfahren.«

»Und eines Tages werden unsere Kinder zu ihnen gehen und berichten, daß wir Großeltern geworden sind.«

»Ja, und irgendwann wird uns ein Urururenkel besuchen, ein hübscher Bursche mit schurkischem Grinsen und funkelnden Silberaugen, und schildern, was sich im Lauf der Jahrhunderte ereignet hat ...«

»Du kleine Hexe«, flüsterte Roc belustigt.

»Hoffentlich findet auch er eine Frau, die einem so wilden Kerl gewachsen ist.«

Als er laut auflachte, zeigte sich, daß Skye gar nicht so müde war. Denn sie schlang die Arme um seinen Hals, und ihr glutvoller Kuß gab ihm ein süßes Versprechen für die Zukunft.